suhrkamp taschenbuch 3015

Von den zwanziger Jahren dieses Jahrhunderts bis in die jüngste Vergangenheit läßt Hans Mayer seine Begegnungen mit den bedeutendsten Freunden und Kollegen noch einmal an sich vorüberziehen. Sein letzter Besuch bei Alfred Döblin in Höhenschwand, seine Freundschaften mit Hubert Fichte, Hans Henny Jahnn oder Uwe Johnson beschreibt er noch einmal neu, versucht sie einzuschätzen und zueinander in Beziehung zu setzen. Mayer memoriert Nähe und Distanz zu Adorno, zu Elias Canetti, Paul Celan oder Heiner Müller. Es sind die Einschätzungen von Freundschaften, die, einmal geschlossen, dauerhaft blieben und intensiv gepflegt wurden: ein sehr persönliches Erinnerungsbuch.

Hans Mayer, Jahrgang 1907, Jurist, Philologe, begnadeter Literatur-, Musik- und Theaterkenner und ein umtriebiger Intellektueller des 20. Jahrhunderts, war und ist stets zugegen, wenn das Jahrhundert in bestimmten Ereignissen und in besonderen Menschen »auf den Punkt« gebracht wird, und er kann darüber hinreißend schreiben.

Hans Mayer

Zeitgenossen

Erinnerung und Deutung

Suhrkamp

Umschlagfoto: Marianne Fleitmann

suhrkamp taschenbuch 3015
Erste Auflage 1999

Druck: Nomos Verlagsgesellschaft, Baden-Baden
Printed in Germany
Umschlag nach Entwürfen von
Willy Fleckhaus und Rolf Staudt

1 2 3 4 5 6 - 04 03 02 01 00 99

Zeitgenossen

Für Inge Jens
und Rolf Liebermann

Inhalt

Leben im Anachronismus

Jeder kennt das, um bereits eine altertümliche, folglich anachronistische Wendung zu gebrauchen, der »in die Jahre kommt«. Sei es in der Tat in das für Heutige denkbare hohe Alter, sei es – wenn man Lebensläufe bedeutender Menschen aus früheren Zeiten betrachtet –, wenn sie, nach damaliger Erwartungshaltung, verhältnismäßig lange Zeit leben konnten. Johann Sebastian Bach starb mit fünfundsechzig Jahren und war bereits »der alte Bach«, genau zu unterscheiden von seinen musikalischen Söhnen, als er noch ein Fünfziger sein durfte. Goethe hat den Anachronismus im wirklich hohen Alter genau erlebt, überdacht, für sich verspottet. »Die lassen mich alle grüßen und hassen mich bis auf den Tod.« Er war in doppelter Weise wahrhaft unzeitgemäß geworden: als inkommensurable Gestalt, um eine seiner Lieblingsvokabeln zu verwenden, und als Mann von zweiundachtzig Jahren. In seinem letzten Brief an Wilhelm von Humboldt erläutert er dem jüngeren Freund, warum *Faust* II vorerst versiegelt werde, ohne noch bei Lebzeiten gedruckt, gelesen und vor allem rezensiert zu werden. Goethe hatte keine Lust mehr, das dumme Geschwätz kennenzulernen, das in der Tat nach dem Erscheinen von *Faust* II im Laufe des Jahres 1832 nicht auf sich warten ließ. Goethe mußte sich nicht mehr darüber ärgern, daß ein so kluger und gebildeter Leser wie Friedrich Theodor Vischer, ein Bewunderer von *Faust* I, höhnisch erklären konnte: er wisse ganz genau, was man sich unter der Figur des Homunculus vorzustellen habe. *Faust* II insgesamt und für sich selbst sei dieser Homunculus. Worauf Vischer auch noch einen witzig gemeinten, parodistischen *Faust* III zusammenschrieb und drucken ließ. Was weder besonders lustig war, noch viel literarisches Feingefühl verriet.

Anachronismus und Unzeitgemäßheit, das ist zweierlei. Der Unzeitgemäße kommt, im Vergleich zu seinen Zeitgenossen, entweder zu spät oder zu früh. Friedrich Nietzsche hat seine vier *Unzeitgemäßen Betrachtungen* als Vorläufer verstanden. Sie waren es wohl auch. Die erste Betrachtung verspottete jenen protestantischen Theologen David Friedrich Strauß, den engen Freund übrigens von Friedrich Theodor Vischer. Strauß bot aufgeklärten Religionsersatz. Viele Prediger auf der Kanzel taten es ihm gleich, indem sie ihre Gemeinde statt mit Bibelworten, woran sie selbst nicht mehr glaubten, abzuspalten gedachten mit damals zeitgenössischer Lyrik. In seiner Erzählung *Das verlorene Lachen* hat Gottfried Keller damals einen solchen feinsinnigen gebildeten Gottesmann geschildert. In der zweiten unzeitgemäßen Betrachtung wandte sich Nietzsche gegen einen Historismus, der keinerlei Unterscheidung vornimmt zwischen wichtigem und unwichtigem Geschehen von einst. Nicht mehr besonders unzeitgemäß war Nietzsche in seiner dritten Betrachtung über *Schopenhauer als Erzieher*, denn damals war das Buch *Die Welt als Wille und Vorstellung* bereits zur Pflichtlektüre junger Bürger aufgestiegen. Die vierte und letzte Betrachtung Friedrich Nietzsches behandelte das Phänomen *Richard Wagner in Bayreuth*. Da war Nietzsche im Grunde bereits sehr zeitgemäß, denn Richard Wagner hatte allenthalben gesiegt.

Unzeitgemäß hingegen wurde Nietzsche einige Jahre darauf, als er sich zornig abwandte vom Bayreuther Meister, gegen dessen »Götzendämmerung« er nunmehr mit dem Hammer philosophierte. In allen Fällen aber war das Unzeitgemäße als ein »Noch Nicht«, also als ein Zukünftiges zu verstehen.

Wer jedoch von Anachronismus spricht, der meint, daß ein Mensch, ein Ritual, eine bisherige Mode, ein Lebensablauf aus dem üblichen Zeitvergang herausgefallen sind. Der Philosoph Hegel meinte eben dies, wenn er davon sprach, »daß eine Gestalt des Lebens alt geworden ist«. Hegel meinte, zu einer solchen Konstellation werde nunmehr erst die Reflexion über diese alt gewordene Gestalt möglich. Reflexion verstanden als Philosophie. Die Eule der Minerva, man kennt diesen Ausspruch Hegels, beginne ihren Flug erst in der Abenddämmerung. Anachronismus als Objekt der philosophischen Reflexion.

Eine philosophische Reflexion, so wird man hinzusetzen müssen, ohne Mitwirkung der Anachronisten. Der uralte griechische König Nestor aus der *Ilias* wird von den jüngeren Feldherren vor Troja als Anachronismus belächelt. Er langweilt mit seinen endlosen Erzählungen über das Vergangene. Shakespeare hat sich in *Troilus und Cressida* dieses antike Urteil über Nestor nicht ganz zu eigen gemacht. Nestor ist zwar sehr alt, sehr geschwätzig, er macht sich lächerlich mit seinem Vorschlag, anstelle des sturen Verweigerers Achilles gegen Hector zum Zweikampf anzutreten. Doch eben dieser Nestor versteht die zeitgenössischen Intrigen der Jüngeren, wie Shakespeare zeigt, viel besser als die dummen Agamemnon, Achill oder Ajax.

Scheinbar rettungslos lächerlich aber und anachronistisch scheinen die alt gewordenen Künstler und Literaten zu sein. Sie fallen in der Tat aus ihrer eigenen Zeit. Um so schlimmer, wenn sie sehr berühmt gewesen waren bereits in jungen Jahren. Kein Schriftsteller hat diesem Vorgang genauer und mit größerer Bitterkeit nachgespürt als Hugo von Hofmannsthal. Es ist erschreckend zu sehen, wie er nach und nach in einem verhältnismäßig kurzen Leben (1874-1929) nacheinander die literarischen Gattungen, worin er sich sehr bewährt hatte, einfach für sich fallen läßt. Abschied von der wunderbaren Jugendlyrik; Abschied von den kurzen Erzählungen und Novellen; Abschied von den Komödien; Abschied vom Trauerspiel. Mit dem Trauerspiel *Der Turm* hatte er auch hier einen Schlußpunkt setzen wollen. In einem Essay über Adalbert Stifter schrieb Hofmannsthal, nach dem Tode eines durchaus erfolgreichen Autors komme stets die Zeit heran, wo dessen Werk ganz einfach sterbe. Manchmal in der Hoffnung auf eine spätere Auferstehung in einer neuen Zeit, die das zuerst anachronistisch gewordene, dann gestorbene Œuvre zu neuem Leben anfache.

Wer vom Leben im Anachronismus spricht, meint zumeist das komische Mißverhältnis zwischen dem Altgewordenen und dem – vorerst noch – Neuen und Zeitgemäßen. Junge Leute haben stets gelacht über die Kleider, Rituale, Höflichkeiten ihrer Eltern und Großeltern. Nicht zu vergessen war jedoch, nicht erst im zwanzigsten Jahrhundert, die Konstellation, daß es den klischeehaften Generationskonflikt gab zwischen Kindern und Eltern, vorgetrieben bis zum *Vatermord* in dem Theaterstück dieses Titels, das der junge Arnolt Bronnen bald nach dem Ende eines Ersten Weltkrieges mit großem Erfolg bei den jungen Zeitgenossen aufführen ließ. Allein, der schroffen Entfremdung zwischen den Jungen und ihren Eltern entsprach nur selten die entsprechende feindselige Distanz zwischen den Jungen und ihren Großeltern. Haß und Befremden zwischen Vater und Sohn, Mutter und Tochter. Nachsicht, Freundlichkeit, Rührung, bisweilen Dankbarkeit zwischen den Enkeln und den Großeltern. Das Leben im Anachronismus muß nicht immer verstanden werden als ein trauriges Warten auf die »Furie des Verschwindens« (Hegel).

Anachronismus am Ausgang des 19. Jahrhunderts

Im letzten Jahr des 19. Jahrhunderts veröffentlichte der damals 28jährige Heinrich Mann seinen ersten wirklichen Roman mit dem Titel *Im Schlaraffenland. Ein Roman unter feinen Leuten*, gedacht als Parallelaktion zu der damals bereits weltberühmten Geschichte eines französischen »Bel ami« namens Georges Duroy, die Guy de Maupassant aufgezeichnet hatte. Erstdruck im Jahre 1885. Heinrich Mann paraphrasierte also im Grunde eine inzwischen auch in deutscher Übersetzung vorliegende zeitgenössische Neuerscheinung. Dennoch hat der deutsche Bel ami mit Namen Andreas Zumsee, ein hübscher junger Mann aus dem Rheinland, den es in die Reichshauptstadt verschlug, wo er schnell und leicht Karriere zu machen gedenkt, mit Hilfe von Journalismus und einem bißchen gefälliger Literatur, im Grunde keinerlei Lebenserfahrung. Der Bel ami bei Maupassant strebt zwar gleichfalls aus der französischen Provinz nach Paris, allein, er hat vorher als Kolonialsoldat harten Dienst gemacht. Sein Protektor für Paris ist ein Kamerad von damals. Andreas Zumsee hingegen kennt nur eine rheinische Jugend im zweifelhaften Wohlstand und das Berliner Caféhaus. So ausgerüstet erscheint dieser reichsdeutsche Bel ami im Salon des mächtigen (und nichtarischen) Bankiers Türckheimer. Hier begegnet der junge und seiner Meinung nach gut informierte Andreas Zumsee einem lebenden literarischen Anachronismus.

> Andreas verbarg ein überlegenes Lächeln. Er hatte in ›Café Hurra‹ allerlei über das Privatleben des berühmten Dichters erfahren. Wennichen bezog nur noch halbe Honorare, da er seit fünfzig Jahren immer dieselben Romane verfaßte, die niemand mehr las. Er hatte Unglück mit seinen Kindern gehabt, seine Frau war ihm nach unzähligen Liebschaften endlich ganz und gar durchgegangen. Er hatte das alles kaum bemerkt. Er sah nichts von den Veränderungen der Zeit nach achtundvierzig, als er sein erstes Buch schrieb von dem braven jungen Kaufmann, der sich Eintritt in die gänzlich verrottete Adelsfamilie erzwingt, deren Tochter er merkwürdigerweise heiratet. Auch heute noch lebte Wennichen unter braven freisinnigen Kaufleuten, die mit übermütigen Junkern und pfäffischen Finsterlingen in edlem, uneigennützigem Kampfe lagen. Der arme Greis dauerte Andreas, dem es Genugtuung bereitete, einen Dichter aus der Nähe beurteilen zu können, den er früher in Gumplach als einen Stern der Literaturgeschichte angestaunt hatte.

Ohne Frage spielt Heinrich Mann selbst an dieser Stelle ein bißchen mit. Der anachronistisch gewordene berühmte Mann von einst wird gesehen mit den Augen eines überlegenen Zeitgenossen der Jahrhundertwende. Heinrich Mann zeichnet hier ein ziemlich bösartiges Porträt des einstmals vielgeliebten deutschen Schriftstellers Gustav Freytag, der vier Jahre vorher (1895) an seinem Ruhesitz Wiesbaden gestorben war. Gustav Freytag lebte in der Tat immer noch in der Konstellation eines Mannes der liberalen bürgerlichen Mitte, die sich zu wehren hat gegen das angeblich anachronistisch gewordene Junkertum ebenso wie gegen die Kräfte aus der »gesellschaftlichen Tiefe«. Freytag war in seiner Art ein mutiger Mann gewesen in der Ära eines liberalen Bürgertums von Bildung und Wissen. Allein aber im letzten Jahrzehnt des neunzehnten Jahrhunderts lebte man auch im Deutschen Reich bereits inmitten eines Monopolismus und Imperialismus. Nun waren die damaligen Zeitgenossen Andreas Zumsees ihrerseits schon selbst anachronistisch geworden: in widerlicher Weise. An die Stelle des vergleichsweise ungeschickten, aber nichtsnutzigen kleinen Bel ami aus dem Rheinland trat – in Heinrich Manns Roman *Der Untertan* – im Jahre 1914 der widerliche Schwächling, Fabrikant, Wilhelm-Verehrer Diederich Hessling in irgendeiner deutschen Kleinstadt mit Namen Netzig.

Die vergessene Literatur der Weimarer Republik

Als das Deutsche Reich seinen Ersten Weltkrieg verlor, der Kaiser ganz unheroisch in den Niederlanden um Asyl bat, war eine ebenso idealistische wie zukunftsfreudige Literatur hochmodern. Menschheitsdämmerung und Manifeste über die Geburt eines Neuen Deutschen Menschen. Allein, alle Imitationen der russischen Oktoberrevolution waren gescheitert. Nach der Niederschlagung der Münchener Räterepublik im Frühjahr 1919 wurden aufsässige Schriftsteller wie Gustav Landauer mit dem Gewehrkolben erschlagen, andere wurden an die Wand gestellt, den Expressionisten Ernst Toller retteten die Gutachten eines Max Weber und Thomas

Mann vor der Exekution. Seit dem Ende der Inflation und der Währungsstabilisierung am 1. Januar 1924 war der Expressionismus seinerseits zum Anachronismus geworden. Die noch jungen Expressionisten der frühen zwanziger Jahre gedachten zeitgemäß zu bleiben und schrieben nun durchaus reale Erfolgsliteratur einer Neuen Sachlichkeit. Einiges aus dieser Literatur der späten zwanziger Jahre, verfaßt von begabten Schreibern wie Carl Zuckmayer, Walter Hasenclever oder Georg Kaiser scheint sich, wenngleich nicht besonders triumphal, hinübergerettet zu haben in eine zweite deutsche Nachkriegszeit.

Andererseits bestätigt sich – leider – die Totenscheinanalyse Hugo von Hofmannsthals insoweit, als nahezu die gesamte und in vielen Fällen bedeutende Literatur der Weimarer Republik im letzten Jahrzehnt unseres Jahrhunderts, je nachdem als veraltet, museal, uninteressant, vielleicht bloß historisch bedeutsam abgetan wird.

Man hat der »Gruppe 47« oft vorgeworfen, und das geschah vor allem durch Schriftsteller der zwanziger Jahre wie Robert Neumann oder Hermann Kesten, sie verhalte sich feindlich zu den Autoren der deutschen Emigration und des Exils nach 1933. Das war ganz sicher ungerecht. Wolfgang Hildesheimer oder Peter Weiss gehörten zur Gruppe 47 und waren aus dem Exil zurückgekehrt. Auch die Begründer der Gruppe gehörten indirekt noch zur Literatur der Weimarer Republik. Alfred Andersch, Hans Werner Richter, Walter Kolbenhoff, Günter Eich gehörten in ihrem Verständnis von Literatur durchaus noch zur Nachhut. Sie waren im Dritten Reich um ihren Aufstieg betrogen worden. Ältliche Debütanten: ganz wie Heinrich Böll, Wolfgang Koeppen und Peter Huchel.

Die Gruppe 47 mußte sich, vor allem in den fünfziger Jahren, aus durchaus literarischen Gründen freimachen von der Sehweise und Schreibweise jener anachronistisch gewordenen zwanziger Jahre. Das war notwendig, wenn in einem neuen Deutschland nunmehr ihrerseits »zeitgemäße« Literatur entstehen sollte. Wenn das nicht geschah, wie etwa im Österreich der zweiten Nachkriegszeit oder auch in der offiziellen Bundesrepublik, welche sich lange Jahre sehr ablehnend verhielt zu den Autoren der Gruppe 47, hätschelte man einfach eine nun wahrhaft veraltete Literatur mitsamt ihren Autoren. Alexander Lernet-Holenia und Heimito von Doderer in Österreich, Carl Zuckmayer und Werner Bergengruen als gefeierte Schriftsteller der fünfziger Jahre. Der Anachronismus ließ nicht auf sich warten.

Anachronismus und Wegwerfgesellschaft

Durch das immer raschere Werden und Vergehen einer Massengesellschaft, die nicht allein in der materiellen Produktion auch eine Wegwerfgesellschaft sein wollte, schließlich eine bloße Dienstleistungsgesellschaft, gerieten alle Vorstellungen von Jugend, Reife, Alter und Veraltern in den Wirbel des Zeitvergangs. Im Jahre 1957 fanden sich damals junge und fast noch namenlose Schriftsteller in Wuppertal zusammen, um kritisch über zeitgemäße Literatur zu sprechen. Da saßen sie beisammen, als Freunde, die sich als Zeitgenossen empfanden: Peter Huchel und Ingeborg Bachmann, Heinrich Böll, Paul Celan und Hans Magnus Enzensberger. Die damals neuen und bedeutenden Gedichte Celans und der Bachmann wurden vorgelesen und sachkundig erörtert. Ein Jahr später glaubten die Einlader von Wuppertal des Erfolges von 1957 ganz sicher zu sein, wenn sie nunmehr neue Autoren gleichfalls einluden an den großen runden Tisch. Es kam zu einem ebenso komischen wie peinlichen Mißerfolg. Einige der neuen Sprecher, deren Namen man weitgehend vergessen hat und durfte, lehnten es ab, die Arbeitsweise von 1957 zu übernehmen. Als der Name Paul Celan fiel, meldete sich einer der jungen Besserwisser, blickte sieghaft lächelnd in die Runde und sprach: »Aber wollt Ihr denn immer noch über Paul Celan reden?« Die Toten reiten schnell, heißt es bei Gottfried August Bürger.

In den sechziger Jahren veröffentliche die französisch schreibende Russin Nathalie Sarraute einen Roman mit dem Titel *Les Fruits d'Or*. Was jedoch mit diesen goldenen Früchten los sei, erfuhr man nicht als Leser des Romans. Es handelte sich offensichtlich, innerhalb dieses Romans, um einen Roman mit dem Titelhinweis auf goldene Früchte. Mehr erfuhr man darüber nicht. Keinerlei Hinweis auf den Verfasser oder den Inhalt, die Form, das Thema, den literarischen Wert dieses Romans. Was Nathalie Sarraute interessierte, war nicht dieses Buch von den goldenen Früchten, sondern das Geschwätz, ob klug oder töricht, der Leser, Feuilletonisten, Rezensenten, Gesellschaftslöwen und -löwinnen. Wissenschaftlich gesprochen: alles blieb im Bereich sogenannter Rezeptionsästhetik. Das begann mit dem Getuschel über ein neues Buch, das man unbedingt lesen müsse. Ein Geheimtip. Bald waren die *Goldenen Früchte* in aller Munde. Das mußte man gelesen haben. Dann profilierten sich einige Kritiker mit Hilfe von kritischen Mäkeleien. Bald darauf fand man das Buch doch stark überschätzt. Am Ende des Buches der Nathalie Sarraute hat die Wegwerfgesellschaft den Fall längst abgewickelt. Als Nachzügler kommt einer aus der Provinz, möchte in Paris auch ein bißchen mitreden und meint, die *Fruits d'Or* hätten ihm doch sehr gefallen. Mitleidiges Achselzucken.

Es ist der längst wohlbekannte Weg von der Innovation zur Antiquiertheit. Wie gesagt: die Toten reiten schnell, immer schneller heutzutage. Ganze Bereiche der Literatur des vergangenen und des nunmehr ablaufenden Jahrhunderts werden nur noch von Fachspezialisten zur Kenntnis genommen. Und auch damit möchte man nach neueren Hochschulplänen nun endlich Schluß machen. Weggeworfen wird nahezu alles, was nicht, in ganz besonderen Fällen, zum Bereich irgendeiner »Kultfigur« zu gehören scheint. Sie muß aber, wenn irgend möglich, tragisch umwittert sein: so etwa zwischen Novalis und Walter Benjamin. Bei Behandlung der Kultgestalten ist der Hörsaal überfüllt. Man wetteifert mit Dissertationen und Feuilletons. Das ist zuweilen von grausiger Komik. Im Jahre 1970 fand zum Hölderlin-Jubiläum in Stuttgart eine große Tagung statt. Alle Fachleute und Enthusiasten waren angereist. Man hatte auch zwei Schriftsteller von heute eingeladen: sozusagen zum Bogenschlag. Martin Walsers Eröffnungsrede war natürlich ein großer Erfolg. Als jedoch Paul Celan neue Gedichte las, eigene Verse und Übersetzungen der Gedichte seines französischen Freundes André du Bouchet, war das Auditorium nicht besonders gut besetzt. Celan las wie immer: ruhig, Vers um Vers, ohne einen Blick hinüber zum Publikum. Einige standen auf und gingen fort. Den Dichter hat es nicht gestört. Heute ist jede Veranstaltung über Paul Celan genau so attraktiv und überlaufen wie damals die Hölderlin-Tagung.

Über den Denunzianten

Das ist der Titel eines großen polemischen Textes von Heinrich Heine gegen einen sogenannten Literatur-Papst der Epoche zwischen den französischen Revolutionen von 1830 und 1848. Wolfgang Menzel war ein mächtiger Mann und Kritiker. Er war aufgewachsen als Deutschtümler zur Zeit der Befreiungskriege gegen Napoleon. Man war protestantisch-fromm, Feind aller Revolutionen, folglich allen Franzosentums, erbitterter Gegner außerdem aller jüdischen Emanzipation. Allein, der ehemalige Revolutionär und Republikaner machte seinen Frieden mit den mächtigen Fürsten der Restaurationszeit. Denen war alles nicht unlieb: Franzosenfresserei, Judenfresserei, Demagogenfresserei. Der einstige Freiheitskämpfer machte sich zum Denunzianten. Er schrieb so lange gegen die angeblich revolutionäre und staatsgefährliche neue Literatur, bis Metternich in Wien mitsamt seinen deutschen Amtskollegen den zugespielten Ball auffing. Im Jahre 1835 verbot der Deutsche Bund alle bereits erschienenen und zukünftigen Produktionen der Schriftsteller Heine, Gutzkow, Laube, Wienbarg und Mundt. Das totale Berufsverbot. Heine war in Paris. Ihn konnte man nicht belangen. Die übrigen kamen vor Gericht, aber die liberale Justiz stellte die Verfahren zumeist ein. Karl Gutzkow hat darüber in seinen Briefen mit Georg Büchner berichtet. Merkwürdigerweise war der ältere jüdische Emigrant und »Demagoge« Ludwig Börne nicht verboten worden. Ihn mochte der Menzel gut leiden und hatte ihn nicht denunziert. Ludwig Börne ließ sich nicht beirren. Er schrieb eine wunderbare Polemik mit dem Titel *Menzel, der Franzosenfresser.* Heinrich Heine schrieb, wie erwähnt, *Über den Denunzianten.* Menzels »giftige Denunziatiönchen« kommen auch bei Heine noch im *Wintermärchen* vor.

Wendezeiten sind fast immer gute Zeiten für Denunzianten, nicht allein im Bereich der Literatur. In solchen Fällen treten neue Todesursachen auf innerhalb der Literatur. Was die Wegwerfgesellschaft noch nicht in ihrer Eile weggeworfen hat, weil sie es noch ein wenig behalten möchte, wird von den Denunzianten ihrerseits zu Tode befördert. Wenn mächtige Medien von einem Autor abrücken, weil man es ihnen nahegelegt hat oder weil sie auch ihrerseits in der Mode bleiben möchten, wissen sehr viele Sortimenter und Buchhändler, was sie zu tun haben. Dieser Autor wird nicht mehr bestellt, das Vorhandene wird »remittiert«. Man altert leicht in der heutigen Literatur, und bisweilen wird auch ein bißchen nachgeholfen. Auch dies gehört zum heutigen Leben im Anachronismus. In jener großartigen Entwicklungsphase des europäischen Bürgertums zwischen 1830 und 1848 entstand jene unvergeßbare Literatur, ohne welche kein heutiges Schreiben denkbar wäre. Damals entdeckte der verbotene Karl Gutzkow nicht nur den jungen und ganz unbekannten Georg Büchner, dessen staatsgefährliches Drama *Dantons Tod* er zwar – sehr ungern – säuberte und dann drucken ließ, sondern auch einen anderen begabten jungen Menschen, mit dem er freilich bald darauf Streit begann. Der junge Rheinländer nannte sich Friedrich Oswald, hieß aber Friedrich Engels.

In jener entscheidenden Phase schrieb der französische Lyriker und Dramatiker Alfred de Musset seine *Confessions d'un enfant du siècle*. Darin schrieb er den Satz: »Alles was war, ist nicht mehr. Alles was sein wird, ist noch nicht. Das ist unser Unglück.« Dieser Satz ist nicht anachronistisch geworden.

Nachdenken über Theodor W. Adorno

Nachdenkend über den Tod von Theodor Wiesengrund-Adorno stoße ich zuerst auf das Empfinden einer jähen und starken Betroffenheit beim Empfang der Nachricht. August 1969 in New York. Die Morgenzeitungen hatte ich nicht gelesen, traf mich am Mittag mit Freunden im Faculty Club der Columbia-Universität. Die Kollegen erwarteten mich. Sie wirkten bedrückt, sprachen sonderbar leise. Adorno sei gestorben: ob ich die Nachricht gelesen hätte. Nur einer Germanist, die andern weder Philosophen noch Soziologen. Dennoch hatten sie offenbar verstanden, daß dieser Todesfall weit über Fach- und Fakultätsgrenzen hinausreichte.

Man sprach an diesem Mittag nur über ihn, den amerikanischen Staatsbürger und deutschen Professor. Die *New York Times* hatten einen zwar ausführlichen und respektvollen, doch einigermaßen törichten Nekrolog gebracht, worin Adornos so divergierenden Aktivitäten als völlige Inkohärenz dargestellt wurden. Las man den Bericht, so blieb unverständlich, warum ein Allesbedenker und offenkundiger Allround-Essayist so große Bedeutung erlangt haben sollte. Wobei hinzukam, daß der Berichterstatter dieser Weltzeitung als Pointe seinen amerikanischen Lesern mitzuteilen hatte, Theodor W. Adorno habe auch über den Tanz *Jitterbug* meditiert.

Die Freunde waren ärgerlich über diese Art von Nekrolog. Sie sprachen davon, in einem Brief an den Herausgeber zu protestieren und auf die realen Dimensionen dieses Kulturkritikers hinzuweisen.

Bei jenem Mittagessen in New York mochte ich kaum mitreden. Als einziger am Tisch hatte ich Adorno gekannt: in solchen Fällen entstehen sogleich Erinnerungsbilder. Ich glaubte seinem Blick zu begegnen, diesen weit aufgerissenen Augen mit dem stets etwas erstaunten und entsetzensvollen Ausdruck. Sogleich war auch die Erinnerung präsent an unser letztes Telefongespräch zwischen Frankfurt und Hannover

im Juni des Jahres. Sieben Wochen nur lagen zwischen jenem Fernruf und dem jetzigen Tischgespräch über einen Toten. In wenigen Tagen sollte ich nach Europa zurückfliegen; dann waren in Berlin Fernsehaufzeichnungen über *Goethes Iphigenie und die Grenzen der klassischen deutschen Humanität* vorgesehen. Adorno, der eben jenes Thema in einer Berliner Rede behandelt hatte, die durch ein läppisches Happening gestört worden war, hatte ich brieflich gebeten, innerhalb jener Fernsehveranstaltung mit mir über die Thesen der Berliner Rede zu diskutieren; er hatte zugesagt, bloß gebeten, man möge in Frankfurt vor die Kamera treten: weite Reisen erlaube sein Gesundheitszustand nicht.
Der Aufnahmetermin in der zweiten Junihälfte wurde angesetzt. Dann aber wurde ich an jenem Tag in Hannover zurückgehalten und bat Adorno, statt dessen vor der Kamera die wichtigsten, von mir vorgeschlagenen Passagen seiner Rede selbst vorzutragen. Eine monologische Thesenpräsentation also anstelle des Gesprächs. Das hat er akzeptiert und auch gehalten. Als die Sendung im Oktober im Dritten Programm des Berliner Fernsehens auf den Bildschirmen erschien, erlebte man die letzte Fernsehaufzeichnung mit Theodor W. Adorno.
Unser letztes Telefongespräch betraf diese Umdisponierung. Er bedauerte, im August nicht zur Stelle sein zu können. Es gehe ihm nicht gut: er reise in die Schweiz, um sich gründlich zu kurieren. Im Herbst wollten wir dann das nunmehr vertagte Gespräch in anderm Rahmen nachholen. Diese Erholungsreise in die Schweiz hat in den Tod geführt, wie wir wissen.
Allein, die jähe Betroffenheit war bloß durch solche Erinnerungen nicht zu erklären. Es wäre unsinnig gewesen, hier vom Verlust eines Freundes zu sprechen. Das war Adorno nicht, wenngleich es Beziehungen und Begegnungen zwischen uns gab, die mehr als 30 Jahre zurückreichten. Ich hatte ihn vor 1933 einmal kurz in Frankfurt kennengelernt. Dann wirkte ich, ebenso wie er, seit dem Jahre 1934, seit unserer Emigra-

tion, als Stipendiat des gleichfalls – aus Frankfurt – emigrierten Instituts für Sozialforschung. Eingeladen und als Mitarbeiter gewonnen hatte mich, in Genf, der Institutsdirektor Max Horkheimer. In Gesprächen mit ihm war damals schon viel von Wiesengrund-Adorno die Rede. Dennoch hatte ich, es muß 1935 gewesen sein, den Eindruck, die wissenschaftliche und freundschaftliche Beziehung zwischen Horkheimer und seinem Wirtschafts- und Verwaltungsberater Friedrich Pollock sei enger als die Bindung Horkheimers an seinen philosophischen Schüler, den einstigen Frankfurter Privtdozenten Wiesengrund-Adorno. Der war damals wohl in Oxford. Seine Beziehung zum Institut für Sozialforschung schien einigermaßen lose zu sein, worin ich mich aber vielleicht täuschte. Bei dem großen Forschungsprojekt nämlich, das Horkheimer damals in der Emigration durchführen ließ und dessen Resultate unter dem Titel *Studien über Autorität und Familie* einige Jahre später (1936) in Paris bei Félix Alcan als Sammelband herausgegeben wurden, worin es Arbeiten gab von den meisten Forschungsstipendiaten und Mitarbeitern des Instituts, Karl August Wittfogel und Herbert Marcuse, dem Soziologen Paul Honigsheim oder dem später in scharfer Sezession vom Institut sich trennenden Franz Borkenau, der seinen Beitrag als »Franz Jungmann« zeichnete, in diesem Sammelband, zu welchem auch ich eine Studie über *Autorität und Familie in der Theorie des Anarchismus* beigesteuert hatte, war Adorno nicht vertreten.

Ich sah ihn einige Jahre später in Paris, wo das Institut, neben seiner Genfer Zweigstelle und dem neuen Hauptsitz an der Columbia-Universität in New York, im Gebäude der École Normale Supérieure in der Rue d'Ulm gleichfalls eine Filiale unterhielt. In Paris war Walter Benjamin, dessen Beziehung zum Institut über jene Pariser Zweigstelle lief. Auch eine meiner letzten Erinnerungen an Walter Benjamin knüpft sich an ein kurzes Beisammensein mit Benjamin und Adorno.

Damals hatte es bereits eine erste theoretische Auseinandersetzung zwischen Adorno und mir gegeben. Sie ging aus von einer musiksoziologischen Analyse, die Adorno über den *Fetischcharakter in der Musik* und den Prozeß einer *Regression des Hörens* in der Zeitschrift für Sozialforschung publiziert hatte. Mich erbitterte die Analyse, die ich heute als durchaus richtig und antizipatorisch bezeichnen möchte. Ich glaubte eine Verkennung musikgeschichtlicher Fakten und eine Verabsolutierung von Positionen der Schule Arnold Schönbergs feststellen zu müssen. So schrieb ich, als Briefessay, eine ausführliche Gegenanalyse, worauf eine theoretische Gegenkonzeption des Instituts eintraf. Sie war bereits als gemeinsame Auffassung von Horkheimer und Adorno konzipiert. Meinem Pochen auf historische Konkretisierung antwortete der Vorwurf, das sei ein Standpunkt des Historismus und der Geistesgeschichte. Ich habe dann noch einmal ausführlich geantwortet, aber inzwischen war Vorkrieg, dann Krieg, wissenschaftliche Kontakte zwischen Europa und Amerika ließen sich nicht mehr durchführen.

Nachdenkend über den Tod von Adorno habe ich in meinen Entwürfen von damals geblättert, den Konzepten zu jener ersten wissenschaftlichen Kontroverse mit ihm, dessen Tod mich so verstören sollte. Wahrscheinlich war es gar nicht die Radikalität jener musiksoziologischen Positionen, die mich mehr als 30 Jahre zuvor so aufregte, denn auch Benjamin hat um jene Zeit, vor allem das literarische Kunstwerk und das Objekt in der bildenden Kunst im Zeitalter der Kulturindustrie reflektierend, ganz ähnliche Positionen vertreten, und Benjamins Thesen waren mir keineswegs bestürzend, sondern gültig erschienen. Im Zusammenhang mit Benjamins erstem Entwurf seiner Studie über Baudelaire und Paris als »Hauptstadt des 19. Jahrhunderts« hatte ich (1939) in Zürich bei Max Rychner in der Zeitung *Die Tat* ausführlich über Benjamins Baudelaire-Analyse, Horkheimers Studie über *Egoismus und Freiheitsbewegung* und auch über Adornos erste Fassung seines späteren Versuchs über Richard Wagner referiert.

Es waren also vermutlich nicht die Reflexionen von Karl

Marx über den Fetischcharakter der Ware, von Georg Lukács zuerst in *Geschichte und Klassenbewußtsein* auf den ideologischen Überbau angewandt, nun von Adorno als Raster für das Musikleben benutzt, was mich zum Protest animierte. Auch Adornos Bemerkungen über den Zustand des Musiklebens in der spätbürgerlichen Gesellschaft verstörte mich keineswegs. Höchstens fand ich sein Urteil über Arturo Toscanini ungerecht.

Betroffen machte mich nicht die Geringschätzung musikhistorischer Zusammenhänge zugunsten einer herrischen Spekulation: das kennt man, seit Hegel, von allen Hegelianern. Verstörend blieb, wie ich heute meine, die elitäre Attitüde jener Arbeit, ihre sonderbare Mischung aus Verachtung für die quantitative Ausbreitung kultureller Aktivitäten im Prozeß einer Durchkapitalisierung der Welt – und leidenschaftlicher Verehrung für künstlerische Ausdrucksformen (für Werke Schönbergs, Alban Bergs und Anton Weberns vor allem), welche ohne die gesellschaftliche Basis des Spätbürgertums gar nicht zu denken waren. Wenn Max Horkheimer heute die Undenkbarkeit Gottes und das Verbot einer Konkretisierung menschlicher Zukunftserwartungen eng kopuliert mit dem Wunsch, die idealistischen Formen des Philosophierens, von Platon bis zu Kant und Schopenhauer, konservieren zu wollen, so versuchte – wenn ich nicht irre – bereits der Adorno jener ausgehenden dreißiger Jahre, den Antagonismus von quantitativ unermeßlicher Kulturindustrie, die er haßte und verachtete, und der ästhetischen Askese eines Stefan George, Karl Kraus und Arnold Schönberg, als sonderbares Amalgam aus totaler Verweigerung und partieller Konservierung zu präsentieren.

Das war es vermutlich, was mich bei den ersten Begegnungen mit dem Denker Adorno so heftig traf und zum Widerspruch aufreizte. Die Betroffenheit jenes Augusttages in New York hing wohl, jenseits aller persönlichen Relationen, hiermit eben zusammen. Ich glaubte fast physisch zu spüren, in welcher Trauer und Herzensspannung dieser Mensch Theodor

W. Adorno gestorben war. Er hatte sich als philosophischer Denker zuerst bekannt gemacht durch Studien über Kierkegaard. Sah es nicht aus, als habe sich das konsequente Denken einer dialektischen Negation und Negativität für Adorno zuletzt, mit Kierkegaard zu sprechen, in eine »Krankheit zum Tode« verwandelt?

Wir haben immer wieder lange Unterhaltungen gehabt in seinen letzten Lebensjahren, seit er nach Europa, nach Frankfurt, zurückgekehrt war. Meist traf man sich in Frankfurt: in seiner Wohnung, im Institut für Sozialforschung, vor Rundfunkmikrophonen. Wenn ich, damals noch Professor in Leipzig, nach Frankfurt kam, pflegte ich ihn zu besuchen. In den letzten Jahren haben wir oft miteinander im Rahmen von Rundfunkprogrammen diskutiert: über das Alterswerk von Künstlern und Schriftstellern, von Beethoven bis zu Fontane und Thomas Mann; eine Stunde lang über Stefan George, wobei ich Mühe hatte, Adornos ständige Bemühungen zu bremsen, das Gespräch über den Dichter des *Siebenten Rings* in ein solches über Rudolf Borchardt einmünden zu lassen, woran mir gar nichts lag; zuletzt haben wir noch – in Form eines Streitgesprächs, das dann, als wir ins Detail gingen, zum überraschenden Konsens führen sollte – über Gustav Mahler und sein Verhältnis zur Literatur debattiert. Zu jenem Dialog vor der Kamera über Iphigenie und die Grenzen der Humanität kam es nicht mehr.

Immer wieder aber – ob Beethovens Spätstil erörtert werden sollte oder der *Doktor Faustus* von Thomas Mann, das *Lied von der Erde* oder Georges Hymnen an Maximin – frappierte mich, wie damals in Genf oder Paris vor mehr als dreißig Jahren, diese sonderbare Verbindung einer elitären Ästhetik und einer totalen Absage an alle Formen der bürgerlichen – und auch der sowjetischen – Kulturindustrie. Die Ursachen dieser Antinomie zu überdenken, scheint mir geboten zu sein, wo wir einerseits mit einer Fetischisierung dieses bedeutenden Mannes, also mit einer Art der Epiphanie, konfrontiert sind, zum andern mit einer totalen Verweigerung, die sich bereits als historische »Periodisierung« versteht. Dialektisches Denken und kritische Theorie »nach dem Tode von Adorno«, was offenbar heißen soll: über Adorno hinaus. In einer Erklärung von Frankfurter Schülern Adornos, die am 20. 8. 69 in der *Frankfurter Rundschau* veröffentlicht wurde, heißt es am Schluß:

> Hinter der Stilisierung Adornos zum einmaligen Geistesheroen wie zum politischen Verführer steht das eindeutige Interesse, Kritische Theorie zu liquidieren. Dagegen werden wir deren Intentionen in Zukunft auch im Rahmen universitärer Institutionen weiterführen.

Bestürzend wirkt auf den ersten Blick, blättert man in den Adorno-Editionen des Suhrkamp Verlages, die Vielfalt der Themen. In zwei Sammlungen von *Kritischen Modellen* wird über *Meinung Wahn Gesellschaft* oder das *Fernsehen als Ideologie* ebenso nachgedacht wie über *Vernunft und Offenbarung*, aktuelle Schwierigkeiten der Pädagogik und der Pädagogen, über sexuelle Gesetzgebung und die Rolle der Philosophie im akademischen Getriebe. Adornos *Noten zur Literatur* sind Anmerkungen zu Gattungsproblemen, zur Antinomik einzelner Künstler, zu Büchern, die dem philosophischen Kritiker bemerkenswert erscheinen mochten. Heine und Eichendorff, Valéry und Proust, Thomas Mann und Samuel Beckett. Eine Einführung in die Musiksoziologie, Bücher über Wagner, Mahler, Alban Berg, essayistische *Moments musicaux*, die Kreations- und Interpretationsprobleme in gleichem Maße wichtig nehmen. An Sören Kierkegaard hatte sich Adornos philosophische Reflexion zuerst entzündet, Anmerkungen zu Hegel sind es allenthalben, auch dort, wo der Name nicht fällt. Die immer enger werdende Kommunikation zwischen Horkheimer und Adorno manifestiert sich bei letzterem in der wachsenden Häufigkeit und Stringenz der Auseinandersetzung mit Kant. Bedeutende und läppische Reflexionen – beides kann von Adorno als Initialzündung verwendet werden: Nietzsche wie Spengler, Sartre wie die traulichen deutschen Post-Existentialisten, diese Wiederauflage von Pietismus, Innerlichkeit und Stille im Lande, diejenigen kurzum, die den innigen »Jargon der Eigentlichkeit« beherrschen.

Verwirrend dies alles und bestürzend. Um so mehr, als Adornos spekulativer Impuls – hierin methodisch sehr verschieden von der mikrologischen Arbeitsweise Walter Benjamins – nur selten, auch dann oft widerwillig, bereit ist, das Ganze eines philosophischen Systems, eines Gedichts oder Romans, eines musikalischen Kunstwerks zum Gegenstand der Reflexion zu machen. Die polemische Antihegelthese dieses Analytikers, wonach das Ganze gleichbedeutend sei mit dem Unwahren, bestimmt in den meisten Fällen die Arbeitsweise. Adorno setzt sich nicht mit Goethes *Faust* auseinander, sondern mit der Schlußszene aus *Faust* II; er brilliert in *Kleinen Proust-Kommentaren*, weil sie die Reflexion über das Detail gestatten, das epische Gesamtgebilde aber dabei ignorieren können. Als Adorno in Stuttgart seinen Vortrag über *Goethes Iphigenie und die deutsche Klassik* hielt, wobei er sich darauf kaprizierte, eben dies Wort zu vermeiden, um es terminologisch durch »Klassizismus« und »Klassizität« zu überspielen, fragte eine sachkundige Hörerin, gleichzeitig fasziniert und verärgert: »Von welchem Stück hat er eigentlich gesprochen?«

Er hatte sehr wohl von der *Iphigenie auf Tauris* gehandelt, freilich in der ihm eigentümlichen Seh- und Reflexionsweise. Diese Analysen waren in der Tat stets »Eingriffe«, was heißen soll: sie versöhnten sich nicht, durch Anempfinden oder Mitdenken, mit dem Gegenstand, Adorno trat seinen Objekten meist zu nahe. Nämlich: er näherte sich ihnen schamlos, gewaltsam, machte sein Denken zur Praxis, um mit dem Objekt zu einer neuen geistigen Einheit zu gelangen. Niemals hat er sich ganz freigemacht von der romantischen Auffassung, wonach ein Kritiker gleichzeitig selbst Kunst zu produzieren habe. Darum liebte er die Form des Essays, weil sie gleichzeitig antitotal und unvollendet zu sein hatte. Daher war es

Adorno in seinem Denken über Kunst, Philosophie, Phänomene der modernen Gesellschaft am liebsten, wenn er, unter Mißachtung eines Ganzen, stellvertretend ausgewählte Teilaspekte interpretieren durfte, und zwar in der fragmentarischen, von aller Endgültigkeit entfernten Form des Essays. In seinem eigenen, interessanten Essay mit dem Titel *Der Essay als Form* hat er diese Arbeitsweise und ihre romantische Aszendenz selbst formuliert:

> Die romantische Konzeption des Fragments als eines nicht vollständigen sondern durch Selbstreflexion ins Unendliche weiterschreitenden Gebildes verficht dies antiidealistische Motiv inmitten des Idealismus. Auch in der Art des Vortrags darf der Essay nicht so tun, als hätte er den Gegenstand abgeleitet, und von diesem bliebe nichts mehr zu sagen. Seiner Form ist deren eigene Relativierung immanent: er muß sich so fügen, als ob er immer und stets abbrechen könnte. Er denkt in Brüchen, so wie die Realität brüchig ist, und findet seine Einheit durch die Brüche hindurch, nicht indem er sie glättet. Einstimmigkeit der logischen Ordnung täuscht über das antagonistische Wesen dessen, dem sie aufgestülpt ward. Diskontinuität ist dem Essay wesentlich, seine Sache stets ein stillgelegter Konflikt.

Dennoch ist diese Fülle der Themen, aller Fragmentarik und willkürlichen Vergewaltigung des Objektes, sogar der scheinbaren Beliebigkeit in der Themenwahl zum Trotz, insgeheim gegliedert und durchaus übersichtlich angeordnet. Wer abfällig zu Adorno anmerkt, er habe überall mitgedacht und mitgeredet, was die Reaktion eines neidischen Banausentums ist, welches Teilevidenz, die man zu besitzen glaubt, für wichtiger hält als brüchige und in sich widerspruchsvolle Meditationen, deren Bedeutung gerade in ihrer bedrohlichen Nichtevidenz liegt, hat die eigentümliche Bedeutung Theodor W. Adornos überhaupt nicht erfaßt. In einer autobiographischen Studie aus der letzten Lebenszeit hat Adorno, bei aller Gelassenheit tief verletzt durch seine wissenschaftlichen Erfahrungen in den Vereinigten Staaten, geschildert, wie es ihm mit seiner ersten Studie über den Jazz erging:

> Der theoretische Kern jener Arbeit über Jazz stand in wesentlicher Beziehung zu späteren sozialpsychologischen Untersuchungen, auf die ich mich einließ. [...] Dennoch hatte jene Arbeit, obwohl sie sich dicht an die musikalischen Sachverhalte heftete, nach amerikanischen Begriffen von Soziologie den Makel des Unbewiesenen. [...] Dadurch provozierte ich den Einwand, den ich nicht zum letzten Mal hören sollte: »Where is the evidence?«

Seine Antwort mußte lauten: Die Evidenz werde gerade durch die offenkundige Nichtevidenz geliefert, was keineswegs gleichzusetzen sei mit Unwissenschaftlichkeit.
Hinzu kommt, daß die mannigfaltigen Arbeiten und Forschungsobjekte stets um den geheimen Denkkern kreisen. Auf ihn sind sie bezogen. Dergestalt, daß Adorno in allen thematisch voneinander divergierenden Arbeiten stets einige Grundthemen behandelt. All sein Meditieren geschieht »in nuce«. Das wird sogleich offenbar, wenn man sich, unbeeinflußt durch die Quantität der behandelten Themen, über jene Gestalten, philosophischen Systeme, Kunstwerke einmal Gedanken macht, denen Adorno ausdrücklich die Meditation verweigert hat.

Ein Vergleich mit andern Denkern unter seinen unmittelbaren Zeitgenossen, wenngleich nicht Generationsgenossen, mag es andeuten: mit seinem Freund und Denkpartner Max Horkheimer; mit Ernst Bloch, den Adorno seinen Freund nannte, wenngleich er bereits 1959 in einer Studie über das Buch *Spuren* dezidiert erklärt hatte:

Die Farbe, die Bloch meint, wird grau als Totale. Hoffnung ist kein Prinzip. Philosophie kann aber nicht vor der Farbe verstummen. Sie kann nicht im Medium des Gedankens, der Abstraktion sich bewegen und Askese gegen die Deutung üben, in der jene Bewegung terminiert. Sonst sind ihre Ideen Rätselbilder.

In Horkheimers wichtigster Schaffenszeit, also den dreißiger und vierziger Jahren, wird Philosophieren stets verstanden als Auseinandersetzung einer Reflexion im Finalstadium der bürgerlichen Gesellschaft mit den Anfängen und großen Aufschwüngen der bürgerlichen Philosophie vom 16. bis zum 18. Jahrhundert. Montaigne und der philosophische Skeptizismus, Spinoza, immer wieder Kant: von dort geht Horkheimer aus, um Gegenpositionen oder Kontinuitäten für das eigene Denken festzustellen. Die Analysen halten engen Kontakt mit dem historischen Geschehen. Die Studie über *Egoismus und Freiheitsbewegung* strebt, durchaus im Sinne jenes amerikanischen Opponenten gegen Adorno nach der »evidence«. Seine Belege entnimmt Horkheimer kaum der Geistesgeschichte, sondern wenn möglich der realen politischen und wirtschaftlichen Entwicklung.
Für Ernst Bloch war von jeher die Gefahr, in Meditieren über Bücher statt über menschliche Zustände zu verfallen, einigermaßen gering zu veranschlagen. Sein philosophisches Verwundern setzte bei den Spuren im menschlichen Dasein, nicht aber bei den wissenschaftlichen und künstlerischen Interpretationen solcher Seinszustände ein: Knabenträume, Sklavenvisionen, mystische Inbrunst mit gesellschaftskritischem Kern, Utopien als Gemisch aus Geschichte und Geographie. Für Bloch galt jede Landkarte als unzuverlässig, worin nicht die Insel Utopia eingezeichnet war. Darum die Fülle geschichtlicher Belege, naturphilosophischer Exkurse, nicht zuletzt einer politischen Publizistik »aus gegebenem Anlaß«, die in solcher Form bei Adorno überhaupt nicht vorkommt.

Aller leidenschaftlichen Bemühung um Konkretheit des Denkens nämlich ungeachtet, verspürt Adorno kaum Neigung, geschichtliche Vorgänge und Abläufe genauer interpretieren und die eigene Denkanstrengung innerhalb einer geschichtlichen Situation fixieren zu wollen. Darin unterscheidet er sich von Horkheimer ebenso stark wie von Walter Benjamin. Bei ihm findet man auf dem Höhepunkt seines Schaffens kein Gegenstück zu Benjamins Thesen über Geschichtsphilosophie. Beispiele aus der Geschichte sind in diesem vielschichtigen und weitgespannten Meditieren recht spärlich. Adornos Denken entzündet sich nicht allzu oft an Vorfällen, sogleich aber an Reflexionen, die einer aus Anlaß solcher Vorfälle anstellte. Dann findet Adorno ein »Prisma« vor und kann an die Arbeit gehen: indem er entweder zustimmt, weiter und zu Ende denkt, oder – polemisch – indem er ein Gegenprisma »erstellt«, um es mit einem von ihm verabscheuten Ausdruck zu bezeichnen.

Das hat nichts mit Weltfremdheit zu tun, denn Theodor W. Adorno kannte sich in allen gesellschaftlichen Mischformen aus Establishment und Revolte ganz gut aus. Auch gibt es erlauchte Vorgänger, deren Denken sich in ähnlicher Weise erst an vorhandenen Reflexionen über Sein zu inspirieren pflegte. Gotthold Ephraim Lessing wäre vor allem zu nennen, dem Adorno im Jahre 1962 einige reizvolle kleine *Paraphrasen* gewidmet hat.

Worüber er also zu reflektieren pflegte, das waren nicht die Vorgänge selbst: solche der Vergangenheit wie seiner eigenen Gegenwart. Der Auschwitzprozeß, in seiner Stadt Frankfurt abrollend, hat diesen Soziologen nicht veranlaßt, an Sitzungen teilzunehmen und die Wirklichkeit von Auschwitz, seiner Täter wie Opfer, zu interpretieren. Adorno dachte darüber nach, ob Lyrik und Pädagogik nach Kenntnis der Menschen vom Geschehen in Auschwitz noch möglich sei. Es gibt von ihm keine Analyse des Frankfurter Prozesses, jedoch aus dem Jahre 1966, vorgetragen im Hessischen Rundfunk, einen Essay mit dem Titel *Erziehung nach Auschwitz*.

Auch der literarische und geistesgeschichtliche Bereich, worin Adorno als Peripatetiker umherzuwandern pflegte, war, was man nicht ohne weiteres vermuten sollte, nach Ort und Zeit eher ein Kleinstaat. Gelegentliche Ausflüge ins 18. Jahrhundert, Hinweise auf Diderot und Lichtenberg und Kant und Goethe, sollten die Einsicht nicht trüben, daß Adorno die literarischen Quellen seiner philosophischen Inspiration im 19. und 20. Jahrhundert fließen sah. Von Balzac zu Proust, den Surrealisten und zu Beckett. So bedeutend seine Kenntnis und Interpretation Immanuel Kants auch sein mochte – was vor allem im dritten Teil des Buches *Negative Dialektik* zu erkennen ist –, es ist doch immer wieder Hegel, der ihm den Ansatzpunkt liefert. Hegel, Kierkegaard, die sogenannte Lebensphilosophie, ein eigenes Buch über *Husserl und die phänomenologischen Antinomien*, Positivismus und Existentialismus, Wandlungen im marxistischen Denken: das ist sein eigentliches philosophisches Thema, wie die deutsche Romantik den Absprung für seine literaturtheoretischen Betrachtungen zu liefern hatte. Nicht anders verhält es sich mit dem Musiker und Musiktheoretiker. Man möchte es kaum wahrhaben wollen, allein, es gibt in diesem weiten musiksoziologischen und -philosophischen Œuvre kaum mehr als gelegentliche Hinweise auf Mozart. Sogar die oft zitierte Studie, worin Bach gegen seine Verehrer verteidigt werden soll, ist nichts anderes als eine Gelegenheitsarbeit. Gar bei den polemischen Ausfällen gegen ein bundesbürgerliches Establishment, welches sich bei Kerzenschein an der Barockmusik delektiert, um insgeheim den eigenen sozialen Status zu genießen, bricht das Befremden über diese Barockmusik selbst immer wieder durch. Adornos Ausgangspunkt war und blieb Beethoven. Über ihn hatte er noch, wie er im Gespräch halb melancholisch anzukündigen pflegte, eine umfassende Arbeit geben wollen.

Hegel, deutsche Romantik, Beethoven. Dann allerdings der kulturelle Gesamtbereich des 19. und 20. Jahrhunderts. Verstanden freilich als europäischer Kosmos. Die übrige Welt –

die USA, von ihm als Fortsetzung oder Kontrastwelt zu seinem Europa empfunden – forderte kaum Neugier heraus. Adorno hat, soweit ich sehe, aus dem Gefühl des bloßen Sehenwollens keine Reise unternommen. Europa genügte ihm vollauf. Kein Indien und China, keine dritte Welt, nicht die Volksdemokratien und nicht die Arbeiterbewegung. Auch in seinem Bedürfnis nach Lebenserfahrung blieb er Bürger – und Souverän – eines Kleinstaates. Da dies alles zur Charakteristik eines außerordentlichen Menschen gesagt wird und nichts von dem meint, was Adorno vermutlich als ein »debunking« bezeichnet hätte, sollte das Nachdenken über Theodor W. Adorno versuchen, die Ursachen solcher freiwilligen Selbstkontrolle im Denken aufzuspüren. Ist es schon nicht weit her, wie man heute weiß, mit den Beziehungen, die Wilhelm Dilthey zwischen »dem Erlebnis« und »der Dichtung« herzustellen sucht, so verbietet sich bei jedem Mann der Wissenschaft, erst recht einem von Adornos Rang, der vulgäre Psychologismus. Natürlich haben die Indianerträume des Knaben Ernst Bloch eine Rolle gespielt; erst recht, um auch diesen Namen, den von Adornos geistigem Todfeind, zu nennen, bei Martin Heidegger, die Gewohnheiten im Schwarzwalddorf. Trotzdem hat Ernst Bloch immer wieder spöttisch erklärt, der Ansatzpunkt seines Denkens, schon auf dem Gymnasium, habe zwar viel mit Karl May zu tun, ebensoviel aber auch mit Hegel; und *Sein und Zeit*, was Günter Grass auch sagen möge, ist mehr als bloße Philosophie an der Zipfelmütze.

Bei Adorno nun gar ist unverkennbar, daß er, wenngleich er scheinbar bis kurz vor dem Lebensende auf das »Ich« ebenso zu verzichten gedachte wie auf die Berücksichtigung eigener Idiosynkrasien und Allergien beim Denken, in erstaunlicher Weise stets aus der künstlerischen Sensibilität philosophiert hat. Schon die »Stichworte«, die ihn herausforderten und zu »Eingriffen« veranlaßten, waren Provokationen, ursächlich verknüpft mit Tatbeständen, welche der Mensch und Mann Theodor W. Adorno liebte oder verabscheute.

In seinen letzten Jahren hat er dieser stets vorhandenen Neigung zum Autobiographischen bereitwilliger nachgegeben. Darin verhielt er sich nicht viel anders als Thomas Mann, welcher sich stets, ob er von Lessing sprach oder Goethe oder Platen, seinem Gegenstand anzuverwandeln pflegte. Hören wir eine Stelle aus Adornos Studie *Zu einem Porträt Thomas Manns* von 1962:

> Die Rede von Thomas Manns Eitelkeit mißdeutet gänzlich das Phänomen, auf das sie sich stützt. Unnuancierte Wahrnehmung verbindet sie mit unnuanciertem sprachlichen Ausdruck. So uneitel er war, so kokett war er dafür. Das Tabu, das über dieser Eigenschaft bei Männern liegt, hat wohl verhindert, sie und ihr Hinreißendes an ihm zu erkennen. Es war, als hätte die Sehnsucht nach Applaus, die selbst vom vergeistigten Kunstwerk nicht ganz weggedacht werden kann, die Person affiziert, die so sehr zum Werk sich entäußert hatte, daß sie mit sich spielte wie der Prosateur mit seinen Sätzen. Etwas in der Armut der Form auch des spirituellen Kunstwerks ist der verwandt, mit der der Schauspieler sich verbeugt. Er wollte reizen und gefallen.

Wer Adorno gekannt hat oder auch bloß erlebte, wie er sich nach einem dankbar aufgenommenen Vortrag vor dem Publikum verbeugte, merkt sofort, daß da nicht bloß von Thomas Mann gesprochen wurde.

Einige singuläre Texte Adornos von 1968, seine Beziehungen zu Wien und zur aristokratischen Welt behandelnd, sind nicht nur schlicht in der Diktion, fast kunstlos, sondern ausdrücklich als Konfession verstanden. Nicht anders verhält es sich mit dem Bericht über *Wissenschaftliche Erfahrungen in Amerika*, den er seiner letzten Essaysammlung, deren Erscheinen er nicht mehr erleben sollte, einverleibte.

Zwei kontrastierende Erfahrungen. Zuerst die Lehrzeit in Wien bei Alban Berg am Ausgang der zwanziger Jahre. In dem Erinnerungskapitel seines Buches über Alban Berg von

1968, vielleicht dem schönsten und persönlichsten Buch, das Adorno geschrieben hat, spürt man nichts mehr von Selbststilisierung und Histrionentum. Adorno will berichten vom Glück jener Jahre. Nun ist er plötzlich, scheinbar bloß vom Musiker des *Wozzeck* und der *Lulu* sprechend, selbst im Mittelpunkt des Berichts. Auch die sinnlichen verbinden sich diesmal mit den geistigen Erfahrungen. Es ist ein zärtlicher Bericht, der hier entstand, und Zärtlichkeit oder »Tendresse« muß in Adornos Leben dieselbe Rolle gespielt haben wie die »Freundlichkeit« bei Bertolt Brecht. Adorno versteht Zärtlichkeit an einer merkwürdigen Stelle seines Buches *Zur Metakritik der Erkenntnistheorie* von 1956, das die Widmung trägt »Für Max«, ganz ausdrücklich als »Modell von Humanität«. Überhaupt ist diese Stelle für Adornos seelisch-geistige Totalität geradezu stellvertretend. Ihm verbinden sich Musik, Erotik und philosophischer Impuls, verstanden als: später Beethoven, Zärtlichkeit, Sehnsucht nach einer letzten »Erkenntnistheorie«:

> Alle Musik war einmal Dienst, um den Ohren die Langeweile zu kürzen, aber die Letzten Quartette sind keine Tafelmusik; Zärtlichkeit ist der Psychoanalyse zufolge die Reaktionsbildung auf den barbarischen Sadismus, aber sie wurde zum Modell von Humanität. Auch die hinfälligen Begriffe der Erkenntnistheorie weisen über sich hinaus. Bis in ihre obersten Formalismen hinein, und vorab in ihrem Scheitern, sind sie ein Stück bewußtloser Geschichtsschreibung, zu erretten, indem ihnen zum Selbstbewußtsein verholfen wird gegen das, was sie von sich aus meinen. Diese Rettung, Eingedenken des Leidens, das in den Begriffen sich sedimentierte, wartet auf den Augenblick ihres Zerfalls. Er ist die Idee philosophischer Kritik. Sie hat kein Maß als den Zerfall des Scheins. Ist das Zeitalter der Interpretation der Welt vorüber und gilt es sie zu verändern, dann nimmt Philosophie Abschied, und im Abschied halten die Begriffe inne und werden zu Bildern.

Dies die positiven Visionen. Dagegen nun die amerikanische Welt der perfektionierten Kulturindustrie. Die Sensibilität des europäischen Künstlers Theodor W. Adorno muß traumatisch berührt worden sein durch solche amerikanischen Erfahrungen. Horkheimer und auch Herbert Marcuse waren es dann wohl, die ihm halfen, die seelische Verwundung in Reflexion zu verwandeln, also durch Abwehr zur Kulturkritik zu gelangen.
In den Berichten über die amerikanischen Erfahrungen spürt man hinter der heiteren Gelassenheit des Referats die nachzitternde Erregung:

> Ich hatte in der Psychoanalytischen Gesellschaft in San Francisco einen Vortrag gehalten und der zuständigen Fachzeitschrift zur Publikation gegeben. In den Korrekturfahnen entdeckte ich, daß man sich nicht mit der Verbesserung stilistischer Mängel begnügt hatte, die dem Einwanderer unterlaufen waren. Der gesamte Text war bis zur Unkenntlichkeit entstellt, die Grundintention nicht wiederzuentdecken. Auf meinen höflichen Protest empfing ich die nicht minder höfliche, bedauernde Erklärung, die Zeitschrift verdanke ihren Ruf eben ihrer Praxis, alle Beiträge einem solchen editing, einer solchen Redaktion, zu unterwerfen. Sie verschaffe ihr die Einheitlichkeit; ich sei mir nur selbst im Wege, wenn ich auf ihre Vorzüge verzichtete. Ich verzichtete dennoch.

Das schrieb Adorno bereits 1965 in seiner Antwort auf die törichte Umfrage mit dem Titel *Was ist deutsch*. Auch hier schlägt die Erfahrung von damals durch. Drei Jahre später interpretiert er dann Realsituationen, nicht bloß Bücher:

> Die Phänomene, mit denen die Soziologie der Massenmedien zumal in Amerika sich abzugeben hat, sind, als solche von Standardisierung, von der Verwandlung künstlerischer Gebilde in Konsumgüter, von kalkulierter Pseudo-Indivi-

dualisierung und ähnlichen Erscheinungsformen dessen, was man in deutscher philosophischer Sprache Verdinglichung nennt, nicht zu trennen. Ihr entspricht ein verdinglichtes, der spontanen Erfahrung kaum mehr mächtiges, sondern weithin manipulierbares Bewußtsein. Was ich mit verdinglichtem Bewußtsein meine, kann ich, ohne umständliche philosophische Erwägung, am einfachsten mit einem amerikanischen Erlebnis illustrieren. Unter den vielfach wechselnden Mitarbeitern, die im Princeton Projekt an mir vorüberzogen, befand sich eine junge Dame. Nach ein paar Tagen faßte sie Vertrauen zu mir und fragte mit vollendeter Liebenswürdigkeit: »Dr. Adorno, would you mind a personal question?« Ich sagte: »It depends on the question, but just go ahead«, und sie fuhr fort: »Please tell me: are you an extrovert or an introvert?« Es war, als dächte sie bereits als lebendiges Wesen nach dem Modell der Cafeteria-Fragen aus Questionnaires.

Er folgerte daraus als wissenschaftlicher Theoretiker:
»Kein Kontinuum besteht zwischen kritischen Theoremen und den naturwissenschaftlich empirischen Verfahrungsarten. Beides hat divergente historische Ursprünge und ist nur mit äußerster Gewalttätigkeit zu integrieren.«
Die Zusammenfassung seiner Erfahrungen mit Amerika, die weit mehr bedeutete als nur wissenschaftliche Erfahrung, führte ihn dann zu der These: »Es scheint die Not jeder empirischen Soziologie, daß sie zu wählen hat zwischen der Zuverlässigkeit und der Tiefe ihrer Befunde.«
Dies aber ist eine bedenkliche Antithese. Unterschieden wird zwischen der wissenschaftlichen Evidenz und sogenannter »Tiefe«, die von Adorno einigermaßen naiv gleichgesetzt wird mit spekulativer Kraft. In seiner Abwehr gegen den amerikanischen Positivismus gerät er in eine Denkbahn der Regression, nicht unverwandt den *Betrachtungen eines Unpolitischen* von Thomas Mann, benachbart selbst jenem Geschwätz über Kultur oder Zivilisation, das Adorno sonst zu

perhorreszieren pflegte. Ein Trauma bewirkt, daß jenes elitäre Element jäh hervortritt wie ein Stigma.

In der Tat ist Adornos Denken im hohen Maße elitär, wenn nicht autoritär. Das hängt eben sowohl mit seiner geringen Neugier auf Wirklichkeit zusammen wie mit den beiden kontrastierenden Lebenserfahrungen, den antagonistischen Welten von Wien und San Francisco.

Elitäres Denken und Snobismus – wo beides in der neueren Geistes- und Kunstentwicklung auftrat, hatte Adorno einen Gegenstand des Nachdenkens gefunden. Künstlertum, das sich nur dem kleinsten Kreise der »happy few« zuwendet, schwierigste Denkformen, welche dem Denkliebhaber und Dilettanten von vornherein das Verstehen verweigern; Selbststilisierungen, die es auf schroffe Antithesen abgesehen haben zwischen Elite und Masse, zwischen einer Existenz also sui generis und einer Allgemeinheit der berüchtigten »Vielzuvielen«: wo dies alles manifest wird, ist Adorno zur Stelle. Meist in der Form des denkerischen Einverständnisses. Arnold Schönberg und Stefan George, Baudelaire, Mallarmé und dessen Schüler Valéry. Noch in einer Überschrift wie *Versuch, das Endspiel zu verstehen*, verrät sich das Bemühen des Essayisten und Interpreten, Beckett als elitären Autor einer verweigerten Kommunikation zu deuten allen Bemühungen Becketts zum Trotz, seine Zuschauer und Leser auf den konkreten Text zu verweisen und nichts sonst. Also auf kein: Dahinter. Vermutlich hat auch Adornos sonderbare Überschätzung einer literarischen Gestalt wie Rudolf Borchardt weit mehr mit den elitären (und kulturkonservativen) Zügen zu tun als mit ehrlicher Begeisterung für die Krampfhaftigkeiten des Schriftstellers Borchardt. Dandy, Boheme und Snob: sie vermochten diesen neuen Plutarch, der *Minima Moralia* mitten im 20. Jahrhundert zu verfassen gedachte, immer wieder zu faszinieren. Natürlich kennt Adorno den Satz von Proust: Snobismus sei es nicht, wenn jemand sich in eine Herzogin verliebe, wohl aber wenn er sich verliebe, weil sie eine Herzogin ist. Möglicherweise hat er in den letzten Jahren gelegentlich mit Snobismus solcher Art ein bißchen gespielt, aber doch nur gespielt. Er selbst war kein Snob. Seine aristokratischen Partner, in deren Kreis er sich wohl fühlte, empfand er nicht, wie ein Snob, als Selbstbestätigung eines, der insgeheim weiß, wie der Herr von Faninal oder der junge Marcel Proust, daß er nicht dazugehört. Adorno fühlte sich gerade hier durchaus zugehörig. Dies waren Reste von Feudalität, und auch in Adornos Denken ging die Feudalität um, nicht nur die Sehnsucht danach.

Abermals kann eine Stelle aus einem seiner wichtigsten Essays, ähnlich jener Bemerkung über Thomas Mann, als geheime Selbstaussage gelesen werden. Von Stefan George ist die Rede, wie konnte es anders sein. Die *Rede über Lyrik und Gesellschaft*, zuerst 1957 erschienen, hielt der Autor selbst für eine stellvertretende Arbeit. Als ich kurz nach Erscheinen des Textes in den *Akzenten* zu ihm nach Frankfurt kam, gab er mir sogleich einen Sonderdruck und bat dringlich, was sonst nicht seine Art war, diese Analyse zu lesen und ihm später mitzuteilen, was man davon halte. Hier haben wir nicht nur, was selten vorkam, Einzelanalysen von Gedichten Goethes, Mörikes und Georges, welche diesmal ein Ganzes interpretierten, nicht bloß willkürlich als Inspiration benutzte Teilaspekte. In dieser Rede, die immer auch die Wiener Schule Arnold Schönbergs meint, wenn von George geredet wird, ist die Artistenexistenz in der späten Bürgerwelt eigentliches Thema. Adorno selbst gehörte – als Objekt – in diese Analyse, denn auch er, wie vor ihm Arnold Schönberg, hatte Gedichte Stefan Georges komponiert. Aber dann heißt es plötzlich:

> Während Georges Dichtung, die eines herrischen Einzelnen, die individualistische bürgerliche Gesellschaft und den für sich seienden Einzelnen als Bedingung ihrer Möglichkeit voraussetzt, ergeht über das bürgerliche Element der einverstandenen Form nicht anders als über die bürgerlichen Inhalte ein Bannfluch. Weil aber diese Lyrik aus kei-

ner anderen Gesamtverfassung als der von ihr nicht nur a priori und stillschweigend, sondern auch ausdrücklich verworfenen bürgerlichen reden kann, wird sie zurückgestaut: sie fingiert von sich aus, eigenmächtig, einen feudalen Zustand. Das verbirgt sich gesellschaftlich hinter dem, was das Klischee Georges aristokratische Haltung nennt.

George ist hier verstanden als ein Künstler, der innerhalb des Bürgerlichen nur bürgerliche Literaturformen, die heruntergekommene Bürgersprache, literarische Lebensformen der Bourgeoisie vorfindet, die sämtlich er verabscheut. So kommt es zur herrischen Erzeugung einer neuen Feudalität, die aber nichts anderes zu sein vermag als Rückkehr zur einstigen realen Feudalität, also Regression. Adorno möchte dieses Tun, das er ausdrücklich sowohl in diesem Text wie zehn Jahre später in dem Rundfunkgespräch mit mir über George, gegen das Getue mancher Jünger des Meisters verteidigt, als neue menschliche Freiheit interpretieren, als Überwindung gesellschaftlicher Entfremdung durch das Mittel einer übersteigerten Entfremdung.
Die Evidenz seiner Analyse ist gering. Um so evidenter ist die Selbstaussage. Schon der junge Adorno verstand den Kreis Stefan Georges, und auch jenen von Karl Kraus, als elitäres Korrelat zum Kreis um Arnold Schönberg. Daß George und Kraus und Schönberg nichts miteinander zu tun haben wollten, störte ihn nicht. In dem Buch über Alban Berg wird geschildert, wie der Kompositionsschüler Wiesengrund-Adorno zu Alban Berg nach Wien kommt, in der Erwartung, hier müsse man sich verhalten wie unter Georgianern. Die Erwartung wurde getäuscht, weil Berg offensichtlich weder autoritär sein wollte noch elitär. Das Gegenteil hätte Adorno vermutlich nicht gekümmert. Kunst und Künstlertum hat er sich nie anders vorstellen können denn als Siebente Einsamkeit. Ein Bürger mit der Sehnsucht nach einer Feudalität, die unmöglich geworden ist, wie er weiß.
Den kontrastierenden Erlebnissen Wien und San Francisco

entsprach in seinem Denken genau der Antagonismus zwischen dem unbürgerlichen Kunstwerk, das sich verweigert, und das Versöhnung gesellschaftlicher Widersprüche nur im artistischen Gebilde zuläßt, doch niemals als Verklärung von Spannungen im gesellschaftlichen Sinn – und der totalen Absage des Gesellschaftskritikers Adorno an die bürgerliche Kulturindustrie, in ihren gröbsten wie sublimiertesten Formen.
Die scheint mir der Ansatzpunkt zu sein für Adornos *Negative Dialektik*. Sein Buch, das er selbst als das magnum opus bezeichnete, beginnt mit folgenden Sätzen:

> Die Formulierung Negative Dialektik verstößt gegen die Überlieferung. Dialektik will bereits bei Platon, daß durchs Denkmittel der Negation ein Positives sich herstelle; die Figur einer Negation der Negation benannte das später prägnant. Das Buch möchte Dialektik von derlei affirmativem Wesen befreien, ohne an Bestimmtheit etwas nachzulassen. Die Entfaltung seines paradoxen Titels ist eine seiner Absichten.

Dem Widerspruch wird also der Weg in die Synthese verweigert, weil die dem Verdacht von Affirmation unterliegt. Es bleibt bei der Negation und Antithese. Da Adorno eine Versöhnung (eines seiner Lieblingswörter) nur im ästhetischen Bereich für möglich hält, in der Polemik gegen Lukács mit Verachtung eine »erpreßte Versöhnung« verwirft, entsteht jenes sonderbare und höchst persönliche Amalgam aus totaler Negativität der Gesellschaftskritik wie idealistischer Ästhetik, worin sich Adorno sowohl von Horkheimer unterscheidet wie von Benjamin, weil diese Spannung wahrscheinlich seine eigene Lebensspannung ins Denken projizierte.
Hier wird Adorno natürlich zum Gegner Hegels, indem er die Negation der Negation und den Begriff der »Aufhebung« ablehnt. Was mit seiner geheimen Geschichtsfeindlichkeit zusammenhängt. Darum heißt es in der *Negativen Dialektik* voller Zorn über Hegel:

> Daß die Negation der Negation die Positivität sei, kann nur verfechten, wer Positivität, als Allbegrifflichkeit, schon im Ausgang präsupponiert. Er heimst die Beute des Primats der Logik über das Metalogische ein, des idealistischen Trugs von Philosophie in ihrer abstrakten Gestalt, Rechtfertigung an sich.

Gleichzeitig aber ist Adorno weit entfernt von jenem idealistischen Philosophieren, das mit Max Scheler und anderen über die *Stellung des Menschen im Kosmos* nachdenkt und über die Trennung von Materie und Geist, Leib und Seele. Dazu heißt es im philosophischen Hauptwerk:

> Wäre tatsächlich unter allen Gestirnen nur die Erde von vernünftigen Wesen bewohnt, so wäre das ein Metaphysikum, dessen Idiotie die Metaphysik denunzierte; am Ende wären die Menschen wirklich die Götter, nur unter dem Bann, der ihnen verwehrt, es zu wissen; und was für Götter! – freilich ohne Herrschaft über den Kosmos, womit derlei Spekulationen zum Glück wiederum entfielen. Alle metaphysischen jedoch werden fatal ins Apokryphe gestoßen. Die ideologische Unwahrheit in der Konzeption von Transzendenz ist die Trennung von Leib und Seele, Reflex und Arbeitsteilung.

Allein, mit solchen Thesen war – wie immer die Freunde Horkheimer und Adorno selbst es auslegen wollten – die Trennung Adornos vom Altersdenken Max Horkheimers vollzogen.
Gegen Martin Heidegger führte Adorno einen erbitterten Kampf, und die meisten seiner Argumente haben Evidenz gehabt. Das ging weit über das Philosophische hinaus. Die wirkliche Antithese begann bereits beim Verhältnis zur Sprache. Bei Heidegger: Neuschöpfung aus einer scheinhaften Ursprache bäuerlicher Menschen, worin Technik zum »Gestänge« wird. Bei Adorno: die kosmopolitische Vorliebe für

die »Wörter aus der Fremde«, die Adorno mit einem Wort Walter Benjamins rechtfertigt, welcher »von der silbernen Rippe eines Fremdworts sprach, das der Autor in den Sprachleib einsetzt«. Manche Texte Adornos besitzen daher einen rein silbernen Brustkorb.

Aber da ist noch mehr: Heideggers Regression gegen die moderne bürgerliche Gesellschaft bewegt sich zurück ins Bäuerliche, jedenfalls Vorbürgerliche. Adornos geheime Regressionen meinen die Feudalität, weshalb er das moderne Bürgertum beim Anhören von Barockmusik als schamlos und zudringlich empfindet. Barockkunst ist Überbau einer Feudalität, welche dem Bürgerpack den Zutritt verweigert.

Da es für ihn kein Prinzip Hoffnung gab, keine Negation der Negation in Form einer sozialistischen Gesellschaft, die Dialektik andererseits kein Stillhalten kennt, schlug die negative Dialektik um in feudale Regression, die Adorno freilich, der ein tief humaner Denker war und ein gütiger, der Liebe bedürftiger Mensch, auf den ästhetischen Bereich zu beschränken suchte.

Sein Schüler Hans-Jürgen Krahl hat nach dem Tode Adornos in der *Frankfurter Rundschau* ganz richtig festgestellt:

> Adornos Negation der spätkapitalistischen Gesellschaft ist abstrakt geblieben und hat sich dem Erfordernis der Bestimmtheit der bestimmten Negation verschlossen, jener dialektischen Kategorie also, der er sich aus der Tradition Hegels und Marxens verpflichtet wußte. Der Praxisbegriff des historischen Materialismus wird in seinem letzten Werk, der *Negativen Dialektik* nicht mehr auf den sozialen Wandel seiner geschichtlichen Formbestimmungen hin befragt, den bürgerlichen Verkehrs- und proletarischen Organisationsformen. In seiner Kritischen Theorie spiegelt sich das Absterben der Klassenkämpfe als Verkümmerung der materialistischen Geschichtsauffassung.

In diesem Nachruf über den *Politischen Widerspruch der kritischen Theorie Adornos* spricht Krahl auch, aus der Kenntnis, die ein Schüler von seinem Lehrer besitzt, von der Trauer, die zuletzt in Blick, Gebärde und Denken dieses Mannes immer stärker hervortrat. Adorno war kein Melancholiker, wie manche gemeint haben. Er besaß Humor, nicht nur die Ironie stand ihm zur Verfügung. Er konnte herzlich und unwiderstehlich lachen, hatte Freude am Schabernack, an der Poesie des Nonsens, am Sprachspiel. Dennoch spürte man stets ein Vibrieren der Angst, nicht der Furcht. Man konnte nicht gleichzeitig in Kakanien und in Mahagonny leben, in einem Wiener Utopia und einer Kulturindustrie, die vergnügt und heiter, mit Frank Wedekind zu sprechen, über frische Gräber hopst.

In Theodor Wiesengrund-Adorno und seinem Werk stritt die Kindheit mit der Greisenhaftigkeit. Das galt für die Individuation wie die Gesellschaft. Die Kindheit ließ sich nicht bewahren, allein, die Vergreisung der Kultur sah Adorno jeden Augenblick in Haß und Entsetzen. Er begehrte, nicht schuld daran zu sein. In einer wunderbaren Formel hat er seine Erinnerungen an Alban Berg zusammengefaßt. Nachdenkend über Adorno, will mir scheinen, daß er sich auch hier eine Selbstaussage erlaubte. Der Satz lautete: »Ihm gelang es, kein Erwachsener zu werden, ohne daß er infantil geblieben wäre.«

In Sachen Arnolt Bronnen

Als Bronnen, um den merkwürdigen Untertitel des *Protokolls* anklingen zu lassen, seine *Beiträge zur Geschichte des modernen Schriftstellers* in Hamburg und im Jahre 1954 publizierte, befand man sich immer noch im Zustand eines Nachkriegs zum kalten Krieg. In Wien hatte der einstige Autor von *Vatermord* seine Arbeitsmöglichkeiten verloren, als das weitgehend kommunistisch inspirierte und von der Sowjetischen Besatzungsmacht protegierte Theater der Skala geschlossen werden mußte. Dort hatte Bronnen eine Zeitlang, unter der Direktion des aus der Züricher Emigration nach Wien zurückgekehrten Schauspielers Wolfgang Heinz, als Chefdramaturg gearbeitet. Nun mußte sich die Mannschaft des künstlerisch erfolgreichen Theaters, das jedoch den allgemeinen Widerwillen gegen alles »Östliche« zu spüren bekam und daran zugrunde ging, nach neuer Arbeit umsehen.

Damals haben sich Freunde aus den längst vergangenen Zeiten der frühen zwanziger Jahre für Bronnen eingesetzt: Johannes R. Becher und Bertolt Brecht. Sie hatten um 1926 die Beziehungen zu einem Autor abgebrochen, der sich immer mehr als seltsames Schmuckstück einer rechtsradikalen und nationalistischen Politik mißbrauchen ließ. Zum Schriftsteller Bronnen, dem Freund des Berliner Nazi-Gauleiters Joseph Goebbels, gab es keine Beziehung für Becher oder Brecht. Allein, Arnolt Bronnen hatte dann im Dritten Reich, zur allgemeinen Überraschung, keinerlei Karriere gemacht, sondern war gedemütigt, hinausgeworfen, strafweise als Soldat eingezogen, als Zersetzer der Wehrkraft verhaftet und militärgerichtlich belangt worden. Unmittelbar vor Kriegsende hatten Mitglieder einer österreichischen Widerstandsbewegung, zu der Bronnen den Zugang fand, den Überlebenden und Davongekommenen im Salzkammergut zum ersten Nachkriegsbürgermeister von Bad Goisern eingesetzt.

Das dauerte nicht lange, dann kam es wieder zu einer Rückkehr ans Theater und zur Literatur: bis es damit abermals sein Bewenden hatte. Der Österreicher Arnolt Bronnen ging nach Ostberlin: zuerst gleichsam als Reporter, der einen Bericht schreiben möchte über die junge, unbekannte und kaum in redlicher Weise im Westen interpretierte DDR. So schrieb er ein Büchlein über seine Erfahrungen: *Deutschland. Kein Wintermärchen.* Der Titel, frei nach Heine, ist wenig glücklich. Der Bericht selbst erinnerte mehr an eine politische Fleißarbeit als an eine politisch reflektierte Situationsschilderung. Der jenen Bericht über die DDR schreibt, wird vom schlechten politischen Gewissen gequält. Er hält unentwegt Gerichtstag über sich selbst. So vermag er, als ein Besucher in Leipzig oder Jena oder Ostberlin, der es nicht so genau wissen möchte und dem man außerdem nur zeigt, was für vorzeigenswert gehalten wird, das innere Getriebe dieses neuen und zweiten deutschen Staates unter sowjetischer Oberhoheit durchaus nicht so nüchtern oder kritisch zu schildern, wie das Getriebe des republikanischen Staates mit Weimarer Verfassung, das angehende Dritte Reich, den Apparat einer totalen Mobilmachung und eines totalen Krieges.
In solcher Lebenskonstellation des Autors entstand der autobiographische Bericht *Arnolt Bronnen gibt zu Protokoll.* Der alte Freund aus glücklichen und sehr schlechten Tagen, der Verleger Ernst Rowohlt, druckt auch dieses Buch eines Verfassers, dem Rowohlt nach der turbulenten Berliner Premiere von *Vatermord* gleich nach Ende der Vorstellung angeboten hatte, von nun an sein Gesamtwerk herauszugeben. Was sich Bronnen jedoch gewünscht hätte, war auch durch den Kulturminister Becher nicht zu erreichen: eine Rückkehr an den Rundfunk und ins wohlbekannte, mit so vielen, meist quälenden Erinnerungen verbundene Funkhaus an der Masurenallee. Allein, die politischen Instanzen der DDR, das hat Bronnen erfahren müssen, wünschten den politisch zwar »zugehörigen«, doch in vieler Hinsicht suspekt gewesenen einstigen Freund der faschistischen Ideen nicht in einem Be-

reich der Propaganda einzusetzen. Arnolt Bronnen wurde Theaterkritiker der *Berliner Zeitung*, die, nach offizieller Version, nicht unmittelbar als Organ der SED oder einer Nachbarorganisation firmieren sollte.

Mehr noch: da sich auch in dieser Zeitung ein nicht unberechtigtes Ressentiment gegen den neuen, aus Wien zugewanderten und eingewiesenen Kollegen spüren ließ, bekam Bronnen von der Redaktion den Auftrag, vor allem als Kritiker der Westberliner Bühnen tätig zu werden. Er hatte einen österreichischen Paß, was Freizügigkeit erlaubte. Folglich sollte man der *Berliner Zeitung* und ihren Lesern die nötigen Informationen liefern über das kulturelle Geschehen im westlichen Teil der aufgespaltenen Stadt.

In einem merkwürdigen Prozeß der »Wiederholung« befand sich Bronnen damit von neuem in der Nähe eines seiner frühesten kritischen Förderer und Protektoren. Herbert Ihering hatte sich von Anfang an, wie für den jungen Brecht, dem er den Kleist-Preis verlieh, auch für den Dramatiker Bronnen eingesetzt. Über das Inflationsdrama *Katalaunische Schlacht* von Bronnen hatte Ihering damals geschrieben: »Selten war ein deutscher Dramatiker der Gestaltung seiner eigenen Epoche näher, selten wurde ein Thema stärker, eindringlicher, vielstimmiger angeschlagen.« Auch Herbert Ihering, zeitweilig ein Dramaturg am Burgtheater in der nunmehr großdeutschen Ostmark, war überlebend und davongekommen: wie Bronnen. Bertolt Brecht hatte seit seiner Rückkehr nach Berlin am Ende des Jahres 1948 die Verbindung zu Ihering von neuem hergestellt und den einstigen Preisrichter seines Kleist-Preises als Berater für das neugegründete »Berliner Ensemble« gewonnen. Ihering war in Ostberlin gleichsam exterritorial, ganz wie Bronnen. In der von Becher herausgegebenen und von Peter Huchel redigierten Literaturzeitschrift *Sinn und Form* erschienen regelmäßig seine Theaterkritiken und dramaturgischen Notizen über Berliner Theater in beiden Teilen der Stadt. Auch Bronnen konnte gelegentlich in der *Berliner Zeitung* zu dramaturgischen Problemen der DDR sich äußern; im allgemeinen jedoch war seine Arbeitsdomäne begrenzt auf den Bereich sogenannt westlicher Dekadenz.

Durch eine solche Nacherzählung der Lebensbedingungen Bronnens zur Zeit von Entstehung und Veröffentlichung des Buches *Arnolt Bronnen gibt zu Protokoll* ist auch die geistige Konstellation des Buches und sogar dessen formale Gliederung angedeutet. Nicht minder wird die Reaktion der Kritiker und Leser des *Protokolls* im Jahre 1954 verstehbar. Das Buch erschien in einem Hamburger Verlag. Kein Verlagshaus der DDR war geneigt gewesen, eine Ost-Ausgabe zu planen. Sie wäre auch, im Falle einer derartigen Planung, direkt oder indirekt von Amts wegen verhindert worden. Man hatte das Renegatentum Arnolt Bronnens aus den zwanziger und dreißiger Jahren nicht vergessen. Es gab noch Zeugen mit gutem Gedächtnis.
Bei den westlichen Polemiken und Negationen hingegen war nicht immer auszumachen, warum eigentlich das Wiederauftreten des Schriftstellers Arnolt Bronnen in der literarischen Öffentlichkeit so haßvoll und schneidend kommentiert wurde. Gedachte man, den einstigen Faschistenfreund zu treffen, der sich vom Brecht-Freund zum Goebbels-Freund gewandelt hatte? Oder mißfiel – weit stärker noch – das neue Bündnis zwischen Bronnen und der DDR? Immerhin war, bei Erscheinen des *Protokolls*, kaum ein Jahr vergangen seit den Ereignissen vom 17. Juni 1953. So kam es zum kurzen Prozeß. Hatte man ein Jahr vorher (1953) den Roman *Das Treibhaus* von Wolfgang Koeppen, also einem im Gegensatz zu Bronnen nicht »bescholtenen« Autor, in der westlichen Kritik herb gerügt, weil dieser Autor es wage, mit seinem Roman auf dem Hintergrund der Bonner Bundes-Szenerie das bißchen westdeutscher Staatsgesinnung rasch wieder zu paralysieren, so brauchte man sich bei dem nur allzu wohlbekannten Arnolt Bronnen wenig Zurückhaltung aufzuerlegen. Da schreibt, darin war sich die Kritik offenbar einig, ein belasteter Mitläu-

fer des Dritten Reiches seine Erinnerungen auf, möchte sich offensichtlich reinwaschen, vermag aber nur darzustellen, wie er sich von links nach rechts bewegte, und nunmehr wieder nach links. Auf solche Bekenntnisse gedachte kein Kritiker neugierig zu sein. Auch die Leser wollten es sich nicht gesagt sein lassen.

Das Buch *Arnolt Bronnen gibt zu Protokoll* kam heraus, wurde verrissen und verschwand wieder. An einen Neudruck war nicht zu denken. Bronnen hat dann noch das Prosabuch über den mythischen Fabeldichter Aisopos herausbringen können, seit seiner endgültigen Übersiedlung nach Ostberlin im Jahre 1955. Diese *Sieben Geschichten aus Hellas* erschienen 1956, gleichzeitig mit der unseligen Reportage über eine DDR, die »kein Windermärchen« bedeutete. Das Nebeneinander einer opportunistischen Fleißarbeit mit dem gründlich gearbeiteten, durch historische Studien gefestigten, auch in der gewählten Prosaform originellen *Aisopos* demonstrierte noch in der letzten Lebensphase Arnolt Bronnens die sonderbare Koexistenz von schriftstellerischem Ernst und politischem Unernst. Einen großen Wunsch konnte sich Bronnen zwei Jahre später (1958) erfüllen, als vier seiner Theaterstücke aus den dreißiger und vierziger Jahren unter dem Titel *Viergespann* im Aufbau-Verlag erschienen: im Ostberliner Verlag Brechts und auch Bechers. Zwei historische Stücke über Elisabeth von England und Napoleon, entstanden im Dritten Reich und durch Befehl des Propagandaministers für alle Bühnen gesperrt; dann zwei Stücke über österreichische Ereignisse in den letzten Tagen eines Zweiten Weltkriegs: eines davon als Komödie konzipiert.

Am 12. Oktober 1959, fünf Jahre nach Erscheinen des Buches *Arnolt Bronnen gibt zu Protokoll*, starb in Ostberlin dieser merkwürdige deutsche Schriftsteller aus Österreich an einem Herzinfarkt. Er hatte Brecht um drei Jahre überlebt. Nun waren sie tot, die »Fasolte der Literatur«, wie Karl Kraus in jenen frühen zwanziger Jahren gespöttelt hatte. Die beiden Gräber finden sich auf demselben Friedhof: unweit nicht allein der Grabstätte von Hegel, die Anlaß dafür gewesen war, daß Brecht auf diesem Territorium beigesetzt werden wollte. Auch andere Gräber im Umkreis erinnern an Mitspieler und Gegenspieler Arnolt Bronnens: Hanns Eisler etwa als ein Bekannter noch aus Bronnens frühen Wiener Jugendtagen; Bodo Uhse als einstiger rechtsradikaler Rebell, den der spätere Führer und Reichskanzler in der Gefängniszelle besuchte, hatte in den Zeiten der Weimarer Republik und des Bombenterrors der holsteinischen Bauern, mit denen Uhse gearbeitet hatte und deren Propagandist Arnolt Bronnen gewesen war in den Zeiten seiner Freundschaft mit dem Gauleiter Goebbels. Allein, Bodo Uhse war vor 1933 Kommunist geworden, als solcher emigriert, dann aus Mexiko zurückgekommen: zusammen mit Anna Seghers und Ludwig Renn. Auch Bronnens letzter und wichtigster Protektor, Johannes R. Becher, ist hier begraben. Becher starb in Ostberlin am 11. Oktober 1958. Arnolt Bronnen hat ihn um ein Jahr und einen Tag überlebt.

Dies alles ist bekannt und unvergessen. Trotzdem ein Antrag auf Eröffnung des Wiederaufnahmeverfahrens in Sachen jenes Protokollbuches von 1954, was heißen soll: in Sachen des Schriftstellers Arnolt Bronnen?
Anträge auf Wiederaufnahme eines rechtskräftig abgeschlossenen Verfahrens hat der Gesetzgeber sorgsam erschwert. Abgeschlossene Prozesse sollen es bleiben. Was einst im Verfahren vorgebracht werden konnte und unberücksichtigt blieb, hat endgültig ausgedient. Die Wiederaufnahme eines Verfahrens setzt voraus, daß neue Tatsachen vorgebracht werden können, die damals nicht bekannt waren, nunmehr aber geeignet erscheinen, das Urteil von einst in Frage zu stellen. Gibt es solche »neuen Tatsachen« in Sachen des Autors Arnolt Bronnen?
Wir haben uns geändert und verändert. Es ist die alte Geschichte: wohlbekannt aus der Bibel beim Übergang von Joseph in Ägypten zu Mose in Ägypten. Es kam ein Pharao auf

den Thron, der wußte nichts mehr von Joseph. Bald 25 Jahre nach Erscheinen des Buches *Arnolt Bronnen gibt zu Protokoll* ist eine Konstellation entstanden, sehr unähnlich den Ereignissen von damals, neun Jahre nach Ende eines Zweiten Weltkriegs, ein Jahr nach dem 17. Juni 1953. Es sind nicht »neue Tatsachen« in jenem Sinne, den der Gesetzgeber gemeint hatte. Trotzdem kennt und anerkennt auch unser Rechtsleben die Bedeutung des Zeitvergangs bei Beurteilung einstiger Taten. Der Begriff »Verjährung« wäre undenkbar, wollte man im metaphysischen Sinne eine jede Schuld als unentschuldbar verstehen. Diese These von der Unentschuldbarkeit einer jeden Tat aus Vorsatz und sogar aus bewußter Fahrlässigkeit hat Hermann Broch, ausdrücklich im Hinblick auf Untaten des Dritten Reiches, postuliert. Allein, der Rechtsbegriff der Verjährung geht, durchaus pragmatisch, davon aus, daß neue Generationen die Emotionen von einst nicht mehr mitvollziehen können. Es gibt keinen Zorn oder Haß mit Zeitzündung. Es bleibt dann bei einer Gefühlsregung gleichsam aus zweiter Hand. Man ist entrüstet über Untaten der Faschisten, weiß aber nicht mehr so recht aus eigener Erfahrung, gar aus eigenem Erleiden, was das einmal gewesen sein mag: Faschismus. Um so leichter lassen sich Vokabeln wie faschistisch oder faschistoid in der alltäglichen Schmährede verwenden.

Immer vorausgesetzt natürlich, daß jene neue Generation nicht mehr unter Verhältnissen zu leben gezwungen ist, wie etwa der österreichische Schriftsteller Arnolt Bronnen zwischen 1933 und 1945. Arnolt Bronnen war kein Faschist. Die These darf heute vertreten werden. Sie wird nicht nur durch den Bericht im *Protokoll* begründet, sondern auch durch Kenntnis anderer Tatsachen, die Bronnen in seinem Lebensbericht – aus welchen Gründen immer – ausgespart, beschwiegen oder umschrieben hat. Im Gegenteil gehört es zur sonderbaren, doch höchst charakteristischen Unschärfe in allen Aktionen und politischen Bekundungen des Schriftstellers Arnolt Bronnen (nicht jedoch in seinen wichtigsten literarischen Arbeiten, auch nicht in dem Buch *Arnolt Bronnen gibt zu Protokoll*!), daß er niemals sein Tun und Schreiben unter ihr Gesetz zu stellen bereit war. Unscharfe Relationen beim Rechtsradikalen Bronnen am Ausgang der zwanziger Jahre ebenso wie beim Neukommunisten Bronnen in der Nachkriegszeit nach 1945. Man kann auch daraus einen Vorwurf destillieren und argumentieren: zu den Zeiten seiner Tändeleien mit dem Freikorpsführer Roßbach, der den politischen Mord im Programm hatte, und mit dem Gauleiter Dr. Joseph Goebbels, als einem Anstifter zum Völkermord, sei Arnolt Bronnen nicht einmal wirklich ein Faschist gewesen: er habe bloß, wie so vieles andere vorher und nachher, zur Abwechslung einen Faschisten gespielt.

Liest man das *Protokoll* mit der Absicht, hinter so vielen Hüllen und Verkleidungen die wirkliche Substanz dieses Menschen und Schriftstellers zu entdecken, so bleibt das Suchen ohne Ergebnis, jedenfalls ohne ein »festes« Resultat. Man erlebt eine Biographie der unablässigen Wandlung und Umkostümierung. Bei allem bitteren Ernst, der diesem Lebenslauf eigen ist, in Krieg und Frieden, Verwundung und Gefangenschaft, Schuld und Verschulden läuft es zum Schluß auf einen tiefen Unernst hinaus. Dieser Unernst ist »tief«, denn er berührt die Substanz auch der Kreativität Arnolt Bronnens, des Schriftstellers, Dramatiker und Theatralikers. Einzelne Episoden in diesem Leben wirken wie unablässige neu konzipierte Theaterstücke auf einer von Bronnen jeweils neu imaginierten Bühne, die er jeweils vor sich selbst und in gutem Glauben, aber doch nicht in vollem Ernst, für die Wirklichkeit zu halten pflegte. Darum waren die albernen Happenings in den zwanziger Jahren, die Bronnen mit zu Protokoll gibt: Auftritt eines gekränkten Spielverderbers im Dresdener Theater an der Seite eines Brecht und Döblin, die sich an dem Happening nicht beteiligten, oder die gegen einen Berliner Vortrag von Thomas Mann (übrigens mit Unterstützung von Ernst Jünger) inszenierte Störaktion so ärgerlich. Weil hier nicht Haß oder Leid den Anlaß abgab, sondern Emotion theatralisiert und inszeniert wurde. Freilich hatte es sich Arnolt Bronnen unter dem Einfluß von Brecht früh schon angewöhnt, den Autor des *Zauberberg* für verächtlich zu halten. Aber Bronnens Auftritt unter der eingestandenen Regie jenes anderen Theatralikers Joseph Goebbels war durch solche literarischen Vorurteile nicht zu erklären.

Es gab für Bronnen niemals, seit den Anfängen, also seit *Vatermord*, eine Trennung von Leben und Literatur. Der Schriftsteller Bronnen, der sich stets als Dramatiker empfunden und auch das Buch *Arnolt Bronnen gibt zu Protokoll* nach den dramaturgischen Gesetzen von Rede und Gegenrede, Spiel und Gegenspiel angelegt hat, pflegte jeweils die neue Lebenssituation in Literatur zu verwandeln: vom Konflikt mit dem gehaßten Vater oder Stiefvater Dr. Ferdinand Bronner, über Trauer eines Österreichers um den Verlust Südtirols, das hektische Erleben einer Inflationszeit, bis zum Versuch mitten im Dritten Reich, die Herrschaft eines Usurpators mit Hilfe von Dramatik und Theatralik, unter Rückgriff auf Napoleon und Königin Elisabeth von England, zu befehden. Es gibt in dem Theaterstück *Gloriana*, das Bronnen bei Ausbruch eines Zweiten Weltkriegs vollendet hatte und 1941 in München und Berlin aufführen wollte, was Goebbels kurzerhand verbot, eine Schlüsselszene, die Bronnens Leben und Schaffen kennzeichnet. Auch dieses Stück um oder gegen Elisabeth von England ist aufgebaut auf einer tiefen Unschärfe der Persönlichkeit. Scheinbarer Gegenspieler Elisabeths ist der Schauspieler William Shakespeare. In Wirklichkeit aber ist Shakespeare bei Bronnen identisch mit Sir Francis Bacon, der Shakespeares Werke schreibt und aufführen läßt. Bacon selbst ist außerdem identisch mit Elisabeths älterem und angeblich in früher Jugend verstorbenen Bruder, dem Sechsten (und legitimen) Edward von England. Von ihm oder Bacon oder Shakespeare kommt der Gedanke, den Sturz Richards II. im Königsdrama William Shakespeares vor einem Parkett adliger und mächtiger Gegner der Königin aufzuführen. Das Schauspiel der Abdankung eines englischen Königs soll die Abdankung einer englischen Königin provozieren.

In solcher Weise hat Bronnen zu leben und zu schreiben versucht. Theatralisierung des Lebens und Speisung der Literatur mit Hilfe jeweiliger Erlebnisse und Erfahrungen. Daraus entstand, wie ein Überblick über Bronnens dramatisches Werk heute erkennen läßt, in den meisten Fällen eine Substanzlosigkeit, die sich von Grund auf unterschied von aller Dramatik bereits des frühen Bertolt Brecht. Brecht war von jeher entschlossen zu äußerster Objektivierung. Das private Ich sollte sich höchstens bisweilen im Gedicht offenbaren, doch nie auf dem Theater. Wen immer man dort suchen mochte, Bert Brecht wollte es nicht gewesen sein. Noch im *Baal* mochte es autobiographische Substanz geben, aber durchaus nicht mehr in *Trommeln in der Nacht*. Brecht »war« nicht Andreas Kragler. Im Gegenteil genoß er die erfrischende Kühle der großen Distanz.
Arnolt Bronnen als Dramatiker hatte niemals Distanz zu seinen Figuren. Er wünschte Identifizierung oder – wie im Falle des Vaters beim *Vatermord* – die äußerste Entfremdung. Überhitze im Haß und in der Liebe. Der Kritiker Alfred Kerr konnte diese beiden Neulinge der deutschen Dramatik, diese Brecht und Bronnen, nicht ausstehen. Im Falle Brecht hat er ganz sicher als Kritiker versagt. Was er jedoch nach der Frankfurter Uraufführung von Bronnens Theaterstück *Katalaunische Schlacht* am 28. November 1924 schrieb, ist zwar durch ein böses Gelegenheitsgedicht von Brecht erfolgreich verulkt worden, traf aber trotzdem einen Aspekt der Sache. Kerr kritisierte den Dramatiker Bronnen so: »Es ließe sich auch sagen: Bumms ohne Inhalt. Knall an sich. Leere mit Tempo.« Gemeint war diese geheime Substanzlosigkeit in Bronnens Verhältnis zu seinen Stoffen und Kunstfiguren. Sie hatte mit einer eigenen Substanzlosigkeit zu tun, die charakteristisch war sowohl für Bronnens Arbeitsweise als Schriftsteller wie für die Führung seines Lebenslaufs.
Dies Führen einer Existenz auf einer permanenten, stets durch die Drehscheibe bewegten und immer wieder mit anderen Figuren, oft nur Statisten, bevölkerten Bühne bedeutet im

Fall Arnolt Bronnens sowohl tiefen Unernst wie tiefen Ernst. Er ist gleichzeitig Spiel und Wahrheit. Die Wahrheit Arnolt Bronnens lag begründet in der Besessenheit eines Spielers, der unfähig war, irgendeine andere Wahrheit und Verantwortung anzuerkennen, als eben diejenige seines Spielens. Darum ist es ungemäß, den Schriftsteller Bronnen für die expressionistische Literatur in Anspruch zu nehmen, obwohl Bronnen, im Gegensatz zu Brecht, viele Requisiten der expressionistischen Literatur, viele Postulate der Menschheitsdämmerung übernommen hat. Im *Ostpolzug* von 1926 bediente er sich dann, wie es der Zeitgeist verlangte, der literarischen Rezepte einer »Neuen Sachlichkeit«. Allein, auch dies war Kostümierung, die abgestreift werden konnte, ganz wie der Revolutionarismus und der spätere Nationalismus.
Mit dieser Beliebigkeit der Verwandlungen und Staffagen erweist sich Bronnen insgeheim als ein romantischer Schriftsteller. Man hat nicht ohne Grund der politischen Romantik in Deutschland zu Beginn des 19. Jahrhunderts vorgeworfen, sie sei substanzlos und politisch unernst. Es gehe ihr nicht um Ursachenforschung im Staat und in der Gesellschaft, also um eine causa, sondern um jeweils wechselnde Impulse und Gelegenheiten, also um eine occasio. Arnolt Bronnen hat offensichtlich, in durchaus romantischer Nachfolge, gelebt und geschrieben im Zeichen eines immerwährenden Occasionalismus. Das Buch *Arnolt Bronnen gibt zu Protokoll* enthüllt diese geheime Wahrheit auf jeder Seite.
Soll man daraus indes auf irgendwelche »mildernden Umstände« für schuldhaftes Verhalten im einzelnen Falle schließen? Wer so wenig imstande ist, Wirklichkeit und Spiel, theatralischen Effekt und menschliche Verantwortung zu unterscheiden, wie es in diesem Lebenslauf unentwegt demonstriert wird, scheint unzugänglich zu sein für Fragen irgendeiner Schuld. Eine ästhetische Existenz wird den Gesetzen der Moral und auch den Regeln des positiven Rechts unterworfen. Unkenntnis des Gesetzes schützt nicht vor dem Verschulden. Dennoch bleibt ein Rest. Es wurde gespielt, allein,

plötzlich gibt es Tote im Umkreis, nicht bloß Bühnentote. Das hat Arnolt Bronnen erfahren müssen, als er mit dem scheinbar so charmanten Dr. Goebbels ein bißchen zu spielen begann. Er hat auch diesen Vorgang selbst zu Protokoll gegeben. Hat er ihn aber verstanden?

Zunächst sieht es aus, als habe Arnolt Bronnen, als er seinen Daseinsbericht aufschrieb und nur noch ein paar Jahre zu leben hatte, was er geahnt haben mag, diese Schuld einer von Grund auf ästhetischen Existenz mit totalem Spielcharakter durchschaut und kritisch analysieren wollen. Aus diesem Grunde wurde das *Protokoll* aufgeteilt in die zwei Seiten des berichtenden Autobiographen und einer befragenden Instanz, die offensichtlich genau Bescheid weiß, denn sie stellt Lücken fest im Bericht, und weiß es in vielen Fällen wohl auch besser. Wie soll man diese Instanz verstehen? Arnolt Bronnen scheint sie, auf der ersten Seite seines Buches, gleichzusetzen mit der urteilenden und richtenden Instanz der Leser seines Buches. »Sie, hoher und richtender Leser, dem es aufgegeben ist, hinter diese Maske zu blicken, stellen daher dem Angeklagten die Frage nach dessen Werdegang.«

Hier bereits durchdringen sich Ernst und Unernst. Ernsthaft ist die Selbstcharakterisierung des Angeklagten, der protokolliert: »Das Gesicht erscheint mit der Maske als Ausdruck.« Was heißen soll: auch hier, vor dem angeblichen Gericht, wird abermals gespielt. Dann aber der Unernst in der Charakterisierung des Gegenspielers. Der Leser vermag nicht Richter zu sein. Er liest und konsumiert. Auch sein Verhalten ist ästhetisch und ästhetisierend. Wer das Publikum als Richter einsetzt und Gericht, hat abermals einen Lebensvorgang ästhetisiert und – verspielt. Schon auf der ersten Seite des Buches offenbart sich das Schlüsselerlebnis der totalen Theatralisierung. Der Ernst Bronnens in seiner Rechenschaftslegung kann nicht bezweifelt werden. Das spürt man als Leser. Trotzdem wird eine Rechtfertigung gleichzeitig auch gespielt, wodurch sie sogleich unwirklich werden muß. Ernst und Unernst in undurchdringlicher Mischung.

Man wird die Gegeninstanz anders interpretieren müssen. Wenn der »geneigte Leser« unfähig sein muß, inquisitorische Fragen zu stellen, weil er die Ereignisse nicht kennt, wird man den von Bronnen inszenierten Gegenspieler neu zu deuten haben.

Es liegt nahe, die Zweiteilung des *Protokolls* in eine Aussage, die offensichtlich von einem stammt, der verklagt wird, und eine Gegenaktion seiner Befrager abermals als Maskenspiel Arnolt Bronnens mit Arnolt Bronnen zu interpretieren. Auf der einen Seite Arnolt Bronnen der Bekenner, auf der anderen Seite Arnolt Bronnen als Inquisitor. Für diese These spricht die offenbar umfassende Kenntnis der befragenden Instanz. Man weiß Bescheid und läßt sich nicht beeindrucken von dem, was freiwillig zu Protokoll gegeben wird. Man möchte zugleich anmerken und erfahren, was unvollständig blieb bei der protokollarischen Aufzeichnung.

Auch diese Deutung des Kompositionsprinzips bleibt unbefriedigend. Sie wird auf keinen Fall zur Klärung führen: »In Sachen Arnolt Bronnen.« Wenn nämlich der Autor mit sich selbst dialogisiert, so kann angenommen werden, daß weite Schichten dieser Biographie von beiden Gesprächspartnern verschwiegen werden. Dann stellt der Untersuchungsrichter nur allzu bequeme Fragen und hilft dadurch mit, sehr quälende und peinigende Erinnerungen aus dem Bericht fernzuhalten. Das muß nicht Unterdrückung von Wahrheiten bedeuten, welcher Wahrheiten übrigens? Es kann auch Verdrängung und Scham bei solchem Spiel »im Spiele sein«. Die Aufteilung in Verhör und Protokoll dient also der berühmten Wahrheitsfindung nicht unbedingt. Gegen die unscharfe Relation in der Grenzziehung zwischen Leben und Schreiben, Ernst und Unernst vermag dies dialogische Prinzip nichts auszurichten. Erreicht wird höchstens eine Verinnerlichung der Konflikte. Außerdem ist evident, daß in dem Buch *Arnolt Bronnen gibt zu Protokoll* nur die vernehmende Instanz zu

antworten weiß auf jeden Abschnitt des Protokollberichts, während der Berichterstatter gleich darauf fortfährt, ohne selbst eine Antwort auf die halbwegs peinliche Befragung zu geben. Das dialogische Prinzip ist auch hier nur scheinbar. Es entsteht daraus ein windschiefes Gespräch.
Unverkennbar trotzdem, daß Bronnen, dank dieser antithetischen Teilung des Materials, ein Buch der Aufrichtigkeit zu schreiben gedachte. Die schmerzhaften Erfahrungen der Kriegs- und Nachkriegszeit hatten ihn begierig gemacht nach Bindung und Gebundenheit. So auch muß sein Einverständnis mit den österreichischen und deutschen Kommunisten verstanden werden. An manchen Stellen kann man die befragende Instanz zwar nicht als Funktion einer staatlichen Gerichtsbarkeit interpretieren, wohl aber als Befragung, Bericht und Selbstkritik in einem kommunistischen Parteiverfahren. Für eine solche These spricht die Grundhypothese des Buches, wonach sich Arnolt Bronnen einer Instanz bereitwillig stellt, die objektiv als Außenwelt verstanden werden darf: also mehr bedeutet als einen nach außen getragenen Gewissenskonflikt. Für diese Deutung spricht vor allem der Schluß des Buches. Dem fünfzigjährigen Arnolt Bronnen wird im fünfzigsten Abschnitt des Protokolls (auch hier wieder ein Spiel) die Chance des Weiterlebens gewährt. Hatte es mithin auch die Möglichkeit einer letalen Verwerfung gegeben? Bei Bertolt Brecht wird im *Verhör des Lukullus* die Entscheidung getroffen, der schuldhafte römische Feldherr sei »ins Nichts« zu stoßen. Nicht einmal würdig, im Schattenreich weiterzuleben. Arnolt Bronnen erhält die Mahnung, endlich erkennen zu wollen, »daß nur der Kultur schaffen darf, der seine Menschen-Brüder wahrhaftig liebt«. Hier bekennt sich Bronnen zum ernstesten Konflikt seiner Existenz auch als Schriftsteller. Deutet man diesen letzten Satz des Buches richtig, so beweist der bisherige Lebenslauf, mitsamt aller literarischen Produktion, daß da einer aus Unernst und Spielerei geschaffen hatte, ohne Bindung und mithin ohne Verantwortung.
Vieles mag Arnolt Bronnen in seiner Autobiographie ver-

schwiegen oder gefällig umgedeutet haben, allein, das betrifft nur biographische Einzelheiten, was Schuld im besonderen Falle nicht ausschließt. Die wirkliche Schuld jedoch hat er erkannt. In seinem letzten Theaterstück, das Bronnen für sein wichtigstes hielt, nämlich in der *Kette Kolin*, einem Stoff aus der österreichischen Widerstandsbewegung der letzten Kriegszeit, war bereits dies antithetische Prinzip von Bericht und Anzweiflung des Berichts erprobt worden. Einerseits spielt das Stück auf einer Bühne, die in üblicher Weise einen realen Vorgang präsent machen soll; zum andern aber im Zuschauerraum als Auseinandersetzung zwischen dem Theaterdirektor, der für seinen Autor spricht, und dem »Herrn rechts unten«, der von alledem nichts wissen will und immer wieder mühsam daran gehindert werden muß, unter Protest und Türenknall das Theater zu verlassen. Die These des Herrn rechts unten, der nicht neugierig ist auf Henker und Opfer eines Vernichtungslagers, auf Krieg und Kriegsgeschrei, lautet so: »Was geht mich das an? Mitleben verpflichtet zu nichts.«
Das ist nicht als Theaterpointe einer romantischen Ironie zu verstehen. Arnolt Bronnen spricht hier gegen sich selbst, gleichsam gegen den Herrn rechts unten in Arnolt Bronnens eigener Biographie.
Mitleben verpflichtet zu nichts? Die Antwort steht auf den Schlußseiten des *Protokolls*. Man hat das nicht als Zerknirschung eines Büßers zu verstehen, sondern als Entdeckung eines neuen literarischen Arbeitsprinzips. Zu Ende mit dem Spielen im Spiel, mit aller Theatralik auf der Lebensbühne.
Hat Arnolt Bronnen die Lehre beherzigt, die er sich selbst vortrug, und die er sicher ernst genommen hat? Das kann nicht entschieden werden. Die Lebens- und Schaffenszeit reichte nicht mehr aus. Bemerkenswert bleibt, daß Arnolt Bronnen nach Abschluß des *Protokolls* nicht mehr als Dramatiker gearbeitet hat. In Ostberlin schrieb er Theaterkritiken, doch keine neuen Theaterstücke, obwohl die Möglichkeit durchaus vorhanden war, ein neues Stück von Bronnen in Ostberlin aufzuführen. War die Prosaarbeit am *Aisopos* als

doppelte Negation zu verstehen? Nämlich als Absage sowohl an die damalige deutsche Realität wie an das Schreiben für eine Schaubühne.

Arnolt Bronnen hat keine erbauliche Geschichte zu Protokoll gegeben. Unsicherheit bleibt beim Leser über die Grenzen der Aufrichtigkeit. Andererseits sind jene Autobiographen besonders fragwürdig, die pathetisch verkündet hatten, um ein besonders unaufrichtiges Buch zu zitieren, nämlich die *Bekenntnisse* des Jean-Jacques Rousseau: »Meinesgleichen will ich einen Menschen in ganzer Naturwahrheit zeigen, und ich werde dieser Mensch sein.« So viel hatte sich Arnolt Bronnen nicht vorgenommen. Er hatte den Mut zur partiellen Unwahrhaftigkeit und auch zum Verschweigen. Das war aufrichtiger als jenes Bekenntnis des berühmten Moralisten aus Genf.
Solcher Verzicht Arnolt Bronnens auf die frühere ästhetische Existenz war trotzdem nicht als Übergang zu einem neuen Moralismus zu deuten. Der Lebensbericht dieses deutschösterreichischen Schriftstellers begründet vielmehr genau, warum alle Fragen nach Arnolt Bronnens Schuld oder gar Sühne insgeheim anachronistisch anmuten müssen. Wenn etwas sich scharf und mit genauen Konturen aus diesem Protokoll deduzieren läßt, so ist es, neben dem Spielelement, das wenig heroische und kaum sehr moralische Verhalten eines gesellschaftlich-politischen Mitläufers. Bronnen erweist sich in seinem Bericht immer wieder, bei all seinen Begabungen, als Mitläufer in Literatur und Politik. Er ist impressionabel in ungewöhnlichem Maße, reagiert auf geistige Tendenzen und neue Situationen, die er oft vorwegnimmt. Als einer der ersten deutschen Schriftsteller hat er die Möglichkeiten des Rundfunks erkannt und genutzt; er war stärker fasziniert von der Bilderwelt des Films als von der traditionellen Bücherwelt. Daß er sehr früh schon die künstlerischen und propagandistischen Möglichkeiten des Fernsehens gesehen hat, wird ausführlich in seinem Buch berichtet. Man hat keinen Anlaß, die Angaben für Aufschneiderei zu halten.

Allein, just diese ungewöhnliche Sensibilität hat verhindert, daß es einen geistigen und künstlerischen Kern gibt in dieser Existenz eines ebenso erfolgreichen wie erfolglosen Schriftstellers.

War dies gemeint als Erkenntnis, wenn Bronnen im Untertitel versprochen hat, »Beiträge zur Geschichte des modernen Schriftstellers« zu liefern? Nimmt man die Formel ernst, so hat Bronnen zeigen wollen, daß der moderne Schriftsteller deutscher Sprache verurteilt wird zur Substanzlosigkeit und zum Mitläufertum. Das mag schockierend klingen und gedeutet werden als späte Rechtfertigung im Sinne der *Dreigroschenoper*, also nach dem Refrain: die Verhältnisse seien nicht so.

Wer jedoch diese Einlassungen des Protokollanten Bronnen als Flausen betrachtet und faule Ausreden, hat in der Tat weniger deutlich als Bronnen die moderne Problematik des Schriftstellers reflektiert. Im Erscheinungsjahr des *Protokolls* (1954) wiegte man sich in der deutschen öffentlichen Meinung in der Illusion, das Dritte Reich sei strukturiert worden als Kontrast zwischen einer unvorstellbar grausamen Oberschicht von Untätern mitsamt ihren Helfershelfern, und einer duldenden und schweigenden deutschen Majorität. In solcher Erkenntnis akzeptierte man im Osten das *Siebte Kreuz* von Anna Seghers und im Westen die frohe Botschaft Zuckmayers vom integren, doch ohnmächtigen General des Teufels.

Inzwischen ist das Thema einer Schuld der angeblich Schuldlosen, provoziert durch Fragen einer neuen Generation, unabweisbar geworden. Im Jahr 1954 konnte man sich öffentlich über die Unmoralität eines Schriftstellers und Autobiographen entrüsten. Dies alles liest man anders in unserer Gegenwart. Wir haben uns verändert. Das ist die entscheidende neue Tatsache. In dieser veränderten Situation und Konstellation jedoch wirkt Arnolt Bronnen mitsamt seinem Protokollbericht weit weniger als abstoßender Sonderfall, denn als gesellschaftlich typischer Fall. Der Ästhetizismus Bronnens wird dadurch nicht legitimiert, aber der Moralismus der Kritiker von 1954 ist seinerseits fragwürdig geworden.

Ein Jahr nach Erscheinen des Buches *Arnolt Bronnen gibt zu Protokoll* veröffentlichte der Schweizer Friedrich Dürrenmatt seinen berühmten Essay *Theaterprobleme*. Es lohnt sich, die entscheidende These zu zitieren und gleichzeitig als Deutung des Falles Bronnen versuchsweise zu interpretieren:

> Die Tragödie setzt Schuld, Not, Maß, Übersicht, Verantwortung voraus. In der Wurstelei unseres Jahrhunderts, in diesem Kehraus der weißen Rasse, gibt es keine Schuldigen und auch keine Verantwortlichen mehr. Alle können nichts dafür und haben es nicht gewollt. Es geht wirklich ohne jeden. Alles wird mitgerissen und bleibt in irgendeinem Rechen hängen. Wir sind zu kollektiv schuldig, zu kollektiv gebettet in die Sünden unserer Väter und Vorväter. Wir sind nur noch Kindeskinder. Das ist unser Pech, nicht unsere Schuld: Schuld gibt es nur noch als persönliche Leistung, als religiöse Tat. Uns kommt nur noch die Komödie bei.

Alle können nichts dafür und haben es nicht gewollt. So lautete auch bereits, formuliert während eines Ersten Weltkriegs, die Einlassung des Kaisers Franz Joseph und des Lieben Gottes in den *Letzten Tagen der Menschheit* von Karl Kraus. Wer Bronnens autobiographischen Bericht genau liest und mit eigenen, oft divergierenden Lebenserfahrungen vergleicht, wird nicht leugnen können, daß einer hier beschreibt, wie er nichts dafür konnte. Ganz sicher hat er »es« nicht gewollt. Doch hat er mitgeholfen, daß »es« möglich wurde, und am Ende auch wirklich.

Was hat sich seitdem geändert? Nach wie vor bleibt Skepsis, wenn man den Schlußsatz eines Buches liest, wo sich einer dafür entscheidet, seine Menschen-Brüder wahrhaft zu lieben. Schwer zu akzeptieren: viel schwerer als die nüchterne Feststellung des Herrn rechts unten: »Was geht mich das an? Mitleben verpflichtet zu nichts.« Eine erste Instanz aus Publikum und Kritik hat Arnolt Bronnen und sein Buch im Jahre 1954 verurteilt. Das war damals nicht schwer. Man machte im wahrsten Wortsinne einen kurzen Prozeß. Die neue Verhandlung in Sachen Arnolt Bronnen wird langwieriger sein, und auch schwieriger.

Peter Brückner: Das Abseits als sicherer Ort

Den sechzigsten Geburtstag hat er nicht mehr erlebt. Geboren am 15. Mai 1922 in Dresden, starb Peter Brückner, Professor der Sozialpsychologie an der Universität Hannover, am 10. April 1982 in Nizza, wo er sich Erholung erhoffte von der Krankheit und – vielleicht – für die Wiederaufnahme seiner Lehrtätigkeit. Kurz vor Brückners Tod nämlich waren, zu Ende des Jahres 1981, alle disziplinarischen Maßnahmen und »Suspensionen« aufgehoben worden, mit denen man fast ein Jahrzehnt lang, seit 1972, einen scheinbar Unwürdigen vom akademischen Lehramt fernzuhalten gedachte.

»Man«? Die Universität Hannover war es offenbar nicht. Sie trat ein für den unbequemen Professor: wodurch sie bewies, daß sie nicht mehr zu handeln gedachte wie fast fünfzig Jahre früher ihre akademischen Vorgänger von der Technischen Hochschule Hannover, im Falle des Professors für Philosophie und Psychologie Theodor Lessing. Als Rektor und Senat eigenmächtig, nach organisiertem Volkszorn einer »Akademiker-Versammlung«, die Ausübung des Lehramtes untersagten, ohne die Entscheidung des preußischen Kultusministeriums in Berlin abzuwarten.

Was hatte Theodor Lessing begangen, um solchen Zorn im Lande und in seiner Vaterstadt Hannover zu erregen? Er hatte im Prozeß um den Massenmörder Hans Haarmann vergeblich versucht, als Psychologe und Gutachter den Fall eines Menschen untersuchen zu lassen, und einer Umwelt, die dem sogenannten Monstrum seine Taten ersichtlich leicht machte. Lessing wurde vom Gericht barsch abgewiesen. Übrigens: in ähnlichen Prozessen unserer jüngeren Vergangenheit kam die Verteidigung durch mit der Forderung nach Anhörung eines Sexualpsychologen. Die Ablehnung eines solchen Antrags wurde seitdem zum Revisionsgrund. Im Falle Haarmann jedoch warteten alle, im Gerichtssaal wie draußen, auf das Fall-

beil. Da störte er nur, der Professor Lessing, übrigens ein Jude. Im preußischen Landtag befragten die Deutschnationalen den liberalen Kultusminister, ob er immer noch bereit sei, »einen Hochschullehrer weiter in Hannover zu belassen, der seinerzeit verwarnt werden mußte, weil er die notwendige und übliche Rücksicht auf seine Stellung als Hochschullehrer und akademischer Forscher vermissen ließ [...]«. Und so weiter.
Die notwendige und übliche Rücksicht hatte Lessing, der im Falle Haarmann gerade als Forscher amtieren wollte, vor allem dadurch vermissen lassen, daß er politische Hellsicht bewies. Als der in Hannover lebende und pensionierte Feldmarschall von Hindenburg am 26. April 1925 zum Reichspräsidenten gewählt worden war, konnte abgerechnet werden mit einem Aufsatz Lessings, der gegen den Kandidaten aus Hannover gerichtet war und folgende Sätze enthielt: »Ein Philosoph würde mit Hindenburg nun eben nicht den Thron besteigen. Nur ein repräsentatives Symbol, ein Fragezeichen, ein Zero. Man kann sagen: Besser ein Zero als ein Nero. Leider zeigt die Geschichte, daß hinter einem Zero immer ein künftiger Nero verborgen steht.« Man hat es erlebt.
Theodor Lessing und Peter Brückner. Ich habe den späteren Volkszorn um meinen Hannoverschen Kollegen Brückner stets zugleich als Riminiszenz des Falles Lessing empfunden. Lessing mußte fliehen, sein Haus wurde geplündert nach der »Machtergreifung«. Er selbst entkam in die Tschechoslowakei. Dort wurde er am 30. August 1933, während man in Nürnberg den Parteitag des Sieges feierte, aus dem Hinterhalt erschossen.
Auch Peter Brückner ließ die notwendige und übliche Rücksicht eines Hochschullehrers und akademischen Forschers vermissen. Das führte zu Suspendierungen vom Amt, die aufgehoben werden mußten; zu einem Strafverfahren, das zum Freispruch führte. So etwas verkürzt die Lebenszeit. Ein Professor als »Terrorist«. Riesige Zeitungslettern. Brückner war gut bekannt gewesen, *vor* ihrem Weg in den Terrorismus, mit Ulrike Meinhof. Als die Flüchtige, die alle Beteiligung an Ta-

ten gegen das Leben anderer Menschen noch vor sich hatte, an die Tür klopfte, gab er ihr und ihrem Begleiter, der später aussagte, ein kurzes Asyl. Später übernahm Brückner, mit anderen Hochschullehrern, die Verantwortung für den Druck eines fragwürdigen Textes zum Mordfall Buback. Er lehnte die inhaltliche Aussage dieses Textes ab, wie er betonte, wollte jedoch verhindern, daß man abermals Zensur übe und Meinungen unterdrücke. Dafür also das Hausverbot und die Anklagebank und der Tod mit sechzig Jahren.

Daß es Hannover war bei Lessing wie bei Brückner, ist Zufall. Was jedoch kein Zufall gewesen ist, in beiden Fällen eines »Dissidenten«, das hat Brückner in einer »Vorbemerkung 1978« zum Neudruck eines seiner Aufsätze aus dem Jahre 1970 so erläutert: »In Deutschland gibt es keine Umwälzung aller beklagenswerten Verhältnisse ohne tiefgreifende Veränderung von Innerlichkeit, Bedürfnis, zwischenmenschlichem Verkehr. Ohne Umwälzung also der *Mentalität* sehr großer Teile der Bevölkerung, die gewiß ihre historischen und materiellen Ursachen hat, die aber nun den Wechsel politischer Systeme mühelos übersteht.«

Dies ist einmal als scharfe Absage zu verstehen an alles Gefuchtel mit der Vokabel »Revolution«. Es ist die Gegenthese zu allem Terrorismus. Außerdem spricht hier die Lebenserfahrung eines Deutschen in Deutschland und mit den Deutschen. Auch Peter Brückners Denken und Handeln gehört zur Geschichte des »Leidens an Deutschland«, um eine Formel des von Brückner verehrten Thomas Mann anklingen zu lassen. Erfahrenes Leiden an Deutschland: die Lebensgeschichte Brückners ist dafür exemplarisch.

Die Rätsel einer Lebensgeschichte

Seine Jugendgeschichte stellte Brückner unter das Motto, das zugleich den Titel abgab: *Das Abseits als sicherer Ort*. Die Widmung lautete: »Für meine Kinder«. Man darf vermuten, daß die Widmung, formuliert von einem Sozialpsychologen und Pädagogen, auch im übertragenen Sinne zu verstehen sei. Am Schluß nämlich jenes Kapitels der Jugendgeschichte, das die Vorkriegszeit von 1939 erinnert, gibt es eine programmatische Fußnote: »Wie werden die ›versunkenen Erfahrungen‹ bewußt? Indem wir lernen, die Rätsel unserer Lebensgeschichte im Kontext der Geschichte unserer Gesellschaft zu lösen, und zwar im Detail, und indem wir der Reflexion vertrauen, solange sie Erfahrung und Objektivität fühlbar vermittelt. Das vor allem ist ›Kritische Theorie‹.«

Die Rätsel unserer Lebensgeschichte. Brückners Jugendgeschichte liest sich auf den ersten Blick, mit Max Weber zu sprechen, wie ein »idealtypisches« Kompendium des Außenseitertums. Existentieller Außenseiter durch die Geburt als Halbjude. Beabsichtigtes, also intentionelles Außenseitertum durch die frühzeitige Hinwendung zu allen Minderheiten und Opfern von Gewalt und Gewalttätigkeit. Dissident und Aussteiger: ausgerechnet in einem Dritten Reich, wo man keinesfalls »auffallen« durfte, sondern ein Leben zu führen hatte, wie der Führer es sich ausgedacht hatte: dieser idealtypische Außenseiter.

Sohn eines deutschen Ingenieurs und einer englischen Jüdin, übrigens einer bekannten Konzertsängerin, die sich gezwungen sah, als Peter Brückner fünfzehn war, Deutschland zu verlassen. Auch ihre beiden Söhne aus einer ersten Ehe, Peters Halbbrüder, an denen er hing, verließen die Heimat. Der Vater wurde arbeitslos, weil er sich nicht gleichschalten ließ, der Sohn wird im Internat erzogen. Daß er Halbjude ist nach den Rassegesetzen, erfährt er ziemlich spät. Nun gilt es, durch die Gesetzesmaschen zu schlüpfen. Die amtlichen Nachforschungen über Reinheit oder Pariatum der mütterlichen »Sippe« bleiben erfolglos: in England hat man noch wenig Rassebewußtsein entwickelt. Von dort kommt keine Hilfe für die Rasseforscher. So erlebt man einen Hitlerjungen P. B., später einen Parteigenossen seines Führers. Brückner leistet sich die Überschrift: »Ich werde Mitglied der NSDAP«. Dennoch

hat sich zwischen der Episode des Hitlerjungen und jener des PG etwas in ihm verändert.
Dieses Rollenspiel in der Hitlerjugend, das der Sechzehnjährige durchaus schon als solches empfand, diente der Selbsterziehung und sogar, um Brückners späteren Ausdruck zu gebrauchen, der »Selbstbefreiung«. Das ist keineswegs paradox. »Jugend ist ungleichzeitig«, heißt es darüber. Das mutterlose Kind, der Vater ist fern und kann nicht helfen, kumuliert die Rollen. Fahrten im braunen Hemd, doch Entscheidung für die Konfirmation in der Kreuzkirche zu Dresden: im Braunhemd, was nach Provokation aussah, aber die Ursache hatte im Fehlen eines »guten« Anzugs. Das Braunhemd als sicherer Ort vor den Schulgewaltigen im Internat. Die geheime geistige Welt im Internat mit lauter verbotenen Büchern, die eine ältere Freundin und »Kulturbolschewistin« dem Knaben besorgt hatte. Zur Zeit des Films vom Juden Süß schreibt der Schüler P.B. auftragsgemäß über Shakespeares *Kaufmann von Venedig*: »Ich fand heraus und behauptete, der Jude Shylock sei der einzige echte Renaissancemensch im ganzen Stück, das war eine Fünf. So wurde ich vorsichtig.«
Später und im Kriege findet er Anschluß an kommunistische Gruppen. Als die Schule die Absolventen pathetisch auffordert, »Mitglieder dieses Vereins zu werden«, wie Brückner die Partei nennt, befragt er seine Freunde aus dem Untergrund: »Die Frage, was Widerstand eigentlich bedeute, wie und wo er zu leisten sei, hatte sich inzwischen versachlicht und politisiert. Eintritt in die NSDAP? Meine antifaschistischen Freunde rieten zu oder zuckten die Achseln. Für meinen Vater war es ein moralisches Problem, aber ein unentrinnbares.« Der Antrag wird gestellt und genehmigt.
»Was haben wir gewußt?«, das ist die letzte Überschrift in dieser Jugendgeschichte eines rollenspielenden Außenseiters, der überall mitmacht und folglich nirgends. Was er sowohl genießt wie als Makel empfindet. Freilich wird es dem heutigen Leser bisweilen schwer, die dialektischen Erklärungen Brückners, also eines Schülers der Kritischen Theorie und

Alexander Mitscherlichs, als damalige Motivation eines zwanzigjährigen Halbjuden und PG mitten im Weltkrieg zu rekonstruieren. Nicht die »Kristallnacht« von 1938 habe ihn zum Bewußtsein seiner Lage als – noch unentdeckter – existentieller Außenseiter gebracht, sondern erst die Abreise des jüdischen Stiefvaters aus der ersten Ehe seiner Mutter. »Bis dahin, Herbst 1938, blieb das Schicksal der Juden für mich viel randständiger als das der Kommunisten und der Homosexuellen.«

Der Soldat Brückner kommt als Schreiber in einem Kriegsgefangenenlager in Österreich mit dortigen Kommunisten zusammen. Er kehrt als Emissär der Amerikaner kurz vor Kriegsende nach Zwickau zurück. Trotzdem heißt es: »Im Juni sah ich ohne Bedauern, wie die amerikanischen Truppen Zwickau verließen.« Brückners Buch wird mit den folgenden, kaum begründeten und um so provokativer wirkenden Sätzen beendet: »Das Ereignis des Sommers 1945, die Stunde der Befreiung für mich, war ganz lokal: meine Aufnahme in die KPD. – Von der Besatzungsmacht sah ich nicht viel. Ende August ging ich mit einem Parteiauftrag nach Leipzig: die Wiedereröffnung der Universität war vorzubereiten.«

So endet die wohl verblüffendste, tief verstörende Autobiographie eines deutschen Zeitgenossen. Elemente eines Bildungsromans, der die bürgerliche Bildung am Ende sieht, vermischen sich mit Momenten eines durchaus nicht lustigen Schelmenromans. Die literarische Schlußpointe läßt sich der Erzähler Peter Brückner im Jahre 1980 entgehen: daß nämlich der Genosse Brückner natürlich in Leipzig beim Parteiauftrag scheitert. Er will Medizin und Psychologie studieren und wird belehrt, daß Psychologie und Soziologie nicht gebraucht werden an einer Hochschule des Marxismus-Leninismus. Das sind Scheinwissenschaften der bürgerlichen Dekadenz.

Die Folge ist bei Brückner, um es psychoanalytisch, also dekadent auszudrücken, eine »Flucht in die Krankheit«. Übersiedlung nach Westberlin im Jahre 1948. Studium der Psychologie in Münster. Promotion 1957. Der Kreis um Adorno und um Mitscherlich. Im Jahre 1967 die Berufung auf den Lehrstuhl für Psychologie in Hannover. Das Weitere stand dann in der Zeitung. Kein Abseits und kein sicherer Ort.

Aussetzung – Freisetzung

Lebenslanges Nachdenken über Menschenkenntnis und Möglichkeiten der Erziehung muß Brückner dahingeführt haben, daß seine Reflexionen immer wieder als ein Weder-Noch präsentiert werden. Die Rätsel seiner Jugendgeschichte ebenso wie Erfahrungen mit dem Nachkrieg in Ost und West brachten ihn dazu, den klassischen Antagonismus von »Freiheit und Ordnung« als scheinhaft, nicht mehr real zu empfinden. Ernst Bloch hatte noch im *Prinzip Hoffnung* die antithetischen Begriffe der Freiheit und der Ordnung synthetisch aufheben wollen im Marxismus als einer »konkreten Antizipation«. Freilich wurde sehr behutsam formuliert: »Marxismus ist die erste Tür zu dem Zustand, der Ausbeutung und Abhängigkeit ursächlich ausscheidet, folglich zu einem beginnenden Sein wie Utopie.« Brückner hatte das anders erlebt: der real existierende Marxismus blieb eine verschlossene Tür.

Das Kind P.B. hatte inmitten der Ordnung eine Freiheitssphäre gesucht und sich heimlich nach der Geborgenheit in irgendeiner Ordnung gesehnt. Jedesmal vergeblich. Daraus erklärt sich der Freiheitsskeptizismus, den man überall in Brückners späten und nachgelassenen Schriften wie Vorträgen entdecken muß.

In den Vorlesungen über *Psychologie und Geschichte*, die der »suspendierte« Gelehrte in den Jahren 1980/81 außerhalb der Hochschule vor Freunden und Schülern hielt und die nun als Nachschrift vorliegen, wird in zwei nachdenklichen Sätzen das vertraute Erscheinungsbild einer autoritären mit dem weitgehend harmonisierten Phänomen einer anti-autoritären Erziehung konfrontiert. In einem – unausgesprochenen –

Weder-Noch: »In der Bundesrepublik Deutschland, mit ihrer dringenden Revision der in der Tat unerträglichen, autoritären Erziehungsstile vor allem der Vergangenheit, ist die Forderung, Kindern in der Familie Autonomie, Demokratie, Selbständigkeit zeitlich zu sichern, nur zu berechtigt. Und doch fragt sich auch der teilnehmende Beobachter, inwieweit Selbständigkeitserziehung [...] nicht sehr dicht an Aussetzung grenzt.«

An Aussetzung. Gleich dem unerwünschten Kinde Ödipus, wäre zu ergänzen, den man mit durchschnittenen Sehnen vor den Toren von Theben ausgesetzt hatte. Verzicht auf Autorität als Lieblosigkeit, mit schlimmen Folgen: so muß man Brückners Reflexion wohl verstehen.

Die Reflexion kehrt wieder in einem Aufsatz über *Die Neuen Sozialbewegungen* von 1981. Diesmal handelt es sich um die neuen Formen der Sexualmoral. Einmal der »Mief der Adenauerjahre«, der bekämpft werden mußte durch »psychoanalytisch angeleitete« republikanische Aufklärung über die Zusammenhänge zwischen »autoritärem Charakter, Faschismus, Antisemitismus, Konsumspirale und bürgerlicher Sexualität«. Hier ist, wie bekannt, die »Kritische Theorie« folgenreich geworden, auch in der deutschen Praxis. Brückner hat dabei mitgewirkt.

Nun aber die Gegenthese. »Das waren die Märkte, die uns damals in Film, Zeitungen und Anzeigen mit überdimensionalen Sexattrappen zu umstellen begannen.« Auch eine Form der Aussetzung, wie man ergänzen darf.

Die Folge ist nicht Freiheit, sondern neue Gewalttätigkeit: »In den Vereinigten Staaten ist es wohl statistisch nachweisbar, daß gerade mit den ziemlich großen Lockerungen der sexuellen Verhaltensweisen die Anzahl der Männer angewachsen ist, die – auch in den Mittelklassen – ihre Frauen schlagen. Wie auch in Europa ein Delikt wie Gruppennotzucht eine typische Konsequenz der Freisetzung von Sexualität und nicht der Hemmung ist.« Das ist, gleich der anti-autoritären Aussetzung, ein Nachruf auf Freud.

Auch Peter Brückner, als ein redlicher Denker, muß sich die Frage stellen, die schon vor mehr als 50 Jahren einen anderen redlichen Moralisten, nämlich *Erich Kästner*, so traurig machte: »Wo bleibt das Positive?« Brückner sucht es allenthalben in der veränderten Welt der sechziger, dann siebziger, dann achtziger Jahre. Im verbürgerlichten Proletariat? Davon handelt ein wichtiger Aufsatz vom Jahre 1979, den man im zweiten Band der gesammelten Aufsätze »zur politischen Kultur und Moral« nachlesen kann. Der Titel ist abermals – scheinbar – paradox. Ausgerechnet der Autobiograph, der das Abseits als »sicheren Ort« gepriesen hatte, überschreibt einen Text so: »Über Zivilcourage am unsicheren Ort«. Was nicht gegen den Mut gerichtet ist, sei es als Lebensmut oder als Mut zum Widerspruch, sondern zu bedenken gibt, daß die Zivilcourage untrennbar verbunden bleibt den gesellschaftlichen Umständen, die der Mutige vorfindet. Zivilcourage kann auch schädlich sein: nicht allein für den Mutigen.

Brückner erweist sich in seinen späteren Reden und Aufsätzen immer deutlicher als ein Marxist, der das heutige Elend auch der marxistischen Philosophie mitreflektieren muß: auch über Horkheimer und Adorno und die *Dialektik der Aufklärung* hinaus. Männerstolz vor Fürstenthronen, also Zivilcourage? Das gehörte zum Klassenkampf zwischen bourgeoiser Emanzipation und Feudal-Absolutismus. Das Proletariat übernimmt es, die Aufklärung über ihre bürgerliche Phase hinauszuführen. Einstmals Marquis Posa und Prinz Tamino und der *Hessische Landbote* und die Achtundvierziger, so könnte man Brückners Thesen illustrieren. Dann das *Kommunistische Manifest*, die Zivilcourage Karl Liebknechts und der Rosa Luxemburg, auch des Carl von Ossietzky. Allein es gab auch schon vor Brückner die Erkenntnis, daß die isolierte, unverbundene Negation der einzelnen dem Gegner zu helfen vermag. Das solle man lernen, so wollte es Brecht in seinem dänischen Exil, indem man den Fall der Mutter Courage überdenkt, den sich Brückner merkwürdigerweise als Argument entgehen ließ.

Was Brückner sieht, ist dies: »Das Ergebnis dieser Normierung und Integration ist eine neue Gestalt von ›Wirklichkeit‹, eben die *Normalität*, die das Partikulare, das qualitativ Andere nur noch als Abweichung registriert, in der Regel ein Fall für den Arzt und die Polizei. Das Besondere verschwindet im Abseits. In dieser Normalität verzichtet auch die aufstrebende Klasse auf die Hegemonie (die ›Diktatur des Proletariats‹), sie will nicht mehr eine ›Wahrheit auf Kosten jeder anderen Wahrheit‹.«

Da jedoch Normalität nicht erzwungen werden kann, wie Brückner genau weiß, also weder durch die sanfte Gegenutopie bei Aldous Huxley, noch durch die brutale Gleichschaltung bei Orwell, darum findet immer wieder, wie Brückner mit einem Fremdwort ausdrückt, das ihn selbst nicht glücklich macht, eine »Segregation« statt. Eine Gruppe in der »normalen« Herde wird abgesondert: die Parias, die Juden, die Türken. Symptomatischer aber ist heute, wie Brückner immer wieder nachweist, der Vorgang einer Selbstsegregation. Dabei kann Aussetzung zusammenfallen mit Aussteigertum. Brückner zeigt das an der »Differenz der Lebensalter«. Hier arbeite »die Segregation für die Normalität: die Altersstufen werden durch Trennung für die Normalität unschädlich gemacht (unter Mitwirkung der Linken, die, noch ehe ein Kind geboren ist, bereits den ›Laden‹ gründet, wo es mit anderen Kindern unter sich sein kann). Und die Differenz der Geschlechter? Ja, partnerlook und unisex, ein gemeinsamer Hang zur narzißtischen Feigheit – und Segregation auch dort.«

Und das Positive? Und die Zivilcourage? Sie gibt es nach wie vor, wenngleich nicht mehr in der einstigen, der gleichsam klassischen Gestalt. Um seine Meinung »frei« sagen zu können, so wird man Brückner zu verstehen haben, muß man wirklich eine haben: eine eigene Meinung nämlich. Das wird immer schwerer. Sie ist nicht mehr als »Klassenbewußtsein« deutbar, auch nicht mehr als bloße Negation, als Dissidententum. Brückner formuliert: »Das Verhältnis von Normalität und Dissidenz koexistiert also mit Klassenherrschaft und sozialer Bewegung.«
Das muß nicht als bare Negation empfunden werden. Gerade in den heutigen Negationen der verordneten Normalität, der sich die Aussteiger, mit Hilfe einer neuen und eigenen Normalität, insgeheim anschließen, verbirgt sich stets auch eine neue Position. »Zivilcourage ist so das Resultat einer Abweichung, die dem Druck der ›realen Normalität‹ nicht erliegt, auch nicht dem der ›realen Politik‹ – und dies bis in Wahrnehmung, Sinnlichkeit und Gedanken hinein.«
Brückner unterscheidet sich, wie ich meine, vom sowjetischen Marxismus vor allem dadurch, daß er die dort geforderte Normalität und Orthodoxie als »Sektierertum« bezeichnet. Von der Kritischen Theorie der Frankfurter Schule trennt ihn die Entschlossenheit, nicht stehenzubleiben bei der Negation der real existierenden Gesellschaft. Er wollte nicht darauf verzichten, wie bereits zitiert, die Rätsel unserer Lebensgeschichte zu *lösen*. Das erst sei Kritische Theorie.
Damit aber hat sich Brückner auch von jenen seiner Freunde getrennt, die bloß noch Praxis sein wollten: mit ein bißchen Terminologie anstelle der dialektischen Anstrengung des Begriffs.
Schaut man genau hin, so wird hinter dem stets wiederkehrenden Weder-Noch in Brückners Leben und Denken eine stetige Anstrengung zur Synthese spürbar, die man nicht mit einem läppischen Pluralismus des Sowohl-als-auch verwech-

seln sollte. In einem abermals autobiographischen Text von 1979 über die fünfziger Jahre, zu verstehen als Fortsetzung der Jugendgeschichte, demonstriert Brückner die gefährliche Konvergenz von Normalität und Sektierertum am Beispiel der Friedensbewegung: »Jetzt [...] entsteht fortwährend die Gefahr, daß die dialektische Spannung von Friede und Militanz zusammenbricht, [...] etwa in Legalismus hier und Terror dort, in ›Innerlichkeit‹ und Verbrechen. Oder: die ›Liebe‹ wird hier, der ›Haß‹ wird dort zum Fetisch.

Hier spricht die Erfahrung eines verstandenen Lebens. Unser Zeitgenosse Peter Brückner. Im *Witiko* von Adalbert Stifter findet sich ein Nachruf, worin es heißt: »An ihm ist viel gesündigt worden.«

Professor Brückner und die Staatstreue

> Der Mensch ist kein Tier. Was in der stationären Gesellschaft vom Souverän zu fordern wäre, ist *Ungehorsam*. Er allein ist noch konstruktiv, will freilich auch gefördert und gelernt sein.
>
> Peter Brückner, *Freiheit, Gleichheit, Sicherheit. Von den Widersprüchen des Wohlstands (1966)*

Wer denkt abstrakt?

Professor Brückner in Hannover, das weiß jeder, ist der Mann, welcher Ulrike Meinhof... Man weiß nicht, wer Brückner ist, woher er kommt, was er schrieb, dachte, lehrte und lehrt. Er ist Professor der Psychologie, aber was wäre darunter zu verstehen? Eines hingegen weiß jeder aus der Zeitung, die es so formulierte, daß es jeder verstehen konnte, nämlich: daß es sich um jenen Professor handelt, welcher Ulrike Meinhof...

Die klassische Analyse eines solchen Bewußtseinszustandes der anmaßenden Simplizität gab Hegel in einem Aufsatz mit dem Titel *Wer denkt abstrakt?*. Das Manuskript entstand offensichtlich schon 1807, nach der Schlacht bei Jena und dem Abschluß der Arbeit an der *Phänomenologie des Geistes*. Die Beziehungen zu jenem großen Buch, insbesondere zum berühmten Abschnitt über »Herrschaft und Knechtschaft«, sind evident. Hegel selbst unterstrich sie noch durch den literarischen Hinweis auf Diderots Roman über Jakob den Fatalisten und seinen Herrn.

Wer denkt abstrakt, nach Hegels spöttischer Diagnose? Keineswegs tun es Philosophen, denen der vulgäre Alltagsverstand dergleichen vorzuwerfen pflegt. Vielmehr ist Abstraktion gerade im einfältigen Hochmut jener Tagesrealisten zu

finden – so Hegel –, die über Personen und Zustände, worüber sie urteilen, genau beschließen, Bescheid wissen, zu Gericht sitzen. Ein Mörder ist ein Mörder, sonst gar nichts. Wer in einem Menschen, welcher mordete, eine komplexe Existenz sieht, statt bloß und einschränkungslos auf nichts hinzustarren als eben diese Mordtat, macht sich, nach dem Vorurteil der Alltagsmoralisten, offenbar selbst schuldig. Professor Hegel, der damals (1807) durch den Sieg und Einmarsch der Franzosen sein Lehramt in Jena verlor, stellte auch hier Dialektik gegen die undialektische und abstrahierende Reduktion durch »eindimensionales« Denken. Daher heißt es bei ihm: »Es kann wohl Leute geben, die, wenn sie solches hören, sagen werden: der will diesen Mörder entschuldigen! Erinnere ich mich doch, in meiner Jugend einen Bürgermeister klagen gehört [zu haben], daß es die Bücherschreiber zu weit treiben und Christentum und Rechtschaffenheit ganz auszurotten suchen; es habe einer eine Verteidigung des Selbstmordes geschrieben; schrecklich, gar zu schrecklich! – Es ergab sich aus weiterer Nachfrage, daß *Werthers Leiden* verstanden waren.«
Entfremdungsdenken der bürgerlichen Gesellschaft arbeitete von jeher beim Urteilen mit der Reduzierung auf ein »Nichts als«. Ein Mörder, ob angeklagt oder auch verurteilt, bleibt darin nichts als ein Mörder. Karl Marx erweiterte die Grundlage dieses dialektischen Denkens gegen die Abstraktionen des sogenannt gesunden Menschenverstandes. An berühmter Stelle analysiert er den Satz: »Ein Neger ist ein Neger.« Was heißen soll: ein Mensch mit schwarzer Hautfarbe. Erst bestimmte gesellschaftliche Umstände, die man kennt als Ursache und Verlauf, machen einen Neger synonym mit dem Begriff Sklave. Den Mann mit der schwarzen Haut als gleichsam geborenen Sklaven zu interpretieren, blieb der bürgerlichen Gesellschaft trotz der Revolutionen am Ausgang des 18. Jahrhunderts vorbehalten.
Ein Mörder ist ein Mörder, und damit basta! Ein Neger ist ein Neger, was heißen soll: ein Sklave. Professor Brückner ist der Mann, welcher Ulrike Meinhof …

Die Zusammenstellung und Satzfolge provoziert und fordert – vermutlich – den Widerspruch heraus. Dennoch manifestiert sich in allen drei Fällen derselbe ideologische Mechanismus. Ein komplexer subjektiver und objektiver Tatbestand, einen einzelnen Menschen ebenso betreffend wie eine konkrete und überindividuelle Gesellschaftslage, wird intellektuell eingeebnet, bis nichts übrig bleibt als jenes berüchtigte Nichts als.

Gegen das falsche Bewußtsein solcher Abstraktionen und Reduktionen vermag ein wohlmeinender Liberalismus nichts auszurichten, welcher auf mildernde Umstände plädiert. Peter Brückner, Ordinarius für Psychologie an der Technischen Universität Hannover, wurde im Amte suspendiert auf Grund von Aussagen eines Angeklagten in einem Prozeß, worin Brückner als Zeuge aufgerufen wurde. Pflicht eines Verteidigers ist es, die Handlungsweise Peter Brückners im Jahre 1970 sowohl als Lebenstatbestand wie als rechtlichen Sachverhalt so zu interpretieren, daß man dem Professor in Hannover kein Vergehen im Amt nachweisen kann, und disziplinarische Folgen demgemäß zu entfallen haben. Dies alles kann und soll nicht erörtert werden. Es ist Angelegenheit von Institutionen und Prozeduren. Die wirkliche Antinomie, die Peter Brückner repräsentiert: als Forscher wie als akademischer Lehrer, wird durch diese Art einer – notwendigen und folgerichtigen – Verteidigung eher verwischt als geklärt.

Die Paradoxie und Provokation des Denkens muß anders vorgehen, will sie den »Fall Brückner« wirklich als das verstehen, was er ist und mit Notwendigkeit werden mußte: als Fall, woran nicht eine Verletzung, sondern eine Bewährung des Grundgesetzes der Bundesrepublik Deutschland demonstriert werden muß.

Erst dann nämlich, wenn einer in Gedanken, aber keineswegs als Denkspielerei, unterstellt, daß Peter Brückner in der Tat jener Mann war, welcher Ulrike Meinhof...: dann erst werden die realen Dimensionen des Konflikts als Theorie wie als Praxis sichtbar. Das macht: Professor Brückner handelt, wie an seinen Schriften gezeigt werden kann, als ein Gelehrter, der das Entfremdungsdenken und die Entfremdungen unseres Daseins nicht bloß durchschauen, sondern beseitigen möchte. Psychologie bleibt bestenfalls eine müßige Spielerei mit »interessanten Seelenphänomenen«, schlimmstenfalls die ohnmächtige Wollust von Gaffern, wenn sie nicht darauf aus ist, seelische Zwänge zu brechen und Freiheitssphären im einzelnen Menschen und in gesellschaftlichen Gruppen zu erschließen. Was aber geschieht, wenn der Psychologe ungenügsam wird, nämlich das Vorrecht echter Wissenschaft für sich in Anspruch nimmt: Phänomene nicht bloß zu konstatieren und zu beschreiben, sondern als gesellschaftlich nützlich oder schädlich zu bewerten und dabei von der Analyse seelischer Folgen überzugehen zum Studium der verursachenden gesellschaftlichen Faktoren?

Mehr noch: Psychologie ist nur als emanzipatorische möglich, oder gar nicht. Was nicht ausschließt, daß sie auf der Mitte des Wegs stehenbleibt und sich aus einer Freiheitslehre in ideologische Affirmation von bestehenden Zuständen zurückentwickelt. Diese Tragödie hat sogar das Leben Sigmund Freuds verdüstert, ganz zu schweigen von Alfred Adler oder C. G. Jung. Der Fall Professor Brückners ist deshalb so exemplarisch, weil dieser Schüler Freuds und der Psychoanalyse mit zunehmendem Alter immer deutlicher entschlossen wird, dieser Regression einer emanzipatorischen Wissenschaft, seiner eigenen nämlich, in Rechtfertigung von Zuständen der menschlichen Selbstentfremdung zu entgehen.

Wie es darum eine törichte Abstraktion ist, den Professor Brückner, einen Beamten des Landes Niedersachsen, im öffentlichen Urteil zu reduzieren auf sein – angebliches oder wirkliches – Verhalten einem einzelnen Menschen oder auch einer Gruppe gegenüber, so beschönigend und unscharf wirkt ein Denkmechanismus, der sich in anderer Weise, aber nicht minder bedenklich, der Abstraktion ausliefert – und damit der Entfremdung. Indem nämlich sorgfältig unterschieden wird zwischen einem ansonsten untadeligen Gelehrten und

Lehrer – und einer bloßen, im Grunde »unrepräsentativen« Episode seines Lebens. Wer so denkt, hat abermals abstrakt gedacht. Gesellschaftliche Arbeitsteilung hat den Menschen derart aufgespalten in partielle Tätigkeiten, Daseinsparzellen und Lebensprovinzen, daß ihre Addition zur Summe eines Einzeldaseins wird. Das Ego als Privatmann und Beamter, Vorgesetzter und Untergebener, als Vater und Sohn, in Arbeit und Freizeit, als Produzent und als Konsument, als Unterdrückter und Unterdrückender. Da bleiben begreiflicherweise die kleineren Kompetenzkonflikte nicht aus. Jeder Polizeibeamte belehrt uns darüber, wenn er seinen Lieblingsspruch aufsagt: »Als Privatmann könnte ich vielleicht, aber als Polizist muß ich…«

Es darf nicht angehen, den Professor Brückner in solcher Weise zu verdinglichen und aufzuspalten in den bewährten und beliebten Hochschullehrer – und den Mann, welcher Ulrike Meinhof… Im Feudalismus gab es die Kavaliersdelikte, und man blieb trotzdem ein »honnête homme«. Das galt sogar für den Marquis de Sade im Gefängnis der Bastille. Die bürgerliche Gesellschaft kommerzialisierte die Ehre der Feudalen. Von nun an gab es Honoratioren und honoriges Verhalten. Da mochte es vorkommen, daß einer gelegentlich einen Fehltritt tat, dennoch honorig blieb. Über »Usancen« ließ sich immer streiten, sogar vor Gericht. Diese Meinung vertrat man nicht bloß im Hause von Senator Thomas Buddenbrook.

Professor Brückner läßt sich nicht aufspalten in einen großen honorigen und – möglicherweise – kleineren bedenklichen Teil seiner Lebensführung. Hier hat einer, wie immer er handeln mochte, ernst gemacht mit seiner Wissenschaft und mit sich selbst. Er jedenfalls war bestrebt, nicht abstrakt zu denken. Die Schärfe der durch ihn repräsentierten Antinomie zwischen Wissenschaft und Staatstreue wird sichtbar, wenn man sich die Mühe macht, an den Schriften dieses Psychologen die Entwicklung eines Denkens zu studieren, das sich immer deutlicher als dialektische Einheit von Theorie und Praxis verstehen möchte.

Auf der Suche nach der Identität (Werdegang eines Psychologen)

Professor Brückner wurde 1922 in Dresden geboren, konnte sein Studium erst nach dem Krieg aufnehmen und promovierte 1957 an der Universität Münster. Er beschäftigte sich mit Methodenproblemen und Techniken, mit dem Rorschach-Verfahren, Fragen der klinischen Psychologie, auch einer Studie über *Strafprobleme der Heimerziehung*. Eine bemerkenswerte große Arbeit zur Geschichte seiner Wissenschaft widmete sich, unter dem Titel *Sigmund Freuds Privatlektüre*, den literarischen Vorlieben, Quellen und ästhetischen Konzepten des Begründers einer Tiefenpsychologie.

Eine erste Studie *Zur Psychologie des Mitläufers* (1964) läßt bereits das Interesse Brückners an dem erkennen, was er einige Jahre später als »Politische Psychologie« bezeichnen sollte. Die erste Arbeit, die als Präludium zur heutigen Thematik und Arbeitsweise Brückners verstanden werden kann, ist die Studie *Zur Pathologie des Gehorsams* aus dem Jahre 1964.[1] Von jenem Aufsatz her läßt sich die weitere Entwicklung dieses Denkens als folgerichtig und als wissenschaftlich legitime Eskalation verstehen.

Jene These aus dem zwei Jahre später erschienenen Buch[2] über die Widersprüche des Wohlstands und die Pervertierung der jakobinischen Dreizahl aus Freiheit, Gleichheit, Brüderlichkeit in die kapitalistische Dreizahl aus freier Marktwirtschaft, formaler Gleichheit des sozial Ungleichen vor Gesetz und bourgeoiser Sicherheit, ist schon im Aufsatz über die *Pathologie des Gehorsams* vorgeformt. Brückners Behauptung nämlich, in einer stationären Gesellschaft wie der heutigen Bürgerwelt, die gelenkt ist von der Existenzangst vor »Experimenten«, müsse dem souveränen Staatsvolk der Ungehorsam abgefordert werden, nicht der Gehorsam. Nur der Ungehorsam sei »noch konstruktiv, will freilich auch gefördert und gelernt sein«.[3] Zu diesen Schlüssen kommt Brückner durch das Studium vor allem der Französischen Revolution und ihres Ablaufs zwischen 1789 und 1795. Unsicherheit bei der Verwertung der Quellen ist spürbar. Der Psychologe kennt sich in den politischen und gesellschaftlichen Zuordnungen noch nicht besonders gut aus. Die Ideologin des girondistischen Großbürgertums, Madame Roland, ist seine gern zitierte Kronzeugin. Brückner spricht von Gracchus Babeuf als einem »Narren« und hält dessen »Verschwörung der Gleichen«, die so fruchtbar werden sollte für das Denken eines Hölderlin, Büchner und Heine, noch für den Plan einer »utopischen agrarsozialistischen Gesellschaft«.[4] In seiner Analyse scheint er immer noch vom Primat einer bloß konstatierenden Beschreibung auszugehen, sieht die gesellschaftlichen Zusammenhänge zwar richtig, deutet sie aber weitgehend statisch. Wenn es etwa heißt: »Freiheit heutzutage wäre konkret zu definieren als der Zustand, in dem Unfreie sich bei Abwesenheit eines als heteronom, als auferlegt empfundenen Zwangs befinden; wir sind frei, wenn Unfreiheit nur noch faktisch, aber nicht mehr in unserem Bewußtsein vorkommt.«[5]

Neben Unentschiedenheit in den Konklusionen eines Studiums der bürgerlichen Revolution, das Brückner ausdrücklich auf diese – bürgerliche – Sphäre beschränkt, ohne genauere Analyse einzelner Schichten und differenzierter Formen von Klassenbewußtsein, findet man Beschränkung der Interpretation auf die politischen Phänomene. Brückner möchte Politische Psychologie betreiben. Er spricht, allgemein, von Gehorsam und Ungehorsam im Volk, nicht in einzelnen Schichten oder Klassen. Auch Illusionen sind unverkennbar: »Heutzutage befiehlt uns gewiß niemand so leicht einen Mord, schon gar nicht im Frieden. Aber der Stil mitmenschlichen Verhaltens, wie er sich unter rational nicht ausgewiesener, überdies tief verschleierter Herrschaft entfaltet und wie ihn Erziehung sowohl formt als fordert, ist unter den beschriebenen Bedingungen auch heute noch nicht von der verborgenen Dominanz primitiver psychischer Organisationsstufen befreit.«[6]

Noch scheint dieser politische Psychologe erfüllt zu sein vom Vertrauen in die Fähigkeit seiner Wissenschaft, in einer Welt, die gekennzeichnet ist durch Identitätsverlust, Gehorsamsforderung und Entfremdung, mit wissenschaftlicher Hilfe, im einzelnen Falle zur »Identitätsfindung« zu verhelfen: »Der Identitätsbruch, nicht die vertrauensvolle Geborgenheit in der Zuneigung anderer Menschen, ist die soziale Grunderfahrung in einer Welt, der gewachsen zu sein nur hoffen darf, wer ihre Normen ebenso akzeptieren wie trickhaft überspielen kann. Wenn so auch im einzelnen manche Bedingungen für eine Entfaltung brüderlichen Sozialverhaltens gegeben sein mögen, so scheint das Insgesamt dieser Bedingungen fraternité doch wirkungsvoll zu hemmen. Was immer man über Brüderlichkeit ausmachen kann, es bleibt ein Bericht über Versäumnisse.«[7]

Ein Jahr später, am 2. Juni 1967, besucht der Schah von Persien in Berlin eine Aufführung ausgerechnet von Mozarts *Zauberflöte*. In der Demonstration auf der Straße wird der Student Benno Ohnesorg durch den Polizisten Kurras erschossen. Kein Unfall und auch kein Zufall. Viele Sätze des Buches über *Freiheit, Gleichheit, Sicherheit* werden durch repressive Praxis widerlegt. Professor Brückner spricht bei der Trauerfeier für Ohnesorg in der Technischen Universität Hannover. Zusammen mit dem Berliner Politologen Johannes Agnoli veröffentlichte er ein Buch *Die Transformation der Demokratie*.[8] Der von Brückner verfaßte Teil des Bandes über Umwandlung des demokratischen Bewußtseins beginnt mit einem Rückblick auf jenen 2. Juni 1967. Jetzt macht sich die Politische Psychologie unabhängig von traditionellen Methoden und Bewußtseinsformen im eigenen Wissenschaftsbereich. Zum erstenmal stellt sich für Brückner auch die Wissenschaft selbst als Problem der Praxis. Der politische Psychologe gehört mit seiner sozialen Lage, mit seinen Motiven in den geschichtlichen Zusammenhang, dem allein sich Wahrheit entreißen läßt. Seine bisherige Wissenschaft hatte offensichtlich der letzten These über Feuerbach zuwidergehandelt. Sie hatte die gesellschaftlichen und seelischen Phänomene bloß interpretiert. Diesmal formuliert Brückner als einer, der selbst durch die Ereignisse des Frühjahrs 1967 verändert wurde, wie er die Methode seiner Politischen Psychologie verstehen möchte: »Zur Methode ihrer Erkenntnis gehört politische und psychologische Aktivität; sie *erkennt* Tatbestände, indem sie versucht, Tatbestände zu *verändern*.«[9]

Freilich ist Brückner immer noch stark fixiert an eine gleichsam klassenlose Betrachtung der Vorgänge. Erleichtert wird ihm diese »Abstraktion« durch seine emotionale Fixierung an die – auch ihrerseits gleichsam klassenlose – Studentenbewegung. So bleiben die Antithesen von Gehorsam und Ungehorsam nur in formalem Sinn dialektisch, also abstrakt. Brückner zitiert den Marquis de Sade im Drama von Peter Weiss mit seinem Hinweis auf die »Gefängnisse des Inneren«, die schlimmer seien »als die tiefsten steinernen Verliese«. Es ist eine noch abstrakte Antithetik: »Wir benötigen ein Optimum an Disziplin, aber bei einem gleichzeitigen Optimum an Ungehorsam.«[10] Wer ist Wir? Disziplin wofür und Ungehorsam wogegen? Ein Buch über die »Transformation des demokratischen Bewußtseins«, das selbst von der Transformation eines demokratischen Bewußtseins des Psychologen kündet.

Erreicht war, im Prozeß dieses wissenschaftlichen Denkens, die Einbeziehung des Subjekts, die verändernde Praxis. Geblieben waren die formalen Antithesen von Gehorsam und Ungehorsam, die Reduktionen auf eine Sphäre des bloß Politischen. Gesellschaftliche Phänomene sah Brückner immer noch jenseits der konkreten soziologischen Analyse.

So ist wahrscheinlich die Themenstellung einer neuen Arbeit aus dem Jahre 1970 zu erklären, die im Titel bereits treffen und verstören soll. *Provokation als organisierte Selbstfreigabe.*[11] Die reformistischen Tendenzen der Arbeit von 1965 und noch von 1967 sollen abgetan sein. Den Satz von Adorno, wonach richtiges Leben nicht möglich sei im falschen, läßt sich der Psychologe im Transformationsprozeß gesagt sein. Wenn aber im falschen Leben der Allgemeinheit auch nur ein falsches Leben in der Besonderheit denkbar ist, kann Wissenschaft von der Psychologie bei der wissenschaftlichen Einübung im Ungehorsam nicht stehenbleiben. Will sie dem Ego helfen bei der Selbstfindung innerhalb einer falschen Welt, so müsse mehr geleistet werden als Verweigerung durch Innerlichkeit, etwa als Konsumverweigerung. Brückner fordert nun die »Provokation als organisierte Selbstfreigabe«: »Die Wendung der Provokation gegen die Sphäre bürgerlicher Sitte und Gesittung, deren Abkunft aus der Gewalt unbestritten ist und ihr permanent anhängt, ist in Verweigerung, Unbotmäßigkeit, Verlangen nach Lust befreiend. Im desintegrierten Gestus der Rüpelszene, von vielen Provokationen untrennbar und an die Sphäre der Analität, Sexualität, Aggression gebunden, wird ›Autoritäten‹ vorgehalten, was Unterdrückung dem antat, was die Lust des Menschen hätte sein können.«[12]

Das klingt schockierend, und soll schockieren, ist übrigens nicht sonderlich neu. Es ist weit mehr als bloße »Geistesgeschichte«, wenn daran erinnert wird, daß bereits die Straßburger Freundesgemeinschaft um Herder und den jungen Goethe nahezu alle Formen eines emanzipatorischen Protestes erfunden und gefunden hatte, die – seit 1967 – den »Autoritäten« so ungewohnt und provozierend erscheinen. Damals bereits, im Sturm und Drang, die bürgerliche Schlichtheit in Kleidung und Gehaben, irrigerweise für »Natur« gehalten: als Protest gegen höfische und gegen bürgerlich-nachäffende Etikette. Ebenso ein kunstvoll präparierter Grobianismus des Wortes und der Gebärde. Die Zoten des jungen Goethe in *Hanswursts Hochzeit* waren nicht »kraftvoll männlich«, sondern ausgedacht literarisch. Der allgemeine Sprachgebrauch erinnert immer noch an die damalige »Provokation als organisierte Selbstfreigabe«. Nämlich im berühmt-berüchtigten »Zitat« aus dem *Götz von Berlichingen*.

Dies wie vieles andere bei den Stürmern und Drängern gehörte zum »desintegrierten Gestus der Rüpelszene« und war, mit Brückner zu sprechen, »an die Sphäre der Analität, Sexualität, Aggression gebunden«. Nur: damals empanzipierte sich,

wenigstens in der Literatur und im jugendlichen Männerbund, die bürgerliche Generation des Jahres 1770 vom bürgerlich-höfischen Kompromiß, den ihre Väter, in gesellschaftlicher Ohnmacht, als deutsche Misere zu praktizieren suchten. Die damalige Provokation entsprach dem Klasseninteresse einer aufstrebenden Schicht, deren Chance und Stunde der Reife gekommen zu sein schien. Ganz sicher wurde auch damals angestrebt, was Brückner als neue Lebensform der jugendlichen Provokateure von 1967 wahrnehmen möchte: »Ein Zuwachs an Freiheit, auch an Chancen für Glück scheint unbestreitbar zu sein. Ein Stück unabhängiger geworden, erleben Heranwachsende, wie wenig moralische Macht die Mächtigen haben, wenn ihnen der Stützpunkt im Unterworfenen fehlt, Schuldgefühl und Triebangst, diese Stabilisatoren jenes verregelten Chaos, das man mit sachblindem Euphemismus ›bürgerliche Lebensordnung‹ nennt.«[13]
Es gab im Sturm und Drang den Freundschaftskult der innerlich und daher – scheinbar – auch gesellschaftlich Gleichen: Bünde und Verschwörungen. Adelige geben ihre Privilegien auf und werden Protagonisten der Revolte gegen die Welt ihrer Ursprünge. Ob Graf von Moor, Baron Ferdinand von Walter oder Marquis Posa: die Sprecher der bürgerlichen Revolte beim jungen Schiller sind Adelssöhne. Das alles hat nichts mit Bildungsreminiszenz zu tun, sondern möchte die Thesen Brückners gleichzeitig in ihrer geschichtlichen Herkunft verstehen – und in ihrer soziologischen Brüchigkeit. Gewiß handelt es sich immer noch um die in Deutschland durch Stürmer und Dränger ausgestellten Wechsel auf eine freie wie gleiche Gesellschaft der Brüderlichen, die damals geplatzt sind, zu Protest gingen und niemals honoriert wurden. Gleichzeitig aber unterstreicht die Konfrontation einer geschichtlichen Konstellation vom Jahre 1770 mit jener des Jahres 1970, daß dieser »Zuwachs an Freiheit«, auch an »Chancen für Glück«, mit Hilfe des kunstvoll organisierten Protests gegen Gesetze, Ordnung und Anstand, bestenfalls auf Gruppen der geschulten Provokateure beschränkt bleibt, nicht

aber als Vorschein künftiger, befreiter und lustvoller Existenz interpretiert werden darf.
Peter Brückner war um das Jahr 1965 in seinen Forschungen zur Politischen Psychologie mit den Blöcken unabgegoltener Idealität in Geschichte, Philosophie und Literatur konfrontiert worden. Der philosophische Idealismus – das gehörte zu den ersten und einschneidenden Erkenntnissen des jungen Karl Marx – entsprach in der Hartnäckigkeit, womit er behauptete, die allgemeine Menschheit zu repräsentieren, nicht bloß eine einzelne Klasse, die bürgerliche nämlich, der damaligen Daseinslage des Bürgertums. Daher häufen sich auch bei Brückner die neu entdeckten und in Freiheit gesetzten Thesen idealistischer Aufklärung.
»Die Linke antwortete Jürgen Habermas«: nachdem der Frankfurter Sozialpsychologe behauptet hatte, die Studenten- und Schülerbewegung repräsentiere keine Klasse mit emanzipatorischen Möglichkeiten, vielmehr sei sie aus einem »Potential hervorgegangen, das keine ökonomische, sondern eine sozialpsychologische Erklärung verlangt«.[14]
Auch Peter Brückner hatte damals als Linker geantwortet: durch einen Aufsatz *Die Geburt der Kritik aus dem Geiste des Gerüchts*, dessen Titel schnurrigerweise mit der Formel Friedrich Nietzsches von der »Geburt der Tragödie aus dem Geiste der Musik« ein bißchen gespielt hatte.[15] Auch hier sind die Impulse weitgehend idealistisch: es ist Kritik aus dem Geiste von Rousseau, wenn es bei Brückner heißt: »Der Wunsch des Menschen, endlich ein anderer, nämlich: glücklicher, freier, humaner zu werden, gewiß eine der Triebkräfte der Geschichte der Gattung, führt zur Auflehnung gegen das System von Institutionen, in denen sich das Realitätsprinzip der Gesellschaften manifestiert.«[16] »Aktionen der studentischen Linken«, heißt es weiter, »sind daher vielfach Mittel der politischen Erziehung, dem Streik und seiner Funktion in den Anfängen der Arbeiterbewegung vergleichbar.«[17]
Allein, die Analogie ist eben nur dies. Sie kann nicht nachweisen, daß die Studentenbewegung eine gesellschaftliche Funk-

tion übernehmen könnte: vergleichbar den Möglichkeiten eben jener Arbeiterbewegung. Die verzweifelte Ernsthaftigkeit und – Brüchigkeit in diesen Beweisführungen, worin bereits die Gesetzesverletzung, Ordnungswidrigkeit, Unanständigkeit als dialektische Antithese zur korrumpierten Bürgerwelt in der Hoffnung bejaht wird, sie könne in der Zukunft einmal umschlagen in neue befreiende und befreite Lebensformen einer endlich gewonnenen Humanität, bricht immer wieder durch. Härte der Absage schlägt um in »konkrete Utopie«, welche jedoch der Bedingungen einer Möglichkeit der Konkretisierung ermangelt. Karl Marx interpretierte den Idealismus Friedrich Schillers als »Sprung von der platten in die überschwengliche Misere«. Noch die jüngste Publikation Peter Brückners weist Rudimente auf, an denen jakobinisch-idealistische Aufklärung durchscheint.

Zur Sozialpsychologie des Kapitalismus: unter diesem Titel[18] hatte Brückner, wie die Einleitung mitteilt, einige der wichtigsten Momente der Studentenbewegung »aus dem Blickwinkel des Sozialpsychologen« erörtern wollen, mußte aber erkennen, wie er gesteht, daß ohne genauere Beschreibung der gesellschaftlichen Zustände die den Sozialpsychologen interessierenden Tatbestände gar nicht adäquat zu fassen seien. Daher verwandelt sich der Psychologe auf weite Strecken hin zuerst einmal in einen Sozialforscher. Brückner scheint erkannt zu haben, daß die bisherige Politische Psychologie meist nur Einzelphänomene interpretiert hatte, wenngleich mit dem Willen zur Veränderung, während ihr die gesellschaftliche Totalität undurchschaubar geblieben war. Dem soll Sozialpsychologie abhelfen. Die aber entdeckt in der Analyse das Phänomen der heutigen Arbeiterklasse. Brückners neue Sozialpsychologie läßt sich diesmal ein, weit genauer als bisher, mit der Klassenanalyse. Kein Analogiedenken mehr zwischen Studentenrevolte und Streikaktionen des Proletariats. Der Analytiker muß den Anblick einer Arbeiterschaft ertragen, die durch Manipulationen, scheinbare »Komplicenschaft der Lohnabhängigen«[19] und politischen

Revisionismus scheinbar immun wurde gegen proletarisches Klassenbewußtsein. Er übernimmt, um diesen Zustand zu deuten, die aus der Dialektik bürgerlicher Aufklärung gewonnenen Formeln Adornos von einer Zukunftsgesellschaft des Friedens und der Versöhnung.
Um zu folgern: »Die Gesellschaft des organisierten Kapitalismus hat sich von diesem Zustand – nie mehr als ein Horizont von Hoffnungen – weit entfernt. Die Geschichte und Organisation seines einzigen ernsthaften Gegners: der Arbeiterklasse, schärfen mehr als anderes den Blick für die Divergenz zwischen der geschichtslogischen Präzision revolutionärer Theorie und dem faktischen Verlauf des geschichtlichen Prozesses. Der wälzt sich langsamer um, scheint stillzustehen und blickt sehr lange, ein beim Bild genommener Benjamin'scher Engel der Geschichte, auf Trümmer zurück.«[20]

Die geschichtliche Konstellation

Peter Brückners Dialektik der Aufklärung, langsam fortschreitend von der Psychologie einer üblichen akademischen Faktur zur jakobinischen Politologie, von dort zu einer Sozialpsychologie, die sich abermals nach Methode und Funktion unterscheidet von Universitätsdisziplinen solcher Art, darf nicht als isolierter Denkprozeß eines Träumers oder gar »Spinners« mißverstanden werden. Die Manipulation einer sogenannt öffentlichen Meinung ist in der Bundesrepublik Deutschland nicht bloß in schöner Einmütigkeit bestrebt, den einzelnen Lohnabhängigen, gerade auch den Intellektuellen, daran zu hindern, daß er die eigene Lage versteht; mit größerer Sorgfalt noch und eindrucksvollerem Crescendo bemühen sich Presse und Medien, den Professor Brückner ins Abseits zu stoßen, als isolierten Sonderling zu präsentieren, der nirgendwo das Glück haben dürfe, als »repräsentativer Querschnitt der Bevölkerung« (nach der Formel der Meinungsforschung) in Betracht zu kommen. Allein, die geistige

Entwicklung dieses Gelehrten, sein Fortschreiten im wissenschaftlichen Denken und im neuen Verstehen der gesellschaftlichen Praxis, offenbart einen *typischen* Vorgang, durchaus nicht den Entwicklungsprozeß eines *singulären* Außenseiters. Eben weil Brückners Denken und Handeln als stellvertretende Position verstanden werden muß, wirkt sie in ihren Antinomien zugleich fordernd und verstörend. Indem Brückner für sich die Dialektik der Aufklärung immer folgerichtiger praktiziert, wird die Auseinandersetzung mit ihm zu einem Prozeß der Aufklärungsdialektik selbst.
Das mag an einigen »Parallelaktionen« zu Brückner wenigstens angedeutet werden. Nicht zufällig übrigens, daß auch in jenen anderen Fällen die neue gesellschaftliche Praxis ungefähr zur gleichen Zeit in Erscheinung trat, etwa um das Jahr 1965, jedenfalls in der Mitte der 60er Jahre.
War es Vietnam? Daß jener Krieg und Bürgerkrieg im gesellschaftlichen Bewußtsein der westlichen Intellektuellen den Charakter eines Trennungsfaktors gehabt hat, ähnlich dem Spanischen Bürgerkrieg in der Mitte der 30er Jahre, ist unbestreitbar. Im Angesicht der Bombengeschwader mußte sich jede noch so fein abgesicherte ideologische Position zur Kenntlichkeit verändern. Allein, der politische Bewußtseinsprozeß, provoziert durch die Ereignisse im Fernen Osten, ließ sich nicht ausdehnen auf die ökonomische Sphäre. Es gab *gleichzeitig* Vietnam-Krieg, Wohlstandsgesellschaft, Prosperität, politischen Protest der Intellektuellen und politische Indifferenz der Arbeiterschaft. Sogar im Mai 1968 gelang es in Frankreich nicht, die politische Studentenbewegung zu verkoppeln mit dem Generalstreik der Lohnabhängigen. Daß von scheinbar divergierenden Seiten her, auf den Ebenen der Staatsmacht wie der parteipolitischen Opposition, an solcher Desintegrierung gearbeitet wurde, ist gleichfalls bekannt. Die gleiche Konstellation im Februar 1972, als der Renaultarbeiter und Maoist Pierre Overney (23) erschossen wird, worauf die Polizei dem Schriftsteller Sartre die Schuld gibt, der offizielle Kommunismus den chinesischen Doktrinen. Aus solcher

Geschichtskonstellation ist die Entwicklung Peter Brückners ebenso zu verstehen wie diejenige eines Peter Weiss oder Herbert Marcuse. Die Parallelitäten und Analogien zwischen ihnen sind unverkennbar. In allen Fällen die Rückwendung zum Studium bürgerlicher Aufklärung im 18. Jahrhundert. Die Uraufführung des Schauspiels über Marat und den Marquis de Sade von Peter Weiss findet in Berlin am 29. April 1964 statt. Damals entwirft Brückner sein Buch einer Zustandsschilderung heutiger Freiheit, Gleichheit und Brüderlichkeit aus dem Geist der Französischen Revolution.

In Amerika entwickeln, sämtlich im Jahr 1965, drei miteinander befreundete Gelehrte, deren wissenschaftliche Grundpositionen scharf voneinander divergieren, in Form eines Streitgesprächs die kritische Analyse eines Zentralbegriffs bürgerlicher Aufklärung im 18. Jahrhundert: der Toleranz. Unter dem Titel *Eine Kritik der reinen Toleranz* unternimmt der Kant-Forscher Robert Paul Wolff von der Columbia-University gemeinsam mit dem Politologen Barrington Moore, Jr. von Harvard und dem Hegel-Forscher Herbert Marcuse die Destruktion der Postulate bürgerlichen Toleranz-Denkens. In jenem gesellschaftlichen Kontext entwickelte Herbert Marcuse seine Kritik an der »Repressiven Toleranz« im Prozeß der bürgerlichen Gesellschaftsentwicklung.[21]

Herbert Marcuse beruft sich auf Thesen von Sartre zur Akzeptierung von Gewalt gegenüber den Gewaltregimen in Lateinamerika. Was er fordert, ist klar, die Parallelität des Denkens zu Peter Brückner oft erstaunlich, wenn es nach einer Analyse der toleranten Repression heißt: »Die Toleranz in einer solchen Gesellschaft zu diskutieren, verlangt eine Neuüberprüfung der Ursachen von Gewalt und der herkömmlichen Unterscheidung zwischen gewaltsamem und gewaltlosem Handeln. Die Diskussion sollte nicht von Anfang an durch Ideologien verdunkelt werden, deren Ziel es ist, die Gewalt fortdauern zu lassen.«[22]

Erst wenn erkannt wurde, daß hinter dem Weg eines Peter Weiss, eines Herbert Marcuse, auch eines Peter Brückner, unabhängig von individuellen Formaten und Einflußsphären, derselbe Vorgang geistigen Beunruhigtseins entdeckt werden muß, hört die Angelegenheit des Professors Peter Brückner von der Technischen Universität Hannover auf, ein isolierter Fall des Disziplinarrechts zu sein. Dann nämlich ist dieser Psychologe nicht mehr, wie die Manipulierer und die Manipulierten anzunehmen scheinen, ein Sündenbock und Abenteurer, kurz der Mann, welcher Ulrike Meinhof...

Vielmehr ist er, mit vielen Seinesgleichen, auf der Suche nach der Realisierung von Humanitätspostulaten, die im Kampf formuliert wurden, und die in Repression umschlugen, als die Forderung nach dem Citoyen ersetzt wurde durch die prosperierende Wirklichkeit des Bourgeois. Auch Brückner erkannte, daß das Bürgertum die Losungen der bürgerlichen Revolution heute in jedem Augenblick verrät und zunichte macht. Er glaubt die moderne Arbeiterschaft allzu tief integriert in dieser bürgerlich »formierten« Gesellschaft, als daß er sich mit Strategie und Taktik der Kommunistischen Partei in der Sowjetunion abfinden könnte. Brückners Analyse eines kulturellen Konservatismus in der Sowjetunion ist nüchtern und illusionslos.

So versucht er, ähnlich wie Herbert Marcuse und häufig unter Berufung auf diesen, die Hoffnung auf ein Zwischenreich intellektueller Jugend zwischen den Klassenfronten zu setzen. Damit gerät er, ganz wie Marcuse, und auch wie Peter Weiss, nachdem er das Stück *Trotzki im Exil* schrieb, zwischen die Fronten: ins »Außenstehen«, wie Peter Weiss das im Jahre 1965 in seinen *10 Arbeitspunkten eines Autors in der geteilten Welt* selbst vorausgesagt hatte.

Zwischen Freiheit und Ordnung

In seinem Hauptwerk über *Das Prinzip Hoffnung* gliedert Ernst Bloch die großen Sozialutopien in solche der Freiheit und der Ordnung. Hier Augustinus und Campanella und

Fichtes geschlossener Handelsstaat; dort der Weg von Thomas Morus und der »Utopie der sozialen Freiheit« bis zu den individuellen Utopisten und Anarchisten des 19. Jahrhunderts: Stirner, Proudhon, Bakunin. Von Bakunin stammte der Satz, die Lust der Zerstörung sei eine schaffende Lust.

Der bürgerliche Rechtsstaat ist eine Ordnung, die gleichzeitig – im Rahmen allgemeiner Gesetze – die Freiheitssphäre garantieren möchte. Verwirklicht ist darin die bürgerliche Forderung des Schutzes der Person vor willkürlicher Machtpolitik des Absolutismus und vor Geheimpolizei wie Geheimjustiz. Daß ein Rechtsstaat als Überbau einer kapitalistischen Wirtschaft und Gesellschaft die Freiheit vor allem als Wirtschaftsegoismus versteht, die Gleichheit formalisiert, die Brüderlichkeit austauscht gegen materielle Prosperität, ist bekannt und in allen Auseinandersetzungen des Marxismus mit dem sozialen Reformismus stets von neuem repetiert worden.

Das zweigeteilte Deutschland präsentiert sich heute als Konfrontation eines Konzepts der Ordnung mit strikt reglementierter Freiheitssphäre, errichtet über einem planökonomischen Grundmodell, und einem monopolistischen Spätkapitalismus, der unaufhaltsam die Verfassungsprinzipien der Meinungs- und Informationsfreiheit durch Meinungsmonopole und planmäßige Seelenmanipulation degradiert.

In solcher Konstellation wird dem Professor Peter Brückner, nicht ihm allein, die Staatstreue abverlangt, was zu verstehen sei als: Bekenntnis, nicht bloß zu einem Grundgesetz, sondern auch zu dessen konkreter Gesellschaftlichkeit, zur sozialen Verfassungswirklichkeit. Damit gerät ein Forscher wie Brückner, hat man die Richtung seines Denkens mit allen Wandlungen und Etappen nachvollzogen, in einen unlösbaren Konflikt. Wem soll er die Treue halten: den Prinzipien radikaler Aufklärung, wie sie sich als Postulat wiederfinden im Grundgesetz der Bundesrepublik Deutschland? Oder einer gesellschaftlichen Ordnung, die er als Unordnung interpre-

tiert, einer Freiheit, die ihm in der Analyse höchst unfrei und befreiungswürdig vorkam? Würde Peter Brückner – im Namen der Staatstreue – aus dem Lehramt entfernt, so wäre das, wie nachgewiesen werden kann, kein Vollzug, sondern eine Verletzung des Grundgesetzes.
Der Psychologie-Professor Brückner ist folgerichtig geblieben in seiner Forschung und seiner Lehre. Sein Konzept von Wissenschaft ist höher entwickelt als die frühere entfremdete Abstraktion, die Denken und Handeln streng voneinander gesondert hatte. Seit am Tun der Ärzte wie der Physiker der Konflikt einer praxislosen Wissenschaft als einer virtuell unmenschlichen erkannt wurde, kann praxislose Wissenschaft, »interesseloses Wohlgefallen« des Denkers am Denken gesellschaftlich nicht mehr toleriert werden. Ist dem aber so, dann hat Brückner als Lehrer und Forscher die Freiheit des Gelehrten erfüllt und nicht verraten. Wie es nicht angeht, den Mann zu isolieren, die Narrenkappe zu fordern oder die Repression im Namen von Ruhe und Ordnung, so unernst ist es gleichzeitig, eine Sonderbehandlung dort applizieren zu wollen, wo ein allgemein gesellschaftliches Phänomen vorliegt, kein bloß individuelles.
In seinem Buch *Zur Sozialpsychologie des Kapitalismus* evoziert Peter Brückner die 9. These Walter Benjamins zur Geschichtsphilosophie mit dem Bild des Engels der Geschichte, der gezaust im Sturm des Fortschritts auf die Trümmer bisheriger Geschichte zurückblickt. In seinem Nachwort zu Walter Benjamins Studien *Zur Kritik der Gewalt* zitierte auch Herbert Marcuse den Engel und deutete ihn so: »Der revolutionäre Kampf geht um die Stillstellung dessen, was geschieht und geschehen ist – vor allen positiven Zielsetzungen ist diese Negation das erste Positive. Was der Mensch dem Menschen und der Natur angetan hat, muß aufhören, radikal aufhören – dann erst und dann allein können die Freiheit und die Gerechtigkeit anfangen.«[23]
Diesen Satz hätte auch Peter Brückner schreiben können.

1 Zur Pathologie des Gehorsams. In: Politische Erziehung als psychologisches Problem. Frankfurt a. M. 1966. Der Text ist Alexander Mitscherlich gewidmet und formuliert: »Es wäre zu fordern, daß künftig das Recht zum Ungehorsam psychologisch wie pädagogisch analysiert und fundiert wird.« (S. 76)

2 Peter Brückner, Freiheit, Gleichheit, Sicherheit. Von den Widersprüchen des Wohlstands. Frankfurt a. M. 1966.

3 a. a. O. S. 140.

4 a. a. O. S. 16.

5 a. a. O. S. 52.

6 a. a. O. S. 145.

7 a. a. O. S. 68.

8 Johannes Agnoli/Peter Brückner, Die Transformation der Demokratie. Berlin 1967.

9 a. a. O. S. 95.

10 a. a. O. S. 115. Dazu aber auch: »›Wir‹ ist *die* Form von sozialer Ordnung, die sich die Ich-Schwäche des falschen Bewußtseins gibt.« (S. 165)

11 Im Sammelband Politische Aktion und politisches Lernen. München 1970.

12 a. a. O. S. 219.

13 a. a. O. S. 220.

14 Jürgen Habermas, Die Scheinrevolution und ihre Kinder. In: Die Linke antwortet Jürgen Habermas. Frankfurt a. M. 1968, S. 8.

15 Peter Brückner, a. a. O. S. 72 ff.

16 a. a. O. S. 78.

17 a. a. O. S. 89.

18 Peter Brückner, Zur Sozialpsychologie des Kapitalismus. Sozialpsychologie der antiautoritären Bewegung I, Frankfurt a. M. 1972.

19 a. a. O. S. 127 ff.

20 a. a. O. S. 179.

21 A Critique of pure Tolerance. Robert Paul Wolff, Beyond Tolerance. Barrington Moore, Jr., Tolerance and the scientific Outlook. Herbert Marcuse, Repressive Tolerance. Boston 1969.

22 a. a. O. S. 102.

23 Herbert Marcuse, Nachwort zu Walter Benjamin, Zur Kritik der Gewalt, Frankfurt a. M. 1965, S. 104.

Nachschrift

Dieser Text bedarf einer Erläuterung. Peter Brückner, Professor der Psychologie an der Universität Hannover, war seit vielen Jahren befreundet mit der Psychologieprofessorin Renate Riemeck und mit ihrer Adoptivtochter Ulrike Meinhof. Als Ulrike Meinhof wegen ihrer Mitwirkung bei der gewaltsamen Befreiung von Andreas Baader polizeilich gesucht wurde, erbat sie für sich und einen Begleiter bei Peter Brückner in Hannover ein Asyl. Er veranlaßte für einige Zeit, daß beide in einem Gästehaus der Universität Hannover unterkommen konnten. Als die Vorfälle später bekannt wurden, wurde in der Presse eine Strafverfolgung gegen Brückner gefordert. Die Universität Hannover war entschlossen, ihren Professor zu schützen. Die Landesregierung von Niedersachsen hingegen betrieb seine Suspendierung im Amt.

Da ich Peter Brückner, einen bedeutenden Kollegen und Freund, gut kannte, gedachte ich, die Amtsenthebung zu verhindern. Ein Zeitungsaufsatz freilich, den ich einem bedeutenden Wochenblatt anbot, wurde schroff abgewiesen. Darauf erinnerte ich mich an meine Vergangenheit als Volljurist. Laut Entscheidung des Oberlandesgerichts Düsseldorf bin ich berechtigt, den Titel eines Oberlandesgerichtsrates i. R. zu führen. Ich schrieb den voranstehenden Text und übersandte ihn an meinen Freund Prof. Eugen Kogon, den Herausgeber der Frankfurter Hefte. *Mein Text erschien dort in dem Heft 4 im April 1972. Eugen Kogon versah den Text vorsichtigerweise mit dem Vorschlag, meinen Text zur Diskussion zu stellen. In der Tat erschienen im späteren Heft 7 (Juli 1972) zwei gegenteilige juristische Auffassungen.*

Nach der Veröffentlichung in den Frankfurter Heften *ließ mir der damalige Ministerpräsident des Landes Niedersachsen durch seinen Staatssekretär mündlich sein Mißfallen ausdrücken. Eine formelle Rüge wurde jedoch nicht erteilt. Peter Brückners Suspendierung im Amt jedoch erfolgte damals nicht. Erst in einem späteren Zusammenhang wurde Brückner suspendiert und angeklagt. Er wurde jedoch entlastet und wieder eingesetzt als Professor. Sein früher Tod war ersichtlich eine Folge jener Vorfälle.*

Hans Mayer, 1998

Erinnerung an Carl Jacob Burckhardt

Einmal sprach er mir von der Gnade, von der theologischen natürlich. Scheinbar in Form einer historischen Anekdote aus den Vorarbeiten zur Weiterführung seiner umfangreichen Monographie über den Kardinal Richelieu. Dessen englischer Gegenspieler war Oliver Cromwell gewesen. Der hatte den König Karl Stuart enthaupten lassen und eine calvinistische Republik errichtet. Er selbst nannte sich Lord-Protektor. Nun lag er im Sterben und fragte den Geistlichen als ein guter Calvinist, der an die Prädestination glaubt: »Kann man aus der göttlichen Gnade fallen?« Das habe der Pfarrer getreu der Lehre verneint. Einmal erwählt, stets erwählt. Cromwell war beruhigt, so erzählte es Burckhardt: »Dann darf ich ruhig sterben, denn einmal war ich gewiß in der Gnade...«
Das war nicht mehr als eine Episode aus dem siebzehnten Jahrhundert. Burckhardt sprach auch von sich selbst, das spürte man. Eine autobiographische Skizze, die der damalige Präsident des »Internationalen Komitees vom Roten Kreuz Genf« (IKRK) wohl kurz vor Kriegsende für eine Monographie über *Figures Suisses Contemporaines* schrieb, beginnt mit dem Satz: »Carl Jacob Burckhardt wurde am 10. September 1891 am Münsterplatz zu Basel geboren...« Die Ortsangabe ist mehr als das. Die Frage nach der eigenen Identität muß ihn unablässig beschäftigt haben. Auch hierin fand er als junger Mensch ein großes Vorbild in Hugo von Hofmannsthals stets *Ad me ipsum* gerichtetes Schaffen. Gnade und Erwählung gehören zusammen. Burckhardts Bericht über Cromwell meinte vielleicht auch dies: »Bin ich ein Erwählter?«

Glück und Erfolg: daran hat es ihm niemals gefehlt. Der Großneffe eines Verfassers *Weltgeschichtlicher Betrachtungen* hat Weltgeschichte nicht allein als Geschichtsprofessor betrachtet, sondern vielfach mitgeprägt. Den jungen Diplomaten schickte man in den frühen zwanziger Jahren nach Kleinasien in schwieriger Mission. Es galt, Menschen vor ihren Gegnern zu retten. Burckhardt verstand es überall, mit Menschen aller Art und jeglichen Umgangs ins Gespräch zu kommen und Vertrauen einzuflößen. Dann schrieb er über die geglückte Mission. Auf Hofmannsthals Vorschlag hin löste er aus den umfangreichen diplomatischen Berichten, die er abzufassen hatte, den von ihm selbst so genannten »lyrischen Teil«, um ihn als *Kleinasiatische Reise* zu publizieren. Das wurde ein erster literarischer Erfolg. Rainer Maria Rilke, den Burckhardt früh schon kennengelernt hatte, schrieb darüber: »Gespräche, Begegnungen, Charaktere von Landschaften und Städten spiegeln in frei und sicher modulierter Prosa Burckhardts zum Lebendigen und Geschauten.«

Hochschulprofessor der Neueren Geschichte in Zürich und am Genfer Hochschulinstitut für Internationale Studien. Im Jahre 1937 dann die heikle und unlösbare Aufgabe, als Völkerbundskommissar in der Freien und Hansestadt Danzig, die Polen und die Deutschen voreinander zu schützen, die Danziger Juden zu retten, ein allgemeines »Sterben für Danzig« zu verhindern. Das konnte nicht gelingen.

Carl Burckhardt war in Genf mein Lehrer, dem ich viel zu verdanken habe und mit dem ich bis in sein Alter hinein verbunden blieb. So darf ich berichten, wie er im Herbst 1937 in Genf von mir Abschied nahm. Ernst und gefaßt, so wird man es wohl ausdrücken müssen. Er sagte: »Ich weiß, wie es kommen wird. Ein deutsches Kriegsschiff legt sich in Gdingen vor Anker, und ich werde auf der Treppe meines Amtsgebäudes mit dem Füllfederhalter in der Hand im Namen des Völkerbundes protestieren.« Den Klang habe ich noch im Ohr.

Über jene Mission in Danzig und auf dem Obersalzberg bei Berchtesgaden hat er Jahre später ausführlich berichtet. Mir erzählte er von jenem Gespräch der Kriegverhütung bereits im Herbst 1939 in Genf nach seiner schwierigen Rückkehr: übrigens mit Akzenten des Berichts, die an manchen Stellen von der späteren Druckfassung abweichen, wenn ich mich recht erinnere.

Burckhardt war neugierig, fast süchtig nach Begegnungen mit Menschen. Nicht neugierig war er jedoch auf den Mann vom Obersalzberg. Völlig frei von Anwandlungen des »Rassismus«. Auch Hofmannsthal, dies große Daseinsmoment, war ein Mann von unreiner Abkunft gewesen. Den Kriegsmacher fand er uninteressant als Partner. Da konnte es kein Gespräch geben. Es hat auch keins gegeben. Den recht zahlreichen jüdischen Emigranten am Genfer Hochschulinstitut hat Burckhardt, zusammen mit dem Institutsdirektor William E. Rappard, nach Kräften geholfen. Auch Hermann Meyer-Lindenberg, später Botschafter der Bundesrepublik in Madrid und in Rom, war sein dankbarer Schüler und Gesprächspartner.
Als Mitglied des IKRK löste er gegen das Kriegsende hin den Präsidenten Max Huber ab, der Basler den Zürcher. Huber war ein starker Charakter, mit dem es Spannungen im engen Kreise gegeben haben mag. Der Völkerrechtler Huber hatte bereits im Jahre 1910 ein klassisches Werk über die *Soziologischen Grundlagen des Völkerrechts* geschrieben: mit einer damals fast »unerlaubten« Fragestellung. In den zwanziger Jahren hatte Max Huber im Haag als Richter am Internationalen Gerichtshof gewirkt.

Die Westdeutschen einer ersten Nachkriegsgeneration haben Burckhardt viel Dankbarkeit bekundet. Für das Stalinreich war er nicht vorhanden. An dem geretteten Rathaus der Freien und Hansestadt Lübeck verkündet eine Gedenktafel vom Lübecker Ehrenbürger, Burckhardt, daß er mithalf, ein geplantes Bombardement, das die Stadt an der Trave vollends vernichtet hätte, zu verhindern. Ehrungen aller Art. Mitglied der Akademie der Künste in Westberlin, die auch Burckhardts engen und treuen Zürcher Freund Max Rychner berufen hatte. Goethepreis einer Hamburgischen Stiftung. Im Jahre 1954 der Friedenspreis der deutschen Buchhändler und Verleger: wohl die angesehenste internationale Auszeichnung der Bundesrepublik Deutschland.

Die Reden des Gefeierten, denn es mußte stets gedankt werden, konnten nicht frei bleiben von der stilistischen Routine. Das war stets gut gesagt, doch oft auch um Kalligraphie bemüht. Das galt sogar, wie mir scheint, für die Hamburger Goetherede. Allein, hier gab es für eine solche traditionalistische Aussage einen tieferen Grund. Das Goethebild Carl J. Burckhardts – das weiß ich aus Genfer Gesprächen der dreißiger Jahre über Goethes Verhältnis zur Geschichte – war nach wie vor geprägt durch Hofmannsthal und damit durch die Goethevisionen des Dichters eines Märchens von der *Frau ohne Schatten*.

Jene Rede hingegen, die Burckhardt am 26. September 1954 in der Frankfurter Paulskirche hielt, ist ein außerordentlicher Text: auch heute noch. Burckhardt stellte ihn mit Recht an die Spitze des zweiten Bandes seiner Gesamtausgabe. Er gab seinem Text, als ein schweizerischer Redner an der Stätte des demokratischen deutschen Parlaments vom Jahre 1848, die Überschrift *Heimat*. Wessen Heimat? Galt hier nicht Goethes tiefsinnige Maxime, daß sich das Allgemeine nur im »besonderen Fall« offenbaren könne?

Der Redner Burckhardt ist sich dieser Gefahr bewußt. Auch hier versucht er, dem Zwiespalt mit universaler geistiger Bildung zu entgehen. Der Gedankengang der Frankfurter Rede war ernst gewesen, innerlich bewegt: »Aus dem uns Gemäßen bauen wir unser Wesen, bauen wir unsere innere Heimat auf, aus unserer Wahl sind wir zu erkennen.« Was aber ist das »Gemäße«?

Nun folgt eine Nachkriegserinnerung. Oder war es bloß eine literarische Erfindung? Ein Emigrant habe ihm, aus Amerika heimgekehrt, ein Norddeutscher, von jenem plötzlichen Heimatgefühl gesprochen am ersten Abend in Europa: im Hafen von Genua. Der Heimkehrer habe erzählt: »In der Menge zogen drei junge Burschen vorbei, sie sangen, und sie sangen Verse aus Ariosts *Orlando furioso*.«

Nichts davon glaube ich. Woher nimmt der amerikamüde Heimkehrer die genaue Kenntnis italienischer Renaissancedichtung? Goethe hatte sie besessen, als er in seinen venezianischen Erinnerungen von den Gondolieri berichtete, die sich mit Versen ansangen: aus dem *Befreiten Jerusalem* des Torquato Tasso. Natürlich kannte Burckhardt die berühmte Episode. Wozu sollte sie ihm als Redner dienen?

Vielleicht war eine Abgrenzung notwendig geworden innerhalb der Reflexionen über Heimat und das Heimatliche. Burckhardts geistige Welt war, durch Herkunft wie Erfahrung, auf den germanisch-romanischen Bereich begrenzt. Danzig hatte viel Neugier auf die slawischen Lebensformen erweckt. Allein, die angelsächsische Welt, beileibe nicht allein die amerikanische, blieb ihm fremd. Sogar den Plan, in einer Reihe erfundener Porträts wichtige Gestalten Shakespeares gleichsam in die Gegenwart zu holen, gab er, nach einem ersten Versuch mit einem Jago des zwanzigsten Jahrhunderts, rasch wieder auf.

Heimat, das war für Carl J. Burckhardt die Dreiländerecke seiner Kindheit, der Blick hinab zum Rhein und das warnende Wort des Großvaters: »Dort läuft die Grenze.«

Die Episode wird bereits in jenem autobiographischen Entwurf aus der letzten Kriegszeit mitgeteilt. Damals hatte der Berichterstatter in eigener Sache, ganz wie Cäsar, in der dritten Person berichtet. Er sprach über »Burckhardt«. Hier in der Frankfurter Rede wird das Ich gewagt. Es war ein Grunderlebnis gewesen. Heimat, das war jene Weltecke. Noch dazu im Zeichen von Johann Peter Hebel.

Seltsam, wie sie sich hier zusammenfinden: Burckhardt und Heidegger, wie dessen Widersacher Robert Minder, der Freund des Albert Schweitzer, und wie Ernst Bloch.

Carl Jacob Burckhardt hatte die Vornamen des Großvaters und des Großonkels erhalten. Seinem Vater, dem Rechtsprofessor und Basler Regierungsmann Carl Christoph Burckhardt, hat der Sohn in noch jungen Jahren eine liebevolle Monographie gewidmet. Er selbst hing sehr an diesem Text, der zu seinen im Wortsinne »persönlichsten« gehört. Allein, der junge Sohn notiert eine Beobachtung aus den letzten Lebens-

jahren seines Vaters: »Während er aber mehr sprach, hielt er immer stärker zurück mit den Werten, die ihn wirklich berührten.«
Der Sohn, der ein Goethesches Alter erreichte, hat es ähnlich gehalten. Aus vielerlei Gründen: diplomatische Rituale des unverbindlichen Gesprächs, Lasten der Prominenz, Vereinsamung vor allem in Zeitläuften, die immer weniger dem ihm »Gemäßen« entsprachen.
Die Kindheit in einer alemannisch-romanischen Nähe *und* das Erlebnis des untergehenden Habsburgerreiches: das hat ihn für das Leben geprägt. Das war ihm gemäß gewesen. Dennoch war Burckhardt, ein Melancholiker, der lachen konnte, kein Don Quijote. Er suchte die Macht und vermochte sie selbst auch – fast unmerklich – auszuüben. Daß die Macht, in Gestalt des Generals de Gaulle, in dem in Versailles residierenden schweizerischen bevollmächtigten Minister nicht zugleich den ebenbürtigen Gesprächspartner zu sehen gedachte, hat Burckhardt, wie er in späten Gesprächen zu verstehen gab, arg gekränkt. Was hatte er sich da erwartet?

Daß bei diesem Historiker, Politiker und Literaten der Realitätssinn nicht immer harmonisierte mit der Einbildungskraft, war evident für jeden, der ihn kannte. Die Grenzen wurden durchlässig. Dann mochte wohl Erfundenes bisweilen als ein Wirkliches vorgetragen werden. Einige sprachen von Unaufrichtigkeit. Sie war es nicht. Burckhardt hielt es für wirklich. Er war auch nicht »eitel«, wie behauptet wurde. Ein sehr schöner Mensch. Jakob Wassermann, der ihn bei Hofmannsthal kennenlernte, »verwandelte« ihn in eine Romanfigur. Weder Flunkerei noch Suchen nach der Selbstbestätigung. Eher Einsamkeit und Scheu. War das die Gnade, worin er leben durfte?

Seinem Hauptwerk als Historiker gegenüber, der vierteiligen Monographie über den Kardinal Richelieu, hat sich Burckhardt sonderbar verhalten. Er nahm nur das erste Stück, die erfolgreiche Darstellung von Richelieus *Aufstieg zur Macht*, als ersten Band in die sechsteilige Gesamtausgabe von 1971 auf. Mehr noch: der nach Abschluß der beiden Fortsetzungsbände (1965/66) im Jahre 1967 erschienene Quellenband mit Nachweisen, Anmerkungen, Personenregister und einem Nachwort des Historikers zum Abschluß einer Arbeit von mehr als dreißig Jahren, ignoriert den ersten Band von 1935 ganz ausdrücklich.

Die scheinbare Sonderbarkeit ist aber keine. Den ersten Band schrieb ein noch junger Geschichtsprofessor in einer Epoche, da historische Monographien von André Maurois, Duff Cooper, Stefan Zweig oder Lytton Strachey fast mehr gelesen wurden als die neuen Erzählwerke. Burckhardt gedachte zwar nicht, mit dem oft penetranten Psychologismus jener Gattung zu konkurrieren. Ihm ging es auch beim Richelieu, wie die meisterhaften Kapitel über Adel und Bürgertum oder die Genese des französischen Calvinismus demonstrieren, damals bereits, wie bei der Titelwahl einer späten Auswahl aus dem eigenen essayistischen Werk, um *Gestalten und Mächte*. Er wollte ein Erzählwerk schreiben, nicht bloß eine solide gearbeitete Quellenarbeit. Folglich Verzicht auf Anmerkungen und Nachweise zu Sekundärliteratur. Bloß am Schluß ein paar Hinweise auf die wichtigsten zeitgenössischen Dokumente. Daran hat er sich auch bei späteren Nachdrucken des ersten Bandes gehalten. Er hat ihn nicht nachträglich »umfunktionieren« wollen. Bei den zwei abschließenden Bänden freilich, die er sich, offenbar lange zögernd, nach dem Ausscheiden als Professor und Diplomat, abverlangte, gedachte er es anders zu halten.

Warum überhaupt Richelieu? Da gab es für Burckhardt nicht den leisesten Anflug einer Identifizierung. Man hatte um 1930 ein verlegerisches Angebot akzeptiert: Kardinal Richelieu. Warum nicht? Eine hübsche knappe Monographie. Daraus wurde eine Lebensleistung.

Den beiden Abschlußbänden wurde nicht der Erfolg von 1935 zuteil. Es wurde bisweilen behauptet, der Abschluß

stehe weder gedanklich noch stilistisch auf der Höhe des Erstlings. Dem muß widersprochen werden. Natürlich schreibt man anders im späten Mannesalter: als ein anderer und in anderen Zeitläuften. Allein, die innere Geschlossenheit des Gesamtwerks ist unverkennbar.
Sicher stimmt die Behauptung nicht, die man gelegentlich von Lesern des Gesamtwerks hören kann: Burckhardt habe vor mehr als dreißig Jahren besser geschrieben. Natürlich schreibt er *anders*, aber die Souveränität im Umgang mit Stoff und Sprache ist eher größer geworden, denn in den späteren Bänden drängt sich durchaus nicht mehr, wie noch im ersten Band und in einigen früheren historischen Essays des Verfassers, die effektvolle Pointe eigenmächtig vor. Klar und eigentümlich ist diese Prosa auch in den späteren Partien, etwa wenn, im zweiten Band, ein Porträt der Königin Elisabeth gegeben wird oder des Octavio Piccolomini, wenn Burckhardt wieder einmal eine der vielen aristokratischen Putschversuche gegen Richelieu aus der späteren Lebenszeit des Kardinals darzustellen hat, oder wenn er im dritten Band das große Bild der spanischen Kultur im »Goldenen Zeitalter« konturiert.

> Der großen Königin Elisabeth ist es nicht leicht gefallen, Todesurteile zu unterschreiben, auch nicht im Falle Maria Stuarts. Ihre politische Aufgabe war im Innern so verworren und vielfältig wie auf dem Gebiete der Außenpolitik. Ihre Vorsicht, ihre Fähigkeit zur Verstellung, hatten sich in einem menschlichen Wesen ausgebildet, das von frühester Kindheit an in keinem Augenblick im Gefühl der Sekurität hätte atmen können. Strafen hat Elisabeth, im Gegensatz zu den Gewohnheiten ihrer Zeit, staatsmännisch-maßvoll verhängt. Ihre Opfer, wie ihre Mitarbeiter und Günstlinge, hielt sie immer in der Ungewißheit über den Kredit, den sie bei ihr besaßen [...] Auch Richelieu war ein Meister der Tarnung, er aber führte sie, aufs äußerste bewußt und immer logisch vorgehend, durch wohlüberlegte Methoden des Fallenstellens aus.

Oder aber:

> In der spanischen Literatur gibt es keine Kluft zwischen Heiligen und Kupplerinnen, zwischen König und Bettler. In Spanien schließt ein Greco einen Goya nicht aus und das imperiale Toledo nicht das maurische Granada. Don Quijote und Teresa von Avila bestehen auf den Straßen dasselbe Abenteuer des Geistes. Eine einzige herrliche Wirklichkeit umspannt Seligkeit und Schmerz. Alle Gegensätzlichkeit kann erduldet und überhöht werden, überall sind scharfe und schneidende Kontraste vorhanden [...], aber im Geiste wirkt überall eine wunderbare Fähigkeit zum Ausgleich. Das mag die vordergründigste der Lehren der spanischen Mystiker sein, für den Uneingeweihten ist sie nicht die geringste.

Natürlich spricht hier ein Freund und Schüler Hugo von Hofmannsthals, der als junger Mensch im Wien einer ersten Nachkriegszeit gelernt hatte, die Zusammenhänge zwischen spanischem und österreichischem Barock, Calderón und Wiener Volkstheater zu verstehen. Überhaupt hat man beim Lesen des Richelieubuches den Eindruck, daß nicht der geringste Reiz dieser monumentalen Darstellung in dem Kontrast besteht zwischen der Person des Geschichtsschreibers und seinem Thema.
Für den Historiker Burckhardt aus Basel war Richelieu fast so etwas wie ein Zufallsthema. Allein, die Zufälligkeit der Themenwahl, die Abwesenheit von Begeisterung oder kulturgeschichtlicher Vertrautheit, erwies sich als besonders fruchtbar. Dadurch nämlich wurde Burckhardt vor der Versuchung bewahrt, Richelieu und seine Politik immer wieder als außenpolitisches und gültig gebliebenes Vermächtnis zu verstehen. So wird es bis heute am Quai d'Orsay interpretiert, und der General de Gaulle erwies sich in seiner Englandpolitik als Nachfahre strenger Observanz des Kardinals von Richelieu.

Burckhardt war kein Franzose, und daher ganz frei von diesem ideologischen Erbgut. Natürlich hat auch er sich, wie jeder Essayist, der Gestalten der Geschichte und Geistesgeschichte zu deuten hat, bisweilen selbst porträtiert, während er vorgab, von ganz anderem zu sprechen. Auch darin blieb er ein Schüler Hofmannsthals. Aber gerade sein Hauptwerk über Richelieu wurde von solcher indirekten Autobiographik sorgfältig freigehalten.

Darum vor allem mußte in den späteren Bänden das noch so reizvolle historische Detail gegenüber der Darstellung politischer Zusammenhänge zurücktreten. Es geschah aus Gründen einer sorgfältig überlegten Komposition. Das erkennt man deutlich beim Vergleich einer essayistischen Darstellung über den Tod des Kardinals Richelieu, die Burckhardt bereits publiziert hatte, mit dem historischen Bericht über Richelieus Sterben im Rahmen der Monographie. Bewußt ist Burckhardt im Gesamtwerk weit farbloser und zurückhaltender als in der früher verfaßten historischen Miniatur. Ähnliches zeigt ein Vergleich zwischen einer frühen Studie über die Gründung der französischen Akademie durch Richelieu und dem entsprechenden Kapitel des dritten Bandes.

Erfolg und Erwählung, das ist zweierlei. Auch wenn es der sterbende Cromwell anders verstehen wollte. Gerade Hugo von Hofmannsthal hat es erfahren müssen und in seinem Werk stets neu meditiert. In einer Studie über Adalbert Stifter spricht er von der historischen Erfahrung, daß auch die Gedanken – und Kunstwerke sterben müssen. Dann war eine Generation herangewachsen, die mit alledem offenbar »nichts mehr anfangen« kann. Steht es auch mit Carl Jakob Burckhardt so, ein Jahrhundert nach seiner Geburt? Hofmannsthal war jedoch überzeugt von der Wiederkehr der großen Werke. Er meinte das auch für sich selbst. Mit Recht, wie wir wissen.

Für jeden, der mit ihm arbeiten und ihn dadurch wirklich erfahren durfte, bleibt Burckhardt unvergeßbar. Auch seine wichtigsten Texte: Essays, Porträts, der schöne *Vormittag beim Buchhändler*, Betrachtungen eines Augenmenschen über Rodin oder Karl Blechen, Nachdenken über Paul Claudel oder Robert Musil: vieles in diesem Œuvre wird sich als »haltbar« erweisen. Ein Emigrant und Student von einst ist da ganz unbesorgt.

Elias Canetti: Schwarze Wolke, Gift des Grams

Der fatale Doppelsinn des Wortes »besprechen« wird offenkundig beim Versuch, die Aufzeichnungen Canettis, eine Quintessenz des Selbstgedachten aus dreißig Arbeitsjahren, besprechen zu wollen. Besprechen ist bereden, was nicht angeht. Besprechen ist auch Dämonenbeschwörung. Was eher zu einem Buch paßt, das unablässig religiöse Phänomene und Religionen analysiert, jedoch entschieden unchristlich auftritt. Zwar habe das Christentum, so meint Canetti, das Sterben in Form des Kreuzes ins Zentrum gerückt, sei jedoch dem Tode in Ehrfurcht verfallen: was Canettis heftigen Widerspruch, gar Haß hervorruft. Wer die zentrale Thematik dieser Aphorismen, die aufeinander bezogen sind und ein zwar offenes, aber folgerichtiges Denken demonstrieren, verstanden hat, wird sich darüber nicht wundern.

Canetti geht vom Mißerfolg der Weltschöpfung aus. Ein Gott nach seinem Sinne hätte am siebten Schöpfungstag erkannt, »daß es nicht gut war«. Seitdem ist die dichterische Einbildungskraft Canettis mit Gegenentwürfen zur Welt beschäftigt. Auch in den Aufzeichnungen wird immer wieder das Konzept einer Lebensform entworfen, die bisweilen absurd erscheinen mag, vergleicht man sie mit unseren Verhaltensweisen, die jedoch denkbar wäre.

Die Erbsünde hat Gott begangen, meint Canetti, als er den Tod in die Welt schickte und zu diesem Zweck die Schlange agieren ließ. Sie habe ihn, den Auftraggeber, bis heute nicht verraten. »Und welches ist die Erbsünde der Tiere? Warum erleiden die Tiere den Tod?« Canettis schroffe Weigerung, dem Tod irgendeine Reverenz zu erweisen, meint mehr als den Vorgang des physischen Sterbens. Stets ist auch der Vorgang des Tötens visiert. »Es gibt keine Tat, es gibt keinen Gedanken außer einem: Wann ist das Morden zu Ende?« Das ist kein Aufschrei

im Bombenkrieg 1942 allein, sondern abermals der spekulative Ansatz eines Gegenentwurfs zur heutigen Welt.
Kurz vor Kriegsende kommt Canetti auf die grundsätzliche Bedeutung seines Reflektierens über Tod, Sterben und Töten zu sprechen. Alles Geschehen bewege sich heute zwischen zwei miteinander unvereinbaren Grund-Urteilen: »1. Jeder ist für den Tod noch immer zu gut. 2. Jeder ist für den Tod gerade gut genug. Zwischen diesen beiden Meinungen gibt es keine Versöhnung. Eine oder die andere wird siegen. Es ist keineswegs ausgemacht, welche siegen wird.« Canettis Grundanschauung liegt in der These, jeder Mensch sei »für den Tod noch immer zu gut«. Mit alledem berühren die Aufzeichnungen immer wieder, unvermeidlich, den Komplex *Masse und Macht*, also das Hauptwerk dieses Denkers, der im Jahre 1959 (nach elfjähriger Arbeit allein an der Niederschrift) nur einen ersten Teil abschließt. Der erste Gedanke zu diesem Buch, verrät eine Aufzeichnung, reiche bis ins Jahr 1925 zurück. »Aber der wirkliche Keim dazu war noch früher: eine Arbeiterdemonstration in Frankfurt anläßlich des Todes von Rathenau, ich war siebzehn Jahre alt.«
Die Aufzeichnungen in *Die Provinz des Menschen* haben natürlich die Aufgabe, erste Formulierungen und Erkenntnisse zu fixieren. Nicht selten stellen sie sich jedoch, was einen hohen Reiz ausmacht, quer zu den Thesen von *Masse und Macht*. Da jenes Hauptwerk eine Gesamtreflexion über Autorität versucht (denn Sterbenlassen ist eine extreme Art von Souveränität, also einer suprema potestas), muß sich der Allesleser Canetti vorzugsweise mit jenen Denkern einlassen, die sich zur Autorität bekannten, zur Macht über Menschen, zum Recht auf Repression. Da ist Aristoteles, den er nicht ausstehen kann, oder Bacons politischer Pragmatismus; da ist vor allem Hobbes im englischen 17. Jahrhundert: zwischen Revolution und Restauration. Hobbes imponiert Canetti, wie er gesteht, schon deshalb, weil es ihm gelang, 91 Jahre alt zu werden.
Sie alle aber, diese Gegendenker, faszinieren ihren Antipoden

und Leser Canetti in fast sinnlicher Weise. Auch Canetti könnte den Satz von Paul Valéry formuliert haben: »Die Optimisten schreiben schlecht.« Mit optimistischen Gesellschaftslehren hat dieser Aphoristiker kaum etwas im Sinn. Kein Rousseau, auch kein Hegel. Canetti hält nichts von historischen Listen der Idee, weil er nichts von der Geschichte hält.

Hingegen werden jene Denker, die den Menschen gut genug zum Sterben und Töten fanden, nahezu liebevoll und stets sehr kenntnisreich interpretiert. Auch hier macht sich Canetti nichts vor. Ganz ohne Ironie notiert er 1963 in eigener Sache: »Es wäre um ihn geschehen gewesen, hätte er nicht Swift vor Schiller gelesen.« Zwei Jahre später wird dann jedoch die Abgrenzung vollzogen. Dies ist vielleicht die eigentliche Selbstaussage: »Allen Denkern, die von der Schlechtigkeit des Menschen ausgehen, eignet eine ungeheure Überzeugungskraft [...] Daß es nie die ganze Wirklichkeit ist, merkt man erst später; und daß es noch mutiger wäre, in dieser selben Wirklichkeit, ohne sie zu verfälschen und zu verschönern, den Keim zu einer anderen zu sehen, die unter veränderten Umständen möglich wäre, gesteht sich nur der, der die Schlechtigkeit noch besser kennt, sie in sich hat [...] sie in sich findet, ein Dichter.«

Canetti ist ein Möglichkeitsdenker, wie Musils Mann ohne Eigenschaften. Mit hohem Respekt wird Musil genannt. Canetti kennt auch die Hoffnung. Er notiert (1960): »Man muß den Menschen fassen, wie er ist, hart und unerlöst. Man darf ihm aber nicht erlauben, sich an der Hoffnung zu vergreifen. Nur aus der schwärzesten Kenntnis darf diese Hoffnung fließen, sonst wird sie zum höhnischen Aberglauben und beschleunigt den Untergang, der näher und näher droht.«

Wie jedoch wäre diese Hoffnung aus der Schwärze zu legitimieren? Canettis Denken steht quer zum »Prinzip Hoffnung« von Ernst Bloch. Auch Bloch kennt die Hoffnung wider alle Hoffnung. Allein, er inventarisierte alle Träume vom besseren Leben: von Demokrit (der auch bei Canetti gegen

Aristoteles ausgespielt wird) bis zur Utopie von Thomas Morus. In Blochs Einteilung der Utopien in solche der Freiheit und der Ordnung ist keine geheime Sympathie spürbar für die Gegendenker der »Ordnung«. Auch hätte er nie, wie Canetti (1950), formuliert: »Ich gäbe viel darum, wenn ich mir die historische Betrachtung der Welt wieder abgewöhnen könnte.«

Unter allen Denkern, die sein eigenes Konzept der Hoffnung stützen sollen, fühlt sich Canetti, neben den Chinesen, sowohl Goethe wie Lichtenberg besonders nahe. Es ist Selbstaussage und Sehnsucht in einem, wenn es bei ihm über Lichtenberg heißt: »Seine Neugier ist durch nichts gebunden, sie springt von überall her, auf alles zu. Seine Helligkeit: auch das Dunkelste wird hell, indem er es denkt.« Es gibt auch bei Canetti, wie bei Lichtenberg, kurze Prägungen, die man nicht wieder vergißt. Auch hier, um Canettis Formel zu gebrauchen, die »Flohsprünge« des Geistes. Manches in Canettis Aufzeichnungen könnte, mit veränderter Dekoration, in Lichtenbergs *Sudelbüchern* stehen. Etwa dies: »Ein Chinese stiehlt in Cambridge einen Ödipus-Komplex und führt ihn dann verstohlen in China ein.« Oder: »Ein Liebesbrief aus Schweden. Strindberg auf den Briefmarken.«

Natürlich sind das, um den herkömmlichen Ausdruck zu gebrauchen, Aufzeichnungen eines Moralisten in der Sache, eines Aphoristikers in der Form. Was aber ist damit gesagt? Canetti liebt den Ausdruck Moralist nicht. Er gemahnt ihn an eine Perversion. Ein Ausdruck in der Reihe: Sadist, Masochist, Fetischist, Moralist... Solches Denken setzt jedoch, um wirksam zu werden, beim Leser ein Mit- und Gegendenken voraus, denn Canetti liefert nur die Resultate, ohne den Weg zu ihnen aufzuschreiben. Das beginnt bereits mit dem Titel. Warum *Provinz des Menschen*? Eine Provinz ist eine kleinere geschlossene Einheit innerhalb einer größeren Totalität. Innerhalb welcher?

Dies ist einer der großen Schriftsteller in deutscher Sprache. Stets meint er auch sich selbst beim Hassen. Ein Gegendenker, dem es mit dem Denken ernst ist. Er schreibt 1963: »Schwarze Wolke, verlaß mich jetzt nicht. Bleib über mir, daß mein Alter nicht schal wird, bleib in mir, Gift des Grams, daß ich nicht der sterbenden Menschen vergesse.« Ihm glaubt man es.

Canetti und der Tod: die Negation einer Negation

Ich vermag von nichts abzusehen, von nichts, das lebt.

(Aufzeichnung aus dem Jahre 1980)

Schon auf der zweiten Seite dieser Aufzeichnungen eines alternden, dann alten Mannes wird ein Gipfelgespräch eröffnet. Elias Canetti legt sich an mit Arthur Schopenhauer. Es geht um Materielles wie Ideelles, um den Charakter und das Gedankensystem. »Durch dreierlei ist Schopenhauer vom Tod bestochen: durch die Rente seines Vaters, durch den Haß gegen seine Mutter, durch die Philosophie der Inder.« Was vermutlich so zu verstehen ist: Wer von Hause aus ein reicher Erbe ist, kann leicht an der Welt vorübergehen und sie als bloße Vorstellung ignorieren. Haß gegen die Mutter verweigert den Fortbestand des Lebens. Schopenhauers philosophische Rezeption der Inder, nicht der von Canetti bewunderten Chinesen, soll die Sinnlosigkeit des Lebenswillens, überhaupt allen Wollens, denkerisch absichern. Was dem Tod nur recht sein könnte.

Das wird dann, fast verächtlich, weiter ausgeführt in Sachen Schopenhauer: »Er hält sich für unbestechlich, weil er kein Professor ist. Er will es nicht wahrhaben, daß die sträflichste, die durch nichts wiedergutzumachende Bestechung die durch den Tod ist.« Folglich sei der Bankierssohn aus Danzig nicht einmal ein »nützlicher« Gegner. Wenn schon geistliche Abrechnung im Namen des Lebens, dann unmittelbar mit den indischen Weisheitslehren. Da hat man alles aus erster Hand.

Aufzeichnungen aus dem Jahre 1973. Da war Canetti achtundsechzig und kein bißchen ergeben, gar nicht zu reden von gottergeben. Das wandelt sich kaum bis zum Jahre 1985, das den achtzigsten Geburtstag markierte. Gegen den Schluß hin, also 1985, wird das Gegenbild aufgestellt zu Schopenhauer und seinen Indern. »Die Unsterblichkeit bei den Chinesen ist Langlebigkeit. Es geht nicht um Seelen. Es ist immer ein Körper da, wenn auch leicht und beflügelt, vorher lang in den Bergen auf Suche nach geheimnisvollen Wurzeln.« Dieser Gedanke kehrt immer wieder, verstärkt sich sogar zu einer Art von Stolz: »Ich habe sie früh schon entdeckt, meine Chinesen: fast gleichzeitig mit meinen Griechen. Es ist so, daß ich seit 60 Jahren etwa eine Vorstellung von China im Kopf trage und wenn sie sich ändert, so heißt das, daß sie differenzierter und wichtiger wird.«

Eine der ersten Aufzeichnungen des Jahres 1981 scheint dafür eine Art von Begründung zu geben, wobei stets vorausgesetzt werden muß, daß sich Canetti in allen Aufzeichnungen nur mit sich selbst auseinandersetzt: Leser sind nicht unerwünscht, doch kaum zur Kenntnis genommen. Weshalb nichts »erläutert« wird. Wem auch? Er selbst weiß es ohnehin.

Folglich ist es Selbsterkenntnis in jeglichem Verstande, wenn die Bedeutung der Chinesen für Canettis Leben und Schreiben nach einer neuen Lektüre des Dschuang-tse so verstanden wird: »Sehr nah ist er uns in seinen Kämpfen. Er *spricht* mit den Sophisten, aber wie hart weist er sie zurück. Er sagt unerschütterlich, daß Worte etwas sind, er achtet und ehrt sie und verweigert sie Taschenspielern. Sehr tief berührt mich seine Verachtung des Nutzens.«

Bei allen Gipfelgesprächen redet jeder immer von sich selbst, indem er den anderen anerkennt oder verwirft. Das gilt ebenso, wenn Canetti gegen Schopenhauer angeht, wie hier beim Dankopfer für den chinesischen Denker Dschuang-tse. Der habe Sein und Kraft der Worte verstanden und rechtfertigt. Und er habe den Nutzen, sprich: das Nützlichkeitsdenken für sich geächtet. Das Wort »nutzlos« ist bei Canetti stets ehrenvoll gemeint.

Übrigens lassen diese neuen Aufzeichnungen eines Achtzigers in den achtziger Jahren (was hier untrennbar zusammengehört) im Falle Schopenhauers mit sich reden. »Das Großartige an Schopenhauer ist seine Bestimmtheit durch ganz wenige frühe Dinge, die er nie vergessen hat, die er sich nie entstellen ließ. Alles Spätere ist nichts als solide Verzierung.« Das Buch *Die Welt als Wille und Vorstellung* war in der Tat das Erlebnis eines jungen Menschen und Denkers. Alles Spätere wurde zur Ergänzung. Parerga und Paralipomena. Übrigens hat es Thomas Mann, den Canetti kaum beachtet, ganz ähnlich interpretiert.

Es gibt eine Berührung der Sphären zwischen diesen beiden: Elias Canetti und Thomas Mann, den Nobelpreisträgern der Jahre 1929 und 1981. Es ist die Sphäre des Todes.

Scheinbar spricht alles gegen eine solche Behauptung. Die Todessüchtigkeit des Frühwerks von Thomas Mann, genährt an einer wohl teilweise mißverstandenen deutschen Romantik und natürlich an Schopenhauer, ist evident. Sie gipfelte während des Ersten Weltkriegs im Bündnis mit dem anachronistischen Romantiker Hans Pfitzner, dessen Formel von der »Sympathie mit dem Tode« von Thomas Mann lange Zeit in den eigenen Willen, und damit ins Werk, aufgenommen wurde.

Das änderte sich freilich dank der Erfahrung eines enttäuschten deutschen Unpolitischen, und während der Arbeit am *Zauberberg*. Das Kapitel »Schnee« im *Zauberberg* folgt unmittelbar auf Debatten über liberal-demokratische oder romantisch-autoritäre Politik im Sinne auch von Pfitzner. Der Lebenslehrling Hans Castorp meditiert, daß alles »Interesse für Tod und Krankheit« nichts anderes sei, als »eine Art von Ausdruck für das am Leben[...]«. Die Konklusion Hans Castorps und Thomas Manns wird, als einziger Satz in diesem Riesenroman, gesperrt gesetzt: »Der Mensch soll um der Güte und Liebe willen dem Tode keine Herrschaft einräumen über seine Gedanken.«

Was zugleich, und wohl endgültig, eine Abkehr Thomas Manns von Schopenhauer bedeutet hat. Übrigens auch, von allem Politischen abgesehen, den Bruch mit Hans Pfitzner. Thomas Mann hatte es zu büßen. Das berüchtigte Austreibungsmanifest der »Wagnerstadt München« vom Februar 1933, das zum Exil führte, war inspiriert durch den Komponisten des *Palestrina*.

Trotzdem würde Canetti jenen Kernsatz aus dem *Zauberberg* nicht signieren wollen. Was heißt, würde er fragen, »um der Güte und Liebe willen«? Das dichterische Werk von Canetti scheint sie nicht zu kennen, wohl aber, fast dominierend, die Gegenbegriffe der Bosheit und der Lieblosigkeit. Auch Peter Kien, der Chinakenner, dem in Canettis Roman *Die Blendung* so viel zugeteilt wird an Bösem, ist selbst weder gütig noch gar liebevoll. Seine Selbstzerstörung inmitten der Bücherwelt bedeutet nicht Reinigung, sondern Untergang einer Welt. Jener (unserer) Welt, die Canetti jahrzehntelang in seinen Studien über *Masse und Macht* nicht zu deuten, doch zu beschreiben versuchte. Gemäß der Lehre des Dschuang-tse.

Die Arbeit blieb Fragment. Der zweite Band ist nicht erschienen. Ursprünglich mag das ein Verzicht gewesen sein: angesichts der von Grund auf veränderten Medienwelt unserer Tage. Wer die Medien hat, kann mit der Macht rechnen. Das weiß jeder dumme Obrist, der irgendwo einen Putsch versucht. Canetti hat das, als einstiger Schüler von Karl Kraus, rechtzeitig erkannt. In der vorletzten Aufzeichnung des Jahres 1982 heißt es: »Es wird die Form von Masse und Macht noch zu seiner Stärke werden. Mit der Fortsetzung hättest du dieses Buch durch deine Hoffnungen zerstört. So wie es jetzt ist, zwingst du die Leser dazu, *ihre* Hoffnungen zu suchen.«

Hoffnungen, nicht Hoffnung. Canetti selbst vermag das, was er sich »erhoffen« könnte, nicht von der eigenen Lebenslage und von der Weltlage zu trennen. Endzeit und Lebensende sind immerfort in diesen Aufzeichnungen zwischen 1973 und 1985 miteinander verknüpft. Das hat in diesem besonderen Falle nichts mit der eigenen Lebenserwartung zu tun. Canetti schreibt niemals in der ersten Person. Er redet entweder sich selbst mit einem Du an, oder berichtet über das eigene Denken und Empfinden als über einen Er. »Er ist jetzt alles, ungefähr, was er verabscheut hat. Es fehlt nur, daß er den Tod herbeibittet.«

Das schreibt der Geehrte und Gepriesene. Muß er darin, als Schüler der bewunderten Robert Musil und Karl Kraus, ein Scheitern, sogar einen Selbstverrat erblicken? Großschriftsteller Elias Canetti gleichsam? »Er« weiß es nicht. Vielleicht war bloß die Prämisse falsch, weil allzusehr vom einstigen Wiener Literaturbetrieb abstrahiert. Aber diesen Gedanken würde Canetti nicht zulassen.

Den Tod freilich, den wird er gewiß nicht herbeibitten. Allerdings sollte man Canettis Kampf mit dem Widersacher, den Ernst Bloch als die »härteste Negation« bezeichnet hat, nicht verwechseln mit den seit den zwanziger Jahren und einem damaligen Bestseller wohlbekannten Sprüchen über den »Unfug des Sterbens«. Canettis These ist zugleich verschnörkelt und deutlich: »Es geht mir nicht um seine Abschaffung, die nicht möglich sein soll. Es geht mir um die ›*Ächtung* des Todes‹.«

Das ist weit mehr als Verzicht auf ein Paktieren mit ihm, wie im *Zauberberg*. Canettis Welt ist gottlos. Immer wieder hält er es mit den gnostischen Denkern, denen die Weltschöpfung als Fehlschlag erschienen war. Canetti ist durchaus Gnostiker, wenn er notiert: »Verachtung Gottes für seine mißglückte Schöpfung. Eine Schöpfung, die auf Fraß gestellt ist – wie soll sie glücken?«

Auch in diesen späten Aufzeichnungen spielt der Denkende, wie früher oftmals, mit Gegenentwürfen zur Weltschöpfung. Was wäre, wenn... In der *Komödie der Eitelkeit* herrscht in der Welt das Spiegelverbot. Man darf sich nicht sehen, sich von sich kein Bildnis machen. In Canettis Stück *Die Befristeten* wissen die Menschen, wie alt sie sein oder nicht sein werden. Jetzt spielt der Denkspieler mit der Möglichkeit, daß einer, der Ich zu sagen wagte, auf der Stelle im Erdboden versinkt.

Keiner unter den deutschen Schreibenden hat den Überdruß

an einer mißlungenen Schöpfung härter beklagt als Georg Büchner. »Warum leide ich? Das ist der Fels des Atheismus«, heißt es in *Dantons Tod*. Canetti hat in seinen Erinnerungen von dem unauslöschlichen Eindruck der ersten Büchner-Lektüre berichtet. Jetzt heißt es sogar, im Jahre 1982: »Die größte Konzentration von allen Dichtern, die ich kenne, hat Büchner. Jeder Satz von ihm ist mir neu. Ich kenne jeden, aber er ist mir neu.«

Längere Porträts und Deutungen, wie in den früheren Texten des Bandes *Die Provinz des Menschen*, sind selten geworden. Canetti deutet als Schreibender bloß an, weil er es ohnehin weiß und versteht. Er will es nur noch zur Sprache bringen. Etwa: »Von Erniedrigung weiß Dostojewski wirklich viel, als ihr eigentlicher Kenner. Mir steht der große Kenner des Stolzes, Cervantes, näher.« Diesmal hat er sich sogar ein »mir« gestattet.

Bisweilen (sehr selten) sogar Eigenschaftswörter. Ein Jahr lang hatte er sich dergleichen selbst verbeten. Das gelang. Er lobt sich wegen dieser Leistung. Wer ein Schriftsteller ist, wird ihm beipflichten.

Wer diese Aufzeichnungen zu Ende liest, deren Titel unerklärt bleibt (*Niemand bekannt das Geheimherz der Uhr*), muß viel Zeit aufwenden. Jeder Satz will und muß verstören. Psychologie versagt, weil sie offenkundig ist. Am Schluß erweist sich die Negation und Ächtung des Todes als geheimer Lebenshymnus. »Er sucht nach etwas, das er straflos anbeten kann.« Notiert im Jahre 1985 und mit achtzig Jahren.

Erinnerung an Paul Celan

Sichtlich erregt widersprach er einigen Versen Gottfried Benns, die ich absichtsvoll zitiert hatte. Das war in Paris, Ende der fünfziger Jahre. Er kannte die Zeilen. Für mich war es eine Erprobung: zu sehen, wie Paul Celan auf die Selbstaussage eines Lyrikers reagierte, die er als äußerste Gegenposition zu sich empfinden mußte.

Wir kamen aus dem Hinterzimmer eines deutschen Buchantiquariats unweit von Saint-Germain-des-Prés. Celan hatte den Vorschlag gemacht, dort nach Erstausgaben deutscher Literatur der zwanziger Jahre zu suchen. Es sei da auch, aus jener Weimarer Ära, ein Gedichtband von Gottfried Benn zu finden. Er brauche ihn nicht, aber wenn mir daran gelegen sei ... Ich hatte ihn gekauft, sichtlich ohne Celans Mißbilligung. Das politische Verhalten jenes Lyrikers im Jahre 1933 war ihm kaum der Erörterung wert. Das hätte Bedeutung gehabt nur im Falle einer Begegnung. Aber Benn war schon einige Jahre tot.

Heftig wurde er, als ich dessen Glaubenssatz zitierte. Der fand sich noch nicht in jenen Gedichten aus der Ära des Expressionismus, war aber, wie alles Spätere, schon beim frühen Benn der *Morgue*-Poesien vorgebildet. Drei Jahre vor seinem Tode, im Jahre 1953, entstand Benns Gedicht *Nur zwei Dinge*. Ich hatte, aus dem Gedächtnis und dem Ungefähr, die Schlußzeilen zitiert:

> Ob Rosen, ob Schnee, ob Meere,
> was alles erblühte, verblich,
> es gibt nur zwei Dinge: die Leere,
> und das gezeichnete Ich.

Daß gerade der Lyriker Celan dem herrischen Anspruch widersprach, den hier ein Lyriker erhob: gezeichnet zu sein und zum Ausdruckszwang verurteilt, muß alle diejenigen verwundern, die auch in Paul Celan nur einen Poeten sehen möchten, dessen fast ausschließliches Thema – neben der Kabbala und der Erinnerung an die Vernichtungslager – die Schwierigkeit einer poetischen Existenz heute gewesen sei. Allein, der »wirkliche« Paul Celan hatte kaum etwas zu tun mit dem Gerede über ihn, das sich auf Zitate aus der *Todesfuge*, Sentimentalitäten einer »christlich-jüdischen Verständigung« und den Vorwurf der »Esoterik« beschränkte. Wenigstens in seinen letzten fünfzehn Lebensjahren vermied er es, das Gedicht *Todesfuge* vorzulesen. Was immer dieser Mensch gewesen sein mag: sentimental und bereit zu Verbrüderungen war er nicht. Weitaus heftiger als hier über Gottfried Benn konnte er werden, wenn von der »Dunkelheit« seiner Verse und ihrer angeblich esoterischen Attitüde geredet wurde. Celan wollte so klar und genau wie möglich sein im Gedicht. Für ihn war alles verständlich: nur wurde beim Verstehen viel vorausgesetzt. Er lachte über einen Kritiker, der vom Gedicht *Matière de Bretagne* geschrieben und dabei das Wort »Steindattel« als unnötige Worterfindung gerügt hatte. Celan empfahl, statt solchen Vorwurfs lieber im Lexikon unter »Steindattel« nachzusehen.

Eben darum versagte er sich einer sentimentalen Aura, die Gottfried Benns Verse, trotz des gelegentlich rüden Tonfalls und einer dermatologischen Terminologie, nicht selten umgibt. Ob er als Dichter gezeichnet sei, war für Celan kaum wichtig. Er mußte sich annehmen und sah wenig Anlaß, das Essentielle seines Daseins hierin eben zu sehen. Nicht das gezeichnete Ich des Dichters war bedeutsam, sondern die Schwierigkeit der poetischen Kreation. Die These Benns hatte mit dem Dichter zu tun und gewissen biologischen Konstellationen. Darum interessierte sich der alternde Benn so sehr für die Physiologie des Alterns und das sozial-biologische Phänomen der Mutationen. Celan ging es nicht um den Dichter, sondern das Gedicht. Seine Problematik hatte nicht mit der Biologie zu tun, sondern mit Sprache.

Da liegt, zwischen den Briefen, die ich von Celan empfing, eine Ansichtskarte aus Köln vom 30. Oktober 1964. Die Rhein-An-

sicht bei Nacht, aufgenommen vom rechten Ufer. Der Dom ist beleuchtet, am Turm von Sankt Martin wurde der Wiederaufbau noch nicht ganz abgeschlossen. Die Handschrift wie immer klar, der Text harmonisch gegliedert. Wie bei jedem Text von Paul Celan durfte man annehmen, daß sorgfältig formuliert worden war. Nichts blieb dem Ungefähr überlassen. Darin erinnerte der Mann aus Czernowitz an Robert Musil, der imstande war, die Postkarte mit der Einladung zum Tee oder zu einem Spaziergang in drei Fassungen zu entwerfen.
Die paar Zeilen jener Ansichtskarte sollten Lebens- und Winkzeichen sein. Es war vorausgesetzt, daß jeder Wink verstanden würde. Celan schrieb:

> [...] aus Ihrer Geburtsstadt den herzlichsten Dank für den Aufsatz in der *Zeit* und die Zeilen, die sie meiner Darmstädter Rede widmen. – Vorgestern, ich war ins Westfälische gefahren, kam ich auch an Wuppertal vorbei, mit Gedanken auch an Sie, lieber Hans Mayer. Die Meridiane wandern, noch immer.
>
> Ihr Paul Celan.

Eine Freundlichkeit, obenhin betrachtet, mit einem Gruß und ein paar Erinnerungen, wie sich das für Ansichtskarten zu eignen pflegt. Köln war meine Geburtsstadt, und in Wuppertal hatten wir uns zuerst auf einer denkwürdigen Tagung des »Bund« und unter den Auspizien seines Leiters Dr. Hans-Jürgen Leep im Oktober 1957 kennengelernt. Auf jener Tagung, die bei vielen Teilnehmern sehr vielfältig nachgewirkt hat, war Paul Celan mit Ingeborg Bachmann zusammengetroffen und Heinrich Böll, mit Peter Huchel, Walter Jens und Hans Magnus Enzensberger.
In der *Zeit* hatte ich über die Reden deutscher Schriftsteller bei Entgegennahme des Büchner-Preises in Darmstadt geschrieben. Dabei war, worauf die Karte anspielt, auch die Rede des Büchner-Preisträgers Paul Celan im Oktober 1960 erwähnt worden.

Dies alles blieb vorerst nur für meine Erinnerung an Paul Celan relevant, wobei immerhin angemerkt werden durfte, daß Celans Hinweis auf Köln und die Wahl der Ansichtskarte mit Rheinfront und Dom gleichzeitig als Zitat zu verstehen war und das Gedicht *Köln, Am Hof* aus dem Band *Sprachgitter* meinte, worin es hieß:

Einiges sprach in die Stille, einiges schwieg,
einiges ging seiner Wege.
Verbannt und Verloren
waren daheim.

Ihr Dome.

Ihr Dome ungesehn,
ihr Ströme unbelauscht,
ihr Uhren tief in uns.

Daß auch die Erinnerung an Wuppertal ein Zitat bedeutete oder einmal bedeuten würde, erfuhr ich erst drei Jahre später (1967), als mir Celan zum 60. Geburtstag ein Gedicht widmete, das er nur für die kleine Geburtstagsschrift beisteuerte. Der sehr persönlich gehaltene, für »Uneingeweihte« kaum deutbare Text sollte verstanden werden, wie Celan mir viel später bestätigte, als Moment dieser unserer ersten Begegnung. Von der Poesie als »Flaschenpost« war in jenen Debatten der Schriftsteller und Kritiker gehandelt worden.

WEISSGERÄUSCHE, gebündelt
Strahlen-
gänge
über den Tisch
mit der Flaschenpost hin.

(Sie hört sich zu, hört
einem Meer zu, trinkt es

hinzu, entschleiert
die wegschweren
Münder.)

Das Eine Geheimnis
mischt sich für immer ins Wort.
(Wer davon abfällt, rollt
unter den Baum ohne Blatt.)

Alle die
Schattenverschlüsse
an allen den
Schattengelenken,
hörbar-unhörbar,
die sich jetzt melden.

Zitat also war fast alles, und Winkzeichen, was jene Zeilen der Ansichtskarte meinten. Köln und Wuppertal präsentierten sich in doppelter Gestalt: als Realität von Orten, zum anderen als poetische Transponierung. Zweimal meinte Celan in der Evozierung dieser Städtenamen zugleich ein eigenes Gedicht.

Darum findet man immer wieder in seinen Gedichtbänden solche Momentaufnahmen der poetischen Transponierung. Gedichttitel wie *Tübingen, Jänner*; *Zürich Zum Storchen*; in der postum erschienenen Sammlung *Lichtzwang* noch die nach Berlin weisende Überschrift *Oranienstraße 1*.

Nun aber als letzter Satz dieser Ansichtskarte, die vermutlich um seinetwillen geschrieben wurde, der Wink: »Die Meridiane wandern, noch immer.« Abermals ein Zitat, von welchem Celan annehmen durfte, daß es verstanden würde. Im Jahre 1963 war das Buch *Die Niemandsrose* erschienen, das wiederum – analog zu dem Buch *Sprachgitter* vier Jahre vorher, das angelegt war auf das große Schlußgedicht *Engführung* hin – einen Gedichtabschluß der großen Form unter dem Titel *Und mit dem Buch aus Tarussa* präsentierte. In diesem Poem sieht sich Celan als Dichter in der Rolle des poetischen Vermittlers zwischen den Sprachen und Poetiken. Russische Poesie eines Ossip Mandelstam und Apollinaires Gedicht auf den Pont Mirabeau in Paris. Die Oka des verbannten russischen Dichters und die Seine:

> Von der Brücken-
> quader, von der
> er ins Leben hinüber-
> prallte, flügge
> von Wunden, – vom
> Pont Mirabeau.
> Wo die Oka nicht mitfließt. Et quels
> amours! (Kyrillisches, Freunde, auch das
> ritt ich über die Seine,
> ritts übern Rhein.)

Wenig später in diesem Text folgt die Stelle:

> Groß
> geht der Verbannte dort oben, der
> Verbrannte: ein Pommer, zuhause
> im Maikäferlied, das mütterlich blieb, sommerlich, hell-
> blütig am Rand
> aller schroffen,
> winterhart-kalten
> Silben.
>
> Mit ihm
> wandern die Meridiane:

Die Meridiane wanderten noch immer, schrieb Celan ein Jahr später aus Köln. Was aber ist mit ihnen gemeint: den Meridianen. Davon eben hatte die Darmstädter Rede des Preisträgers gehandelt. Sie hieß: *Der Meridian*. Celan hat immer wieder im Gespräch zu erkennen gegeben, er betrachte diese Rede zu

Ehren Georg Büchners als seinen wichtigsten Beitrag zur modernen Poetik. Auch sie hatte, wie fast jeder Text von Celan, einen Adressaten. Die meisten Gedichte noch des letzten Bandes *Lichtzwang* wenden sich an ein Du, das man keineswegs, wie oft behauptet wurde, als Anrede des poetischen Ego an sich selbst oder gar an Israel verstehen sollte. Celan liebte Genauigkeit. Als er im Juli 1968 nach Hannover kam, vor den Studenten der Technischen Universität las und vorher einer kleinen Arbeitsgruppe beim Interpretieren von Celan-Gedichten half, sagte eine Studentin zu einem Text: »Das lyrische Ich...« Sofort unterbrach er mit dem Hinweis: »Sagen wir lieber: das lyrische Ich *dieses* Gedichts...«
Weil ihm monologische Dichtung tief zuwider war, findet sich so oft in den Texten die Anrede »hörst du«, »weißt du«. Die Darmstädter Rede aber *Der Meridian* wurde ausdrücklich als Gegenrede konzipiert. Freilich war ihr Adressat im Jahre 1960 schon vier Jahre tot. Er hieß Gottfried Benn. Die Poetik des *Meridian* antwortete 1960 auf eine Rede Gottfried Benns von 1951.

Die Büchner-Rede Gottfried Benns wiederholte, wie erwartet werden durfte, in Kurzfassung die Thesen jener im selben Jahr 1951 wenige Wochen vorher gehaltenen Marburger Rede über *Probleme der Lyrik*. Ein Gedicht ist monologisches Gebilde, kann seiner Struktur nach keinen Adressaten zulassen, es sei denn, wie der Redner in Marburg spöttisch hinzusetzt, man richte seine Verse an die Muse, an niemand also. Absolutes Gedicht, glaubenslos, nutzlos, Produkt eines Gezeichneten und der Einsamkeit. So daß nicht einmal die Metapher zulässig sei, von allen Vergleichen ganz zu schweigen, da Vergleich und Metapher die Herstellung von Beziehungen anstreben zwischen Phänomenen der Welt. – In Darmstadt erläuterte Benn dieses Nichtverhältnis von Dichter und Mitwelt: »Der Mitwelt darzustellen – hier zögere ich schon. Vielleicht hat diese Wendung die Sonne noch zu lieb und auch die Sterne, und wir müssen, sie verlassend, in ein dunkleres Reich

hinab – vielleicht ist es nur der Drang, qualvolle innere Spannungen, Unterdrücktheiten, tiefes Leid in monologischen Versuchen einer kathartischen Befreiung zuzuführen.«
Abermals kommt der Redner in Darmstadt, er hatte kurz vorher den *Woyzeck* erwähnt, auf die stigmatische Existenz der Künstler zu sprechen:

> Die Generationen der Künstler hin und her – so lange sie am Leben sind, die Flüchtigen mit der Reizbarkeit Gestörter und mit der Empfindlichkeit von Blutern, erst die Toten haben es gut, ihr Werk ist zur Ruhe gekommen und leuchtet in der Vollendung. Aber dieses Leuchten in der Vollendung und das Glück der Toten, es täuscht uns nicht. Die Zeiten und Zonen liegen nahe beieinander, in keiner ist es hell, und erst nachträglich sieht es aus, als ob die Worte auf Taubenfüßen kamen.

Was da im Jahre 1951 als Beunruhigung mitgeteilt wurde: Kontrast zwischen der zwanghaften Kreation und der Objektivität eines Kunstwerks, das nichts mehr von solchen Qualen erkennen läßt, mußte für einen Dichter wie Celan, der vierunddreißig Jahre nach Benn zur Welt kam, als bare und trügerische Harmonisierung eines viel ernsteren Vorgangs empfunden werden. Benns Rede ging aus vom Gegensatz zwischen unordentlichem Schöpfertum und ordentlicher Kunst. Celan stellt ebendiese harmonische Ordnung der Kunstwerke in Frage. Darum geht es ihm nicht um die Problematik des Dichters, sondern des Gedichts.
Als Büchner-Preisträger des Jahres 1960 antwortet er, ohne daß der Name genannt wird, jenem anderen Preisträger vom Jahre 1951. Als Benn von Georg Büchner sprach, meinte er nur das *Woyzeck*-Fragment. Bei Celan ist eben dieser *Woyzeck* fast demonstrativ ausgespart. Die Rede vom *Meridian* ist eine sehr tiefe und umfassende Büchner-Interpretation durch einen Dichter des 20. Jahrhunderts. Ein paarmal sprach Celan mir gegenüber von »unserer Rede« und erläuterte: den An-

stoß zu seiner Konzeption hätte ihm, zu Beginn des Jahres 1960, als kein Gedanke war von einer Verleihung des Büchner-Preises, mein Büchner-Seminar in Paris gegeben, das ich vor Germanisten jener École Normale Supérieure hielt, mit denen Celan in seinem Hauptberuf als Lektor für deutsche Sprache und Literatur zu arbeiten hatte. Damals hatte ich zunächst das Automatenmotiv am Schluß von *Leonce und Lena* erläutert, dann das berühmte Kunstgespräch aus der Erzählung *Lenz* interpretiert.

Beide Texte spielen auch in Celans Darmstädter Rede die Rolle von Leitmotiven. Sie widersprechen den Thesen Benns vom Gegensatz des fragwürdigen Künstlers und seiner fraglosen Kunst. Celan antwortet:

> Gibt es nicht – so muß ich jetzt fragen – gibt es nicht bei Georg Büchner, bei dem Dichter der Kreatur, eine vielleicht nur halblaute, vielleicht nur halbbewußte, aber darum nicht minder radikale – oder gerade deshalb im eigentlichsten Sinn radikale In-Frage-Stellung der Kunst, eine In-Frage-Stellung aus dieser Richtung? Eine In-Frage-Stellung, zu der alle heutige Dichtung zurück muß, wenn sie weiterfragen will? Mit anderen, einiges überspringenden Worten: Dürfen wir, wie es jetzt vielerorts geschieht, von der Kunst als von einem Vorgegebenen und unbedingt Vorauszusetzenden ausgehen, sollen wir, um es ganz konkret auszudrücken, vor allem – sagen wir – Mallarmé konsequent zu Ende denken?

Dann wendet er sich der Gestalt des geschichtlichen Lenz zu, des wahnsinnigen Dichters, und zitiert aus Büchners Erzählung den berühmten Satz: »[...] nur war es ihm manchmal unangenehm, daß er nicht auf dem Kopf gehn konnte.« Worauf er fortfährt:

> Wer auf dem Kopf geht, meine Damen und Herren, – wer auf dem Kopf geht, der hat den Himmel als Abgrund unter

sich. Meine Damen und Herren, es ist heute gang und gäbe, der Dichtung ihre ›Dunkelheit‹ vorzuwerfen. – Erlauben Sie mir, an dieser Stelle unvermittelt – aber hat sich hier nicht jäh etwas aufgetan?–, erlauben Sie mir, hier ein Wort von Pascal zu zitieren, ein Wort, das ich vor einiger Zeit bei Leo Schestow gelesen habe: ›Ne nous reprochez pas le manque de clarté car nous en faisons profession!‹ – Das ist, glaube ich, wenn nicht die kongeniale, so doch wohl die der Dichtung um einer Begegnung willen aus einer – vielleicht selbstentworfenen – Ferne oder Fremde zugeordnete Dunkelheit.

An dieser Stelle seiner Rede hat Paul Celan den Gegenspieler Benn bereits aus dem Auge verloren. Dies hier ist Meditation über die Substanz seiner eigenen Dichtung. Die Dunkelheit erscheint ihm als notwendiges Element nicht nur seiner eigenen Poesie. Bei Benn führte der Ausdruckszwang noch zum Ausdruck. Der versagt sich einem Dichter wie Celan. Das Bekenntnis zur ›Dunkelheit‹ wird gleichbedeutend mit der Konfession, noch der Wille zur genauesten Artikulation müsse bisweilen ins Vorhumane führen: Lallen, Krächzen, Krähen. Im letzten Gedichtband *Lichtzwang* finden sich die Zeilen:

mir wächst
das Fell zu überm
gewittrigen
Mund

Ein anderer Text desselben Bandes schließt mit den Zeilen:

Eine Stimme, inmitten,
erkräht ein Gesicht.

Darum endet die Rede über den *Meridian*, womit Paul Celan vermutlich die dichterische Existenz in der heutigen Welt zu deuten sucht, als kafkasche Paradoxie. Natürlich fällt dabei auch Franz Kafkas Name. Einerseits die Fragwürdigkeit der Kunst, der Sprache, dichterischer Kommunikation. Zum anderen die Notwendigkeit, mit Hilfe der Dichtung, unter größten Anstrengungen, dennoch Kommunikation herstellen zu wollen.

Dem Pochen Gottfried Benns auf das Monologische der Dichtung antwortet Paul Celan mit der Forderung, das Gedicht sei Anrede:

> Das Gedicht wird – unter welchen Bedingungen! – zum Gedicht eines – immer noch – Wahrnehmenden, dem Erscheinenden Zugewandten, dieses Erscheinende Befragenden und Ansprechenden; es wird Gespräch – oft ist es verzweifeltes Gespräch.
>
> Erst im Raum dieses Gesprächs konstituiert sich das Angesprochene, versammelt es sich um das es ansprechende und nennende Ich. Aber in diese Gegenwart bringt das Angesprochene und durch Nennung gleichsam zum Du Gewordene auch sein Anderssein mit. Noch im Hier und Jetzt des Gedichts – das Gedicht selbst hat ja immer nur diese eine, einmalige, punktuelle Gegenwart –, noch in dieser Unmittelbarkeit und Nähe läßt es das ihm, dem Anderen, Eigenste mitsprechen: dessen Zeit.

Jener Schlußsatz aus der Ansichtskarte: »die Meridiane wandern, noch immer« bedeutete also wohl zweierlei: Noch ist mir, Paul Celan, die dichterische Existenz möglich und denkbar. Dann aber: Noch ist Dichtung möglich. Ähnlich hieß es, fünf Jahre vorher, in dem Gedicht *Engführung*:

> Also
> stehen noch Tempel. Ein
> Stern
> hat wohl noch Licht.
> Nichts,
> nichts ist verloren.

Zu jener Zeit glaubte Celan noch daran, der monologischen Lyrik Benns das Gedicht als Anrede entgegenstellen zu können: wenngleich das Gedicht selbst immer fragwürdiger erschien. Er traute sich auch zu, eine Antwort zu haben auf Benns Forderung nach dem Vakuum, der *Leere* also. In Celans Poesie und Poetik wird sie als erfüllter Augenblick gegeben. Die Darmstädter Rede sprach vom »Hier und Jetzt des Gedichts«. In dem Text *Und mit dem Buch aus Tarussa* folgt kurz nach der Zeile vom »Wandern der Meridiane« eine andere:

Aller-
orten ist Hier und ist Heute...

Konnte man das monologische Ich des Lyrikers Benn als Gegenposition betrachten zu Celans lyrischem Sprechen mit einem Partner oder vielleicht: zu seiner Ansprache an ein – stets genau vorgestelltes – Gegenüber im Gedicht, so wäre Marcel Proust der Gegenspieler in allem, was mit den für Celans Dichtung so wichtigen *Zeitdimensionen* zusammenhängt. Für Celan gab es kein Suchen nach einer verlorenen Zeit, denn nichts galt ihm als verloren. So hingeschrieben, wirkt dieser Satz wie eine bedenkliche Harmonisierung von Lebenskonflikten und Schaffenskrisen. Sagt man aber, daß es für einen Menschen keine verlorene Zeit gibt, also kein Erinnern, keine »intermittierenden« Empfindungen und Reflexionen, so wird damit ein schrecklicher Lebenszustand evoziert. Die Wahrheit ist, daß Paul Celan, wie immer wieder in Begegnungen festzustellen war, des Erinnerns ermangelte. Wer sich erinnert, hat damit zugleich die Möglichkeit, sich nicht zu erinnern. Wer plötzlich, wie bei Proust nachzulesen, eine Kindheitserinnerung an die Großmutter wiederfindet, oder jäh die kleine musikalische Wendung aus der Sonate von Vinteuil erinnert, hat lange im Zustand eines intermittierenden Vergessens gelebt. Nun ist das Damalige ins Bewußtsein zurückgekehrt.

In allen Gesprächen mit Celan hatte man den Eindruck des

Unmenschlichen: *da herrschte die bloße und allumfassende Gegenwart*. Offenbar war nichts für diesen Mann und Dichter vergangen von allem, was er je erlebte, las, sah oder dachte. In einer literarischen Studie bezeichnete ich einmal das Gedicht *Engführung*, das im Ansatz auf das Leben im Vernichtungslager zurückgeht, als Zurücknahme der berühmten *Todesfuge* durch ihren Dichter.

Monate nach Erscheinen dieses Textes traf ich Celan, wir sprachen eine Weile, wie es seine Art war, von Alltäglichem, allein, ich spürte, daß er mir einen ganz bestimmten Satz zu sagen gedachte. Dann kam es plötzlich, fast ohne Zusammenhang mit dem Standort des Gesprächs: »Ich nehme nie ein Gedicht zurück, lieber Hans Mayer!« Ich wußte sofort: das war die Antwort auf meine These von einer Zurücknahme der *Todesfuge*.

Das macht: er konnte nichts zurücknehmen, weil alles Geschaffene und Erlebte, wozu die Kreationen natürlich gehörten, ständig präsent war. Recht viele Menschen, die mit ihm Umgang hatten und erleben mußten, daß er plötzlich alle Beziehungen abbrach, hatten zu erfahren, daß auch in ihrem Verhalten zu ihm, das oft bloß fahrlässig oder unachtsam gewesen sein mochte, keine Episode oder Formulierung »zurückgenommen« werden konnte. Man einigte sich auf die Formel: Verfolgungswahn. Empfand ihn als »nachtragend«. Die Wahrheit ist, daß er unfähig war zum Vergessen. Alles war stets gegenwärtig. Kein Lebensmoment, der nicht bedroht gewesen wäre von unheilvollen anderen Augenblicken, die jeder andere als Vergangenheit und abgetan fortgeschoben hätte. Er konnte es nicht. Das Vernichtungslager ebenso wie eine belanglose Unbill aus späteren Jahren: alles war in jedem Augenblick virulent. In dem Band *Fadensonnen* steht dieser Text:

> DIE EWIGKEIT altert: in
> Cerveteri die
> Asphodelen
> fragen einander weiß.

Mit mummelnder Kelle,
aus den Totenkesseln,
übern Stein, übern Stein,
löffeln sie Suppen
in alle Betten
und Lager.

Die südliche Natur vermag sich nicht durchzusetzen gegen die permanente Präsenz des Lagerlebens von einst. In dem letzten Buch *Lichtzwang* findet sich die folgende Strophe:

Ein Extra-Schlag Nacht
ist das Teil
des von fernher un-
versehrt
gefangengenommenen
Sohnes.

Sprache ruft sogleich das mechanische Ritual einer Abfütterung im Lager hervor. Die Kelle bietet einen Nachschlag oder Extra-Schlag. Permanenz des jemals Erlebten. Die Sprache des Gedichts registriert sofort und liefert Ton wie Terminologie, die plötzlich zuständig wurden.

Da dieser Dichter, der in Czernowitz zwischen den Sprachen aufwuchs, vernarrt war ins Lesen, entstand neben der Permanenz der Lebenseindrücke auch eine Dauerpräsenz des Gelernten und Gelesenen. Schwierigkeiten und angebliche Dunkelheiten in diesen Gedichten sind häufig nur scheinbar. Kaum ein Leser hat die Kenntnisse und Anspielungen »präsent«, die der Autor im Gedicht verarbeitete. Sie sind in dieser Lyrik nicht als Zitat verwendet, oder nur selten, wie in dem Text *Tübingen, Jänner*, wo ein Verspartikelchen aus Hölderlin auftaucht und sorgsam in Anführungszeichen gesetzt wurde, aber das ist Ausnahme. Im allgemeinen zitiert Celan nicht, sondern behandelt die überlieferte Denksubstanz und Formulierung als Teil seiner eigenen Gegenwart: also als Eigentum. Wo es ihm wichtig war, verstanden zu werden, denn Celan war fähig zur Güte wie kaum einer, wählte er abermals das Verfahren der versteckten Hinweise und »Winke«. In mein Exemplar des Buches *Sprachgitter* schrieb er über die Widmung ein Zitat: »Es gibt nichts als die Atome und den leeren Raum; alles andere ist Meinung.« (Demokrit). Plötzlich verstand ich, weil mir geholfen wurde, die wichtige Stelle aus dem Schlußgedicht dieses Bandes *Engführung*:

Orkane.
Orkane, von je,
Partikelgestöber, das andre,
du
weißts ja, wir
lasens im Buche, war
Meinung.

Just an dieser Stelle jedoch, wo Celan scheinbar den Konsensus zu Benn demonstriert, wonach nichts sei als Naturgeschehen und leerer Raum, ist der Dissens stärker als je. Im menschlichen Leben gibt es für Celan kein Vakuum. Da Leben und Dichten für ihn zusammenfallen, abermals im Gegensatz zu Benn, der ein »Doppelleben« für möglich hielt aus dichterischer und nichtdichterischer Existenz eines Menschen, herrscht in jedem Augenblick für Celan die Ubiquität. Alles ist immerdar anwesend. Es gibt keine Vergangenheit.
Gab es *Zukunft* für Celan? Von Hoffnungen sprach er oft: für sich wie für alle Zeitgenossen. Unsere letzten und langen Gespräche in Paris, sechs Wochen vor seinem Tode, wurden von ihm immer auf das Thema Israel gelenkt. Er gedachte, eine Einladung dorthin anzunehmen, wollte von mir erfahren, wie ich als Besucher aus dem Jahre 1968 die Dinge angetroffen hätte. Andererseits empfand sich Celan durchaus nicht als jüdischer Dichter oder gar als ein Poet des Judentums. Wir trafen uns im Jahre 1960 einmal in Tübingen, wohnten im selben

Hotel, wollten zusammen frühstücken und sahen plötzlich Max Rychner am Nebentisch. Ich kannte Rychner seit 1936, begrüßte ihn und wollte Celan vorstellen. Aber auch die beiden kannten einander. Rychner erwähnte, nicht ohne Stolz, er habe nach 1945 in Zürich wohl zuerst Verse Celans in seiner Zeitung gebracht. Man blieb eine Weile zusammen. Als Rychner fortgegangen war, meinte Celan etwas spöttisch: »Ich habe ihn wahrscheinlich enttäuscht. Er wollte jüdische Dichtung von mir haben oder was er dafür hielt. Aber ich schrieb ganz andere Dinge.« Die jüdischen Themen gehörten zur Substanz seines Lebens und tauchten deshalb immer wieder auf. Man sollte sie nicht als Bekenntnis mißverstehen. Wo sie jedoch erwähnt werden, ist damit zumeist auch eine Lebensentscheidung gemeint. Wenn in einem späten Gedicht plötzlich das Wort »Tekiah« niedergeschrieben wird, in der Verszeile alleinstehend, so ist das der Ruf des Priesters an den hohen Feiertagen nach dem Schofarbläser, nach dem durchdringenden, kreischenden Ton aus dem Widderhorn. Dies alles war bei Celan niemals abgetan oder abzutun. Auch dies Wort »Tekiah« war unmittelbare Evokation Celanscher Wirklichkeit, kein Zitat.

Vielleicht war die dialogische Struktur dieser Dichtung nur scheinbar. Zwar suchte Celan stets im Leben und Dichten die Begegnung. In der Darmstädter Rede wählte seine Aussage jedoch – bezeichnenderweise – die Frageform: »Aber steht das Gedicht nicht gerade dadurch, also schon hier, in der Begegnung – *im Geheimnis der Begegnung*?«

Begegnung jedoch wird zur Selbstbegegnung. Also trotzdem monologische Dichtung, welche die Partnerschaft sich selbst und anderen nur vorgaukelte? Keineswegs. Celan kennt die Erfahrung mit dem *Doppelgänger*. Ein Doppelleben im Sinne von Benn hätte er niemals führen können, den Doppelgänger aber hat er erfahren: jenes alter ego, das man kennt und das einen kennt, beobachtet, in Frage stellt. Abermals in der Rede über den *Meridian*, die sich immer stärker, falls man sie genau liest, als Schlüssel erweisen könnte zu manchem lyrischen

Gehäuse dieses Autors, wurde ein Wink gegeben – Hinweis auf Tatsächliches und auf die Möglichkeit, einen bestimmten Text zu deuten:

> Und vor einem Jahr, in Erinnerung an eine versäumte Begegnung im Engadin, brachte ich eine kleine Geschichte zu Papier, in der ich einen Menschen »wie Lenz« durchs Gebirg gehen ließ.
> Ich hatte mich, das eine wie das andere Mal, von einem »20. Jänner«, von meinem »20. Jänner«, hergeschrieben. Ich bin ... mir selbst begegnet.

Im vierzehnten Heft der von Celan mitherausgegebenen Zeitschrift *L'Ephemère*, das im Sommer 1970 erschien und in wesentlichen Beiträgen der Erinnerung an Paul Celan gewidmet ist, steht eine französische Übertragung jener damals in Darmstadt erwähnten »kleinen Geschichte«. Ein Jude namens Klein, Sohn eines Juden, geht durchs Gebirge und trifft dort den Juden Groß. Groß kommt zu Klein, und der kleine Jude Klein läßt seinen Stock schweigen vor dem Stock des Juden Groß. Aber das Schweigen wird gebrochen durch ein Gespräch. Die Geschichte heißt *Gespräch im Gebirge*. Eigentlich aber, abgesehen von belanglosen Sätzen des Groß, die einer Echowirkung gleichen, spricht nur der Jude Klein. Über die Menschen redet er, die ihn nicht liebten, die zahlreich waren, und die auch er nicht liebte. Geliebt habe er, der Jude Klein, die Kerze, die links in der Ecke niederbrannte. Grund dieser Liebe: weil die Kerze sich aufzehrt.
Der Redende behält das letzte Wort: weder Echo noch Replik vom Juden Groß. So endet ein Reden im Gebirge, worin Klein sich, erinnernd und als Gleichsetzung, mit dem verwirrten Lenz verglichen hatte, der am 20. Jänner durchs Gebirg ging, aber im ständigen Gespräch mit sich selbst und auf der Suche nach einem Doppelgänger, der die tiefste Sehnsucht erfüllen könnte: zugleich zu gehen und *auf dem Kopf zu stehen*. In der »kleinen Geschichte« wird die Begegnung zur

Selbstbegegnung. Auch sie endet, wie die Beziehung zwischen den Sprechenden und der Natur, im Schweigen.

Nach dem Tode eines Selbstmörders wird immer nach den Motiven gefragt. Die Meinungen sind geteilt, ob man es voraussehen konnte oder nicht. Viele wußten es schon immer. Ich fand Celan bei unserer letzten Begegnung am 22. März 1970 in Stuttgart nicht anders als kurz vorher in Paris. Er las, im Rahmen und auf Einladung der Hölderlin-Gesellschaft, nach der Hölderlin-Rede seines Freundes und Übersetzers André Du Bouchet den ersten Teil des damals noch ungedruckten Bandes *Lichtzwang*. Erinnern kann ich mich an drei Lesungen. In Tübingen im Sommer 1963, vor Studenten der Germanistik, dann fünf Jahre später, im Juli 1968, vor unseren Studenten in Hannover. Nun vor dem Publikum der Hölderlin-Tagung. Celan las stets in der gleichen Weise und Haltung. Eine Hand hielt das Buch oder Manuskript, die andere stützte den Kopf. Bisweilen schaute der Lesende auf und verstand einzelne Verse als Anrede an die Lauschenden. Sonst keine Bewegung. In Tübingen und Hannover war es ihm nach wenigen Momenten gelungen, den Bannkreis zu ziehen. Das mißlang in Stuttgart. Geeichte Philologen, genauestens informiert über die Thesen der Sekundärliteratur zu einzelnen Dunkelheiten Hölderlins, schüttelten den Kopf, sperrten sich gegen den Mann da oben und gegen sein Wort.
Ich sprach Celan noch kurz nach der Lesung. Er mußte zu einer Rundfunkveranstaltung, war offenbar ganz unbeeindruckt von der mäßigen Wirkung seines Auftretens.
Warum ging er, bald darauf, ins Wasser? Ich weiß es nicht, oder ich wußte viele Gründe, die alle nichts besagen. Als Wink verstand ich im Jahre 1962 auch die Zueignung seiner Übertragung von Gedichten des russischen Lyrikers (und Selbstmörders) Sergej Jessenin. Vorn auf dem Vorsatzblatt hatte Celan vier Zeilen aus einem Gedicht dieses Autors aufgezeichnet. Genau und kalligraphisch stets: oben auf der Seite das russische Original, unten seine deutsche Nachdichtung.

Es war die vierte Strophe von sieben, die Mittelstrophe also des Gedichts *Wir entfernen uns*.

> [...] Manchem dacht ich nach, da nichts sich regte,
> manches hab ich mir zum Lied gefügt.
> Erde, unwirsch: daß ich war und lebte,
> daß ich atmen durfte – es genügt.

Kein Zweifel, das Zitat in dem Widmungsexemplar sollte Identifikation bedeuten. Hier sprach Paul Celan von sich selbst und mit Worten von Sergej Jessenin. In seinem Nachruf auf Celan, der zugleich eine genaue Interpretation des Gedichts *Du sei wie du* enthält, des vorletzten Gedichts aus dem letzten Band *Lichtzwang*, fragt Werner Weber: »Ist Celan ein Artist gewesen? Ein Manierist? Er war beides – aus Todesnähe und in Todesnähe. Jetzt hat er das Leben verlassen. Sein Weggehen hat Entsprechungen in seinen Gedichten, wo das Umgangsreden abschwinden mußte, damit die Sprache buchstäblich ›zu Wort‹ kommen kann, zum letzten Wort an der Grenze des Verstummens.«
Daß diese Poesie dem Schweigen abgewonnen wurde als *Atemwende*; daß sie seit langem wirkte als Rede, die einer im Davongehen spricht; daß sie fast süchtig verliebt war in die vielfältige Bedeutung des Wortes *Lichtzwang*: wer Paul Celan liebte, wußte das alles und seit längerem. Aber man vertraute auf jene Verse Jessenins, die unter der Überschrift gestanden hatten: *Wir entfernen uns*. Der vierzigjährige Jessenin hatte sich dann entfernt.
Paul Celan entfernte sich in seinem fünfzigsten Lebensjahr. Unter dem französischen Titel *Les Globes*, was wohl gleichzeitig an die Weltkugel und die Erdkugel erinnern soll, stehen im Band *Die Niemandsrose* von 1963 Verse mit einem Schluß, der abermals fast genußvoll die bedrückende Mehrdeutigkeit der letzten drei Worte auszukosten scheint:

In den verfahrenen Augen – lies da:

die Sonnen-, die Herzbahnen, das
sausend-schöne Umsonst.
Die Tode und alles
aus ihnen Geborene. Die
Geschlechterkette,
die hier bestattet liegt und
die hier noch hängt, im Äther,
Abgründe säumend. Aller
Gesichter Schrift, in die sich
schwirrender Wortsand gebohrt – Kleinewiges,
Silben.

Alles,
das Schwerste noch, war
flügge, nichts
hielt zurück.

Paul Celans Büchnerpreis-Rede 1960. »Der Meridian«

Mein Exemplar des *Meridian* aus dem S. Fischer Verlag von 1961 trägt folgende Widmung: »Für Hans Mayer, in dankbarer Erinnerung an sein Büchner-Seminar in der Rue d'Ulm. Paul Celan.«

Der – sehr höfliche – Verfasser dieser Rede über die Funktion der Kunst und zu Ehren Georg Büchners pflegte mit Bekundungen von Dankbarkeit sparsam umzugehen. Freilich war er herzlich dankbar überall dort, wo er Anlaß dafür zu finden glaubte. Er hat im Gespräch immer wieder eine Beziehung hergestellt zwischen seiner Darmstädter Rede und jenem Büchner-Seminar, das ich Anfang dieses Jahres 1960 in Paris gehalten hatte: vor Germanisten der École Normale Supérieure in der Rue d'Ulm. Später pflegte Celan, wenn darauf das Gespräch kam, von »unserer Rede« zu sprechen. In der Tat hat jenes Büchner-Seminar, wie gezeigt werden kann, gleichsam als Initialzündung für die Meridian-Rede vom 22. Oktober 1960 fungiert.

Als jenes Büchner-Seminar abgehalten wurde – Claude David hatte es veranlaßt, er auch hatte mich den Studenten vorgestellt –, fand damit für Paul Celan, den Teilnehmer des Seminars, nichts anderes statt als eben ein Interpretationsversuch an einigen Texten Georg Büchners. Die Thematik war dadurch bestimmt, daß das Werk des Autors von *Dantons Tod* in jenem Studienjahr auf dem Pflichtprogramm französischer Germanisten zu finden war. Daß Paul Celan selbst im Herbst desselben Jahres aufgerufen sein würde, mit Georg Büchner sich zu befassen, war an jenem Februartag nicht vorauszusehen. Das Preisgericht der Deutschen Akademie für Sprache und Dichtung beschloß erst im Sommer, den Georg-Büchner-Preis des Jahres 1960 an Paul Celan in Paris zu vergeben.

Als ich mich der Aufgabe unterzog, vor einer kleinen Gruppe der an deutscher Literatur interessierten Normaliens über

Büchner zu sprechen und dabei, nach gut französischer Tradition, der Textinterpretation den Vorrang einzuräumen gegenüber weitschweifigen Abstraktionen, kam mir der Gedanke, es sei vielleicht besonders reizvoll, jene kurzen Passagen zu erläutern, welche den ästhetischen Auffassungen Georg Büchners gewidmet sind. Höchst eigentümlich ist es dabei für Büchners Arbeitsweise, daß er, im offenbaren Bestreben, diese Überzeugungen über die Rolle der Kunst und Literatur so eindringlich wie möglich mitzuteilen, der Beliebigkeit äußerer Anlässe sich anvertraut. Mal sind diese Maximen in einem Brief formuliert, dann tauchen sie auf mitten im dramatischen Werk oder im Zusammenhang der Erzählung *Lenz*: niemals tiefer motiviert durch eine dramaturgische oder epische Überlegung. Ungeduldig scheint der Schriftsteller Büchner für sich den Anlaß zu provozieren, von der Kunst zu sprechen, auch wohl, wenngleich mit geringerer Intensität, von Aktion und Funktion des Künstlers.
Drei Texte hatte ich ausgewählt, die mehr oder weniger ausführlich in der Rue d'Ulm interpretiert werden sollten: Das Kunstgespräch zwischen Danton und Camille, mit Lucile als gierig lauschender, doch nichtverstehender Zuhörerin. Den Brief des Sohnes und Sorgenkindes an die Eltern, geschrieben in Straßburg mit dem Zweck, Verständnis für sogenannte Kraßheiten und Obszönitäten in *Dantons Tod* zu erwecken. Schließlich das Kunstgespräch zwischen Lenz und Kaufmann. Kurze Hinweise auf den Jahrmarkt-Ausrufer im *Woyzeck* und auf die Automatenszene aus *Leonce und Lena* hatten sich im Verlauf des wissenschaftlichen Gesprächs ergeben.

Dies alles muß erinnert werden, denn die Rede über den *Meridian* bietet sich, wie nunmehr rasch erkannt werden mag, gleichsam als konzentrierte Reflexion über die Texte und Ergebnisse dieses Seminars an. Celan übernimmt, für seine höchst persönlichen Meditationen, den Ausgangspunkt: Büchners Reflexion über Substanz und Funktion der Kunst. Wobei gleich angedeutet werden kann, daß diese selbst im

Meridian sehr folgerichtig, weit stärker als bei Büchner, als Subjekt-Objekt-Beziehung konzipiert wird. Kunst *und* Künstler.

Wiederfinden kann man in Celans Text das Gespräch zwischen Danton und Camille. Damit setzt die Rede unmittelbar ein: ohne irgendeine Form der Introduktion. Dann der Jahrmarkt-Ausrufer aus dem *Woyzeck*. Übergang zu *Leonce und Lena*. Am intensivsten schließlich die Beschäftigung mit dem verwirrten Dichter Lenz und seinen helldunklen Anmerkungen über die Kunst und den Künstler.

Alle Texte jenes Seminars sind mithin als Bausteine der Darmstädter Rede verwendet worden, mit einer – kennzeichnenden – Ausnahme: der von mir sehr ausführlich interpretierte Danton-Brief bleibt, bis auf eine kleine stilistische Paraphrase, unerwähnt und unverarbeitet.

Paul Celan hat seine Büchner-Rede ausdrücklich als Ansprache an Adressaten formuliert. Die Anrede »Meine Damen und Herren!« ist zu Beginn mit dem Ausrufungszeichen ausdrücklich als Ansprache und Zusprache programmiert. Wie ein Leitmotiv wiederholt sie sich immer wieder im Verlauf des oratorischen Textes. Bald an der Spitze eines Absatzes, dann wieder mitten in den Text eines Gedankenganges eingeschaltet. Siebzehnmal kehrt die Formel »Meine Damen und Herren« zurück. Die Zuhörer in Darmstadt, vermutlich wenig vertraut mit Celans Ästhetik und Konzeption der dichterischen Aussage, mochten die vielen Anrufe als »übertrieben« empfinden. Wer Celans Ablehnung alles Redens von »monologischer Lyrik« kennt, mitsamt der Marburger Rede Gottfried Benns über *Probleme der Lyrik* wird die obstinate Wiederholung der Anrede als folgerichtig empfinden bei einem Lyriker, der auch im Gedicht stets das Du sucht, das Gespräch: Adressaten und Partner.

Weil die Rede über den *Meridian* in einem tiefen und ausdrücklichen Verstande als Gegenentwurf Paul Celans verstanden werden darf zu Gottfried Benns Konzept einer monologischen Dichtung, hat die Leitmotivik dieser Anreden unmittelbar mit der Sache selbst zu tun: mit Reflexionen über heutige Möglichkeiten der Kunst und des Künstlers. Celan hielt die Darmstädter Rede, sicherlich zu Recht, für seine wichtigste theoretische Äußerung. Nirgendwo sonst hat er, soweit man sieht, sich genauer, offener, ausführlicher der ästhetischen Selbstinterpretation bedient als eben hier.

»Die Kunst« – wie nicht anders denkbar bei diesem überaus genau komponierten Text, stehen diese Worte als Grundthema unmittelbar hinter der Anrede mit dem Ausrufungszeichen. Dann kommen umspielende, den Sachkenner lockende Allusionen an Büchners (und Kleists) Marionettenthema, an Büchners Antipathie gegen Schillers fünffüßige Jamben, an die Unfruchtbarkeit der Mensch gewordenen Statue Galathea, geschaffen von Pygmalion. Worauf man bereits mitten ins Kunstgespräch zwischen Danton und Camille eingeführt ist. Der zweite Absatz situiert die Szene als eine solche aus dem Schauspiel *Dantons Tod*. Noch sind die Redenden in Freiheit statt in der Todeszelle der Conciergerie. Die Unterhaltung muß abgebrochen werden. »Es kommt etwas dazwischen.« Danton wird nämlich durch die Nachricht überrascht, der Wohlfahrtsausschuß habe seine Verhaftung beschlossen. Übrigens auch die von Camille. Es kommt etwas dazwischen: der Tod kündigt sich an, und Danton weiß es. Paul Celan geht nun, andeutend, paraphrasierend zur Jahrmarktsszene des *Woyzeck* über. Abermals wird hier die Kunst präsentiert, und zwar so: »Marktschreier vor einer Bude mit seiner Frau in Hosen und einem kostümierten Affen. Meine Herren, meine Herren! Sehn Sie die Kreatur, wie sie Gott gemacht: nix, gar nix. Sehn Sie jetzt die Kunst: geht aufrecht, hat Rock und Hosen, hat ein' Säbel!«

Die Kunst in Affengestalt, aber dennoch, meint Celan, »haben wir sie sogleich wiedererkannt«.

Unmittelbar schließt sich das dritte Beispiel der Rede (und unseres Seminars) auch hier an: als Erinnerung an die Automatenszene des Lustspiels vom Prinzen Leonce und der Prinzessin Lena.

Dreimal erscheint die Kunst, wie Celan meint, in scheinbar verwandelter, doch identischer Gestalt. Der zum Tode bestimmte Danton spricht von ihr, der Ausrufer, der Narr Valerio. Allein es ist »dieselbe« Kunst. Die wichtigsten Texte sind damit thematisch exponiert. Der Dichter Lenz wurde vorerst nicht angerufen. Der Redner wendet sich sogleich noch einmal zurück zum Kunstgespräch zwischen Danton und Camille. Da war noch jemand im Zimmer: Lucile Desmoulins. Sie »hört und lauscht und lauscht«, ohne im Alltagssinne zu verstehen. Von ihr wird plötzlich eindringlicher, geheimnisvoller gesprochen. Sie »sei zugleich auch Atem, das heißt Richtung und Schicksal«. Was hier, beim Lyriker der *Atemwende*, als Atem verstanden wird, muß unmittelbar den Redenden angehen. Lucile Desmoulins ist ihm keine Kunstfigur, sondern viel mehr.

Was aber? Ein höchst sonderbarer Satz macht es deutlich, worin Celan versucht, den Angeredeten in Darmstadt zu verdeutlichen, was er meint: »Das ist, Sie wissen es längst, sie kommt ja, die so oft und kaum von ungefähr Zitierte, mit jedem neuen Jahr zu Ihnen – das ist Lucile.«

Was denn? Die Dramengestalt der Lucile erscheint in jedem Jahr vor den ausdrücklich angeredeten Damen und Herren der Darmstädter Akademie? Das wäre nur verstehbar, wenn Celan sie gleichsetzt mit der Dichtung und dem Dichter. In der Tat wird jedes Jahr im Oktober, an Büchners Geburtstag, ein lebender Autor geehrt und aufgefordert, beim Empfang des Preises über Georg Büchner zu sprechen. Inkarnation damit, wie Celan es versteht, von Dichtung: ihrer Möglichkeit oder Unmöglichkeit im gegenwärtigen Leben. Lauschend, nichtverstehend und verwirrt.

Die Rede begleitet Lucile Desmoulins bis zum Schluß des Dramas. Hin zu jenem Abschluß, der ihr allein gehört: die Republikanerin Lucile ruft im Angesicht der Bürger und am Fuß der Guillotine, wo Camille umkam, ein Bekenntnis zu König und Monarchie. Sie wird festgenommen, und wird sterben. Celan erläutert, dies sei kein Bekenntnis zur Monarchie und irgendwelcher Restauration: »Gehuldigt wird hier der für die Gegenwart des Menschlichen zeugenden Majestät des Absurden.« Zum drittenmal die Anrede an die Damen und Herren, Paradoxie und Konstellation und Lucile werden als Majestät des Absurden verstanden; die aber wird – vorsichtig und mit tastender Bemühung um Verständlichkeit – als »Dichtung« interpretiert.

Bisher war an drei Beispielen und Dramenfetzen Georg Büchners gefragt worden, was dann sein könnte: die Kunst. Nun schließt der Redner die Frage nach dem Künstler an. Das Stichwort ist gefallen für den Auftritt des Dichters Jakob Michael Reinhold Lenz.

Der nächste Absatz ist eigentlich eine Kurzfassung der literatur-historischen Exkurse jenes Seminars in der Rue d'Ulm. Celan registriert in lockerem Tonfall, leicht ironisch getönt, um auch darauf hingewiesen zu haben, was es mit der Bedeutung von Lenz sowohl für den deutschen Sturm und Drang wie für die französische Literaturtheorie eines Sébastien Mercier auf sich habe. Auch der Wirkungsgeschichte bis hin zum Naturalismus wird gedacht. Allein nicht Literaturgeschichte ist es, die den Redner immer wieder zurückführt zu Lenz wie zu Büchner. Abermals geht es um »die Kunst«. Büchner war, auch Paul Celan repetiert es, ein Gegner des Schillerschen Idealismus: »Er setzt ihnen das Natürliche und Kreatürliche entgegen.« Celan stützt sich auf das berühmte Zitat, worin Büchner, indem er sich der Kunstfigur Lenz als seines Sprechers bedient, eine ländliche Volksszene beschreibt. Um dann fortzufahren: »Man möchte manchmal ein Medusenhaupt sein, um so eine Gruppe in Stein verwandeln zu können, und den Leuten zurufen.«

Nun erst ist Celan beim eigentlichen Thema. Man soll das erkennen: weshalb eine neuerliche Ansprache an die Damen und Herren vorangestellt wird. Da waren die Marionetten und Automaten, kostümierter Affe und Hausnarr. Nun das Medusenhaupt. Immer war von »der Kunst« die Rede.

Celan interpretiert den merkwürdigen Satz Büchners (oder

Lenzens) zunächst nachdenklich. Man möchte also, im Angesicht einer solchen natürlichen Szene, die versteinernde Wirkung der Medusa ausüben? Um? »Um [...] das Natürliche mittels der Kunst zu erfassen!«

Ein Ausrufungszeichen am Ende dieser Folgerung. Wieder folgt ein ebenso bedeutsamer wie zweideutiger Satz. »Man möchte, heißt es hier freilich, nicht: ich möchte.« Wer ist Ich? Es könnte Büchner gemeint sein, der Lenz reden läßt, ohne ihm zuzustimmen. Was aber nicht angeht, denn Büchner spricht durch den Mund des Dichters Lenz. Ich also als Paul Celan? Der sich an dieser Stelle ausdrücklich von Georg Büchners dem Natürlichen zustrebenden, den Idealismus mißachtenden Kunstbegriff losgesagt hätte?

Trotzdem auch wieder, wie sogleich erläutert wird, die Stimme Büchners, der es, wie Celan dem Text abgelauscht hat, als unheimlich empfinden muß, daß Kunst danach streben könnte, die Natur durch Versteinerung zu entmenschlichen. Kunst wäre dann zwar dem Menschlichen zugewandt, selbst aber insgeheim ein eher unmenschlicher Bereich.

Nun erst ist Celan, scheinbar bloß im Nachvollzug eines vorwegnehmenden Denkens Georg Büchners, beim eigentlichen Thema. Es ist gleichbedeutend mit der Frage nach der Funktion heutiger Kunst. Nach der Kunst »in der Luft, die wir zu atmen haben«.

Zum ersten Mal in dieser Rede spricht der Redner im eigenen Namen: als Paul Celan. Er stellt eine Frage. Für ihn, den Dichter, die Frage aller Fragen: »Gibt es nicht – so muß ich jetzt fragen –, gibt es nicht bei Georg Büchner, bei dem Dichter der Kreatur, eine vielleicht nur halblaute, vielleicht nur halbbewußte, aber darum nicht minder radikale – oder gerade deshalb im eigentlichsten Sinne radikale In-Frage-Stellung der Kunst, eine In-Frage-Stellung aus dieser Richtung? Eine In-Frage-Stellung, zu der alle heutige Dichtung zurück muß, wenn sie weiterfragen will?«

Vorgriff gleichzeitig und Rückgriff. Mallarmé müsse konsequent zu Ende gedacht werden. Was hier wohl nur heißen kann, die Frage nach dem Zusammenhang von künstlerischer Gegenschöpfung zur Welt und der Rolle des Zufalls zu Ende zu denken.

Abermals wird abgebrochen: man kam schon ein gutes Stück weiter im sokratischen Fragen. Noch einmal geht's zurück zum Kunstgespräch zwischen Lenz und Kaufmann. Auch Lenz ist Inkarnation der Dichtung *und* des Dichters, wie Lucile. Auch er ist »selbstvergessen«. Celan scheint es zu billigen: »Kunst schafft Ich-Ferne. Kunst fordert hier in einer bestimmten Richtung eine bestimmte Distanz, einen bestimmten Weg. Und Dichtung? Dichtung, die noch den Weg der Kunst zu gehen hat? Dann wäre hier ja wirklich der Weg zu Medusenhaupt und Automat gegeben!«

Abermals das Ausrufungszeichen. Wiederum ein Abbrechen vor der Konsequenz. Celan hat offensichtlich zwischen Objektivität der Kunst und dem subjektiven Weg des Dichters, also Künstlers, unterschieden. Der Künstler als »selbstvergessenes Ich« wie Lucile oder Lenz: auf dem Wege zur Kunst als einem Unheimlichen und Fremden.

Das Abbrechen verzichtet an dieser Stelle auf weitere, offensichtlich doch fruchtlose, weil unaussagbare Umschreibungen dessen, was »die Kunst noch sein könnte«. Der Weg führt zurück zu den Menschen. Zu einem Menschen, zum Dichter Lenz, und zwar nicht zur Kunstfigur Georg Büchners, sondern zu dem Poeten des Sturm und Drang, geboren im Livländischen, gestorben in Moskau und in offenkundiger Verwirrung des Geistes. Die neue Anrede des Aufmerkens: Nun soll vom Schicksal des Dichters Lenz gesprochen werden. Das berühmte Zitat am Ende von Büchners Erzählung »[...] so lebte er hin [...]«. Der Redner erweist sich auch als Kenner der Lenz-Forschung. Er schildert mit einem Zitat des Moskauer Germanisten Rosanow, in welcher Weise Lenz schließlich hingelebt hatte.

Jäh muß aber erkannt werden, daß Celan nur scheinbar dem unheimlichen Ort, auch Kunst genannt, zugunsten des konkreten Künstlers ausgewichen war. Nun braucht er das andere berühmte Zitat aus Büchners Erzählung, das am Anfang steht und die Innenwelt des Dichters Lenz beschreibt, der im Winter und im Vogesengebirge umherirrt, »[...] nur war es ihm manchmal unangenehm, daß er nicht auf dem Kopf gehn konnte«. Wieder sind sie als Partner verstanden: der verwirrte Lenz und die verwirrte Lucile. Zwei Inkarnationen der Dichtung.

Paul Celan wiederholt noch einmal den Satz vom Dichter, dem es unangenehm war, daß er nicht auf dem Kopf gehen konnte. Eine Anrede ist abermals fällig an die Damen und Herren; sie erfolgt, denn der Träger des Büchner-Preises äußert den wichtigsten Satz seines Redetextes. Auf ihn hatte alles ersichtlich hingewirkt. Hier ist die Mitte der Rede, des Fragens nach dem Unheimlichen und des Weges nach dem Unheimlichen, der Dichtungswelt, erreicht. »Wer auf dem Kopf geht, meine Damen und Herren, – wer auf dem Kopf geht, der hat den Himmel als Abgrund unter sich.«

Dieser Satz wird einfach hingestellt, nicht weiter erläutert. Es ist keine These, sondern eine Aussage. Jetzt geht es Celan wie Lenz in der Erzählung: »Man sprach von Literatur, er war auf seinem Gebiete [...]« Unverkennbar dennoch die Divergenzen zwischen ihnen: zwischen Lenz und Celan. Für Lenz scheint Natürlichkeit alles zu sein; Celan spricht von notwendiger Dunkelheit. Aber er sieht nicht die Dunkelheit des Einsamen, sondern eine Dunkelheit in der Begegnung. Man befindet sich an dieser Stelle der Rede im Bereich des Celanschen *Gesprächs im Gebirge*, das auch (und abermals) auf den Dichter Lenz zurückweist.

Lenz aber sei weiter gegangen als Lucile. Im Sterbewort der verwirrten Frau wurde Dichtung noch artikuliert und formuliert. Der dahinlebende Lenz lebte daheim im »furchtbaren Verstummen«.

Längst spricht Paul Celan bereits von der Dichtung Paul Celans: »Das kann eine Atemwende bedeuten.« Titel eines Gedichtbandes eben dieses Redners. Zentralbegriff in seiner Konzeption eines Gedichts. Alles wird für den Augenblick hypothetisch formuliert, als ein Vielleicht. Alles gehört zusammen: Automaten, Medusenhaupt, der Himmel als Abgrund über dem auf dem Kopf gehenden Dichter. Trotzdem scheint Celan vorsichtig andeuten zu wollen, daß alledem nicht Versteinerung und schöpfungslose Verwirrung entspringe, sondern vielleicht, einem Vorgang der Atemwende vergleichbar, ein anderes Lebendiges? Das Gedicht? So daß jedes heutige Gedicht den Weg des verwirrten Lenz durch das winterliche Gebirge von neuem zu nehmen hätte. Immer wieder mit der Sehnsucht, auf dem Kopf gehen zu dürfen: mit dem Abgrund des überwölbenden Himmels.

Das Gedicht aber, das heutige Gedicht, ist nicht versteinert, und es hat auch nichts versteinert. Es lebt und spricht. Der davon spricht, ist seit einigen Augenblicken der Rede auch seinerseits »selbstvergessen«, wie Lucile und Lenz. Keine neue Anrede, scheinbar monologisches Denken, das sich jedoch, wie bald deutlich wird, mit äußerster Anstrengung um den Dialog müht, ein Verstandenwerden, die Begegnung.

Celan beginnt mit der für ihn zweifelhaften Aussage, daß das Gedicht zwar spricht, aber in eigenster Sache, um fortzufahren: »Aber ich denke – und dieser Gedanke kann Sie jetzt kaum überraschen –, ich denke, daß es von jeher zu den Hoffnungen des Gedichts gehört hat, gerade auf diese Weise in eines Anderen Sache zu sprechen – wer weiß, vielleicht in eines ganz Anderen Sache.« Dies alles ist weit entfernt von lyrischer Assoziation: wie es die Beliebigkeit der surrealistischen dictée automatique in Celans Dichtung überhaupt nicht gibt, wo alles auf Präzision angelegt wurde. Das gilt auch hier für diesen – scheinbar – dunklen Absatz, der von Celans Konzept des Lyrischen spricht. Die Gegenüberstellung lautet, vom Redner absichtlich dadurch verwischt, daß ein gleichlautender Genitiv (eines Anderen Sache und in eines ganz Anderen Sache) verwendet wird: Der Andere und Das ganz Andere. Sehr vorsichtig. Abermals mit Hoffnung, wer weiß, und vielleicht.

Das Gedicht spricht, davon ist auszugehen. Nicht bloß für

sich selbst und in allereigenster Sache, sondern vielleicht auch in fremder. Welcher, wessen, wäre nun zu fragen. Ausdrückbar scheint das nicht zu sein, doch zu erhoffen. Poesie als stellvertretende Aussage: auch für andere. Die Hoffnung, bei Goethe, des verwirrten und verzweifelten Torquato Tasso. Spricht das Gedicht aber auch *für* andere, und wäre auch denkbar, daß es *von* ganz anderen Zuständen zu sprechen imstande wäre, die vielleicht »nicht allzu fern« sein könnten? Möglicherweise »ganz nahe«. Dann wäre das Gedicht, dem Wunsch und Hoffen nach, nicht bloß Wort in eigener Sache, auch nicht allein für andere, die wortlos sind, sondern gleichzeitig Vorwegnahme, Antizipation. »Aber schreiben wir uns nicht alle von solchen Daten her? Und welchen Daten schreiben wir uns zu?« Das Gedicht meditiert diese Möglichkeit, der Dichter verhofft sie.

Durchaus nicht sorglos, eher in hoher Sorge. Das Gedicht scheint möglich nur als Atemwende: auch damit scheint es bald zu Ende zu gehen. Vielleicht ist dieser Atemwende nur noch, in der Luft, worin wir leben, eine »Atempause« gewährt.

Es seien nicht die Schwierigkeiten des poetischen Handwerks, fährt der Redner fort, der die Anrede an die Damen und Herren immer noch ausspart, wenngleich auch sie nicht unterschätzt werden dürften. Was die Atempause offenbare, ist mehr: »Das Gedicht zeigt, das ist unverkennbar, eine starke Neigung zum Verstummen.« An Beispielen dafür in der Lyrik Celans, es sei bloß an das Tübinger Gedicht erinnert, fehlt es nicht. Aber der Redner könnte an dieser Stelle mit gleicher Genauigkeit auch auf Samuel Beckett hinweisen, und andere.

Was hier im Wort des Redners abgewandelt wird, ist abermals eine *Engführung*. Das Gedicht nicht bloß selbst, in jeder einzelnen Kreation, verstanden als Atemwende, sondern auch als Zeit für die Dichtung: zwischen dem Schon-nicht-mehr und dem Immer-noch.

Diese Zeitlichkeit ist in doppelter Weise zu interpretieren: als gesellschaftlicher Zustand, worin Gedichte immer mehr verstummen müssen, und als Lebensmoment des Dichters. Wieder bindet diese Büchnerpreis-Rede die Frage nach der »Kunst« zusammen mit jener nach dem »Künstler«: »Dieses Immer-noch des Gedichts« kann ja wohl nur in dem Gedicht dessen zu finden sein, der nicht vergißt, daß er »unter dem Neigungswinkel seines Daseins, dem Neigungswinkel seiner Kreatürlichkeit spricht.«

Daraus entspringt eine doppelte Forderung. Sie ist gleichzeitig Paradoxie und Notwendigkeit. Das Gedicht ist nur als ein einsames möglich. Gleichzeitig nur als Bemühen um das Andere und den Anderen. Abermals in doppelter Weise zu interpretieren. Jedes Ding und jeder Mensch sind ein Anderes für das Gedicht, sie sind Anlässe, Objekte, dadurch gleichzeitig poetische Möglichkeiten. Alle Wirklichkeit ist gleichzeitig auch schon Dichtung in nuce. So hatte es Lenz in Büchners Erzählung formuliert und an die Versteinerungskraft der Medusa erinnert. Celans Gedicht möchte nicht versteinern, kann aber gleichfalls nicht existieren ohne jenes Andere.

Anzumerken ist sogleich, daß Celan sehr vorsichtig der Entscheidung ausweicht, ob dieses Andere, das im Gedicht »durch Nennung gleichsam zum Du« zu werden vermag, nur ein Mensch sein könnte. Mensch oder Ding dieser Außenwelt, es scheint gleich viel zu gelten. Das Gedicht, nur darauf scheint es anzukommen, braucht dieses Andere oder diesen Anderen. Würde es ihn (oder es) ansprechen, so erschaffte es, in seiner eigenen poetischen Sphäre, auch wieder »dessen Zeit«. Die Zeit wäre wiedergefunden. Der selbstvergessene Redner hat sich mittlerweile sehr weit vom Auditorium in Darmstadt entfernt. Er bemerkt es, scheint zu erwachen, kehrt zurück. Zwei Fragen, die theoretisch gemeint sind, und höhnisch: »Das Gedicht / Das Gedicht mit seinen Bildern und Tropen?« (Als gäbe es für Paul Celan ein mögliches Gedicht mit Bildern und Tropen.)

Nun wieder die Anrede an die Damen und Herren. Die Meditation hat scheinbar zu einem Ergebnis geführt: »Ich spreche ja von dem Gedicht, das es nicht gibt!« Dann noch ein schroffer einziger Satz: die Gegenposition zu Gottfried Benns monologischer Dichtung und zu dessen Forderung nach dem absoluten Gedicht: »Das absolute Gedicht, nein, das gibt es gewiß nicht, das kann es nicht geben!« Denn es würde sich darstellen, darf man erläuternd hinzufügen, als ein ding- und menschenloses Poem, ohne das Andere und den Anderen.

Also eine Dichtung ohne Bilder?, würden die Damen und Herren in Darmstadt zurückfragen. Der Redner erläutert. Das Gedicht hat immer nur eine einmalige und punktuelle Gegenwart. Für Celan ist alle Dichtung nur denkbar als Gelegenheitsdichtung einer einmaligen Wahrnehmung. Tübingen, Jänner. Oder Köln, Am Hof. Oder das Gasthaus zum Storchen in Zürich. Die Berliner Oranienstraße. Der Berliner Landwehrkanal mit der Leiche der Rosa Luxemburg. Neue und mögliche Gegenfrage aus dem Auditorium. Wo bleiben die traditionellen Bilder und Gehalte? Verzichtet diese Dichtung auf Toposforschung? Celan beruhigt keineswegs. Die Topoi seien zu erforschen »im Lichte der U-topie«. Menschen ebenso wie Dinge.

Nun scheint der Redner keine virtuellen Fragen mehr beantworten zu mögen und bricht ab. Leistet sich eine neue Anrede ans Publikum, setzt an zur rhetorischen Konklusion. Man sei am Ende, nämlich wieder am Anfang. Der Redner läßt, gleichsam im Zeitraffer, noch einmal den Weg dieser Rede zurücklegen. Erweiterung der Kunst: als Aufgabe gestellt von Mercier bis Büchner. Die Gegenwelt der Lucile. Sie schien anzudeuten, gar zu klären, daß man die Kunst nicht erweitern, sondern in die eigenste Individuation zurückführen, dadurch freisetzen müsse, als Engführung. Lucile und Lenz schienen die Atemwende möglich zu machen. Dann hatte die Meditation zu den Anderen und zum Anderen geführt, zu den Dingen und der Kreatur. Man gelangte »in die Nähe eines Offenen und Freien« … »und zuletzt in die Nähe der Utopie«.

Es war eine Kreisbewegung. Dazu ein abschließendes Wort: »Die Dichtung, meine Damen und Herren –: diese Unendlichsprechung von lauter Sterblichkeit und Umsonst!«
Der Kreis ist durchschritten. Der Redner in Darmstadt kehrte zum Anfang seines Diskurses zurück, nun macht er sich noch einmal auf den Weg. Diesmal in neuer, verwandelter Gestalt. Ernst Bloch würde es nennen: »Zur Kenntlichkeit verändern«. Bisher hatte ein Fragender, ein Dichter gesprochen, aber gleichsam als platonische Idee eines solchen: mehr Möglichkeit als Wirklichkeit. Von nun an, bis zum Schluß der Ansprache, spricht Paul Celan zu uns. Das Ich, das jetzt verstanden werden möchte, ist durchaus dasjenige dieses einen und einzigen Sprechers. Zum ersten Mal zitiert Paul Celan einen Vierzeiler von Paul Celan, deutet er Autobiographisches: den Augenblick einer versäumten Begegnung im Engadin, die, in Erinnerung der Kunstfigur Lenz bei Büchner, das *Gespräch im Gebirge* entstehen ließ. Es handelt von einer Selbstbegegnung. Woraus vielleicht zu folgern wäre, daß auch der Weg des Gedichts, mit allen virtuellen Umwegen, zur Selbstbegegnung führen müßte. Durch das Andere und die Anderen hindurch.
Demnach »eine Art Heimkehr«. Mit anmutiger Schlußwendung kommt Celan zurück auf *Leonce und Lena*, auf Fragen der Büchner-Forschung, gar auf die erste kritische Gesamtausgabe Büchners von 1879. Besorgt durch Karl Emil Franzos, der zum ersten Mal auch das *Woyzeck*-Fragment gedruckt hatte, das er noch als *Wozzeck* las.
Die philologische Abschweifung erweist sich sogleich als rührende Reminiszenz, als Notwendigkeit: »Ich suche die Gegend, aus der Reinhold Lenz und Karl Emil Franzos, die mir auf dem Weg hierher und bei Georg Büchner begegneten, kommen. Ich suche auch, denn ich bin ja wieder da, wo ich begonnen habe, den Ort meiner eigenen Herkunft.«
Man muß wissen, daß Karl Emil Franzos (1848-1904) in Czwortzkow in Galizien zur Welt kam, in Czernowitz aufwuchs und zur Schule ging: dem Geburtsort Paul Celans.

Jude wie Celan, bekannt und bedeutend als Schilderer dieser kleinen jüdischen Bürger- und Handwerkerwelt.
Toposforschung mithin verstanden als Suche nach der Welt jenes Ostens, welcher als Herkunftsland des Livländers Lenz, des Galiziers Franzos und von Paul Celan aus der Bukowina eine Einheit zu bedeutend scheint. Aber er ist, dieser Topos, kein geographisch fixierbarer Ort. Auch er findet sich in der U-topie.
Diesen Ort gibt es nicht, aber etwas anderes ist gefunden worden. Eine Anrede macht dem Hörenden deutlich, daß es sich ereignet hat. Gefunden wurde ein Verbindliches gleich der Sprache: immateriell, doch irdisch, kreisförmig wie diese Rede, doch in anderer Form; den Redner zugleich auch mit dem Dichter Lenz verbindend, gleichgültig nun, ob er auf dem Kopf geht oder nicht. Der astronomische circulus meridianus berührt, auch vom Punkt des Redenden her, den Zenit, durchkreuzt die Tropen, kehrt kreisförmig wieder zurück. Der Meridian, den diese Rede im Titel führt, ist damit folgerichtigerweise das letzte Wort des eigentlichen rhetorischen Textes: und mit der gleichen Notwendigkeit, mit welcher die Rede durch »Die Kunst« eröffnet worden war. Der Meridian als Kreisbewegung. Berührung der Sphären wohl auch von Dichter und Dichtung. Kreatur und Himmel als Abgrund, dem Anderen und den Anderen, von Lenz und Büchner, Franzos und Celan. Vielleicht auch von Celan und den »Damen und Herren«. Dann wäre der Augenblick dieser Rede zugleich eine punktuelle Gelegenheit, welche Dichtung freizusetzen vermochte. Die Rede vom *Meridian* mithin, wenngleich sie ausdrücklich Rede war und Meditation, auch eine Art der Dichtung.
Celan scheint es »verhoffen« zu wollen, wenn er nun zur Danksagung übergeht. Auch diese Danksagung ist komponiert und genau gegliedert. Der allgemeine Dank für eine Auszeichnung im Namen Georg Büchners. Das Land Hessen, die Stadt Darmstadt, wo Büchner aufwuchs, die Deutsche Akademie für Sprache und Dichtung. Dank dem Präsi-

denten dieser Akademie Hermann Kasack. Der letzte Dank gilt der Dichterin Marie Luise Kaschnitz. Abermals der Meridian: die Kreisbewegung als Verbindendes zwischen Dichter und Dichter.

Besuch bei Alfred Döblin

Vermutlich fand er im Frühjahr 1954 statt, unser Besuch beim kranken Döblin in seiner Klinik oben im badischen Schwarzwald. Man könnte diese Zeitangabe nachsehen und überprüfen, doch es ist Erinnerungsarbeit, um die es geht. Da muß man sich auf die eigenen Zeitvorstellungen verlassen. Die aber finden Unterstützung in der Tatsache, daß uns Alfred Döblin damals, oben in Höchenschwand, das Manuskript seines sogenannten Hamletromans mitgab. Peter Huchel nahm den Text an sich. Döblin hatte ihn ausdrücklich als Herausgeber der ostberliner Literaturzeitschrift *Sinn und Form* angesprochen. Im letzten Jahresheft 1954 von *Sinn und Form* erschien dann das Kapitel *König Lear* aus Döblins Hamletroman.

Man lebte damals, wenn es um die Beziehungen der Sowjetunion und ihrer Kronkolonien ging, also auch um die Deutsche Demokratische Republik, in einer Epoche des »Tauwetters«. So wurde die Gegenwart damals verstanden. Ein schlechter Roman von Ilja Ehrenburg mit dem Titel *Tauwetter* wurde symbolisch erhöht. Man hoffte auf wärmere Zeiten nach so viel Kälte im Kalten Krieg.

Die Hoffnung war trügerisch, wie man weiß. Es gab noch etwas geistige und gesellschaftliche Wärme zwischen Ost und West, vor allem im Jahre 1955 und auch noch bis zum Herbst des Jahres 1956. Dann kam es zu den Aufständen: zuerst in Warschau, dann in Ungarn. Nun wurde es wieder eisig kalt.

Der kranke Alfred Döblin hat alles noch miterlebt. Er starb am 26. Juni 1957, im badischen Schwarzwald. Doch diesmal in Emmendingen. Höchenschwand nämlich hatte er bald nach unserem Besuch verlassen müssen. Er kehrte noch einmal nach Paris zurück, wurde dann aber so schwer krank, daß man ihn nach Deutschland zurückbrachte. Sein Grab aber liegt in Frankreich.

Ich selbst hatte den Dr. med. Alfred Döblin nur einmal kurz während meiner Berliner Studentenzeit in den zwanziger Jahren kennengelernt. Er arbeitete damals, wie man heute weiß, an *Berlin Alexanderplatz*. Eine nähere Verbindung kam erst nach 1945 zustande. Ich war seit dem 1. Mai 1946 von der amerikanischen Militärregierung als Chefredakteur von Radio Frankfurt eingesetzt worden. Alfred Döblin trug die Uniform eines hohen französischen Offiziers und wirkte innerhalb seiner Militärregierung in Baden-Baden und später in Mainz. Im Jahre 1946 hatte Döblin beschlossen, mit Zustimmung seiner Militäradministration, eine Kulturzeitschrift herauszugeben. *Das Goldene Tor.* Anspielung auf die Golden Gate Bridge in San Francisco. Die Organisation der Vereinten Nationen wurde dort und damals gegründet.

Kurz vor dem Erscheinen des ersten Heftes seiner Zeitschrift schrieb mir Döblin nach Frankfurt und lud mich ein zur Mitarbeit. Ich schickte ihm drei Manuskripte zur Auswahl. Mein ziemlich umfangreicher Text *Epilog zu Tolstois Romanen* wurde dann 1947 im *Goldenen Tor* gedruckt. Ich hätte wetten können, bei Absendung meiner drei Texte, daß Döblin gerade dieses Manuskript publizieren würde. Es entstand in einer sehr schweren Zeit des Exils und dürfte den Emigranten Alfred Döblin, den es ins ferne Kalifornien verschlagen hatte, eben deshalb angerührt haben.

Während des sogenannten Kalten Krieges seit 1947 hatte auch Döblin, der 1951 das *Goldene Tor* schließen mußte, um nach Paris zurückzukehren, ein bißchen mitgespielt in der Kälte. Auch Döblins seit den gemeinsamen Berliner zwanziger Jahren freundliche Beziehungen zu Bertolt Brecht und zu Johannes R. Becher waren sehr frostig geworden.

Das politische Tauwetter brachte dann ein bißchen Wärme. Der Ostberliner Minister für Kultur, also Johannes R. Becher, mußte erfahren haben von Döblins schwerer Krankheit und seiner Übersiedlung in die badische Klinik von Höchenschwand. Gleichzeitig mußte es Gerüchte gegeben haben, wonach Alfred und Erna Döblin in Paris mit Geldschwierigkeiten zu kämpfen hätten. Worauf der Minister Becher, der gleichzeitig Herausgeber von *Sinn und Form* geblieben war,

seinen Chefredakteur Peter Huchel beauftragte, einen Besuch im Schwarzwald zu machen und zu erfahren, was getan werden könnte, um dem großen deutschen Schriftsteller zu helfen.
Es war Ferienzeit. Peter Huchel reiste nach Freiburg, wo er einstmals studiert hatte und glücklich gewesen war. Auch die Universität Leipzig hatte Ferien, auch ich befand mich im Westen, wo man mich erreichen konnte. Peter Huchel rief mich an und schlug vor, man solle gemeinsam zum kranken Alfred Döblin fahren. Seine Freiburger Freunde, das Ehepaar Eberhard Meckel, würde mit uns von Freiburg hinauffahren.

Man hatte in der Klinik angefragt und den Bescheid erhalten, Erna und Alfred Döblin würden sich freuen über unseren Besuch. Wir trafen uns also in Freiburg und fuhren los.
Die beiden Lyriker und Jugendfreunde Huchel und Eberhard Meckel saßen hinten. Frau Meckel lenkte den kleinen Wagen, ich saß neben ihr. Eine schöne Fahrt bei schönem Frühsommerwetter. Da war die stattliche Klinik, oben auf der Schwarzwaldhöhe. Man hat uns erwartet. Wir wurden zu Erna Döblin geführt, die uns in einem Konversationszimmer begrüßte. Offensichtlich wollte sie uns auf den Besuch bei dem kranken Dichter vorbereiten.
Huchel benutzte die Gelegenheit, um Grüße von Becher zu übermitteln und sich nach den Lebensumständen zu erkundigen. Erna Döblin lehnte freundlich alle finanziellen Hilfen ab. Man sei hier gut aufgehoben. Sie machte auch eine Andeutung darüber, wenn ich mich recht erinnere, daß man sich im Bonner Bundespräsidialamt gleichfalls nach dem Wohlbefinden des großen Schriftstellers erkundigt hat.
Diesmal glaubte ich verstanden zu haben. Ich wußte, daß der Schriftsteller Theodor Heuss, nunmehr Bundespräsident, seine Verbindungen mit den Schriftstellerkollegen von einst fortzusetzen gedachte. Auch das – natürlich episch verzeichnete – Porträt von Theodor Heuss in Wolfgang Koeppens

zweitem Roman *Das Treibhaus* von 1953, das die negativen Akzente nicht ausspart, schildert diesen ersten Bundespräsidenten vor allem als einen traurigen und skeptischen Schriftsteller.
Durch Hans Henny Jahnn in Hamburg hatte ich erfahren, daß dieser Bundespräsident, nachdem er sich insgeheim ein bißchen erkundigt hatte, einen schönen offiziellen Brief an seine Autorenkollegen zu senden pflegte. Der Brief enthielt dann einen großen Geldschein. Vielleicht war auch ein solcher Brief bei Dr. Döblin eingetroffen. Das war damals viel Geld.

Der kranke Arzt und Patient saß angekleidet auf einem Sofa. Ein Krankenbett sah ich nicht. Die Döblins bewohnten offensichtlich ein Appartement in dieser Privatklinik. Döblins Gesicht wirkte blaß, allein er war überhaupt nicht müde. Eine Kamelhaardecke lag über den Knien. Ganz ohne Frage: er freute sich über unseren Besuch. Was heißen sollte: daß er sich kampflustig fühlte. Mit unnützen Höflichkeiten hat er sich nie abgegeben. Brecht war seit seinen Anfängen ein begeisterter Verehrer eben dieses großen Schriftstellers. Daß der jüdische Mediziner Dr. Döblin im Exil zum Katholizismus konvertierte und die neue Gläubigkeit dabei sehr ernst nahm, änderte nichts an Brechts Verehrung für den Autor von *Die drei Sprünge des Wang-lun*. In Brechts Tagebüchern aus dem gemeinsamen kalifornischen Exil gibt es eine hinreißende Schilderung einer – runden – Geburtstagsfeier für Alfred Döblin in Los Angeles. Alle Freunde und Gegenspieler waren zur Stelle. Die Familien Heinrich und Thomas Mann natürlich. Man feierte das Geburtstagskind. Dann setzte Döblin zu einer Dankrede an. Brecht notierte: »Wobei er die irreligiösen Gefühle der meisten Anwesenden verletzte.«

Nach ein paar freundlichen Eingangsworten, worin er sich für unseren Besuch bedankte, ging der Patient zum Angriff über. Er sprach leise, aber genau artikuliert. »Er war ganz da.«

Da er die beiden Meckels nicht kannte, aber doch genau wußte, wer das war, wie sich später herausstellen sollte, ließ er sie in Ruhe. Er hatte es mit Peter Huchel zu tun und mit mir. Ich kam als erster dran.

> »Herr Professor Mayer, Sie sind
> doch Professor in Leipzig?«
>
> »Ja.«
>
> »Dort wirkt doch auch mein alter
> Freund Ernst Bloch?«
>
> »Ja.«
>
> »Wie ist es möglich, daß ein Mann,
> der früher den ›Geist der Utopie‹
> geschrieben hatte, nunmehr über
> die ›Weisheit Stalins‹ schreibt?«

Meine herzliche Verehrung für Ernst Bloch hatte mich während der Leipziger Zeit, also noch bevor Bloch dort in Gefahr und Ungnade geriet, immer daran gehindert, seine politischen Aufsätze zu lesen. So antwortete ich voller Überzeugung:

> »Ernst Bloch und die Weisheit Stalins,
> das halte ich für ausgeschlossen.«

Döblin war entzückt. Jetzt fiel er über den Peter Huchel her. Er krähte fast vor Freude:

> »Doch, doch, bei Ihnen Huchel, in
> ›Sinn und Form‹. Ernst Bloch über
> den weisen Stalin!«

Peter Huchel duckte sich. Es stimmte.
Nun war kein Halten mehr. Nach Äußerung der freudigen Verachtung für die Leute von drüben, also in der DDR, ging

es jetzt her über die Bundesrepublik. Döblin hatte in dieser ganzen Nachkriegszeit wenig Glück gehabt mit seinen Verlegern. Er hat sich wohl auch in vielen Fällen mit ihnen zerstritten. Hier nun bekundete er sein Mißvergnügen über einen katholischen Verleger, der zwar ein guter Gläubiger sein könne, doch ein zögernder und wenig interessierter Verleger eines Alfred Döblin.

Nun waren wir an der Reihe, Huchel und ich. Wir erkundigten uns nach neuen Arbeiten des Patienten. Döblin meinte schadenfroh, das seien doch ganz sinnlose und bloß höfliche Fragen. Wir seien ohnehin nicht in der Lage, seine neuen Texte zu drucken. Jetzt wurde Peter Huchel etwas böse. Das merkte man aber nur, wenn man ihn gut kannte. Er lachte und blieb höflich. Das komme darauf an, meinte er. Man würde gern die neuen Texte einmal sehen.

Nun war Döblin abermals an der Reihe. Genau hier hatte er uns haben wollen. Sein Hohn über unsere politische Ohnmacht in Leipzig oder Ostberlin war eine Provokation gewesen. Döblin forderte Frau Erna auf, das Manuskript des Hamletromans zu holen. Sie brachte das Manuskript *Hamlet oder Die lange Nacht nimmt ein Ende*. Huchel strahlte. Er schaute gierig auf das Manuskript. Döblin hatte es natürlich bemerkt, weshalb er sogleich, verächtlich und abermals provozierend, hinzusetzte, es habe gar keinen Sinn, uns das Manuskript mitzugeben. Westdeutsche Verleger hätten alle abgelehnt. Da wäre vom Osten ohnehin nichts zu erwarten.

Dies alles war ein Spiel, wir alle wußten es. Ich kannte diese Art des Spielens in der realen Welt aus dem Umgang mit Brecht. In ähnlicher Weise mochten auch Döblin und Brecht miteinander gespielt haben.

Natürlich bekam Huchel die Erlaubnis, das Manuskript des Hamletromans mitzunehmen. Döblin machte nach wie vor ein verächtliches Gesicht.

Inzwischen war ein neuer Besucher eingetreten. Der Chefarzt der Klinik. Döblin verwandelte sich unverzüglich in einen devoten Patienten, der dem Mächtigen zu schmeicheln suchte.

Ganz unvermittelt sagte er: »Herr Doktor [...] und ich haben das bessere Teil erwählt.«
Da stand er nun vor uns, der stattliche Mann im weißen Arztkittel. Er war vor allem gekommen, um die Visite zu beenden. Döblin bedurfte der Schonung. Nun aber hatte er von seinem Patienten ein Stichwort erhalten. Der Arzt richtete sich auf, schaute ins Leere und sprach: »Als der Heilige Antonius der Menschen überdrüssig geworden war, begab er sich zu den Tieren!« Wir schauten etwas betreten vor uns hin. Döblin hatte einen Ausdruck der Erbaulichkeit angenommen. Die Augen hielt er gesenkt.
Ich lasse mir aber nicht ausreden, daß Alfred Döblin nach diesen Worten des Arztes aus einem Augenwinkel zu uns hinüberschaute. Gleichsam im Triumph.
Wir wurden verabschiedet. Kein Zweifel, unser Besuch hatte ihm das gebracht, was er sich wünschen mochte.

Das Weitere ist rasch erzählt. Es verstand sich nahezu von selbst. Zuerst der Abdruck des König-Lear-Kapitels in Huchels Zeitschrift. Dann die Veröffentlichung des Romans in einem Ostberliner Verlag. Das war natürlich ein großes Ärgernis in einem nach wie vor andauernden ideologischen Manipulieren zwischen Ost und West. Da haben die Leute dort drüben in Ostberlin doch tatsächlich einfach einen Roman von Döblin gedruckt: gedruckt also, nicht nachgedruckt. Wie konnte das geschehen?
Da Döblins Manuskript in manchen westlichen Verlagen vorgelegen hatte, holte man sich die dortigen (abgelehnten) Manuskripte hervor, um sie mit der östlichen Buchfassung zu vergleichen.
Aha. Große Befriedigung. Der nunmehr erschienene Hamletroman hatte einen anderen Schluß, der in den früheren Manuskripten fehlte. In seiner früheren Fassung, die sich auch in jenem Manuskript vorfand, das wir aus Höchenschwand mitgenommen hatten, wurde kurz vom Erzähler berichtet, daß sein nunmehr vom Trauma befreiter Hamlet mit Namen Ed-

ward Allison den Entschluß gefaßt habe, ins Kloster zu gehen. Es war offenbar, daß der Erzähler Alfred Döblin ihn ins Kloster abschob. Shakespeares Hamlet hatte hohnvoll der verzweifelt geliebten Ophelia empfohlen, ins Kloster zu gehen. Er wollte sie vor sich selbst schützen. Was heißen soll: vor Hamlet wie vor Ophelia. Warum jedoch Allison ein Mönch werden sollte, nachdem die lange Seelennacht ein Ende nahm, war im Roman selbst überhaupt nicht vorbereitet worden. Die Kunstfigur wurde gleichsam vom Erzähler abgeschoben.

So empfanden es jedenfalls die Lektoren in Ostberlin, nachdem sie das Manuskript begeistert gelesen und beschlossen hatten, den Roman zu verlegen. Man schrieb an den nach Paris zurückgekehrten Romanverfasser und machte Einwände gegen jene abrupte Coda geltend.

Der Erzähler Döblin muß es selbst auch so gesehen haben. Der Hamletroman endet nunmehr folgendermaßen:

> Und während sie dann fuhren, erzählte er dem Oheim noch, daß er den ganzen großen Besitz des Vaters verschenkt habe an die Krankenkassen der Armen und für sich selbst nur das Notwendige zurückbehalten habe, bis er aus eigenen Kräften bestehen könne.
>
> Und so fuhren sie in die wimmelnde und geräuschvolle Stadt hinein.
>
> Ein neues Leben begann.

Es kam alles wie erwartet. Empörung über die Ostberliner Zensur. Die hätte den Gang ins Kloster natürlich nicht dulden mögen. Man hätte Döblin dort verfälscht. Es wäre so einfach gewesen, beim Verlag in Ostberlin nachzufragen, in welcher Weise die nunmehr erschienene Romanfassung des Schlusses autorisiert sei. Sie war es nämlich. Döblin selbst hatte sich für die oben zitierte Schlußsentenz entschieden. Das stellte man dann, etwas verlegen, nach Rückfrage in Paris fest. Das Ärgernis aber blieb. Döblins bedeutender Hamletroman war zuerst dort erschienen, wo er »eigentlich nicht hingehörte«. Auch dies gehört, wenn man heute zurückblickt auf jenen Besuch bei Alfred Döblin, zu den vielen Wunderlichkeiten in Leben und Werk dieses großen Schriftstellers. Döblins Hamletroman muß immer noch entdeckt und in seiner Bedeutung erkannt werden. Allein, auch hier nimmt eine lange Nacht vorerst noch kein Ende.

Gedenkworte auf Friedrich Dürrenmatt

Auf den siebzigsten Geburtstag am 5. Januar 1991 hatte man sich gefreut. Nun wurde daraus eine Gedenkfeier. Wie also soll man von ihm sprechen? Eines scheint mir sicher zu sein: er hätte sich sowohl die literarische Würdigung verbeten wie die Trauerrede. Über beides, damit muß man rechnen, hätte er sich schallend lustig gemacht.

Wohl mit Recht. Was soll hier die literarische Würdigung, die feinsinnig unterscheidet zwischen dem frühen, dem mittleren und dem späten Dürrenmatt. Friedrich Dürrenmatt: das ist Weltliteratur in unserem zwanzigsten Jahrhundert: eine schöpferische Totalität, worin das Versuchshafte genauso seine Stelle hat wie das heute bereits klassische Werk. Die Welt außerhalb deutscher Sprachgrenzen hat dieses Phänomen vielleicht früher und genauer verstanden als die literarische Zunft, die stets versucht hat, diesen großen Irrläufer einzuordnen. Über diesen Berner und sein weltliterarisches Schaffen (im weitesten Verstande) wird es noch viele Arbeiten in vielen Sprachen geben: Essays und Dissertationen und Habilitationsschriften. Da darf man unbesorgt sein.

Und die Trauerrede? Die hat er sich selbst – und unübertreffbar – längst bereits gehalten. Hier an dieser Stelle, auf dieser Bühne des Zürcher Schauspielhauses. Das war am 15. November 1964 und trug den Titel *Totenrede auf Kurt Hirschfeld*. Wer sie heute nachliest, wird sogleich erkennen: da spricht einer auch von und für sich selbst. Doch es steckt noch mehr darin: es wird die Unmöglichkeit der Trauer behauptet. Da lesen wir: »Die Trauerfeier, die wir hier veranstalten, erreicht den Toten nicht mehr, er hat uns verlassen, seine Loge ist leer [...] wir kommen zu spät, die Feier fällt nur auf uns zurück [...] wir betrauern nur uns, nicht ihn [...]«

Das ist mehr und anderes als die bekannte »Unfähigkeit zu trauern«. Alexander Mitscherlich war Psychologe und Psychoanalytiker. Er meinte den heutigen Menschen und seine seelische Verödung. Dürrenmatt ist Philosoph, was bei ihm stets auch geheißen hat: ein Theologe jenseits der Theologien. Seine Totenrede auf den Freund und Theatermann Kurt Hirschfeld spricht von der Existenz, der condition humaine.

Sind Tod und Sterben ein Anlaß für Trauer? Von dieser Frage kam Dürrenmatt niemals los. Sie durchzieht sein gesamtes Werk: von den kafkaesken frühen Erzählungen und den Wiedertäufern der Historienparabel *Es steht geschrieben* bis zu den späten Reflexionen über den Minotaurus. Dürrenmatt suchte die Antwort auf zwei Ebenen. Eine philosophische und eine historisch-soziologische. Dieser scheinbare Verächter der Geschichte, der die historischen Puppen tanzen läßt in der Komödie *Achterloo*, kam nicht los von der Geschichtsphilosophie. Der Politiker Dürrenmatt kann nur von dieser Antinomie her verstanden werden. Er meinte stets weit mehr als den unmittelbaren Anlaß seines Zornes.

Was ist mehr zu betrauern: das Sterben oder das Leben? Dieses Grundmuster seines Denkens wurde mir plötzlich, und jäh, deutlich bei einer Begegnung, von der ich hier berichten darf, weil es ein anderer nicht berichten könnte. Ort der Begegnung: das Schauspielhaus Zürich, und zwar nicht die Bühne, sondern der Zuschauerraum. Parkett rechts, hintere Reihen. Die Zeit: ein eiskalter Januarmorgen des Jahres 1966. Ungeheizter Zuschauerraum, kurz vor dem Beginn der Hauptprobe zur Komödie *Der Meteor*, deren Uraufführung am 10. Januar 1966 stattfand.

Ich war um ein Fernsehgespräch mit dem Autor gebeten worden. Die Herfahrt im vereisten Eisenbahnzug, wo nicht einmal ein Kaffee zu erhalten war, wirkte wie von Dürrenmatt inszeniert. In Zürich überreicht man mir den streng sekretierten Bühnentext. Den las ich noch in der Nacht. Am Morgen sitzen wir nebeneinander auf zwei Parkettplätzen. Die Scheinwerfer. Ich hatte mir die wichtigste Frage genau überlegt. Der Stückeschreiber sollte überrascht werden, er sollte »denken« müssen, was er so liebte.

Dann die Frage: »Herr Dürrenmatt, Sie haben immer wieder die These verkündet, daß eine Geschichte erst dann zu Ende erzählt ist, ›wenn sie die schlimmst-mögliche Wendung genommen hat‹.« Dürrenmatt stimmt zu.
Nun meine Frage: »Gilt das auch für die Komödie vom Meteor?« Auf dem Fernsehschirm sah man später, daß Dürrenmatt stutzte, nachdachte, dann hatte er es, blitzschnell: »Ja natürlich, denn der Mann bleibt ja am Leben [...]«
Der Meteor, ein Großschriftsteller namens Schwitter, will nur eines noch: friedlich sterben. Um ihn her wird reihenweise gestorben. Nur bei ihm klappt es nicht.
Es wäre, wie mir scheint, ganz falsch, in dieser Antwort, die durchaus ernst gemeint war, auch wenn wir beide darüber lachten, etwas von philosophischem Pessimismus entdecken zu wollen. Dürrenmatts dialektische Theologie hielt es nicht mit Arthur Schopenhauer. Dessen Maxime »Geh an der Welt vorüber, es ist nichts« war nichts für den Pfarrerssohn aus Konolfingen. Zu stark rumorte in ihm der Weltwille. Der Autor von zwei Fassungen der Komödie *Ein Engel kommt nach Babylon*, die Dürrenmatt besonders gern hatte, war ein Wiedertäufer, ein Querdenker, ein Spielverderber, doch niemals ein Aussteiger. Kein Eremit oder Säulenheiliger. Dann eher Hiob, der mit Gott hadert.
Warum also bedeutet das Weiterleben des Schriftstellers Schwitter, des Meteors, die schlimmstmögliche Wendung? Ich würde sagen: weil man den sterbensbereiten Großschriftsteller Schwitter, der sein ganzes Vermögen im kleinen Öfchen verbrennt, daran hindert, wenigstens im Sterben zu sich selbst zu finden. Nicht manipuliert zu werden durch die Medien, die ungläubigen Sucher nach einem Guru, die von Auferstehung schwatzen, wo bloß eine Fehldiagnose vorlag. Auch manipuliert natürlich durch Fans und Kritiker.
Der »eigene Tod«, den Rilke so lyrisch forderte, erweist sich in unserem Gesellschaftsleben als unmöglich. Wer weiterleben muß noch eine Weile, wie Schriftsteller Schwitter, lebt weiter nicht für sich, sondern für die Medien.

Eben darum gibt es für Dürrenmatt weder Trauerfeier noch Tragödie. Um dies zu unterstreichen, gibt der Stückeschreiber seinen Texten immer wieder den Untertitel »Eine Komödie«. Die Begründung kann man nachlesen in Dürrenmatts mit gutem Grund berühmt gewordenen Essays *Theaterprobleme* von 1955. Damals war er vierunddreißig und bereits als Meteor sichtbar geworden. Die Formulierungen sind berühmt und wurden immer wieder in der dramaturgischen Debatte erinnert: »Die Tragödie setzt Schuld, Maß, Übersicht, Verantwortung voraus. In der Wurstelei unseres Jahrhunderts, in diesem Kehraus der weißen Rasse, gibt es keine Schuldigen und keine Verantwortlichen mehr.«
So Dürrenmatt im Jahre 1955. Wir haben dafür inzwischen eine schlimme Redewendung gefunden. Man nennt es »menschliches Versagen«. Aber mit vielen Leichen im Gefolge. Ganz wie bei Dürrenmatt in *Frank der Fünfte* oder auch, in der Programmierung nach Fallen des Vorhangs, in den *Physikern*.
Weil es aber nur noch Wurstelei zu geben scheint und menschliches Versagen, statt der tragischen Schuld, darf Dürrenmatt konstatieren: »Schuld gibt es nur noch als persönliche Leistung, als religiöse Tat. Uns kommt nur noch die Komödie bei.«
Daher bloß noch Komödien. Die aber sind grausiger als der tragische Heroismus bei Sophokles, Racine oder bei Friedrich Schiller. Daran dachte der Dramaturg der *Alten Dame* von jeher, wenn er den Satz von der schlimmstmöglichen Wendung allen Geschehens formulierte. Er hat die These später ausdrücklich überakzentuiert, indem er hinzusetzte, die schlimmstmögliche Wendung sei die Wendung in die Komödie. Verstanden als die Wendung ins Unernste. Ins nicht Ernstgenommene. Wessen? Des Sterbens. Diesen Weg ist er auch als Stückeschreiber gegangen, selbst wenn es ein Holzweg war. So hat er das sehr ernste Schauspiel von den Wiedertäufern von Münster, das hier im Hause den Theaterskandal provozierte, gleich nach dem *Meteor* zur Komödie umfunk-

tioniert. *Die Wiedertäufer* mit dem Untertitel »Eine Komödie in zwei Teilen«. Uraufführung an dieser Stelle am 16. März 1967. Ich sehe ihn noch vor mir, den geretteten Schurken dieser Komödie, den der Autor, um es überdeutlich zu machen, als Komödianten präsentiert. Dumm grinsend stand der untragische Held, Ernst Schröder hat ihn gespielt, gerettet und mit Aussicht auf schöne neue Rollen.

Der Bischof hatte das letzte Wort: »Diese unmenschliche Welt muß menschlicher werden. Aber wie? Aber wie?«

Hier sprechen sie beide: der Verfasser schlimmer Komödien *und* der Theologe.

Warum hat sich Friedrich Dürrenmatt in seinem sechsten Lebensjahrzehnt, unseren achtziger Jahren, der Bühnenform immer stärker versagt, so daß ihm bloß noch die *Stoffe* als wichtig erschienen, nicht mehr deren dramaturgische Zubereitung? Die Antwort mancher Kritiker, der Stückeschreiber habe sich »ausgeschrieben«, halte ich für Unsinn. Alle späten Texte Dürrenmatts blitzen vor Gedankenschärfe und Sprachkraft. Vielleicht war es die Einsicht des Moralisten, daß Schuld, die als Schlamperei, Verantwortungslosigkeit, die als bloße Feigheit etikettiert wird, im Zuschauerraum nicht eine Rückkehr zum tragischen Schauer aus Mitleid und Furcht bewirkt, sondern mithilft, den Unernst unseres Lebens zu verstärken. Dieselbe Erfahrung hatte auch der späte Bertolt Brecht gemacht. Auch er schrieb keine Entlarvungsstücke mehr. Der kranke, immer mit dem plötzlichen Tod konfrontierte Dürrenmatt konnte nicht mehr, wie einst, über die eigenen Komödien lachen. Er fand Güllen nicht mehr zum Lachen. Wenn die Schuld als Schlamperei präsentiert wird, die Verantwortungslosigkeit als bloße Drückebergerei, der Verrat als Pragmatismus, wird es im Zuschauerraum keine Katharsis mehr geben aus Mitleid und Furcht, sondern – je nachdem – gute Unterhaltung oder Langeweile. Der Moralist bleibt auf der Strecke.

Dürrenmatt hat sich zuletzt immer stärker gegen den Welterfolg seiner *Alten Dame* gesperrt. Das macht: Er kannte Güllen zu gut, als daß er darüber noch hätte lachen können. Es war wohl in den siebziger Jahren unseres Jahrhunderts, daß der Dramatiker Dürrenmatt den Komödien und überhaupt weitgehend allem Dialogischen entsagte. Seine *Stoffe* waren ihm wichtiger als alle Theatererfolge. Ohnehin hatte sich dieser lebensgierige Asket stets unbehaglich gefühlt in der Rolle des Großschriftstellers. Daher die Selbstpersiflage im *Meteor* oder in der herrlichen *Abendstunde im Spätherbst*. Er hat sich, ganz wie sein Meteor Schwitter, zurück nach der eigenen chaotischen Jugendzeit gesehnt. Der späte Bericht *Querfahrt*, unverkennbar autobiographisch, beginnt mit den Sätzen: »Im Frühling 1943 kehrte ich verwahrlost und krank von einer Stadt nach einer anderen zurück. Von Zürich nach Bern.«

Der späte Dürrenmatt sucht nach einer neuen Form nicht allein der eigenen Literatur, sondern der Existenz. Er möchte seine *Stoffe* nicht untergehen lassen, die er seit jener verwahrlosten Jugend mit sich trug. Die meisten von ihnen erwiesen sich ohnehin als »undramatisch«. Auch war dem Theater zu mißtrauen. Die schlimmstmögliche Wendung zur Komödie bedeutete gleichzeitig die Entschärfung. So fand er sich eine neue, episch-philosophische Form für die zweite große Arbeitsetappe.

Sie ist, das wird sich allmählich herumsprechen, an dichterischer Bedeutung den großen Theaterstücken sicher gleichwertig. So wie man auch zu erkennen beginnt, daß die schönen Krimis, die dieser Autor uns hinterließ, alles andere sind als nachlässig gelieferte Arbeiten zum Broterwerb. Ein Text wie *Der Richter und sein Henker* ist bester Dürrenmatt.

Was scheinbar bloß einen Wechsel der literarischen Gattung ankündigte, hat weit mehr bedeutet. Die neue Erzählform für die durchs Leben geschleppten Stoffe verwies den Erzähler zurück auf die eigene Subjektivität. Ein Erzähler mußte her. Der historisierenden Rahmenerzählung wie bei Storm oder Conrad Ferdinand Meyer mißtraute dieser Berner. Er wollte nicht Erinnerungen beschwören, sondern Welt von heute verstehen. So kommt es, daß diese *Stoffe* von I bis IX oft autobiographisch angelegt sind. Mit ihnen hat der Erzähler nicht allein die oft zynisch wirkende »Objektivität« seiner bösen Komödien aufgegeben, sondern tief bewegende Fragmente einer Autobiographie preisgegeben. Dieser subjektiv gewordene Dürrenmatt ist unwiderstehlich. Man wird – auch wenn das täuscht – ein vertrauter Gefährte des Erzählers. Man erfährt seine Zweifel wie seine Denk- und Leseerfahrungen. Meisterwerke der Literaturkritik fallen so nebenbei dabei ab: wenn Dürrenmatt auf zwei Seiten seinen jugendlichen Kampf zwischen Bewunderung und Ärger beschreibt als Leser des *Siebenkäs* von Jean Paul.

Im selben Maße wie der Autor solcher *Stoffe* immer subjektiver und persönlicher wird, erweist er sich gleichzeitig um so unverkennbarer als ein schweizerischer Schriftsteller. Das steht nicht im Widerspruch zu Dürrenmatts Bosheiten und Flüchen gegen das »eigene Land«. Dieser scheinbar verlorene Sohn aus dem bernischen Pfarrhaus kann mit der Redensart der »malaise suisse« nichts anfangen. Er meint auch nicht ein Gegenstück zum »Leiden an Deutschland« im Sinne von Thomas Mann. Dieser Autor meint stets die Welt und die Menschen. Er legt sich im Wortsinne an mit »Gott und der Welt«. Exemplifiziert an dem, was er am besten kennt: an den schweizerischen Lebensformen. Wäre dieser Schüler von Karl Barth in Dänemark zur Welt gekommen, man fände in seinem Werk die dänischen Haßobjekte eines Søren Kierkegaard.

Im Gegenteil. Gerade in seinem epischen Werk wandelt sich der Erzähler zum liebevollen und genauen Beschreiber der heimischen Landschaften, der kleinen Dörfer und der kleinen Leute. Wenn Dürrenmatt die großen Städte zu schildern hat, auch wenn es bloß um Ortsangaben geht, wird er ausfallend. Die Erzählung *Querfahrt* beginnt mit einer Stadtverfluchung Zürichs nach bestem Muster der Städteverfluchungen eines Thomas Bernhard.

Dieser Metaphysiker, der gleichzeitig ein Aufklärer bleibt,

versteht den Mikrokosmos Schweiz als Makrokosmos. Das muß ein Ärgernis geben. Güllen liegt in der Schweiz, aber es ist viel größer als die Schweiz. Die »Oper einer Privatbank«, um die es in *Frank der Fünfte* geht, wird zwar in Zürich gespielt, aber gleichzeitig auch auf den Schlachtfeldern von Shakespeares Königsdramen und, wie Dürrenmatt neuerdings in den *Stoffen* verrät, in Babylon am Euphrat.

Friedrich Dürrenmatt lebte und arbeitete als ein Schriftsteller, welcher der Schriftstellerei mißtraut. Das beweisen die Schriftstellergestalten in seinem Werk: allen voran der Meteor Schwitter. Er selbst wollte vor allem denken, verstehen, erkennen. Gerade auch dort, wo es – vielleicht – nichts zu erkennen gab. Er schrieb nur, wenn er etwas zu sagen hatte. Freilich hatte er stets etwas zu sagen: auch wenn der Weg wegführte von dem einmal Erkannten. So erklärt sich die Besessenheit dieses Arbeiters und Umarbeiters. Eines von Dürrenmatts wichtigsten Büchern, der *Essay über Israel*, ist so entstanden: als Bericht über die verzweifelte und vergebliche Umarbeitung einer als »unangemessen« empfundenen Rede eines Gastliteraten, der im Lande sieht, wie alles vorher Gedachte und Geschriebene zurückschlägt, ins Gegenteil sich verkehrt.

Das macht: er war ein metaphysischer Denker, der nicht loskam von zwei Mythen der menschlichen Absurdität: vom Labyrinth und dem Minotaurus inmitten, und vom Turmbau zu Babel. Sicherlich kein Zufall, daß je eine Mythe der antiken griechisch-kretischen Welt angehörte, und der Welt des Alten Testamentes. Beide Themen oder Stoffe hat Dürrenmatt durch sein siebzigjähriges Leben mit sich herumgeschleppt. Man kann sie leicht wiedererkennen, wenn man sich ganz einläßt mit diesem großen Schriftsteller.

Der Minotaurus ist ein Monstrum aus Mensch und Tier. Also ein Grenzfall der Humanität. Aber auch die Indianer waren, als man sie entdeckt hatte, ein Grenzfall der europäischen Humanität. Waren das noch Menschen? Der große Michel de

Montaigne verlangte, daß sich Humanität gerade hier erweisen müsse. Der Aufklärer Dürrenmatt, der seinen Lessing liebte und seinen Immanuel Kant, hat es auch so gehalten. Seine Monstren – vom Staatsanwalt Mississippi über die Alten Damen bis zum Napoleon in *Achterloo* – gehören zu unserer heil-losen Welt und wollen einbezogen werden.

Auch der Turmbau zu Babel mußte stets von neuem überdacht und aktualisiert werden. Ein früher Höhepunkt in dem Stück *Ein Engel kommt nach Babylon*, das seinem Verfasser besonders lieb war. Der Band *Stoffe* aber aus dem Jahre 1990 erhielt den Gesamttitel *Turmbau*, weil er alles andere bereits in sich mitverstand.

Ein deutscher Politiker erklärte öffentlich vor einiger Zeit, ein von ihm bekämpftes Kanalprojekt sei »der dümmste Bauplan seit dem Turmbau zu Babel«! Das ist ein sehr dummer Satz. Die Babylonier waren keine deutschen Schildbürger, die bei ihrem Rathaus die Fenster vergessen. Sie wußten, was sie wollten: als Bauherren wie als Bauleute. Eben darum kommt man von ihrem Unterfangen nicht los. Kafka hat es begrübelt ebenso wie Walter Benjamin. War es Übermut oder prometheischer Trotz? War es leidenschaftliche Gottessuche? Vielleicht war es gar ein menschlicher Versuch, dem Weltengott im Wortsinne »entgegenzukommen«. Wie beim Tunnelbau. Das Gleichnis vom Tunnel gibt es auch bereits beim frühen Dürrenmatt. Das Alte Testament kennt sowohl den Turmbau mit der Straffolge der babylonischen Sprachverwirrung. Allein, die Bibel berichtet auch von der Himmelsleiter Jakobs.

In den *Stoffen* erzählt Dürrenmatt nicht bloß die Geschichte seines Lebensumgangs mit dem Turmbau, der im Laufe der Jahrtausende immer wieder den wohlgesinnten und obrigkeitstreuen Kleinbürger mit dem ewigen Aufrührer Nimrod konfrontiert. »Ohne Hoffnung«, so schließt die Geschichte. Allein, der Denkspieler Dürrenmatt spielt auch die Möglichkeit durch, daß der Turm vollendet werden könnte. Nebukadnezar ist ja oben. Nun kann er mit Gott abrechnen. Aber es taucht nur ein jahrtausendalter früherer Nebukadnezar aus dem Welten-Nebel auf. Der hat ihn erwartet, damit nun ein Neuer den Atommüll wegkehren kann. Der Turmbauer zögert. Dann greift er zum Besen.

Der Zeitgenosse Hanns Eisler

Auf eines jedenfalls sollten wir verzichten bei Hanns Eisler. Auf eine sogenannte »Würdigung« von Leben und Werk dieses Musikers. Dergleichen hat man in westlichen Publikationen jahrelang lesen müssen. Würdigungen mit »obwohl« und »immerhin«. Diese Epoche eines Nachhalls nach so vielem kalten und heißen Kriegsgeschreibe geht allmählich zu Ende. Plötzlich werden sie, die großen Toten, erkannt und nunmehr gewürdigt: Brecht und Arnold Zweig, Walter Felsenstein und Ernst Busch, Hanns Eisler und Paul Dessau, der Romanist Werner Krauss und die Historiker Alfred Meusel und Walter Markov, und Ernst Bloch natürlich. Er hat, der Denker eines *Prinzips Hoffnung*, auch die richtige Formel für den Vorgang gefunden, der sich nunmehr im deutschen Geistesleben vollzieht. Ernst Bloch sprach von einer »Veränderung zur Kenntlichkeit«. Nun beginnen sie alle, kenntlich zu werden. Mit ihnen Hanns Eisler. Hier handelt es sich um einen Bewußtseinsprozeß. Wir sind aufgerufen, dabei tätig und dankbar mitzuwirken.

Hanns Eisler war einer der größten schöpferischen Musiker dieses Jahrhunderts. Das hat auch sein Lehrer Arnold Schönberg trotz aller weltanschaulichen Gegensätze stets gewußt und anerkannt. Aus den Gesprächen Hanns Eislers mit Hans Joachim Bunge erfahren wir viel über die späte Nähe zwischen Lehrer und einstigem Schüler im gemeinsamen kalifornischen Exil. Auch in vielen Gesprächen mit mir kam Hanns Eisler immer wieder auf diese späten Begegnungen mit Arnold Schönberg zurück. Wie aber sind dann, trotz allem, die Widersprüche und Spannungen zwischen den Menschen und Künstlern Arnold Schönberg und Hanns Eisler zu erklären. Psychologische Analysen helfen nicht weiter. Daß Schönberg, nach einem Lebenslauf, der so viele Niederlagen, Demütigungen aufzuweisen hatte, schwierig geworden war und empfindlich, ist bekannt. Sein Verhalten etwa gegenüber Thomas Mann in Sachen des Romans *Doktor Faustus* und der dort angeblich von Adrian Leverkühn »entdeckten« Zwölftonreihe, war sonderbar und ein bißchen komisch. Jeder Leser des Romans hätte ohnehin gewußt, was Thomas Mann hier, vermutlich sowohl beraten von Hanns Eisler wie von Theodor W. Adorno, aus dem Geisteserbe Arnold Schönbergs übernommen hatte.

Die Gegensätze zwischen Schönberg und Eisler hatten einen weit tieferen Ursprung. Hier hat es sich um geschichtliche Antinomien gehandelt, um grundverschiedene Auffassungen über die Rolle eines Musikers im 20. Jahrhundert. Natürlich handelt es sich auch, wie unvermeidlich, um einen Gegensatz der Generationen. Arnold Schönberg war, so merkwürdig das heute klingen mag, immer noch seinen neuromantischen Träumen vom Ende des 19. Jahrhunderts bis zuletzt treu geblieben. Gleichzeitig war er aufgeschlossen geblieben für die handwerkliche Meisterschaft von Johannes Brahms, wie für die schöne Todessüchtigkeit einer untergehenden Gesellschaft.

In einigen Gesprächen mit Bunge hat Hanns Eisler diese Aspekte seines verehrten Lehrers hervorgehoben. Eisler wies auch darauf hin, daß gerade sein eigener geistiger Partner Bertolt Brecht, eben dies an Schönberg zu bemängeln pflegte. Dem Autor von *Mahagonny* war der ganze Schönberg einfach »zu klangvoll«.

Es gibt eine lustige Geschichte, die mir Hanns Eisler einmal erzählt hat, die gleichfalls diesen Vorgang bestätigt. Nach langem Hin und Her war es Eisler gelungen, die beiden Gegenspieler Brecht und Adorno zusammenzuführen. Adorno hatte es sich gewünscht. Er wollte Brecht etwas vorspielen. Natürlich waren es Lieder nach Texten von Stefan George, was Brecht nicht unbedingt schätzen konnte. Am Ende des Vorspielens sagte der Stückeschreiber dann bloß: »Es erinnert mich doch sehr an Chopin.« Eisler lachte beseeligt, als er das vor mir wiederholte.

Natürlich war das eine Bosheit gegenüber dem »Tui« vom Frankfurter Institut für Sozialforschung. Man weiß, daß Brechts letzte Komödie *Turandot oder Der Kongreß der Weißwäscher* weitgehend geschrieben war gegen Max Horkheimer und die Seinigen. Brecht hielt sie schlichtweg für ideologische Lobpreiser und Weißwäscher des Kapitalismus. Dennoch meinte Brecht neben der Bosheit auch eine ästhetische Wahrheit. Adorno gleich Schönberg gleich Chopin. Das war natürlich grundfalsch – aber vielleicht war dennoch etwas daran.

Vielleicht ist es von hier aus sinnvoll, die Stellung des Künstlers Hanns Eisler in unserem Jahrhundert genauer zu verstehen. Hanns Eisler als Zeitgenosse. Damit wird er in Konstellationen hineingestellt. Große und wichtige Namen sind hier zu nennen: Thomas Mann und Brecht, Arnold Schönberg und Theodor Adorno, der Filmemacher Joris Ivens und Karl Kraus, Johannes R. Becher und Ernst Busch. In allen diesen Fällen gab es eine immer wieder dialektisch widerspruchsvolle, also fruchtbare Gemeinsamkeit. Dann aber gab es für Eisler Gegenwelten. Sein Verhältnis zu Richard Wagner war nur als haßvolle Bewunderung zu verstehen. Genußvoll lauschte er in der Oper oder am Rundfunkapparat der Wagner-Musik und wiederholte dann glücklich vor sich hinlächelnd: »Dieser alte Schurke!« »Dieser alte Schurke!«
Über Richard Strauss hingegen konnte man mit ihm nicht reden. Jeden Versuch eines Geprächs über den *Rosenkavalier* brach er schroff ab. Er meinte gar nicht die Haltung des Komponisten im Dritten Reich. Er meinte die Musik von Richard Strauss. Dabei war er ganz ein Zeitgenosse von Schönberg wie von Brecht. Dies war eine kulinarische Kunst: folglich eine schädliche Kunst.
Übrigens hatte ich den Eindruck, daß man über den »Jazz« mit ihm nicht reden konnte. Den hielt er einfach in seiner Gesamtheit für »schlechte Musik«. Das war absurd, und Hanns Eisler hat es gewußt. Wir freilich wissen von seinen Erfahrun-

gen in Hollywood, die ein aus den zwanziger Jahren stammendes Vorurteil zwar nicht bestätigt, doch erhärtet haben.

Es mag aber sein, daß es seine vielen Berührungen mit dem Stalinismus gewesen sind, die ein solches, für einen zeitgenössischen Musiker kaum verstehbares Vorurteil aufrechterhalten mußten. Davon muß jetzt gesprochen werden: von Hanns Eisler und dem Kommunismus, und der Arbeiterklasse, und der Sowjetunion.

Die drei Kinder des aus Österreich stammenden nichtbeamteten Philosophie-Professors Rudolf Eisler sind Kommunisten gewesen. Gerhart Eisler, Elfriede Eisler, die sich später Ruth Fischer nannte, Hanns Eisler. Ruth Fischer war zwischen 1923 und 1925 zusammen mit dem Russen Maslow die einflußreiche Vorsitzende der Kommunistischen Partei Deutschlands. Sie saß im Reichstag und vertrat dort den ultralinken Flügel der Partei, die im Herbst 1923 einen Revolutionsversuch in Deutschland trotz offensichtlicher Gefahr einer schweren Niederlage gefordert hatte. Sie wurde aus der Partei ausgeschlossen und vertrat im amerikanischen Exil und nach dem Ende eines Zweiten Weltkrieges einen schroffen antisowjetischen Standpunkt. Gerhart Eisler gehörte, im Gegensatz zu seiner Schwester, nach der kommunistischen Terminologie zum Kreise der sogenannten »Versöhnler«. In dieser Eigenschaft hat er wohl seit 1926 an leitender Stelle mit Walter Ulbricht arbeiten müssen, den er nicht mochte und der ihn nicht ausstehen konnte. In den frühen fünfziger Jahren, als eben dieser Gerhart Eisler, der einer amerikanischen Verfolgung entkommen konnte, in der Leipziger Kongreßhalle auftrat und von Walter Ulbricht als Märtyrer begrüßt werden mußte, haben viele älter gewordene Sachkenner bei der brüderlichen Umarmung ihr Lachen nicht verbergen können.

Hanns Eisler hat seinen Bruder Gerhart stets bewundert. Auf den ließ er nichts kommen. Wie aber hat er selbst es gehalten, Hanns Eisler, mit einer Sowjetunion, die bereits seit dem Jahre 1934 unaufhaltsam aus dem Georgier Joseph Wissarionowitsch Dschugaschwili, der sich Stalin nannte, einen Götzen zu machen suchte. Generalissimus und Weiser Philosoph und Vater der Völker. Bis zum 30. Januar 1933, als auch die Wahrheit des Stalinismus kenntlich werden mußte, war das Bekenntnis eines Künstlers zur damaligen Sowjetunion und zu ihrem Ursprung von der Oktoberrevolution von 1917 nicht nur verständlich, sondern naheliegend. Namen von damaligen Sympathisanten, die später als Namen von »Renegaten« im kommunistischen Hausgebrauch behandelt wurden, stehen für sich selbst: André Gide und André Malraux, George Orwell und Stephen Spender, Arthur Koestler und Gustav Regler, Elio Vittorini und Ignazio Silone. Auch Walter Benjamin, der kein Renegat geworden ist, muß hier genannt werden, und Georg Lukács oder Ernst Bloch, und Bert Brecht und Hanns Eisler.

Das Spätwerk von Walter Benjamin seit der *Einbahnstraße* gehört in diese Konstellation. Ebenso die Entwicklung Ernst Blochs von der *Erbschaft dieser Zeit* bis zu den Anfängen des *Prinzips Hoffnung*. Auch die Anfänge des Frankfurter »Instituts für Sozialforschung« sind marxistisch in einem nichtorthodoxen, also nichtstalinistischen Sinne. Friedrich Pollocks und Hendryk Grossmanns Analyse des damaligen Kapitalismus stützen sich auf die Analyse und Terminologie des *Capital* von Karl Marx. Hierher gehört die erste Begegnung zwischen Brecht und Eisler. Die berühmte *Maßnahme* ist ein scheinmarxistischer großartiger Text, der den Kampf gegen die bürgerliche Welt auch mit unmenschlichen Mitteln führen möchte. Brecht hat später entschieden, daß dieser Text nicht aufgeführt werden soll.

In seinen Anfängen hatte sich der sehr musikalische Brecht, nach einem kurzen Irrweg mit Paul Hindemith, mit Kurt Weill zusammengefunden. Allein, bereits um 1930 dürfte die enge Bindung mit Eisler zustande gekommen sein. Ein Meisterwerk der gemeinsamen Arbeit war der Film *Kuhle Wampe*. Ein anderes Meisterwerk, das damals entstand und das zu Eislers schönsten Arbeiten gehört, ist die gemeinsame

Arbeit an einer Dramatisierung des berühmten Gorki-Romans *Die Mutter.*

Die Exilzeit seit 1933, die den Musiker nach New York und Kalifornien verschlagen sollte, von wo er dann nach Europa zurückkehrte, nach Wien und Berlin vor allem, hat drei Folgen der Verfolgung für Eisler bereitgehalten. Die Judenverfolgung durch die Nazis natürlich, später die Verfolgung, nach dem Kriegsende und dem Sieg über das Dritte Reich, durch das berüchtigte Komitee gegen »unamerikanische Umtriebe«. Der Senator Joseph McCarthy aus dem Staate Wisconsin gab ihm den Namen. Sein juristischer Beistand aber hieß, was gern vergessen wird, Robert Kennedy. Hanns Eisler hat sich als ein mutiger Mensch und ein kluger Künstler vor diesem Untersuchungsausschuß verhalten. Er hat alles getan, um seinen Freund Brecht als harmlosen Mitläufer erscheinen zu lassen. Angesichts offensichtlicher Ahnungslosigkeit der amerikanischen Befrager, bekannte sich Hanns Eisler einfach auch zur literarischen Urheberschaft von Werken, die als unamerikanisch eingestuft wurden. Man mag dies in Eislers Gesprächen mit Bunge nachlesen. Es gelang ihm, das Gefängnis zu vermeiden. Er wurde ausgewiesen. Man muß heute einige Namen nennen von Mitangeklagten des Musikers Hanns Eisler. Zum Beispiel Arthur Miller und Lilian Hellman, Joseph Losey, Charly Chaplin, Lion Feuchtwanger. Feuchtwanger hat niemals das amerikanische Bürgerrecht erhalten.
Die dritte Verfolgung Hanns Eislers geht aus von seinen angeblichen Freunden und Genossen: vom Stalinismus also. Bei den braunen Verfolgern ging es um Leib und Leben; im amerikanischen Exil waren Beruf und Freiheit bedroht. Der Stalinismus traf den Musiker in seiner Arbeit. Man denkt auch im Falle von Hanns Eisler an das bittere Gedicht des späten Brecht, der bekannte, er sei zwar den wilden Tieren entkommen, werde aber nunmehr zerstört von den Wanzen. Die Wanzen haben den Plan einer Faust-Oper Hanns Eislers verhindert. Nach allem Gezänk um Eislers Textbuch des *Johann*

Faustus, dem Brecht ein treuer Ratgeber gewesen war, verzichtete der Tonsetzer auf die Komposition seines eigenen Textes. Ihm fehlte die innere Härte eines Richard Wagner.

Wie ist dies alles zu verstehen: von heute her betrachtet, im letzten Jahrzehnt dieses Jahrhunderts? Und wie sinnlos erscheint all dies Geschwätz über Fortschritt und Dekadenz, Formalismus und Realismus, kulturellem Erbe und westlicher Unkultur. Es hing mit dem Götzendienst um Stalin zusammen. Der unfehlbare verbrecherische Instinkt des Georgiers hatte in aller modernen Kunst und Literatur ein Element entdeckt, das ihm feindlich sein müßte, Freiheit bedeutete, also Absage an den Götzendienst. Für Stalin waren alle unbequemen Künstler insgeheim Juden, auch wenn sie Schostakowitsch hießen oder Prokofieff und Pasternak, in welchen er immer noch den gefürchteten Gegenspieler Trotzki totzuschlagen hatte. Stalin gewann den Zweiten Weltkrieg, und er hat gleichzeitig dafür gesorgt, daß dieser Sieg durch seine Schuld den Untergang der Sowjetmacht herbeiführte.

Allein, der Hinweis auf Stalin bedeutet nicht Absolution für alle jene Stalinisten, ob in Moskau oder Warschau, Budapest oder Ostberlin, welche die unsinnigsten Dekrete und Verbote des Mannes im Kreml bereitwillig befolgten.

In diesen Zusammenhang gehören die stalinistischen Umtriebe gegen Brechts und Paul Dessaus Oper *Das Verhör des Lukullus* und das besserwisserische Geschwätz im *Neuen Deutschland* gegen Hanns Eislers angeblichen Verrat am deutschen Faust-Erbe zusammen.

Ich habe damals an einem Sonntagmorgen an der Generalprobe zum *Lukullus* im Admiralspalast teilgenommen, wo die Staatsoper spielte. Eine wunderbare Mannschaft: Brecht, Dessau, Hermann Scherchen am Pult der Staatskapelle, Ausstattung durch Caspar Neher. Zu Beginn wandte sich Scherchen, der große Musiker und Sozialist, an das Publikum mit der Bitte, doch zuzuhören und dann erst zu urteilen. Geplant war offenbar von den stalinistischen Denunzianten, so etwas wie braunen »Volkszorn« im Publikum zu organisieren. Das ging schief. Ein großer und demonstrativer Erfolg. Die eingeschleusten Störer wagten nicht aufzutreten. Das Werk mußte in den Spielplan genommen werden. Ein paar kleine symbolische Korrekturen wurden gemacht, damit das Gesicht der Sektierer gewahrt werden konnte. Eine Textstelle wurde erweitert. Verurteilung statt Verhör des Lukullus.

Über vier Jahrzehnte später geriet ich, bei einem Vortrag im Foyer der Oper in Essen, also in dem schönen Haus, das Alvar Aalto erbaute, nach meinem Vortrag in eine Probe auf der Opernbühne. Man probierte den Schluß des *Lukullus*. Ich war wieder tief ergriffen von den Chören des »Ins Nichts mit ihm!«. Plötzlich war die Erinnerung da an jene Berliner Veranstaltung. Heute wußte man, wohin es die damaligen Ränkespieler getrieben hat. Auch für sich selbst.

Trotzdem bleibt da ein Rest. Gerade auch für mich selbst. In einem sehr bemerkenswerten Brief an mich hatte Brecht gebeten, eine Verteidigung des Textbuches von Eisler zu schreiben. Doch ich konnte mich damals nicht dazu entschließen, obwohl ich es liebend gern getan hätte, um jenen unsinnigen Polemiken zu antworten. Allein, ich mißtraute dem Grundkonzept eben dieses Textbuches. In seltsamer Übereinstimmung nicht nur mit Brecht, sondern merkwürdigerweise auch mit Lion Feuchtwanger, mit welchem Eisler in Kalifornien viel zusammen war, ist der *Johann Faustus* abermals ein Ausdruck einer tiefen intellektuellen Feindschaft. Intellektuelle aus dem Bürgerhaus, wie Brecht, Eisler und Feuchtwanger, denunzieren immer wieder die Unzuverlässigkeit von ihresgleichen beim Kampf für Freiheit und Gerechtigkeit.

Feuchtwangers Roman mit dem ursprünglichen Titel *Waffen für Amerika* zeigt den einstmals so erfolgreichen Aufklärer Beaumarchais als ängstlichen Versöhnler im eigentlichen Prozeß der bürgerlichen Revolution. Johann Faustus bei Eisler versagt vor der Wirklichkeit des Bauernkrieges. Brecht hat diesen Faust gehaßt, ganz gleich in welcher Gestalt. Johann Faustus ist gleichsam ein Opportunist wie Martin Luther im Bauernkrieg. Brecht und Eisler aber stehen auf der Seite des Thomas Münzer. Brechts letzte Komödie vom Kongreß der Weißwäscher, um abermals daran zu erinnern, bedeutet gleichsam ein Gegenstück zum Opernlibretto Hanns Eislers.

Meine Ablehnung damals, die Bitte von Brecht zu erfüllen, entsprach also, wie ich es heute sagen möchte, dem inneren Empfinden, daß es bei dem Kampf für oder wider das Libretto von Hanns Eisler auf beiden Seiten um den Stalinismus ging. Brecht und Eisler waren abermals, wie damals bei der *Maßnahme*, an der Grenze zur Menschenverachtung angelangt. Vielleicht äußerte sich in diesem Konflikt, den Hanns Eisler nie verwunden hat, abermals so etwas wie die Dialektik der Aufklärung.

Dieselbe Dialektik ist für mich fürwahr auch in Hanns Eislers Verhältnis zu seinem Lehrer Arnold Schönberg. Ich war gleichfalls zugegen bei jenem Gedenkvortrag für Arnold Schönberg, den Eisler in der Akademie der Künste der DDR hielt. Zu Beginn zitierte er ein chinesisches Sprichwort: »Wer seinen Lehrer nicht ehrt, ist ein Hund.« Nach der Debatte, an welcher ich teilnahm und scharf gegen das prompt einsetzende Gezänk gegen Expressionismus und Formalismus protestierte, unterhielt ich mich mit dem Referenten. Ich fragte Hanns Eisler, wo er jenes chinesische Zitat gefunden habe. »Das habe ich erfunden!« Hanns Eisler kannte sich aus bei seinen ideologiefreudigen Genossen. In der DDR zitierte man Goethes *Faust* mit einem etwas anderen Wortlaut, also nicht: »Am Anfang war die Tat«, sondern »Am Anfang war das Zitat.«

Arnold Schönberg war stets ein Künstler, der nur dem eigenen Dämon gehorchen wollte, wohin er ihn auch immer führen mochte. Das Daimonion allein war entscheidend. In einem frühen Aufsatz von Schönberg, den er noch vor dem Ersten Weltkrieg schrieb für die berühmte Anthologie *Der blaue Reiter*, geht Schönberg so weit, daß er behauptet, bei der Anregung, ein Gedicht zu komponieren, sei es gar nicht nötig, das Gedicht genau zu lesen oder wirklich verstanden zu haben. Seine Erfahrung als Komponist beweise ihm nachträglich durch die Musik, daß er alles verstanden habe. Wer so arbeitet, kümmert sich nur noch um den eigenen Schaffensprozeß und den jeweiligen Ausdruckszwang. Irgendwelche Adressaten zählen nicht. Wodurch natürlich alle Niederlagen mitgewollt sein müssen.

Hanns Eisler versteht ein Künstler-Sein-Wollen auch wie die anderen. Er war neugierig auf Mitmenschen. Er war ein sehr geselliger Mensch, der bezaubern und verzaubern konnte. Er war auch, im Gegensatz zu seinem Lehrer, ein idealer Partner beim Entstehen eines Gemeinschaftskunstwerkes. Daher Eislers Faszination durch das Komponieren für den Film, für das Theater. Für Chöre. Für den politischen Song. Für den Versuch, auch die Natur als Kunstwerk zu verstehen.

Arnold Schönbergs Kunst ist stets entstanden aus einer leibhaften, aber gewollten Einsamkeit. Hanns Eisler war in unserem Jahrhundert ein Meister der künstlerischen Gemeinsamkeit. Diese Antinomie zwischen Lehrer und Schüler duldete keine Zwischenlösung. Je mehr ich als Zeitgenosse dieses Jahrhunderts darüber nachdenke, um so mehr gemahnt mich die Konstellation Schönberg-Eisler an das Verhältnis von Moses und Aron in Schönbergs großartiger Oper. Das Werk ist unausschöpfbar. Zwei vorzügliche Sachkenner jedoch kamen zu völlig antagonistischen Deutungen. Pierre Boulez stellt sich an die Seite des Moses und seiner Einsamkeit. Moses spricht bei Schönberg, doch sein Sprechen ist ein genau notierter Sprechgesang. Stets am Rande des fehlenden Wortes, also am Rande des Schweigens. Der Hohe Priester Aron ist eine Tenorpartie. Auch an ihn erging, wie an den Propheten Moses, der göttliche Anruf durch die Stimme im brennenden Dornbusch. Auch er soll zusammen mit dem Bruder die Botschaft der Humanität unter den Menschen verkünden. Das glaubt er nur durch den Kompromiß erreichen zu können. Kein Götzendienst natürlich, doch ein kleines goldenes

Kalb könnte nicht schaden. Der Interpret Michael Gielen entschied sich für den Aron. Ein kurzer, im Grunde wirrer dritter Akt, den Schönberg niederschrieb, ist niemals komponiert worden. Plötzlich hat Moses gesiegt, und Aron ist sein Gefangener. Allein, das ist ein Hirngespinst Arnold Schönbergs. Es ist keine künstlerische Wahrheit, und er dürfte es gewußt haben.

Beide sind Möglichkeiten eines Künstlertums in diesem Jahrhundert. Moses und Aron. Arnold Schönberg und Hanns Eisler. Vielleicht ist es eine historische Ironie, wenn ausgerechnet der junge Pierre Boulez die Botschaft verkündet hatte: »Schönberg ist tot.« Allein, die Musik dieses großen Lehrers, den sein Schüler geehrt hat, weil er kein Hund sein wollte, ist wirkend wie je. Hanns Eisler ist längst aus dem großen Schatten getreten.

In Bertolt Brechts Jahrhundertgedicht *An die Nachgeborenen* führt der Weg der dreiteiligen Dichtung zunächst in die Wirklichkeit und Gegenwart der finsteren Zeiten. Dann kommt der Rückblick auf die Vergangenheit. Schließlich die Bitte an die Nachgeborenen, die den finsteren Zeiten entrinnen durften, beim Rückblick auf die Vorgeborenen nachsichtig zu sein. Allein, die Nachgeborenen dieses Gedichts, zu welchem Hanns Eisler eine Musik geschrieben hat, leben nach wie vor in finsteren Zeiten. Was immer sie getrieben haben und weiter treiben. Nachsichtig ist es nicht. Das Verhältnis der Generationen zueinander am Ausgang dieses Jahrhunderts kann gar nicht nachsichtig sein. Aus Gründen, die in Brechts Gedicht sehr klar benannt werden. Weil Nachsicht einem Verschweigen gleichkäme. Nicht Nachsicht, also Beschönigung, sondern Kenntnis und Erkenntnis.

Hubert Fichte: Auf der Suche nach dem Vater

Für Leonore Mau

Dies ist Freundeswort: kein Nachruf, auch keine literarische Wertung, erst recht keine Verteidigung. Wogegen übrigens? Erinnerungen werden aufgerufen an mehr als zwanzig Jahre, an kürzere und lange Augenblicke, vergeßbare und unvergeßliche. Da ist das erste Zusammentreffen im Herbst 1963 im schwäbischen Salgau. Hubert Fichte liest auf einer Tagung der Gruppe 47. Die nächste Tagung findet in Schweden statt; er wurde abermals eingeladen und liest diesmal aus dem Buch *Das Waisenhaus*, das 1965 erscheinen sollte und mit dem Hermann-Hesse-Preis ausgezeichnet wurde. Im schwedischen Sigtuna und in Stockholm sprachen wir viel miteinander.

Später sehe ich mich mit ihm und Leonore Mau auf der Spanischen Treppe in Rom. Weihnachtszeit, und es gibt einen sonderbaren Weihnachtsmarkt auf der Treppe, mit gewaltiger Krippe und savoyardischen Dudelsackpfeifern, das Murmeltier auf der Schulter, dem die Münzen zugereicht werden. Leonore Mau plant einen Film über die Spanische Treppe und ihre Menschen. Ich werde von ihr immer wieder in der winterlichen Kälte »abgelichtet«, wie man so schön zu sagen pflegt. Übrigens kann ich meine Erinnerungen an Hubert Fichte kaum einmal trennen von jenen an Leonore Mau. Merkwürdigerweise lernte ich Fichtes Lebensgefährtin und Partnerin früher kennen als ihn selbst. Mit ihr traf ich in Berlin wohl schon zu einer Zeit zusammen, als ich noch in Leipzig wirkte, also vor dem Herbst des Jahres 1963.

Auch Berlin kommt vor in meinen Erinnerungen an Hubert Fichte. Da war jenes Literarische Colloquium, das Walter Höllerer und Hans Werner Richter installiert hatten. Alles ist längst zur Legende geworden, mehr noch: zu Germanistik. Hubert Fichte war nicht sehr gern im Kreis dieser Schriftsteller und auch einiger vergeblicher Anwärter auf die Schriftstellerei. Es steht zu vermuten, daß der späte Romanentwurf einer *Geschichte der Empfindlichkeit* auch von diesen Berliner Zeiten berichten wird.

Beinahe hätten wir uns auch in seinem geliebten Portugal getroffen. Als ich in Lissabon ankam, war er gerade abgereist, doch viele Leute erzählten mir, lächelnd, verwundert, auch jedoch bewundernd, von dem langen Deutschen mit dem blonden Vollbart, der am Hafen von Lissabon herumhing, wo einst die Schiffe geankert hatten vor der Abfahrt zur Weltumseglung. Der blonde Deutsche trug stets ein Buch in der Hand. Er sprach gut portugiesisch. Als man wissen wollte, was er da immer mit sich herumtrage, waren es die *Lusiaden* des portugiesischen Nationaldichters Luis de Camões. Ein merkwürdiger Fall.

Fülle der Erinnerungen. Zuletzt saßen wir 1985 in Hamburg zusammen, tranken Kaffee, sprachen ausführlich über das epische Riesenprojekt und über die künstlerische Notwendigkeit, die zugleich Schwierigkeit bedeutete, diesen »roman-fleuve«, diesen epischen Strom also, auf einmal und ungekürzt zu publizieren. Alle Publikationspolitik der Häppchen mußte an die unästhetische Praxis sogenannter »schöner Stellen« erinnern, den künstlerischen Gesamtplan mithin von Anfang an zerstören.

Mit dieser Schwierigkeit aber ist nun auch die Schwierigkeit des überlebenden Freundes verbunden: von einem Menschen sprechen zu sollen, dessen wichtigste Leistung vorerst nur geahnt werden kann.

Da hilft auch nicht die nüchterne und schnöde Bemerkung von Jean-Paul Sartre, der erklärt hat, und zwar im Bericht über die eigene Jugend, also in dem Buch *Die Wörter*: mit den Toten könne man gut fertig werden; es sei leicht, über sie zu reden. Man wisse schließlich als Überlebender, wie es mit ihnen zu Ende ging, und man kenne ihre Werke. Denke ich nach über diese These von Sartre, so wird mir sofort klar, daß beides nicht zutrifft für Hubert Fichte. Mithin auch nicht für das

Reden des Überlebenden über diesen Mann und sein Werk. Wir haben Kenntnis von seiner letzten Krankheit. Mir genügt sie nicht. Als ich die Todesnachricht in der Zeitung las (oder war es eine Mitteilung des Rundfunks?) spürte ich sogleich, wie sich ein Gedanke insgeheim vordrängte: er hat früh sterben wollen. Nach dem fünfzigsten Geburtstag, den er mit großer Freude und Dankbarkeit erlebt und auch genossen hatte. So starb er kurz vor dem 51. Geburtstag. Er hat mir einmal im Gespräch gesagt, und ganz sicher hat er es auch vor anderen wiederholt: er wolle nicht alt werden. Sein Leben und Empfinden, folglich auch seine Schöpfungskraft, blieben seit der frühen Jugend untrennbar verbunden mit dem Bewußtsein einer erfahrenen Lebensfülle. Gerade auch im Körperlichen. Ein gealterter Hubert Fichte, dem alle sinnliche Erfahrung mehr und mehr entgleitet, und der sich zurückgeworfen sieht auf die Welt der Erinnerungen, auf eine verlorene Zeit, die für ihn von nun an bloß noch Bitterkeit erregen mag: das ist für mich unvorstellbar. Ich glaube ihn hier richtig verstanden zu haben. Hubert Fichte hat unendlich viel gelernt als Leser von Marcel Proust, daraus machte er niemals ein Geheimnis. Aber ein Leben, das bloß noch, wie bei Proust, Erinnern ist im verdunkelten Zimmer mit allen Arten der Schalldämpfung, war undenkbar für einen, der ein Buch schreiben konnte wie *Die Palette*, oder wie die minutiöse Beschreibung von Innenwelt und Außenwelt der Insel Grenada.
Nein: wir können nicht wissen, wie dieses Leben zu Ende ging. Wir können auch sein Werk, einschließlich des großen Nachlasses, nur in unscharfen Umrissen vor uns sehen.

Wie also soll man von ihm sprechen, von Hubert Fichte? Lebensende und Tod helfen nicht weiter. Die Konturen des Werkes bleiben ungenau. Vielleicht ist es richtiger, wohl auch notwendiger, den Anfängen dieses Lebens sich zuzuwenden. Wie immer nämlich die Aspekte der Gesamtleistung dereinst aussehen mögen, evident ist wohl jetzt bereits, daß Hubert Fichtes Werk ganz wie das Werk von Marcel Proust immerfort

gespeist wurde vom Erleben der Ursprünge, von früher und später Kindheit, von Jugenderfahrung. Nicht zuletzt, wie Fichtes Buchtitel *Versuch über die Pubertät* andeutet, von den Erfahrungen und Erweckungen des Geschlechts.
Von einem »Lob des Herkommens« hat Gottfried Keller gesprochen zu Beginn seines Jugendberichtes in dem Roman *Der grüne Heinrich*: wohlweislich übrigens erst in der späten zweiten, notdürftig harmonisierten Fassung der eigenen Jugendgeschichte. Hubert Fichte hat bei seinen eigenen frühen Lebensvisionen und Erfahrungen die eigene Herkunft zwar als unauslöschliche Prägung empfunden, doch an ein Lob dieser Herkunft hätte er niemals denken mögen. Allein, was wissen wir von dieser Herkunft? Es sei mir erlaubt, eine nüchterne Tatsachenmitteilung vorzulesen, die ich an den Anfang des einzigen Lexikonartikels stelle, den ich jemals schreiben mochte. Es war der Beitrag »Hubert Fichte« für ein *Lexikon der deutschsprachigen Gegenwartsliteratur*. Fichte war es lieb, daß ich die Aufgabe übernahm. Was ich hier vorlese, ist die wörtliche Übernahme von kurzen Notizen, die Fichte mir damals auf meine Bitte hin zuschickte. Die Zusammenfassung lautete so:

> Fichte, Hubert, am 21. 3. 1935 in Perleberg in der Westpriegnitz geboren. Sein Vater war Jude. Mit der Mutter übersiedelte er kurz nach der Geburt nach Hamburg-Lokstedt zum mütterlichen Großvater, einem Zollinspektor. Mit sechs Jahren gelangt er, ein Protestant, im Rahmen einer Kinderlandverschickung, nach Schrobenhausen in Bayern. Dort bringt er ein Jahr im katholischen Waisenhaus zu. 1943 ist er wieder in Lokstedt bei der Mutter, wird dann aber nach Liegnitz evakuiert.
>
> Nach dem Kriege schlägt er sich zunächst als Kinderdarsteller an den Hamburger Bühnen durch. Im Jahre 1949 macht er die Bekanntschaft des aus der dänischen Emigration nach Hamburg zurückgekehrten Schriftstellers Hans

Henny Jahn. Seit 1950 ist er befreundet mit dem Regisseur und Schauspieler Alexander Aunzinger und absolviert ein Schauspielstudium bei Helmut Gmelin. Gleichzeitig besucht er in Hamburg Sprachkurse am Institut Français. Mit 17 Jahren erhält er ein Stipendium der Universität Poitiers und arbeitet 1953/54 als Landwirtschaftseleve in der Provence. Nach einer schweren Erkrankung kehrt er nach Hamburg zurück und verpflichtet sich abermals als Landwirtschaftseleve nach Holstein. Es folgt (1956/57) ein Landwirtschaftspraktikum in Schweden, das verbunden ist mit einer Tätigkeit als Pädagoge in einem Heim für schwer erziehbare Kinder. Von 1958 bis 1961 befindet sich Fichte abermals als Agrarpraktikant in der Provence. In der Zwischenzeit entstanden erste schriftstellerische Arbeiten: Kurzgeschichten und Kritiken. Sie wurden durch Hans Bender, Peter Härtling und andere angenommen und gedruckt. Um 1960 begann auch die Freundschaft und Zusammenarbeit mit der Fotografin Leonore Mau. Seit 1962 lebt Fichte als freier Schriftsteller in Hamburg.

So hat er sie selbst gesehen, seine Ursprünge, weil er sie in solcher Weise sehen wollte. Ist es wirklich so zugegangen? *War* er der Sohn eines Juden, oder hat er es behauptet, weil er es sein wollte? Jedenfalls ist er als vaterloses Kind aufgewachsen. Wodurch er nun auch wieder an Jean-Paul Sartre gemahnt, und zugleich nicht gemahnt. In Sartres Buch *Die Wörter* wird berichtet, wie ein junger Marineoffizier namens Sartre ein Kind zeugt, einen Sohn, den er aber niemals erblicken sollte. Vater Sartre stirbt an einer Fieberkrankheit, die er sich in den französischen Kolonien zugezogen hatte. Sartre selbst hat den Vorgang bündig so beschrieben: »Ich ließ hinter mir einen jungen Toten, der nicht die Zeit hatte, mein Vater zu sein, und heute mein Sohn sein könnte. War es ein Glück oder ein Unglück? Ich weiß es nicht; aber stimme gern der Deutung eines unbedeutenden Psychoanalytikers zu: ich habe kein Über-Ich.«

Das wird später noch einmal kurz erläutert und soll hier zitiert werden, weil es, wie mir scheint, unmittelbar hinüberführen könnte zu den Widersprüchen des vaterlosen, also gleichfalls eines Über-Ich beraubten Hubert Fichte. Sartre hat den Fall so diagnostiziert: »Unablässig erschaffe ich mich; ich bin der Geber und die Gabe. Lebte mein Vater, ich hätte meine Rechte und Pflichten kennengelernt; da er tot ist, kenne ich sie nicht.« Die Befreiung vom väterlichen Ich erweist sich mithin, nicht allein für Sartre, als Bürde. Verurteilt zur Rechtlosigkeit wie offenbar zur Ungesetzlichkeit. Daran hatten, zu unseren Lebzeiten, drei vaterlose, folglich insgeheim ursprungslose Kinder zu arbeiten: durch Schaffung eines Werkes: Jean-Paul Sartre; Jean Genet; Hubert Fichte. Jean-Paul Sartre suchte, fand und erfand wohl auch seinen Komplementärfall mit Namen Jean Genet. Hubert Fichtes berühmtes Gespräch mit Jean Genet zeigt gleichfalls: hier sitzen Partner voreinander.

Dreimal die Suche nach dem Vater: in Sartres Philosophie einer Freiheit, zu welcher man verurteilt ist, da es einem an den Rechten und Pflichten fehlt. In der von Jean Genet im Leben wie später im Schreiben erschaffenen Gegen-Ethik und Gegen-Ästhetik. In Hubert Fichtes großem und wohl auch großartigem Lebensentwurf: die eigenen Erfahrungen und Empfindlichkeiten, da es von Geburt aus am Über-Ich fehlte wie an den dazugehörigen Rechten und Pflichten, als Sinnbild heutiger einzelmechanischer und gesellschaftlicher Gegebenheiten zu deuten.

Erfahrungen Hubert Fichtes, verstanden als Hinweise auf allgemein menschliche Befindlichkeiten. Dergestalt, daß Hubert Fichte bis in den letzten Lebensaugenblick hinein damit beschäftigt war, nicht bloß mit den eigenen Ursprüngen innerlich fertig zu werden, sondern seinerseits an den etablierten Lebensformen einer »normalisierten Welt«, wie das Peter Brückner genannt hat, am »normalen« Über-Ich aus Gott, Vater Staat und pater familias, die durch Repression wie durch gezinkte Geschichtsüberlieferung beschwiegenen Lebensformen einer vaterlosen, familienlosen, autoritätsfeindlichen Gesellschaft sichtbar zu machen. Von der Hamburger Halbwelt und Unterwelt im Umkreis der einstigen *Palette* räumlich hinüberreichend bis in die Karibik, bis nach Brasilien und nach dem Senegal. Zeitlich zurückreichend über Renaissance und Barock bis zu Homer und zur *Ilias*.

Allein, dem vaterlosen Kind war die Mutter geblieben. Die Radikalität eines Jean Genet erklärt sich wohl auch daraus, daß er ein Leben als Vollwaise zu bestehen hatte. Er kannte weder den Vater noch die Mutter. Ausgesetzt vielleicht, ein Findelkind. Genet scheint nicht weiter nachgeforscht zu haben, wenn man ihm glauben darf. Der kleine Jean-Paul Sartre hat von Anfang an, wie er genau berichtet, ganz ohne Beschönigung, die Mutter beherrscht und als Bollwerk aufgebaut gegen den übermächtigen Großvater Charles Schweitzer. Auch der Vater von Elias Canetti starb früh, worauf der Sohn, offenbar planmäßig, daranging, sich seinerseits als Beschützer der Mutter aufzubauen. Darüber hat der Autor Elias Canetti in den drei Bänden seiner Jugendgeschichte referiert. Er brach die Erzählung folgerichtig ab, als vom späten Tod der Mutter berichtet worden war.

Hubert Fichtes Mutter hat den Sohn überlebt. Ohne sie, was auch heißen muß: ohne den Widerstand gegen die Mutter, ist Fichtes Werk gleichfalls undenkbar. Das hat kaum etwas zu tun mit Gefühlen von Haß oder Liebe: es geht nicht um Emotionen, sondern um die Existenz. Existenz ist nämlich gemeint, wenn Hubert Fichte den Ausdruck »Empfindlichkeit« verwendet. Ein Text innerhalb des großen Fragments einer *Geschichte der Empfindlichkeit* (Band XVII) trägt den Titel *Die Geschichte der Nanã*. Geschrieben im Oktober 1981. Auch hier versehen mit der Gattungsbezeichnung »Roman«. Keine Rede davon, daß diese Nanã, deren Name in einem portugiesischen Nasallaut auszuklingen hat, als romanhafter Bericht über Fichtes Leben mit der Mutter verstanden werden dürfte. Diese Nanã ist auch hier räumlich und geschichtlich fast grenzenlos erweitert worden zum mütterlichen Prinzip. Der Roman beginnt abermals mit synkretistischen Einweihungsriten der lateinamerikanischen Welt. Die ist immer gegenwärtig, auch wenn über die wirkliche Mutter des Erzählers berichtet wird. Übrigens entbehrt der Bericht aller Eindeutigkeit. Jede Emotion wird sogleich wieder im Gespräch und durch Reflexion in Frage gestellt. Wie gesagt: es geht nicht um Haß oder Liebe zwischen Sohn und Mutter, sondern um Bewußtsein.

Ich möchte mich an dieser Stelle bei Leonore Mau herzlich dafür bedanken, daß sie meine Bitte erfüllt hat und mir Einblick gewährt in das Manuskript gerade dieses Romans. Auch die Geschichte der Nanã ist Leonore Mau von Hubert Fichte ausdrücklich in der Handschrift geschenkt und zugeeignet worden. Es ist, wie nahezu alles im Schreiben dieses Autors Hubert Fichte, immer zugleich ein Teil ihres eigenen Lebens. Als »Detlev« hatte Fichte sich in den Anfängen, vor allem im *Waisenhaus*, als Kunstfigur erschaffen. Das *Waisenhaus* beginnt mit dem Namen Detlev. Später gibt es das Paar Jäcki und Irma. Beide unterhalten sich in der *Geschichte der Nanã* über die Rätsel und Widersprüche in den Beziehungen zwischen Mutter und Sohn. Irma wirft dem Partner vor, sein eigenes Suchen nach den sinnlichen Erfahrungen der sogenannt »primitiven« Völker sei zugleich als nachträglicher Widerstand gegen die Mutter zu verstehen, die den Sohn mit allen Mitteln zum Anthroposophen bekehren, also vergeistigen wollte. Der Dialog zwischen Jäcki und Irma ist überaus hellsichtig. Da steht Rede gegen Rede: wie in einem spannenden Theaterstück.

– Es ist wahnsinnig komisch, wenn ihr euch gegenübersitzt und werft euch gegenseitig den falschen Einweihungsweg vor.
– Sie steigt zu Astralleib und Sternensilber hoch und das finde ich verlogen und borniert...
– Und du steigst zu Nanã und Blutbad hinunter und das findet sie lebensgefährlich und atavistisch.

– Mir geht es um das Bewußtsein.
– Sie glaubt eben auch, ihr gehe es um Bewußtsein.
– Das Bewußtsein kann man nicht glauben.

Es gibt aber auch eine Reinschrift des Romans, wo das Kapitel »Die Entstehung eines Gespenstes« so beginnt: »Was Jäcki seiner Mutter wirklich vorwarf, war, daß sie ihn nicht Griechisch hatte lernen lassen.
Das war objektiv ein schwerer Fehler«...
»Alles andere waren Vorwürfe, die nur aus ihm herausragen, wenn sie ihn bedrängte.«

Drei wesentliche Elemente für die Entstehung des literarischen Werks waren damit gegeben. Das vaterlose Kind. Der Konflikt mit der Mutter als Auseinandersetzung zwischen den Tendenzen, grob vereinfacht, von Spiritualität auf der einen, einer Affirmation aller sinnlichen Erfahrung auf der anderen Seite. Noch gröber vereinfacht: Das Goetheanum in Dornach und der Strich am Hauptbahnhof Hamburg. Der abschließende XIX. Roman heißt *Hamburg Hauptbahnhof*.
Dazwischen die gesellschaftliche Konstellation eines Menschen, der als Halbjude im Dritten Reich geboren wird. Bereits auf der zweiten Seite der Geschichte vom achtjährigen Detlev, dem kleinen Protestanten bei den katholischen Schwestern in Bayern, hat die eine Schwester zwar festgestellt: »Detlev hat schöne große Ohren.« Worauf es sogleich heißt: »›Seine Ohren sind so groß wie Judenohren‹, sagte die Lehrerin, ehe sie ihm mit dem gespaltenen Rohrstock über die Finger schlug.« Dies waren früheste Erfahrungen. Hinzu kamen dann die durchaus heterogenen Berufe des Landwirtschaftseleven und Pädagogen bei schwer erziehbaren Kindern, in der Hamburger Theaterwelt wie im Umkreis der *Palette*.
Hubert Fichte hatte also nicht Altgriechisch lernen dürfen, was er gegen das Ende seines Lebens schließlich nachgeholt

hat. Zuletzt hörte ich noch eine Lesung Fichtes am Süddeutschen Rundfunk. Es ging um Homer und die *Ilias*. Fichte äußerte sich kritisch über die berühmte Homer-Übersetzung von Johann Heinrich Voss, zitierte mühelos den griechischen Originaltext, machte philologische Korrekturen. Ich selbst habe ein Humanistisches Gymnasium besuchen dürfen, kann also mitreden. Es stimmte alles. Er hatte die Bildungslücke, die er offenbar von Anfang an als Wunde empfand, schließen können.

Bleibt zu fragen, wie sich das Lebenswerk dieses Autors aus solchen persönlichen und gesellschaftlichen Bewandtnissen entwickeln konnte.

Der Versuch einer definitorischen Kennzeichnung des Schriftstellers Fichte muß mit Notwendigkeit mißlingen. Leicht kann man, bei oberflächlicher Betrachtung der Arbeitstechnik in den frühen Erlebnisbüchern und den späteren scheinbaren Dokumentarbänden, eine Wendung vom subjektiven Lyrismus zur objektiven Darstellungsweise konstatieren, allein, gerade dadurch würde die ungewöhnliche Kontinuität der literarischen Arbeitsweise mißverstanden. Das *Waisenhaus* bereits ist bemüht, große und schwierige Realzusammenhänge des Lebens aus der Perspektive eines Kindes zu schildern, doch gleichzeitig zu objektivieren. Andererseits bezeichnete Fichte die *Palette* und *Detlevs Imitation »Grünspan«* ausdrücklich als Roman. Auch der *Versuch über die Pubertät*, der unverkennbar sehr konkrete Nachkriegserfahrungen des Autors verarbeitet, soll als Roman verstanden werden. Es gehört zu dieser Technik einer literarischen Umsetzung, daß Fichte im *Versuch über die Pubertät* seine Beziehungen zu dem Schriftsteller Hans Henny Jahnn nicht direkt schildert, sondern vermittelt durch die Romanfigur »Herr Pozzi«.

Hans Henny Jahnn und Hubert Fichtes Kunstfigur des Herrn Pozzi. Auch ich habe sie gekannt, die Nachkriegswelt des Herrn Pozzi draußen im Park über der Elbe, die im *Versuch*

über die Pubertät beschrieben wird. Ich habe Fichte gegenüber auch nicht verschwiegen, daß ich die Charakterisierung Jahnns mit Hilfe einer Kunstfigur und eines erfundenen Namens für fragwürdig halte. Ein Zerrbild zugleich und eine literarische Fehlkonstruktion. Die erlebten Fakten mögen stimmen, allein die Vielschichtigkeit des großen Menschen und Schriftstellers Hans Henny Jahnn wird dadurch degradiert. Da mag es eine Wunde gegeben haben in den Beziehungen zwischen dem berühmten Alten und dem noch aufstrebenden, innerlich unsicheren jungen Adepten, der trotzdem von Anfang an gewußt haben muß, daß auch in ihm ein Dämon der Poesie rumorte.
Auch im Verhalten Hubert Fichtes zu Hans Henny Jahnn, ganz wie zur Mutter, ging es nicht um Psychologie, sondern um die Empfindlichkeit, also die Existenz. Dabei würde man unschwer im Werk Hubert Fichtes selbst die Spuren seines Umgangs mit Hans Henny Jahnn, seinem Denken und Schaffen, entdecken können. Die Hinwendung zum deutschen Barock. Die Griechenwelt, verstanden aus der Haltung eines Anti-Winckelmann. Das Archaische und nicht das Klassizistische. Bereits bei Hans Henny Jahnn war die Medea als schwarze Medea konzipiert. Der Mörder des Gustav Anias Horn bei Jahnn ist ein Strichjunge.
Sogar in *Xango* sind die Elemente der Fiktion innerhalb der Dokumentation nicht zu verkennen. Neben der Romantechnik wird immer auch die Technik der lyrischen Evokation verwendet. Fichtes ungewöhnliche Sprachbegabung, verbunden mit seiner nicht minder erstaunlichen literarisch-philosophischen und soziologischen Bildung, erleichtert die Bemühung um neue literarische Formen einer poetischen Anthropologie.
In dem Buch *Xango* werden die Arbeitsprinzipien der früheren, gleichsam »europäischen« Bücher beibehalten, um eine Welt des – scheinbar – ganz anderen zu evozieren. Abermals spezifische Zusammenarbeit von exakter Dokumentation und erlebter Grenzverwischung zwischen mythischer und aufge-

klärter Religiosität. Übrigens führt der Erzähler hier, mit neuen literarischen Mitteln und einem scheinbar ganz divergierenden Thema, die epischen Bemühungen eines Robert Musil fort. Im *Mann ohne Eigenschaften* geht es immer wieder um jene Grenzzustände des Seelischen, die Musil bald als den »Anderen Zustand«, bald auch als »Mondstrahlen bei Tage« bezeichnet.

Fichte hat sich einer Wirklichkeit gestellt, die bessere Arbeitsmöglichkeiten bot bei solcher Grenzgeherei: den afro-amerikanischen Mischkulturen mitsamt ihren adäquaten und überaus vielschichtigen Mischreligionen. Andererseits bleibt das Buch *Xango* bewußt ein Werk der europäischen Literatur. Fichte verkennt nirgendwo die Bedeutung des scheinbar sehr Fremden, das er mitansehen muß, für das Verstehen unserer eigenen sogenannt westlichen Zivilisation. Immer wieder kommt er auf die Gemeinsamkeiten zurück. Plötzlich entdeckt er die Verbindung des Atavismus mit dem modernen Kulturphänomen der Allergie. Überdies präsentieren sich, in Brasilien wie auf Haiti oder Trinidad, die Phänomene einer *noch nicht* begonnenen und *schon* hinfällig gewordenen bürgerlichen Aufklärung inmitten einer hochkapitalistischen Dingwelt. Auch Fichte arbeitet, ähnlich wie Uwe Johnson in dem Roman *Jahrestage*, mit der Konfrontation des Geschehenen und des offiziell Berichteten. Wenn er geschildert hat, wie ein Elendsviertel brennt, wobei es Tote und Verwundete gibt, alle Welt zu wissen scheint, wer den Brand legte und warum, so setzt er gleich dahinter die Meldungen aus der offiziellen Presse einer Diktatur, die Mitgefühl äußert und Hilfsmaßnahmen ankündigt. Danach zeigt der Berichterstatter, worin diese Maßnahmen faktisch bestehen oder nicht bestehen.

Die Ethnologen und Anthropologen sprechen hier vom »Phänomen des Synkretismus«. Eine Vermischung findet statt zwischen den theologischen Importen aus dem afrikanischen Mutterland und aus der weißen Welt der Eroberer und Kolonisatoren. Immer wieder streben die afro-amerikanischen und die katholischen Götter zusammen und dann wie-

der voneinander weg. Wenn dann noch die Protestanten hinzukommen und die Freimaurer und die Historischen Materialisten, so ist der Synkretismus, wie Fichte oft humorvoll zeigt, ganz undurchdringlich geworden.
Auch vor dem sprachlichen Synkretismus schreckt der Erzähler nicht zurück. Er kann die wissenschaftliche Fachterminologie nicht gebrauchen, kommt jedoch bisweilen nicht ohne sie aus. Die Literatursprache ist das Mittel für genaue Beschreibungen der ungenauen Verhaltensweisen. Der sprachliche Mischmasch der Menschen, mit denen Fichte es zu tun hat, muß zitatweise angedeutet werden. Bei rüden Vorgängen aber der Gewalt und der Sexualität, woran es nicht fehlen kann, bedient sich Fichte unbeirrt der rüden deutschen und europäischen Ausdrucksweise. An unkeuschen Wörtern ist kein Mangel, doch entspricht der Ausdruck stets genau der Situation.

Wie hätte es weitergehen sollen? Wenn ich mir vorzustellen suche, was Fichte beabsichtigt haben mochte beim Projekt einer *Geschichte der Empfindlichkeit*, so muß ich mich an Gespräche mit dem Autor erinnern, nachlesen, was zu Lebzeiten bereits an Analytischem abgeschlossen und der Öffentlichkeit unterbreitet worden war. Am besten hilft, wie mir scheint, jener Text weiter, dem Fichte die Überschrift *Elf Übertreibungen* gab. Auch der Untertitel gehört zur Sache: »Dakar Januar 1976«. Ich möchte vermuten, daß Fichte den Text, verfaßt in der Hauptstadt des Senegal, ausdrücklich niederschrieb als Einleitung zur Vertragsarbeit für den S. Fischer Verlag: ein höchst persönliches »Lesebuch« zusammenzustellen. Der Text *Elf Übertreibungen*, der dies Lesebuch in der Tat eröffnet, wurde unterderhand, oder wohl eher: ganz ausdrücklich, nicht bloß als Reflexion über eine neue Form der Anthologie redigiert, sondern als poetologische Selbstaussage. In der letzten, der elften Übertreibung heißt es zum Abschluß:
»Zwei neue literarische Genres hat die Nachkriegszeit unter

dem Einfluß amerikanischer Autoren, des BBC und der Affaires Culturelles Françaises aktualisiert: Das Feature (die zwanghafte Ungebundenheit) und das Interview (Beichte, Verhör, Psychoanalyse, Gespräch) – *König Ödipus* und *Das Gastmahl*.
Mein Deutsches Lesebuch: Ein Feature aus Gedichten, Theaterstücken, Features, Prosa – ein Lesebuch als ›Symposion‹.«
Dies ist ein Bekenntnis zur Literatur des Logos und Melos und eines genauen Studiums der konkreten Phänomene. Indem Hubert Fichte die Literatur seiner eigenen Lebenszeit, abermals synkretistisch, zu interpretieren sucht mit Hilfe heutiger Medienformen des Features und des Interviews, spricht er selbstverständlich zugleich von seiner eigenen, höchst eigentümlichen und eben dadurch gleichzeitig historisch stellvertretenden Poetik. Das Feature wird verstanden als »zwanghafte Ungebundenheit«, was heißen soll: als ein Nebeneinander der heterogensten Ausdrucksformen. Fernab folglich aller klassizistischen Bemühungen um irgendwelche traditionellen Gattungen. Das Interview aber basiert auf der menschlich-literarischen Grunderfahrung eines dialogischen Prinzips des Miteinanderredens: wobei jedoch der Dialog in den meisten Fällen, wie fast immer auch im sozusagen »richtigen Leben«, zum windschiefen Gespräch verkommt. Man redet aneinander vorbei. Mit diesem Prinzip hat Fichte seine Interviews konzipiert. Allein, ich selbst habe vor Jahren meinerseits, bei einer Besprechung des Buches *Wolli Indienfahrer*, von den »Grenzen der Befragung« gesprochen. Fichte hat meinen Text gelesen und durchaus gebilligt.
Wichtig aber ist, zum Verständnis des literarischen Nachlasses, und damit als Verstehen des gesamten Lebenswerkes, daß Fichte in dieser elften und letzten *Übertreibung* die scheinbar modischen Begriffe des Features und des Interviews an illustren Beispielen der griechischen Poetik und Philosophie illustriert. An Sophokles und an Platon. *König Ödipus* als Feature. Platons *Symposion* als Interview.
Ich könnte mir denken, daß Platons *Gastmahl*, das als philo-

sophisches Gespräch angelegt wurde über Wesen und Formen des Erotischen, sowohl in der Form wie in der Substanz als ein Idealbild alles dessen verstanden werden kann, was Hubert Fichte für sich als Selbstaussage und Weltaussage erstreben mochte. Und innerhalb des Platonischen *Symposions*, könnte ich mir denken, hätte Fichte sich nur mäßig interessiert für das erotische Spielen, Werben und Verweigern zwischen Sokrates und Alkibiades. Ich hätte ihn nach der Rede des Aristophanes in Platons *Gastmahl* fragen müssen. Gerade der konservative, die Päderastie des Platon und Sokrates bekämpfende Aristophanes vertritt bei Platon, was möglicherweise als Platonische Bosheit verstanden werden muß, das Prinzip, daß der menschliche Eros von Anfang an zweigeschlechtlich gewesen sei. Die Aufteilung nach dem männlichen und dem weiblichen Prinzip sei als Verkümmerung zu interpretieren. Die Doppel- oder Allgeschlechtlichkeit bleibe eine utopische, doch anzustrebende Vision. Soweit Aristophanes bei Platon. Daß Sokrates nicht zustimmt bei dieser großen Gesamtbefragung über Eros, Logos und Poesie, weiß jeder Leser des Platonischen Meisterwerks.
Hubert Fichte hat den Platon *nicht* aufgenommen in die Liste jener Autoren, zu denen er sich zu Beginn seines Lesebuches bekennt. Das fängt an mit Homer und schließt mit den zeitgenössischen Namen Jean Genet und José Luis Borges.
Der Platonische Sokrates glaubt zu wissen, was das sein könnte: *die* Gerechtigkeit, *die* beste Staatsform, *der* glückhafte Eros. Seine Ahnungen möchte er den Schülern vermitteln. Indem er vorgibt, nichts zu wissen, um durch sein Nicht-Wissen die Wissenden zu beschämen.
Diese Art des Interviews und der Befragung war Hubert Fichte von Grund auf zuwider. Er hielt nichts von Formeln über den Eros und den Staat, die normierte menschliche Existenz. Er wollte kein Über-Ich in irgendeiner Gestalt. Daher die Grenzen einer Befragung, weil es nicht auf Resultate ankam, sondern auf ernsthaften Logos. Genauigkeit des Details. Glanz der Sprache, nämlich *aller Sprachen*.

Woraus hervorgeht, daß der scheinbare Exotismus bei Fichte seit Anbeginn all seines Schreibens als Vision feststand. Bereits die Welt des *Waisenhauses* und der *Palette* war exotische Welt: genau so wie Trinidad oder der Senegal. Auch die wissenschaftliche Art der Betrachtung stand fest seit Anbeginn. Der Erzähler objektiviert sich als Detlev oder Jäcki. Es fällt auf in all diesen Büchern, daß Detlev oder Jäcki niemals eigentlich handeln, agieren, mitmachen. Sie beobachten, schauen genau hin, schreiben höchst genau auf, was sie gesehen haben. Der Überschuß des Poetischen entspringt nicht den gefühlvollen oder schrecklichen Begebenheiten, sondern ist ein Erzeugnis der Form, also der Sprache.
Allein, neben diesem von früh auf gegebenen Exotismus gab es stets auch den gleichfalls von früh auf gegebenen totalen Traditionalismus. Hubert Fichte hat sicherlich die Leiden des verhinderten Enzyklopädisten durchgemacht; ganz wie der von ihm gerühmte Borges. Bleiben wir einen Augenblick bei unserem größten deutschen Gedicht, bei Goethes *Faust*, so hat Hubert Fichte, wenn ich ihm nachdenke, gleichzeitig die Schmerzen des Doktor Faust und des Famulus Wagner durchlitten. Famulus Wagner wußte zwar viel, doch wollte er alles wissen. So gelang ihm, und mißlang zugleich, der Homunculus. Doktor Faust hatte allem Wissen verzweifelt abgesagt. Er wollte alles leben und erleben, jede menschliche Erlebnisform hineinzwingen in die eigene faustische Biographie. Das Paradox bei Goethe ist doppelter Art. Faust hat sie *nicht* kennengelernt, auch nicht mit Teufels Hilfe, alle menschlichen Glücks- und Schmerzensformen. Und er mußte leider am Ende uralt werden und erblinden. Hubert Fichte kannte die Gefahren des Enzyklopädisten wie die Gefährdung dessen, der alles erleben möchte. Und gerade darum mochte er wohl nicht alt werden.
Allein, die Utopie des totalen Wissens hat ihn bis zuletzt verstört. Die geordnete humanistische Schulbildung, die ihm versagt blieb, war eine existentielle Wunde.
Fichte brauchte diese Anfänge einer mittelmeerischen Zivili-

sation. Die meisten Freunde und Interpreten hielten die Faszination der afro-amerikanischen Kulturformen bei ihm für einen Endzweck. Vielleicht sogar bloß für eine sexuelle Obsession. Es war viel mehr, und es war vor allem wohl nur ein Durchgangsstadium auf dem Wege zu den Griechen.

Soweit ich sehe, hat diese Perspektive der Arbeit Hubert Fichtes in seinen letzten Lebensjahren vor allem Jürgen Martini erkannt in seinem Beitrag zu Fichtes fünfzigstem Geburtstag. Da heißt es: »Die neu hinzutretenden Schichten des Politischen, nicht mehr Afrika und Karibik allein, sondern die Auseinandersetzung mit älteren Schichten der Beschäftigung: Interviews nicht mit mehr Lebenden, mit Büchern [...] Die Geschichte der Befassung mit Geschichte in die Gegenwart hineinholen [...] Und schließlich *Mein Freund Herodot.*«

Mein Freund Herodot ist der Titel eines Manuskriptes vom Jahre 1980.

Auch die Suche nach einer möglichen Freundschaft mit Heródotos war also nach wie vor als Suche nach dem Vater zu verstehen. War abermals Absage an die Mutter. Daß Hubert Fichte allen Assoziationen mit Goethes *Faust* zu entgehen suchte, wenngleich er so viel in sich selbst mitbrachte für die beiden Existenzen des Doktor Faustus und des Famulus Wagner, hängt vielleicht mit den Anthroposophen zusammen, mit Dornach, mit dem Kult von *Faust* II, mit dem erlaubten und hoch gepriesenen Synkretismus aus Klassizismus und Christentum, aus himmlischer und irdischer Liebe. Doktor Faust mußte uralt werden und blind. Dann gelang es dem Ewig-Weiblichen, ihn hinaufzuziehen und hinan.

Hubert Fichte starb mit fünfzig Jahren. Daß seine Arbeitsvision nicht nur Fragment geblieben ist, sondern von vornherein unvollendbar sein mußte, war auch ihm evident. Sie haben es wohl alle gewußt, die in seiner Lage waren: Robert Musil mit dem *Mann ohne Eigenschaften*, Marcel Proust, Arno Schmidt. Allein, sie alle haben bis in die letzten Lebensjahre hinein nicht aufgegeben, sondern weitergearbeitet an dem Unvollendbaren.

Es ist an der Zeit, daß wir uns als Nachdenker über Hubert Fichte verstehen, als Nachdenker über einen der großen Schriftsteller, der unter uns gelebt hat. Hätten wir eine Literaturkritik, es wäre ihre Aufgabe gewesen, bei diesem Verstehen mitzuhelfen. Wir haben sie nicht.
An Hubert Fichte ist viel gesündigt worden. Ein bißchen hat er dabei selbst immer mitgeholfen. Er war der große und besessene Künstler, den man immer wieder für eine Skandalnudel hielt. Allein, Fichte haßte Skandale, ganz wie übrigens Hans Henny Jahnn: weil sie ihnen zu klein waren. Fichtes gesamte Existenz, seine Empfindlichkeit mußte ein Ärgernis sein und bleiben. Das hat er immer wieder bewußt angeschärft. Die Folgen ließen nicht auf sich warten. In seinen Anfängen ging das noch glimpflich zu: Hermann-Hesse-Preis für das *Waisenhaus*. Später der Berliner Fontane-Preis für den *Versuch über die Pubertät.* Aber den Georg-Büchner-Preis hat er ebensowenig bekommen wie Arno Schmidt. Nun wird ihm nachträglich der Alexander-Zinn-Preis verliehen. Wenn ich nach den bedeutendsten deutschen Schriftstellern seit Ende des Zweiten Weltkriegs gefragt würde, ich müßte den Namen Heinrich Bölls nicht allein auf sein Werk als Schriftsteller gründen. So blieben mir vier Namen:

Arno Schmidt
Günter Grass
Uwe Johnson
Hubert Fichte.

Viermal, in grundverschiedenen Formen und Anstrengungen, ein Werk der radikalen Innovation: ganz ohne Zugeständnisse an irgendwelche Erwartungshaltungen. Viermal ein Lebenswerk, das von Grund auf verpflichtet ist den emanzipatorischen Grundbegriffen des Wissens und der Bildung: also der Aufklärung.
Wer von Aufklärung spricht, zumal in Hamburg, hat den Namen Gotthold Ephraim Lessing genannt. Es gibt einen

Gotthold-Ephraim-Lessing-Preis der Freien und Hansestadt Hamburg. Hat ihn der Hamburger Arno Schmidt erhalten? Günter Grass hat ihn nicht erhalten. Uwe Johnson hat ihn nicht erhalten. Hubert Fichte hat ihn nicht erhalten. Es dauerte lange, und gab damals viel Gezeter, ehe man Hans Henny Jahnn, den Begründer und Präsidenten unserer Akademie, ins Rathaus holte, um ihn in Lessings Namen auszuzeichnen. Einer der wenigen glücklichen Augenblicke im späten Leben eines großen Schriftstellers aus Hamburg, der den ersehnten fünfundsechzigsten Geburtstag nicht mehr erleben konnte. Ersehnt, weil dieser 17. Dezember 1959 vielleicht wieder ein bißchen Glückwunsch und Förderung gebracht hätte. Vielleicht auch einen kleinen lokalen Ruhm. Allein Hans Henny Jahnn starb bereits am 29. November in Hamburg einen ärmlichen Krankenhaustod.

Auf der Suche nach dem Vater. So muß sie lauten, die Überschrift einer Rede zum Gedenken an Hubert Fichte. Um es zu wiederholen: sie ist kein Nachruf, keine Würdigung oder Verteidigung. Sie bleibt Freundeswort. Allein, die Suche nach dem Vater blieb gleichzeitig auch eine Suche nach der Mutter, nach dem komplementären Lebensprinzip. Für sein Lesebuch hatte sich Hubert Fichte vier Gedichte von Gottfried Benn ausgesucht.

Das erste Benn-Gedicht im Lesebuch trägt die Überschrift *Mutter.* Ich war nicht erstaunt, als ich es wiederfand an entscheidender Stelle, nämlich als Motto, in dem nachgelassenen Manuskript *Die Geschichte der Nanã.*

Mutter

Ich trage dich wie eine Wunde
auf meiner Stirn, die sich nicht schließt
Sie schmerzt nicht immer. Und es fließt
das Herz sich nicht draus tot.
Nur manchmal plötzlich bin ich blind und spüre
Blut im Munde.

Allein, dies Mutter-Gedicht von Gottfried Benn ist dem nachgelassenen Roman *Die Geschichte der Nanã* als *zweites* Motto vorangestellt. Das erste Motto jedoch lautet so:

> Du sollst deinen Vater und deine Mutter ehren
> auf daß dirs wohlergehe und du lange lebest
> auf Erden. *Martin Luther*

Wie aber, wenn beides nicht möglich ist? Darüber nachzudenken, ist Hubert Fichte, davon zeugt sein Werk, nicht müde geworden. Er hat wohl auch die Formulierung Martin Luthers »in den Willen aufgenommen«: daß der Verzicht auf die gebotene Ehrung der Eltern mit einem frühen oder zu frühen Sterben erkauft werden müsse.

Die von uns bewunderten Schöpfungen der Kultur, die Werke der Religionsstifter, der großen Bildner, Sänger und Dichter, entsprangen in den meisten Fällen einer unbekannten oder geheimen Widersetzlichkeit. Die großen Planer eines allgemeinen und normierten Glücks für die Menschheit haben daher, mit guten Gründen, den Künstlern von jeher mißtraut. Platon wollte die Dichter aus seiner Politeia vertreiben. Nur die Dithyrambiker blieben zugelassen: wenn sie Staatshymnen schrieben. Jean-Jacques Rousseau hielt ein Theater in seiner Vaterstadt Genf für unnötig, sogar für schädlich. In Hegels *Vorlesungen über die Ästhetik* wird der geliebte und bewunderte Jugendfreund Hölderlin nicht einmal erwähnt. Allein, die genau geplanten Staatsschöpfungen für ein normiertes und normalisiertes Menschenglück sind alle gescheitert, und sie haben niemals Kunst hinterlassen und Dichtung.

Hubert Fichte hat allen dekretierten Normierungen der Politik, heutiger Bürgermoral und etablierter Kunstgesinnung mißtraut. Das macht: er besaß noch ein reines, gesamthaftes Bild vom Menschen. Kein westliches und kein östliches, unabhängig von Herkunft und Hautfarbe. Bejahung alles Lebendigen, worin geprägte menschliche Form sich nach eigenen Gesetzen entwickelt.

War das ein »anarchisches« Begehren? Aber was besagt eine solche Terminologie? Wir wissen es nicht. Hubert Fichte suchte in den Trümmern unserer Zivilisation, in dem von ihm sehr genau verstandenen Nebeneinander des Noch-Nicht und des Nicht-Mehr nach Scherben, die man vielleicht wieder, mit Künstlers Hilfe, zusammensetzen könnte. Damit sich eine heutige und vielleicht auch künftige Menschheit, aller Sprünge im Spiegel ungeachtet, darin spiegeln könnte. Wir haben allen Grund, dankbar zu sein.

Augenblicke mit Erich Fried

Es will mir nicht gelingen, genau die Umstände zu erinnern, die zu unserer ersten Begegnung führten. Ganz sicher war es nicht so, daß da einer stand und uns miteinander bekanntmachte, worauf wir ein vertrautes oder auch höchst unvertrautes Gespräch miteinander führen konnten.

So war es gewiß nicht. Ich nehme an, daß ich Erich Fried in den ersten Nachkriegsjahren irgendwo in Berlin kennenlernte. Da häuften sich die Kongresse der Schriftsteller, der Antifaschisten, der zurückgekehrten oder noch nicht wirklich zurückgekehrten Emigranten. Die Russen, Amerikaner und Engländer präsentierten ihre Rezepte für die deutsche Zukunft: verstanden jeweils als Zukunft der jeweiligen Besatzungszone. Die Franzosen blieben noch im deutschen Südwesten. Baden-Baden und die neue Universität Mainz genügten ihnen, mit Thomas Mann zu sprechen, als »geistige Lebensform«.

Woran ich mich freilich genau erinnere, das ist eine Warnung vor Erich Fried. War es beim Ersten deutschen Schriftstellerkongreß im Oktober 1947, oder war es etwas später bei einer anderen ähnlich strukturierten Bilanzierungstagung, daß einer der heimgekehrten deutschen Kommunisten, mit denen ich damals im Bündnis stand, höchst negativ über den Österreicher Erich Fried sprach? Der sei ein Berichterstatter der British Broadcasting Corporation, also der »berüchtigten« BBC. Man weiß heute, daß kommunistische Politiker damals durch Stalins Geheimpolizei zum Galgen geführt wurden in Sofia, Budapest oder Prag, weil sie – im Rahmen der Sieger-Allianz über das Dritte Reich – mit den westlichen Medien und Institutionen irgendeine Verbindung gehabt hatten. Der deutsche Kommunist Leo Bauer hatte auf Wunsch der Russen und seiner kommunistischen Parteifreunde mit Hilfe der amerikanischen Militäradministration die Rückkehr vieler Emigranten nach Kriegsende organisiert. Ab 1948 war das eine haarsträubende und todeswürdige Verräterei, die für Bauer zwar nicht mit einer Hinrichtung, doch mit einer Deportation nach Workuta enden sollte. Er konnte dann befreit werden, kam zurück in die Bundesrepublik, war aber bereits vom Tode gezeichnet. Aber Leo Bauer hatte nur im Parteiauftrag mit westlichen Stellen wünschbare Aufgaben abgewickelt.

Erich Fried hingegen war – gleichfalls im Rahmen einer Allianz der späteren Siegermächte – Rundfunksprecher gewesen bei den Engländern. Wäre Erich Fried, aus welchen Gründen immer, nach Kriegsende aus London in die sowjetische Besatzungszone gekommen, um dort, gemäß der offiziellen Formel, an der »demokratischen Erneuerung Deutschlands« teilzunehmen, er wäre im günstigsten Falle auch nach Workuta verschickt worden.

Erich Fried aber hatte, wie man später erfuhr, durchaus nicht das englische Exilland, wohin er auch seine Mutter noch hatte retten können, verlassen, sondern bloß die British Broadcasting Corporation. Ich habe niemals später mit Erich über die Gründe gesprochen. Da gab es, wie immer bei ihm, sowohl allgemein politische wie höchst persönliche Argumente. Fest steht in meiner Erinnerung hingegen, daß ich gegen Ende der vierziger Jahre, als ich bereits meine Professur an der Leipziger Universität angetreten hatte, von irgendeiner östlichen Stelle darauf hingewiesen wurde, dieser Erich Fried sei ein außerordentlich aufgeschlossener Mann, für dessen literarische Arbeit man sich interessieren sollte. Ich war Professor der deutschen Literatur und der vergleichenden Literaturwissenschaft.

Dies alles ist in der Erinnerung nebelhaft geblieben: Gerüchte wohl nur, zunächst negative, dann positive. Ich verband damals auch keine konkrete Erinnerung an irgendeine Begegnung mit Erich Fried. Vielleicht las ich ab und zu eines seiner Gedichte, hatte aber keinerlei Vorstellung von der Begabung oder Nicht-Begabung dieses Autors. Neugierig war ich nicht auf diesen Schriftsteller nach dem Verzehren solcher poetischen Häppchen.

Der Nebel wich, als ich im Laufe der fünfziger Jahre allmählich sowohl den Autor wie den späteren Freund Erich Fried für mich entdeckte. Im Jahre 1954 las ich Erich Frieds Übersetzung von *Under Milk Wood* von Dylan Thomas. Der hatte sein *Spiel für Stimmen* am 24. Oktober 1953 in New York aufführen lassen: mit großem Erfolg. Die englische Ausgabe erschien in London im Jahre 1954. Erich Fried war eng verbunden mit dem genialischen Dichter aus Wales. Er übersetzte das Stück *Unter dem Milchwald*. Es wurde dann auch auf deutschen Bühnen ein großer Erfolg. Ich sah die West-Berliner Aufführung, dann las ich das Stück, dann hatte ich für mich damit zwei Autoren entdeckt: den Dylan Thomas, dem ich leider niemals begegnen sollte, und den Erich Fried.

Den hatte ich bis dahin immer wieder einmal bei irgendwelchen allgemeinen Zusammenkünften von Autoren getroffen. Daß Erich in jenem Jahre 1954 am Internationalen Kongreß des PEN-Clubs in Amsterdam teilnahm, wohin ich zusammen mit Arnold Zweig, Brecht und Peter Huchel gefahren war, glaube ich nicht. Aber ein Jahr später war er dann dabei, in seiner Vaterstadt Wien an jenen schönen Frühjahrstagen des Jahres 1955, als der PEN-Club, kurze Zeit nach dem alliierten Staatsvertrag über Österreich, in Wien tagte. Die Kälte des Kalten Krieges war immer noch spürbar, doch Erich Fried betätigte sich, wie immer wieder später, und immer wieder fast unbedankt, als Vermittler zwischen den Sektoren und auch den Sektierern.

Wirkliche und vertraute Gespräche haben wir dann erst in den folgenden Jahren im Rahmen der Gruppe 47 geführt. Da wußte ich nun, wer das war, mit dem ich sprach. Seitdem bleibt bei mir der Eindruck vorherrschend, daß ich ihn immer schon kannte, und daß er immer schon mein Freund war. Ich meine sogar, daß ich früher als Erich diese Gefühlsentscheidung vollzog. Er hat – vielleicht weil er stärker als ich beeinflußbar blieb durch gute oder böse Ratschläge anderer Leute – wesentlich mehr Zeit gebraucht, bis er mich gefunden hatte. Es will mir aber beim Rückblick scheinen, als hätte ich zwar weniger Zeit gebraucht als Erich Fried, den Freund im

anderen zu entdecken, dafür aber einige Zeit verstreichen lassen, bis ich Dimension und Format des *Dichters* Erich Fried ermessen konnte.
Es geht wohl noch auf jene mittleren fünfziger Jahre zurück, daß ich Erich Fried, dem Kind eines jüdischen Elternhauses zu Wien, von meinem jüdischen Elternhaus in Köln am Rhein erzählte. Von meiner Schulzeit, den albernen Schulaufsätzen, darunter einem mit dem besonders albernen Titel »Was ist uns Deutschen der Wald?«. Erich Fried lachte, als ich davon erzählte, dann verging ihm das Lachen. Man begreift, wenn man sein berühmt gewordenes Gedicht liest, das eben den Titel meines Kölner Primaneraufsatzes als Überschrift trägt: »Was ist uns Deutschen der Wald?«. Er hat mir das Gedicht gewidmet. Ich habe später oft Lesungen von ihm gehört. Genau so wie Peter Huchel betrachtete auch Erich die Widmung eines Gedichtes als dessen Bestandteil. Die wurde stets mitgelesen.

Bei den Tagungen der Gruppe 47, an welchen ich seit 1959 regelmäßig teilnahm, saßen wir meistens in der ersten Reihe nebeneinander. Damit hatte der Chef Hans Werner Richter, indem er es duldete, zu erkennen gegeben, daß er Fried auch als namhaften Kritiker für sich eingeordnet hatte: im Rang also gleichberechtigt neben Höllerer oder Walter Jens und Joachim Kaiser. Es gibt schöne Photographien, die uns beide, den Fried und den Mayer, dort nebeneinander zeigen. Meistens in heiterer Stimmung. Erich hatte viel Humor, wodurch er sich gerade auch den Bewohnern seines britischen Exillandes empfahl. Womit er sich übrigens auch als Shakespeare-Übersetzer empfehlen konnte. In den Debatten nach einer Lesung vor den 47ern war Erich, ganz wie in allen seinen übrigen Lebensbereichen, ein Mann der Mitte und der Vermittlung. Was entschiedene Stellungnahmen keineswegs ausschloß. Doch erinnere ich mich nicht an irgendeinen fulminanten Verriß. Es lag ihm nicht, dem Erich Fried, durch geistvolle Bosheit für sich Gelächter zu erzeugen und einen Schriftsteller zu demütigen, der gerade vor der Gruppe einen neuen Text vorgetragen hatte. Es gehörte zu seinen Eigentümlichkeiten: daß er überhaupt nicht geltungssüchtig war. Er flößte Vertrauen ein, war kein Angeber, nahm andere Menschen ernst, hätte es abscheulich gefunden vor sich selbst, sie zu benutzen für den eigenen Aufstieg, indem er sie entweder demütigte oder umschmeichelte.

Dieses Gefühl für Fairneß, das eng und merkwürdig verbunden war mit einem geheimen Unernst gegenüber allem, was mit Literatur zu tun hatte, darf nicht mit lauwarmer Freundlichkeit verwechselt werden. Die konnte er nicht ausstehen. Er glaubte an seine geistigen und politischen Positionen, auch wenn er sie insgeheim im Laufe der Jahre immer ein bißchen für sich selbst revidierte. Wer mit solchen Positionen vor ihm in Widerspruch geriet, bekam es zu spüren. Dann gab es keine Jovialität, sondern Zorn und lautstarken Eifer.

Den habe ich auch ein paarmal zu spüren bekommen, und es sah so aus, als habe Erich mir nicht bloß die noch junge Freundschaft gekündigt, sondern alles Wohlwollen entzogen. Sonderbar aber: ich vergesse Kränkungen nicht leicht, wenn überhaupt, bin sozusagen »nachtragend«, wie man das zu nennen pflegt. Allen Zorn aber meines Erich Fried habe ich, wie ich heute weiß, niemals besonders ernstgenommen. Wir hatten uns entzweit über Literatur und Autoren. Einverstanden. Das schloß für mich die Nähe zu ihm überhaupt nicht aus. Erich hat das damals wohl anders gesehen.

Da gab es beispielsweise im Jahre 1967 die schöne Geschichte mit dem Schweinekopf und der Schweinekopfsülze. Das war ein Gedicht von Günter Grass aus dem damals gerade erschienenen dritten Gedichtband *Ausgefragt*. Es war eigentlich der Text mit der Überschrift *Schweinekopfsülze*, eingebunden mit ein paar anderen Texten unter dem Obertitel *Zorn Ärger Wut*. Poetische Emotionen des Autors der *Blechtrommel* am Vorabend gleichsam des Jahres 1968.

Das Gedicht von der Schweinekopfsülze kommt zweigleisig daher, voller Tücke. Es beschreibt sehr ausführlich und – wie so gern und häufig bei Günter Grass – höchst unappetitlich die Herstellung einer Schweinekopfsülze mit allen Einzelheiten, wie man sich das Fett in den Schweineohren zunutze macht, wie man die Zähne auszubrechen hat usw. Bis man schließlich die Sülze lieben Gästen servieren kann und sogar noch einen Nebengewinn erzielt in Form einer schmackhaften Suppe:

> die, wenn man Wruken, Graupen, sonstige Kümmernisse
> oder geschälte Erbsen beilegt,
> kinderreichen Familien ein zwar einfaches,
> aber nahrhaftes Essen zu ersetzen vermag.

So weit, so gut, oder schlecht. Das war das eine Geleise dieses Gedichts. Auf dem zweiten Geleise aber erfuhr man: Zorn, Ärger, Wut. Mitgekocht wird vom Autor die Wut. Auch sie muß kalt werden als Sülze, um dann »kalt genossen zu werden«. Es ist die Wut des Sozialdemokraten Günter Grass, der als solcher natürlich verachtet wird von den künftigen Achtundsechzigern. Mithin auch von Erich Fried. Der macht sich als Rezensent zum Sprecher seiner Freunde, indem er den Gedichtband *Ausgefragt* schnöde verreißt. Freilich ohne die leiseste Andeutung darüber, daß er, in Sachen Schweinekopfsülze und der mitgekochten Wut, doch wohl selbst hier Partei ist.
Ich las die Rezension von Fried und ärgerte mich darüber. Der Berliner *Tagesspiegel* hatte mich gebeten, den Gedichtband von Grass zu rezensieren. Ich war im Rückstand mit der Rezension, hatte andere Arbeiten vorher zu erledigen, schrieb also erst nach einiger Zeit über die Neuerscheinung. Ich teilte aber in meinem Text mit, daß ich zwar im Verzug sei, aber nun den Vorteil hätte, die Rezensionen anderer Kollegen gelesen zu haben. Dann machte ich mich her über Erich Frieds Rezension. In Sachen der Schweinekopfsülze sei er nun einmal Partei und hätte dem freundlichen Leser das wohl mitteilen sollen. Im übrigen sei ich auch literarisch nicht der Meinung des geschätzten Kollegen.

Erich muß sich wütend geärgert haben über meinen Angriff. Ich las kurz darauf – vermutlich hat er selbst sie mir geschickt – seine Entgegnung, worin er meine Mitteilung, daß ich verspätet rezensiert hätte, seinerseits zusammenkocht mit dem Thema jenes Gedichtes. Jedenfalls wurde ich von Erich Fried in seiner Polemik nun als »hinterherhinkender Schweinekopf« apostrophiert.

Auf Ehre: ich habe mich damals nicht geärgert, habe nur gelacht. Es war einfach zu blöde. Aber damit war unsere persönliche Beziehung abgebrochen. Sollte ich, der verspätete Schweinekopf, nun antworten?

Ich will nicht in den Büchern nachsehen, wann alles genau gewesen ist, sondern dem Spiel, sogar der Ungenauigkeit, der Erinnerung folgen. Um jene Zeit der Jahre 1967 und 1968 veranstaltete ich als Professor der Technischen Hochschule, dann Universität Hannover, ein literarisches Colloquium. Wir luden regelmäßig begabte, aber noch nicht wirklich prominente Autoren zu Lesungen ein. Ein ganzes Wintersemester lang holten wir uns die Autoren nur aus Österreich. Es klingt heute fast unwahrscheinlich, was damals ohne Schwierigkeit stattfinden konnte. Alle Eingeladenen waren gekommen im Laufe des Semesters: Ernst Jandl, Friederike Mayröcker, Oswald Wiener, Erich Fried, Peter Handke, Thomas Bernhard. Damals aber kam es nicht zu einer Begegnung mit Erich, denn am Tage seines Auftretens mußte ich im Ausland sein, ließ mich bei der Veranstaltung durch einen Mitarbeiter vertreten, hörte dann bei der Rückkehr, Erich Fried habe selbstverständlich großen Erfolg gehabt bei der Lesung, sei aber freundlich, sogar herzlich gewesen, habe sich auch, als wäre nichts geschehen, nach mir erkundigt und Grüße aufgetragen.

Später gab es noch einmal einen poetischen Krach zwischen uns. Diesmal hatte ich den Streit angefangen. Ich bin wahrlich kein Lyriker, schreibe aber bisweilen boshafte Epigramme, die man nicht mit Gedichten verwechseln sollte. Als ich ein Dutzend beisammen hatte, dazu eine Coda als Nummer 13, ließ ich sie bei Hans Bender in den *Akzenten* drucken. Boshaftigkeiten vom Anti-Theater bis zu Zwerenz. Häufig mit einem abgewandelten berühmten Zitat als Ausgangspunkt. So auch im Falle von Erich Fried:

Geh aus mein Herz und suche Fried:
Das Morgenblatt soll er bedichten,
Damit beim Lesen der Geschichten
Man gleich die Nutzanwendung zieht.

Das richtete sich gegen Erichs damalige Tendenz, möglichst jede politische und gesellschaftliche Aktualität, ohne Rücksicht auf die Frage, ob richtig oder falsch berichtet worden war, umzufunktionieren mit Hilfe eines Gedichtes. Auch diesmal hatte er es gelesen, wie er alles las. Die Antwort war fällig. Sie fiel vergleichsweise milde aus. Es entstand ein Gegengedicht, das er mir zuschickte. Es lautete so:

Geh ein mein Herz, getroffen von Hans Mayer,
von einer Xenie fein und dennoch roh,
längst kennt auch andre Lieder meine Leier
allein – Dein Spott macht meine Feinde froh –
Die Nutzanwendung, daß sie jeder sieht:
Krieg den Palästen, aber Fried' dem Fried.

Man sieht: der gebildete Literat Erich Fried antwortete auf ein Epigramm, das mit der Paraphrase eines Zitats aus dem Barockzeitalter begonnen hatte, gleichfalls mit einem Zitat, das er jedoch an den Schluß seiner Polemik stellte und das er sich bei Georg Büchner und dem *Hessischen Landboten* entlieh. Friede den Hütten, Krieg den Palästen. Erich Fried als die Hütte.

Es muß um jene Zeit gewesen sein, daß man uns beide nach Hamburg einlud: zur Teilnahme an einem der Bergedorfer Gespräche. Der Gastgeber Kurt A. Koerber pflegte seine Gäste dann jeweils in einem berühmten Hotel der Hansestadt unterzubringen. Dort standen wir plötzlich nebeneinander am Empfang. Wir waren gleichzeitig eingetroffen und warteten darauf, untergebracht zu werden. Ich hatte ihn gar nicht gesehen. Er kam auf mich zu, hatte ein komisch-demütiges Gesicht aufgesetzt und sagte: »Hans, bist du mir sehr böse?« Ich wußte sofort Bescheid, lachte, dann sagte ich: »Erich, du hast bei mir einen fast unbegrenzten Kredit.«

Er war halt ein Lyriker, auch mitten im politischen Getümmel, und ganz sicher im banalen Alltag. Alles wurde ihm zur Inspiration, zum Text, zum Sprachspiel, in wichtigeren Fällen zur dichterischen Aussage. Gerade dadurch aber hat er scheinbare oder wirkliche Mitstreiter, die nun wahrlich keine Lyriker waren, oft irritiert oder auch verstört. Darüber erfuhr man immer wieder, wenn von Veranstaltungen berichtet wurde, an denen Fried teilgenommen hatte. Erich hatte feste und unabdingbare Überzeugungen, doch irgendein Fraktionszwang war ihm ganz fremd. Bei einer öffentlichen Debatte – war es nicht bei einem dieser turbulenten Römerberg-Gespräche in Frankfurt? – sei er mitten in einer Diskussion, wo die Fetzen flogen, plötzlich aufgestanden, um seinen (scheinbaren) Parteifreunden erzürnt zuzurufen: »Also, liebe Freunde, so kann man doch nicht diskutieren [...]«. Als man mir davon berichtete, habe ich mich gefreut. Dergleichen kannte auch ich. Ein Vertreter des Studentenrates hatte mir in Hannover vor einer wichtigen akademischen Sitzung einmal gesagt: »Bei Ihnen weiß man ja nie, wie Sie abstimmen werden.« Er hatte recht. Ich stimmte ab nicht im Sinne einer Liste oder Fraktion, sondern jeweils nach meiner Beurteilung des Tagesordnungspunktes.
Zum lyrischen Engagement Erich Frieds im politischen und gesellschaftlichen Leben hat es wohl gehört, daß er nicht bloß zuhören konnte, wenn man ihm widersprach, sondern daß er sich auch überzeugen ließ. Dann verließ er, aus geistiger Redlichkeit, mitten in der öffentlichen Debatte die bisherige Position und teilte mit, daß er die Dinge jetzt anders verstanden habe. Auch da gab es wieder in der eingeschworenen Fraktion die Irritation nebst Verstörung.

Zu Beginn der 80er Jahre, wir waren längst wieder gut Freund miteinander, wurden wir gemeinsam nach Hannover eingeladen zur öffentlichen Debatte über ein angebliches Unrecht, das meine dortige Universität (ich war längst emeritiert) an einem bedeutenden bildenden Künstler begangen habe, einem Mitglied ihres Lehrkörpers. Gegner der Hochschule zeigten sich bemüht, den Fall, der gar keiner war, möglichst hochzuspielen. Man verglich das angebliche Unrecht mit dem Verhalten der einstigen Technischen Hochschule Hannover aus den 20er Jahren gegenüber ihrem Philosophieprofessor Theodor Lessing. Den hatte man in der Tat politisch verfolgt, geächtet, ins Exil getrieben, wo man ihn, als Deutschland erwachte, offiziell umbringen ließ. Es wurde ein Kopfgeld gezahlt. Der Vergleich der jetzigen Hannoverschen Kontroverse mit dem Fall Theodor Lessing war absurd. Das versuchte ich in einer ausführlichen Analyse des Falles auseinanderzusetzen. Gedankt haben mir später dafür sowohl die Universität als auch der Maler-Kollege. Erich Fried hatte vor mir gesprochen: von Grund auf falsch informiert und folglich anklägerisch, wozu es gar keinen Anlaß gab. Nach meinem Vortrag sah alles anders aus. Erich dachte nicht daran, nun den ursprünglichen Standpunkt eigensinnig beizubehalten. Man ging freundlich auseinander. Es war eine klärende Debatte gewesen.

In Wien habe ich ihn einmal, um die Mitte der 60er Jahre, als Lyriker bei der Arbeit erleben können. Die Österreichische Gesellschaft für Literatur hatte zu einem Symposion eingeladen über Probleme des zeitgenössischen Romans. Eine hochrangige Besetzung war angekündigt und in der Tat eingetroffen. Von Elias Canetti bis zu Alain Robbe-Grillet. Die Zuhörer saßen unten im Saal, für uns Referenten hatte man auf der Bühne einen großen runden Tisch vorbereitet. Abermals saß ich neben Erich Fried. Er hatte drei Tage lang ununterbrochen gedichtet. Was das Zuhören keineswegs ausschloß. Bisweilen meldete er sich auch zu Wort, dann merkte man, daß er alles mitbekommen hatte. Im übrigen schrieb er. Wenn ein »Gedicht« fertig war, schob er es zu mir herüber. Ich schaute es an, nickte dann ein paarmal, retournierte es zumeist ohne Anmerkung. Dann nickte er. Die Faszination seines Gedichtbandes *Reich der Steine* von 1963 wirkte immer noch weiter. Nahezu alle Texte, so erinnere ich mich, die er zu mir herüberschob, hatten mit diesen Steinen zu tun, und natürlich mit der Sprache. Das durchaus Unmenschliche des Gesteins soll in die höchste Menschlichkeit einbezogen werden, nicht allein in menschliches Sprechen, sondern in die Sprache des Gedichts.

Der Lyriker Erich Fried wäre vermutlich verwundert gewesen, hätte man ihm vorwurfsvoll mitgeteilt: so schnell und so laufend, fast geläufig, habe ein Dichter nicht zu dichten. Erich Fried hielt nichts von der Aura des Dichters: eben weil er einer war. Das war Handwerk und Inspiration in einem. Mal gelingt es, meistens nicht.

In einem langen Leben habe ich mit vielen bedeutenden Lyrikern vertrauten Umgang gehabt. Sie alle warteten jeweils auf den Einfall, die fehlende Zeile oder Strophe. Dann gab es, für die Zwischenzeit des Wartens, zwei mögliche Haltungen: die Position Rilke und die Position Gottfried Benn. Entweder die Entscheidung für das Parasitentum oder für das Doppelleben, worin man eine nützliche Tätigkeit ausübt und gleichzeitig wartet, bis die Sprache sich öffnet.

Erich Fried hat bisweilen diesen Dualismus unterlaufen, doch machte er sich nichts vor. Er schrieb immer wieder schnell, wie bei jener Tagung zu Wien, doch er warf dann fast alles auch sogleich wieder weg. Darin unterschied er sich von Johannes R. Becher, der auch laufend und geläufig dichten konnte, dann jedoch alles drucken ließ.

Seit dem Beginn der 60er Jahre haben wir uns an vielen Stellen und in vielen Städten getroffen. Einen persönlichen Streit, wenn wir beide zugegen waren, hat es niemals gegeben. Immer wieder diese nahe und tiefe Vertraulichkeit: in London und Wien, in Berlin und Hannover. Dennoch war ich überrascht im Jahre 1986, als Erichs 65. Geburtstag bevorstand, daß er gerade mich bitten ließ, bei der großen Feier im Wiener Konzerthaus, also vor mehr als 2000 Menschen, die Geburtstagsrede zu halten. Ich habe sofort zugesagt. Wer die Feier erlebt hat, wird sie nicht vergessen. Der österreichische Bundeskanzler überreichte ihm den Großen Staatspreis für Literatur. Erich Fried hielt keine Dankrede, sondern las am Schluß seine Gedichte, in denen von Dankbarkeit nicht besonders viel gesprochen wurde. Aber im Grunde habe ich erst an diesem Abend begriffen, welche dichterische Dimension hier spürbar wurde. Ich hatte Erichs Texte stets ernstgenommen, auch dort, wo ich entweder mit der Aussage nicht zurechtkam oder wenig überzeugt wurde durch die Faktur des einzelnen Textes. Uneingeschränkt bewundert hatte ich stets den Übersetzer Erich Fried.

Nun aber, im Wiener Konzerthaus, wo es vibrierte in den vielen zumeist jungen Menschen und wo unzweifelhaft ein nicht minder »poetisches Klima« spürbar wurde als bei der Lesung eines Peter Huchel oder Paul Celan, begriff ich, daß der Lyriker Erich Fried meine eigenen Vorstellungen von politischer Lyrik zu revidieren begann. Ich war immer noch fixiert gewesen auf die Meister der Neuen Sachlichkeit aus den 20er Jahren. Kurt Tucholsky und Erich Kästner. Und natürlich auf den Dichter der *Hauspostille* und der *Buckower Elegien*.

Erich Fried hat in der Tat unsere Vorstellungen von der politischen Lyrik wesentlich verändert. Das erfährt man heute immer wieder, wenn man mit den »nachgeborenen« jungen Dichtern spricht. Die bisherige Lyrik war angelegt auf die Aussage und die Thematik. Bei Erich Fried gab es gar nicht so besonders häufig ein »lyrisches Ich« im Gedicht, auch dort nicht immer, wo in der ersten Person gesprochen wurde. Dominierend war die Sprache. Ihr wurde die Aussage abgelauscht. Sie hatte sich nicht in den Dienst einer Aussage zu stellen. Der besondere Zauber der späten Lyrik von Erich Fried liegt darin, daß er im Verlauf eines langen und qualvollen Sterbens, das ihn mehr und mehr inspiriert hat, die Einheit vollziehen konnte zwischen der objektiven Unendlichkeit von Sprache und der Subjektivität des lyrischen Ichs.

Augenblicke mit Erich Fried. Als er tot war, kam er mir immer näher. Ich versuchte seine Gestalt für mich zu deuten: den Freund, den scheinbaren Widersacher, den Dichter mit seinem besonderen Dichtertum. Dann hatte ich mir die Frage zu beantworten, wie es möglich war, daß Erich Fried als lyrischer Dichter ein öffentliches Ereignis werden konnte, eine Instanz für eine immer bereitwilliger zuhörende junge Generation. Es konnte nicht die Aussage sein, die man bisweilen durch andere Redner und Prosaschreiber genauso gut erfahren durfte. Es war dieser besondere Mensch: Erich Fried. Er war nicht schön, nicht tugendhaft, nicht weise im Sinne eines vorsichtigen Abwägens, er konnte bisweilen sogar ein Ärgernis sein, und er hat es gewußt.
Doch kann ich mir nicht helfen: für mich ist er, und das wird wahrscheinlich nur ein Jude verstehen können, einer der jüdischen Gerechten gewesen. Ein Zaddik. Diesen Begriff gibt es seit Jahrhunderten in der europäischen Literatur. Voltaire hat eine solche Figur als Titel des Romans *Zadig* gewählt. Der Gerechte in der Tradition der Chassidim muß nicht schön sein oder tugendhaft, nicht fromm im Sinne der Orthodoxie oder weise im Sinne des Talmud. Er ist ein Erwählter. Auch Ernst Bloch hat über diese Form des Zaddik nachgedacht. Warum trifft die Erwählung nicht den frommen Rabbiner in einer der chassidischen Geschichten, sondern einen unfreundlichen und gar nicht besonders strenggläubigen Mann aus der Gemeinde des Rabbis? In der ernsten Stunde der Wahrheit ist er dann plötzlich sichtbar: der Gerechte.
Etwas davon habe ich immer gespürt, wie ich heute weiß, wenn ich mit Erich Fried zusammen war. Gespürt haben es viele.

Therese Giehse

Als wir im Frühjahr 1945 als Herausgeber einer in Zürich erscheinenden Zeitschrift deutscher Emigranten darangingen, im Rahmen einer Schriftenreihe gewisse Erfahrungen mit dem Spielplan und Aufführungsstil des Zürcher Schauspielhauses während der Hitlerzeit in einem kleinen Almanach aufschreiben zu lassen, wandten wir uns auch an Therese Giehse und baten um einen Beitrag. Sie schrieb dann am 25. August 1945 einen Brief an Michael Tschesno, um darin darzulegen, es sei ihr nicht gegeben, nun mit den Mitteln des Schriftstellers ihre Tätigkeit als Schauspielerin zu beschreiben. Sie glaubte sogar, vor solcher Selbstdarstellung des schauspielerischen Gestaltungsprozesses durch den Schauspieler selbst warnen zu müssen. »Ich warne davor! Schon mancher hat mit dieser Unkeuschheit sein armes Kind beinahe oder ganz um den Kragen geschwätzt. Denn wie schwer ist es auszudrücken, was bei uns Schauspielern zum Beispiel im Arbeitsprozeß – soll ich von ihm schreiben – vor sich geht.« Die Grenze innerhalb eines Vorgangs, der zugleich handwerkliche Betätigung und künstlerische Gestaltung sei, lasse sich offenbar gar nicht genau umreißen. »Wie zart gezeichnet ist die Grenze zwischen Technischem und Künstlerischem«, meinte die Giehse. Dann geht sie einen Augenblick dieser Abgrenzung zwischen Technik und Kunst doch noch im einzelnen nach, denn offenbar hat sie das Thema während des Schreibens in seinen Bann gezogen. Aus dem geplanten Absagebrief wird, im wörtlichsten Sinne: unter der Hand, nämlich während des Schreibens, ein kleiner Essay. Und auf einmal scheint Therese Giehse während des Schreibens zu spüren, daß sie in Gefahr steht; übliche Gemeinplätze über »Inspiration«, »Intuition«, Sonderstellung des Künstlers, oder, wie sie es ausdrückt: des »Schwärmers«, niederzuschreiben. Und nun beendet sie den Brief abermals mit einer »Warnung«. Diesmal aber geht es dabei nicht bloß um Kunst und

Technik: »Erst muß man mit sauberen Füßen auf der Erde stehen, auf der Seite der Gerechtigkeit mit unverschmiertem Gefühl und unegoistischem Sinn für das Reale. Von da aus soll man starten.«

Von hier aus sollte man wohl auch starten, will man schauspielerische Leistungen der Giehse in ihrer Besonderheit und Unverwechselbarkeit beschreiben. Ich habe sie in zahlreichen Rollen gesehen: bei Lorca in der *Bluthochzeit*; als die so sonderbar »symbolhaft« gemeinte Menschenmutter bei Wilder; im Frühjahr 1941 in der sicherlich der Anlage nach verfehlten und für mich doch gerade durch Therese Giehse unvergeßlichen Züricher Uraufführung der *Courage*; sie sang Antinazilieder, die man in neuer Textierung zur alten Musik von Nestroys *Lumpazivagabundus* geschrieben hatte, und bot in dieser gleichen Nestroy-Aufführung als aufgedonnerte falsche Opernheroine eine Walkürenparodie, daß man von der Bühne wegschaute, um nicht weiter lachen zu müssen; in der von ihr praktisch getragenen Kabarett-Truppe, der »Pfeffermühle«, brachte sie Chansons und politische Kampfgedichte mit einer Präzision und Durchschlagskraft, wie ich sie sonst eigentlich nur bei Ernst Busch und Erich Weinert erlebt habe. Als das Schauspielhaus Zürich 1945 nach Kriegsende an zwei Sommerabenden die wichtigsten Szenen aus den *Letzten Tagen der Menschheit* von Karl Kraus mit verteilten Rollen vortragen ließ, war Therese Giehse eine monumentale Interpretin der weiland Wiener Journalistin Alice Schalek, deren scheusälige »Meisterschaft« in der feuilletonistischen Zubereitung von Heldentodstimmung durch Kraus ein für allemal der Nachwelt überliefert wurde. Im Vortrag dieser Schalek-Leitartikel durch die Giehse erlebte man die Gestalt in ihrer ganzen symbolisch gemeinten Bedeutung. Die Giehse hatte nachgestaltet, was Karl Kraus meinte: »Das Feuilleton bekam einen Mund, der es monologisch von sich gibt; Phrasen stehen auf zwei Beinen – Menschen behielten nur eines.«
In Berlin spielte Therese Giehse dann im »Berliner Ensem-

ble« die Wassa Schelesnowa, später die Frau Wolff-Fielitz in *Biberpelz und Roter Hahn*.

Worin wäre die eigentliche Gestaltungsart der Giehse innerhalb all dieser Verwandlungen und Tätigkeiten zu erblicken? Worin unterscheidet sich insbesondere ihre Arbeit innerhalb des »Berliner Ensembles« von den früheren schauspielerischen Leistungen? Wenn ich mir aus der Erinnerung die verschiedenen Frauengestalten heraufhole, so fällt auf, daß all diese Frauen auf den Zuschauer als ungemein *vernünftige* Wesen wirken. Das mag sonderbar klingen, denn zweifellos handeln viele unter ihnen durchaus verbrecherisch oder jedenfalls in keiner Weise nachahmenswert. Weder die Mutter in der *Bluthochzeit*, noch Gorkis Wassa, noch Gerhart Hauptmanns Diebin und Brandstifterin. Ich weiß nicht, wie sich die Gestaltungskraft der Therese Giehse mit Schillers Forderung nach der »Schaubühne als einer moralischen Anstalt« vertragen könnte; jedenfalls weiß ich, daß die Frauengestalten der Giehse in ihrem Handeln durchaus nicht sehr gut stehen mit Immanuel Kants kategorischem Imperativ, über welchen der Student Pätus in der Bearbeitung des *Hofmeister* so Beherzigenswertes zu sagen weiß. Aber ich kann nicht leugnen – und jeder Zuschauer wird das vor dem Spiel der Giehse insgeheim bestätigen müssen –, daß die Gestalten in der Verkörperung durch diese Schauspielerin den Eindruck außerordentlich konsequenter Tätigkeit hinterlassen. Von allen strömt Kraft aus: mag sie nun zum Guten oder Verbrecherischen gelenkt werden. Wenig andere Schauspieler haben das Publikum vom Augenblick ihres ersten Auftretens so zu interessieren vermocht, wie ich das immer wieder bei der Giehse erlebte. All diese Frauen stehen fest in ihrer Umwelt und handeln nach den durch den jeweiligen dramatischen Zusammenhang gegebenen gesellschaftlichen Bedingungen. Auch den außergewöhnlichsten Charakteren, auch den außergewöhnlichsten Handlungen bleibt daher in der Darstellung durch Therese Giehse immer ein hohes Maß innerer Logik und Folgerichtigkeit: die »Vernünftigkeit« bleibt immer wieder bemerkenswert. Man kann sie konstatieren – ohne deshalb im mindesten etwa die Gestalt oder ihr Handeln zu billigen! Die »eiserne« Wassa Schelesnowa erzeugt natürlich Grauen in der Szene, da sie Schelesnow nahelegt, Gift zu nehmen, um der Strafverfolgung zu entgehen. Aber der Zuschauer wird zugleich in jedem Augenblick auch zugeben: von ihrem Standpunkt aus betrachtet...

Die »Vernünftigkeit« ist nur ein anderer Ausdruck für den tiefgehenden Realismus dieser Schauspielkunst. Scheinbar gibt Therese Giehse immer nur diese besondere Gestalt; aber immer wieder wird eine solche Gestalt zur stellvertretenden Darstellung bestimmter Gesellschaftstypen und Gesellschaftsformen. Georg Büchner hatte es durch den Mund von Lenz so formuliert: »Ich verlange in allem – Leben, Möglichkeit des Daseins.« Diesen Forderungen entspricht jede Gestalt, die von Therese Giehse gespielt wurde. Darum ist es wohl auch eine falsche Fragestellung, wenn man sich Sorgen darüber macht, ob ihre Mutter Wolff-Fielitz »sympathisch« bleibe. Soll man sich denn mit der Gestalt »identifizieren«? Gerhart Hauptmann hatte immerhin nicht gezögert, das »sonnige Gemüt« der Mutter Wolffen mit dem Spitzel und Denunzianten Fielitz ehelich zu verbinden. Der Zuschauer mag im Angesicht dieses Ablaufes, der vom gewilderten Rehbock zum roten Hahn führt, das ursprüngliche Gefühl herzlicher Anteilnahme stückweise verschwinden sehen: die persönliche und gesellschaftliche Konsequenz im Handeln dieser Frau wird er dank der Leistung der Therese Giehse in jedem Augenblick, wenn auch vielleicht widerwillig, anerkennen müssen.

Genauso steht es mit der Wassa Schelesnowa. Gorki selbst hat viel Respekt vor ihr, wenngleich er sehr klar hier eine zum Tode verurteilte Klasse zeichnet und Wassas Tod als stellvertretend darzustellen versucht. Wenn Therese Giehse hier mit der Schwiegertochter Rachel um den Enkel Kolja kämpft und in zehn verschiedenen Tonfällen des Hahns, der Ironie, der freundlichen Bestimmtheit, der Härte, der logischen Überredung ständig wiederholt: »Ich gebe dir den Kolja nicht [...]«, so spürt der Zuschauer die innere Folgerichtigkeit im Handeln dieser Frau. Von ihrem Standpunkt aus...

Sie glaubt gesund zu sein, auch wenn ihre Klasse angeblich dahinsieche. Wassa erklärt es, und weil es aus dem Munde der Giehse kommt, möchte man es auch glauben. Man sieht sogleich den Satz von Karl Marx demonstriert: daß es noch nie eine Klasse gab, die freiwillig abgetreten wäre. Aber es zeigt sich doch sehr bald, daß Wassa nicht gesund ist, sondern so todeskrank wie ihre ganze Gesellschaft. Hier ist es nun höchst merkwürdig und betrachtenswert, wie Therese Giehse diesen Todeskampf der Wassa Schelesnowa spielt. Als sie zu ihrer letzten Szene die Bühne betritt, ist sie völlig gebrochen, hält sich nur noch mit Mühe aufrecht. Immer noch die Sorge um Haltung und Handeln. Die Gier nach dem heißen Tee als einer letzten lebensspendenden Kraft. Wassa steht in einer Situation, der mit »Vernünftigkeit« und einem Handeln »von einem Standpunkt aus« nicht mehr beizukommen ist: wenn die revolutionäre Rachel alle Gemeinsamkeit mit ihr ablehnt, ihr Brot nicht annehmen will, wenn sie weder zu korrumpieren, noch im Grunde zu vernichten ist, so wurde damit Wassas ganze »Realpolitik« eigentlich gegenstandslos. Der künftige Kampf wird nicht mehr mit den Spielregeln der Bourgeoisie ausgetragen werden. Es ist für mich unvergeßlich, wie Therese Giehse das gesellschaftliche Ende dieser »Vernünftigkeit« gestaltet. Und ähnlich wirkt auch der Todeskampf der Frau Fielitz, als ihr zum ersten Male in der Gestalt des Arbeiters ein Gegenspieler ersteht, der nicht gekauft werden kann. Ich glaube, daß diese großen Leistungen der Therese Giehse in den Aufführungen des »Berliner Ensembles«, die sich durch ihre Schärfe und Klarheit der gesellschaftskritischen Wirkung von allen früheren Leistungen der gleichen Schauspielerin unterscheiden, unmöglich wären ohne die subjektive Vernünftigkeit der Schauspielerin, die nichts anderes bedeutet als gesellschaftliche Bewußtheit. Wie

schrieb Therese Giehse? »Erst muß man mit sauberen Füßen auf der Erde stehen, auf der Seite der Gerechtigkeit mit unverschmiertem Gefühl und unegoistischem Sinn für das Reale. Von da aus soll man starten.«
Man kann es gar nicht besser sagen. Es ist auch in der sprachlichen Formulierung von wirklicher Bildhaftigkeit und Lebenstreue.

Aus dem Leben von Käthe Harig

Sie kam im Jahre 1901 in Eupen zur Welt, das damals zum Deutschen Reich gehörte und nach dem Ersten Weltkrieg an Belgien abgetreten werden mußte. Sie starb 1977 in Leipzig als emeritierte Professorin für Pädagogik und ehemalige Direktorin eines »Instituts für Ausländerstudium« an der Universität, das im Jahre 1961 den Namen Herder-Institut erhielt und das, nicht zuletzt dank seiner ersten Leiterin, wichtig werden sollte für die Beziehungen der DDR zur dritten Welt. Die Kulturinstitute der Deutschen Demokratischen Republik im Ausland erhielten später, vermutlich als Folge des geglückten Leipziger Erziehungs-Experiments, gleichfalls den Namen Johann Gottfried Herders.

Ich möchte annehmen, daß Katharina Harig, wie sie sich offiziell zu nennen pflegte, und der Historiker Walter Markov als erste die Beziehungen zwischen diesem »anderen« deutschen Staat herstellten und den jungen, hart umkämpften Staaten eines Neuen Afrika. Der Geschichtsforscher Markov, bis dahin international vor allem ausgewiesen als Erforscher der französischen Revolutionsgeschichte, ließ sich nach Afrika einladen, um die Geschichte dieser neuerstandenen staatlichen und gesellschaftlichen Gebilde kennenzulernen. Er weckte bei seinen dortigen Schülern das Verständnis für geschichtliche Kontinuität, und damit für ein »Selbstempfinden«. Das war etwas anderes als die gefühlvolle Ahnenforschung von scheinbar arrivierten Staatsbürgern afrikanischen Ursprungs nach ihren »Roots«: es meinte wirklich eine Neue Welt, nicht das Hineinwachsen in eine Alte. So verstand es auch Käthe Harig, wenn sie in ihren späten Jahren nach der Emeritierung zu ihren Schülern nach Afrika fuhr.

Vor mir liegen, während ich den Versuch mache, vom Leben dieser außerordentlichen Frau zu berichten, bizarre Geschenke, die Käthe von ihren Reisen nach Afrika mitbrachte. Ich nehme es zur Hand, das schön geschnitzte Holzkrokodil aus Kenia. Käthe reiste gern, ein Leben lang. Selbst ein schwerer Verkehrsunfall, der sie zwang, am Stock zu gehen, was sie schließlich fast elegant praktizierte, dämmte sie nicht ein, diese Neugier auf neue Menschen, Erfahrungen, Schönheiten wie Ungerechtigkeiten. Das Gefühl war stark geblieben, auch während der letzten Krankheit. Ihr letzter Brief an mich, vom 13. August 1977, geschrieben einen Monat vor dem Sterben, spricht vom Tode Ernst Blochs, den sie aus Leipzig kannte. »Der Tod des alten und für Dich wie viele Menschen großen Mannes wird Dir sehr ans Herz gegangen sein. Ich habe viel zu Dir hingedacht [...]«

Dann folgt die Mitteilung: »Am Montag begebe ich mich ins Krankenhaus zur zweiten Pferdekur. Die erste hat mich entsetzlich mitgenommen, aber ich will tapfer sein und mir Mühe geben. Ich schrieb Dir ja schon, daß ich eine schwere Krebserkrankung habe [...] Vielleicht war es nicht richtig, daß ich Dich mit dieser traurigen Nachricht belastet habe, aber ich dachte, gute Freunde könnten doch umeinander wissen, wie die Dinge stehen.«

Dies darf zitiert werden, weil es – besser als Fakten und Berichte – das Format eines Menschen ahnen läßt, dessen Lebensgeschichte ich für wichtig halte, in vielem für stellvertretend. Auch eine deutsche Biographie in unserem Jahrhundert. Es ist die Lebensgeschichte einer deutschen Kommunistin, freilich, und es soll kein »Aber« folgen: gleichsam als Ersuchen um mildernde Umstände. Sie blieb sich selbst und einer Entscheidung treu, die sie mit zwanzig Jahren traf, als sie 1921 dem Kommunistischen Jugendverband beitrat. Das taten damals viele junge Menschen, die es dann, im Lauf der Jahre, leid wurden: wozu immer wieder viel Anlaß war. Auch für Käthe gab es immer viel Anlaß, doch sie blieb bei den Träumen ihrer Jugend, bei dem Mann ihrer Jugend, bei sich selbst. Das war nicht Sturheit oder Nichtwissenwollen. Käthe Harig hat gewußt, und feige war sie ganz gewiß nicht. Sie war imstande, in ruhigem Ton zu einer hohen und besserwisserischen Genossin zu sagen: Lotte, ich würde an deiner Stelle nicht mitreden bei Dingen, von denen du nichts verstehst. Was Lotte Ulbricht einsteckte, ohne sich zu rächen. Sie wußte warum.

In einem Nachruf, der am 18. September 1977 in Ostberlin im *Sonntag* erschien, schreibt Josef Naas, ein Jugendfreund aus den Tagen des Studiums in Aachen, langjähriger Sekretär der Akademie der Wissenschaften in der DDR, über diese Katharina Harig-Heizmann, und er spricht vom Wandel der gesellschaftlichen Systeme: »In diesem gewaltigen Erziehungsprozeß zu wirken [...] das hat eine so ungewöhnliche Frau wie Clara Zetkin täglich vollbracht, und das war auch die Lebensaufgabe und das Lebenswerk von Käthe Heizmann. Und so sahen ihre Freunde und Partner des Alltages in Käthe Heizmann eine Clara Zetkin unserer Tage.«

Daran mag etwas sein. Trotzdem führt der Vergleich in die Irre. Clara Zetkins Vita zwischen 1857 und 1933 hätte erst in der letzten Lebenszeit die Widersprüche registrieren müssen zwischen der Theorie und der Praxis des sowjetischen Kommunismus. Es scheint nicht, daß Clara Zetkin, die ihre späten Jahre in Rußland verbrachte und nur einmal noch, im Jahre 1932, nach Berlin zurückkehrte, um als Alterspräsidentin den neugewählten Reichstag mit einer Ansprache zu eröffnen, diese Antinomien entdeckt oder gar reflektiert hätte. Käthe Harigs Lebenslauf dagegen zwischen 1901 und 1977 weist Erfahrungen auf, die das erzwingen mußten. Wenn auch sie sich treu blieb, scheinbar wie Clara Zetkin, so ging es dabei härter zu, viel schmerzhafter. Das offizielle Lebensbild, das Alexander Porz, ihr einstiger Assistent am Herder-Institut, entworfen hat, ist glatt und kalt.

Das ist fast unvermeidlich bei solchen Nachrufen in einer Ritualsprache. Kaum etwas von dem kommt vor, was dieses Leben erfüllt und immer wieder gestärkt hat. Dabei sind gerade jene Tatsachen, von denen Käthe Harig offen und heiter zu berichten pflegte, viel wichtiger für das Verstehen einer exemplarischen deutschen Biographie, als alle Orden und Auszeichnungen, die man dieser Frau in ihren letzten Jahren verlieh, und wovon sie kein Aufheben zu machen pflegte.

Als ich sie kennenlernte, im Herbst des Jahres 1948, beim Antritt meiner Leipziger Professur, war sie siebenundvierzig. Sie hat mir später oft, ersichtlich mit Freude, von ihrer Jugend erzählt. Wir waren Rheinländer, ein bißchen sogar Landsleute, denn Käthe dachte gern zurück an ihre Studentenjahre, zuerst in Köln, dann in Aachen, an der Technischen Hochschule, wo sie ihren Mann kennenlernte, den Herrn Assistenten Dr. Gerhard Harig aus Leipzig, der am Physikalischen Institut bei Professor Seitz arbeitete. Nach dem Abitur im Jahre 1920 mußte sie zuerst das Geld für ein Studium verdienen, bezog dann die Universität zu Köln, hatte aber bald das Studium abzubrechen: es war nicht erschwinglich. Käthe suchte sich einen Arbeitsplatz als Angestellte, gab Privatunterricht, sparte ein bißchen Geld, nahm im Jahre 1927 einen zweiten Anlauf, diesmal in Aachen. Sie entschied sich für Physik, Mathematik und Geographie.

Trotzdem gelang es mir nicht, hinter all diesen Gesprächen und Erinnerungen an unser Damals, wobei Käthe immer wieder in ihr lautes Lachen ausbrach, wenn wieder einmal über einen Mißerfolg oder politischen Krach berichtet worden war, hinter dieser klugen und insgeheim stets sorgenvollen Kommunistin der Leipziger Jahre, jene andere Käthe Heizmann zu entdecken, die sich im Jahre 1933 zur Heirat mit Gerhard Harig entschlossen hatte, damals einem politischen Gefangenen. Käthe Heizmann-Harig. Wie mochte sie gewesen sein?

Plötzlich durfte ich sie sehen, und verstand nun vieles, was sie mir erzählt hatte. Eine Photographie hat das bewirkt, eine sehr schöne übrigens, denn das Original hatte August Sander aufgenommen: im Kölner Karneval des Jahres 1929. Was ich sah, war kein Original, sondern die Abbildung in einem Erinnerungsbuch an das Köln von einst, auch an das Köln meiner Jugend, das es nicht mehr gibt, nicht einmal mehr in Flicken oder Fetzen. Die Bilder in dem Buch *Köln am Rhein so wie es war* von Peter Fuchs suchten etwas davon aufzuheben.

Man hatte mir den Band geschenkt: der damalige Kulturrefe-

rent der Vaterstadt überreichte ihn mir am 19. März 1977. Ich begann zu blättern: natürlich, da fuhr damals die Straßenbahn; der Hauptbahnhof sah in meiner Jugend bereits anders aus; das Schauspielhaus mit den vielen Erinnerungen; August Sander hatte auch den Papa Dierse photographiert, den Wirt der »Kleinen Glocke«, wo wir den Fastelovend zu feiern pflegten. Die offiziellen Feste im Gürzenich gingen uns nichts an: das war damals bereits Schau und Geschäft. Allerdings unter Mitwirkung eines genialischen kleinen Mannes, des Dichters (er war einer!) Willi Ostermann. Wir tobten in der »Kleinen Glocke« und in einem Eckhaus, wo eine Kneipe mit dem schönen Namen »Em dekke Tommes« lag, und wo es im Keller zur Karnevalszeit hoch herging. So was vergißt man nicht. Hier hatte auch ich mich in den kalten Nächten des Januar und Februar 1929 herumgetrieben: mit viel Wut im Leib, die abgetobt werden mußte. Vielleicht war ich sogar dabei in jener Nacht im »Dekke Tommes«, als August Sander die Gruppe der Progressiven Künstler aufnahm, die hier, unweit vom Schauspielhaus an der Glockengasse, ihre »Lumpenbälle« zu feiern liebte. Lumpenbälle als Gegenkultur zur Gürzenich-Heiterkeit der feinen, nämlich reichen Leute.
Sander hielt einen Augenblick fest. Das ist keine Orgie, sondern Jux, Verkleidung, auch mit lustiger Travestie, Kostümwelt der *Dreigroschenoper*, die ein halbes Jahr vorher ihren Siegeslauf angetreten hatte. Freilich mußte man nach Düsseldorf fahren, um sie zu sehen. In Köln war vorerst an eine Aufführung nicht zu denken. Der Oberbürgermeister wollte das nicht.
Ich habe viele Gesichter auf dem Bild wiedererkannt. Heinz Hoerle vor allem, der so begabt war und so früh sterben mußte. Peter Fuchs hat mit Recht in seinem Bildband auch Hoerles Meisterwerk *Zeitgenossen* reproduziert. Fünf Männer und eine Frau. Die fünf prominenten Kölner aus jenen Jahren: Adenauer und den Boxer Hein Domgörgen, Deutscher Meister im Mittelgewicht. Die Schauspielerin Trude Alex und den Maler des Bildes, Heinrich Hoerle. Alle vier

schauen den Betrachter starr an, haben keinen Blick füreinander. Links aber steht der Narr: Willi Ostermann mit der Kappe. Der sieht keinen an, nicht die Leute vor dem Bild, und auch nicht die vier Prominenten. Wohin schaut er, und was sieht er?

Hoerle war bei uns zu Besuch gewesen, auch andere Gäste meines Vaters finde ich wieder auf Sanders Gruppenbild. Den Maler Franz Seiwert etwa mit den Röntgenaugen, der stets da ist und zugleich unerreichbar fern. Er hat sich diesmal als Zuhälter zurechtgemacht und trägt die »Schiebermütze«. Eine junge Frau hat einen Arm um seine Schulter gelegt, er läßt die Hand liegen, hält sie aber nicht. Der andere Arm der jungen Frau hält einen anderen Mann umfaßt. Der ist kleiner als sie, er trägt Brille, schaut etwas unsicher drein, hält aber liebevoll die linke Hand der jungen Frau, die auf seiner Brust liegt.

Ein heiteres Bild: vier Jahre vor der Katastrophe. Man war fröhlich, was gut war, denn man hatte alles noch vor sich. Käthe Heizmann zwischen den beiden Männern, die ihr Leben bestimmt haben. Zwischen dem Maler Franz Wilhelm Seiwert (1894-1933) und dem Naturwissenschaftler Gerhard Harig, der etwas jünger war als Käthe, damals wohl siebenundzwanzig. Seiwert ist immer noch ein Freund, das zeigt das Bild, aber die Bindung an Gerhard Harig besteht schon seit dem Studium in Aachen, also seit 1927.

Trotzdem meine ich heute, daß die Bekanntschaft mit Franz Seiwert, von dem Käthe auch später mit großer Zuneigung sprach, für diese junge Frau eine Erweckung bedeutet haben muß zum kritischen Bewußtsein. Der Weg von Seiwert zu Harig hat für Käthe vielleicht die Abwendung von einem anarchistischen Denken bedeutet: hin zum Marxismus.

Die Bedeutung von Franz Wilhelm Seiwert, einem Kölner, ist erst in den siebziger Jahren erkannt worden. Ausstellungen seines Werks erhellten auch die geistigen Hintergründe der Progressiven und ihrer von Seiwert und Hoerle herausgegebenen Streitschrift *a-z*. Man traf sich im Café Monopol am Wallraffplatz: wo heute das Funkhaus steht. Übrigens ein Caféhaus der Honoratioren und der guten Bürger. Mein Vater trank dort jeden Tag seinen Nachmittagskaffee. Hier lernte er die Progressiven kennen und lud sie zu uns ein. Als einer der ersten kaufte er Hoerles skandalöse *Krüppelmappe*. Meine Mutter konnte sich kaum beruhigen. Seiwert zeichnete die Welt der Schieber, Militärs und besondes die klerikale Umwelt seiner Vaterstadt.

Es wird Verbindungen Seiwerts und seiner Freunde zur Münchner Räterepublik gegeben haben und zu der von dem Schriftsteller Ret Marut seit 1917 in München herausgegebenen Zeitschrift *Der Ziegelbrenner.* Ret Marut mußte nach Niederschlagung der Räterepublik flüchten: ein Steckbrief folgte ihm nach. Seiwert hat ihn gemalt, den Ziegelbrenner Ret Marut. Es muß eine enge Freundschaft und geistige Partnerschaft gegeben haben. Ret Marut aber, der politische Flüchtling aus Deutschland, war offensichtlich identisch, daran zweifelt die Forschung heute nicht mehr, mit B. Traven, dem Autor der *Baumwollpflücker* und des *Totenschiffs*.

In Travens Nachlaß in Mexiko fand man Erinnerungsstücke an Franz Seiwert, und einen Personalausweis des einstigen Kölner Mit-Progressiven, des Malers Anton Raederscheidt: auch eines Kumpans aus dem »Dekke Tommes«. Käthe hat auch ihn gekannt, wir haben über ihn gesprochen, denn auch ich war ihm damals begegnet.

Was hat Käthe von alledem gewußt? Ziemlich viel, möchte ich meinen. Sie hatte Seiwert, den sie noch von Aachen her kannte, in Köln bei einer Aufführung der *Maßnahme* von Brecht wiedergetroffen und wurde durch ihn mit den Progressiven bekannt. Übrigens wechselte sie im Jahre 1930 die Hochschule und kehrte von Aachen zurück an die Kölner Universität: abermals mit den Fächern Mathematik, Physik und Geographie. Sie wollte mit einem wirtschaftsgeographischen Thema promovieren, vorher aber das Staatsexamen für das höhere Lehramt ablegen.

Zu alledem kam es nicht mehr. Gerhard Harig wurde 1933 verhaftet. Käthe blieb einstweilen unbehelligt, obwohl man

sie zur Vernehmung vorlud, und obwohl sie sich energisch für den verhafteten Freund, bald darauf ihren Ehemann, einsetzte. Später hat sie mir, abermals mit ihrem unvergeßbaren Lachen, erzählt, daß man sie in Aachen in Polizeikreisen eher für eine harmlose Mit-Schwärmerin hielt, die als Anarchistin daherredete, doch keinesfalls zum Kreis der disziplinierten kommunistischen Parteikader zu rechnen sei. Übrigens ein sympathisches Mädchen: frei und offen.
Frei und offen: doch gewiß nicht bei der polizeilichen Vernehmung. Brechts *Maßnahme* war für Käthe kein Theaterspiel, sondern Maxime des eigenen Lebens. Was sie später, in der Sowjetunion, mit allen Dimensionen kennenlernte.
Die Einordnung als schwärmerische Anarchistin meinte vermutlich den Umgang mit Seiwert und seinen Freunden. Die Kölner Polizei war besser unterrichtet als die Kollegen in Aachen. Am 2. Mai 1933 wurde Käthe Heizmann, mitten im Staatsexamen, wegen kommunistischer Umtriebe von der Kölner Universität relegiert. Das Manuskript ihrer weitgediehenen Dissertation wurde beschlagnahmt und offenbar vernichtet.
Gerhard Harig kam bald frei aus der »Schutzhaft«, wie man das boshaft nannte im Frühjahr 1933. Man hatte bekanntlich die politischen Gegner nicht beseitigen oder gar mißhandeln wollen, natürlich gibt es dabei immer Übergriffe untergeordneter Organe, sondern nahm sie in Schutzhaft, damit sie unerreichbar seien für den, an sich berechtigten, Volkszorn. Nach seiner Entlassung war der promovierte Physiker arbeitslos. Sein Professor Seitz setzte sich im Ausland für den begabten Assistenten ein. Es kamen zwei Angebote: außerordentlicher Professor an der Universität Ankara oder wissenschaftlicher Mitarbeiter am Physikalischen Institut der Sowjetischen Akademie der Wissenschaften zu Leningrad. Harig kannte dessen Leiter, den Professor Joffe. Er entschied sich für Leningrad und verließ Deutschland noch im Jahre 1933. Ein Jahr später folgte ihm Käthe, nunmehr Katharina Harig. Der Sohn Georg kam 1935 in Leningrad zur Welt. Er arbeitet als promovierter

und habilitierter Mediziner in Ostberlin. Ein zweiter Sohn, der 1936 geboren wurde, hat nur ein Jahr gelebt. Damals aber, im Jahre 1937, stand das Reich Stalins im Zeichen der Säuberungen und der spektakulären Prozesse. Jüdische Verräter wurden bevorzugt. Auch Professor Joffes Leningrader Institut mußte gesäubert werden. Der deutsche Emigrant Harig scheint dabei kaum eine Rolle gespielt zu haben.

Was dann geschah, darüber haben Käthe und ich niemals gesprochen. Die Tatsachen bleiben jedoch, falls man keine Deutung versucht, fast unbegreifbar. Gerhard Harig erhielt im Jahre 1938 von seiner Kommunistischen Partei Deutschlands, deren wichtigste Funktionäre, Pieck und Ulbricht also, seit der Verhaftung Ernst Thälmanns in Moskau lebten, den Parteiauftrag, zu illegaler Arbeit nach Deutschland zurückzufahren. Hatte man keine bessere Auslese zur Verfügung, als diesen kleinen zarten Doktor der Naturwissenschaften? Oder hatte der große Bruder die Entfernung des Emigranten gewünscht, um nicht selbst tätig werden zu müssen?

So kehrte Gerhard Harig 1938 über Finnland nach Deutschland zurück. Vermutlich mit falschen Papieren. Es machte aber nichts aus, denn bei der Landung in Hamburg wartete die Geheimpolizei. Man wußte Bescheid. War der Ankömmling bereits gemeldet, oder genügte die Tatsache, daß ein Deutscher aus der Sowjetunion heimkehrte, um den Fall zu untersuchen?

Man konnte nichts nachweisen. Harigs Mutter in Leipzig meldete sich und verlangte Auskunft. Man teilte mit, es liege nichts vor, was ein Gerichtsverfahren verlange. Es sei jedoch besser, wenn er in Schutzhaft bliebe... Abermals die Schutzhaft. Diesmal hieß das: Buchenwald. Dort blieb er bis zum Kriegsende. Er war zäher, als man hätte vermuten können. Solidarität der Genossen hat mitgeholfen. Er hat es überlebt.

Käthe war das jüngste von vier Kindern aus einer, wie man sagte, zerrütteten Ehe. Der offizielle Biograph Alexander Porz macht aus dem Vater Gottlob Heizmann, Gerbermeister

und Lederfabrikant, ein Opfer im »harten Konkurrenzkampf des imperialistischen Gesellschaftssystems«. Ganz so war es wohl nicht. Käthe hat, ganz unbekümmert, den Vorgang ein bißchen anders dargestellt, nämlich so: »Es war vielmehr so, daß der Vater seine Familie verließ, nachdem seine Frau in eine Scheidung nicht einwilligte. Er verschwand einfach eines Tages, und man hat nie mehr etwas von ihm gehört. Die Mutter legte sich daraufhin in eine (sehr teure) Privatklinik in Aachen, und der eingesetzte Vermögensverwalter führte die Geschäfte so, daß eines Tages kein Geld mehr da war, und die Kinder ins Waisenhaus kamen.« Eine gut katholische Familie. Eine Schwester Käthes nahm den Ordensschleier. Die Verbindung aber zwischen der Nonne und der kommunistischen Professorin blieb eng. Käthe hat die ältere Schwester oft besucht und, selbst schon sehr krank, bis zuletzt umsorgt. Auch das Verhältnis zur Mutter blieb herzlich. In einem später in Leipzig verfaßten Lebenslauf heißt es: »Meine Mutter hat es fertiggebracht, allen ihren Kindern ohne jeglichen wirtschaftlichen Rückhalt und ohne jede finanzielle Hilfe, nur durch eigene Arbeit als Privatlehrerin, eine gute Schulbildung zu geben. Allerdings haben wir Kinder jahrelang durch miserabel bezahlte Heimarbeit zum Lebensunterhalt beigetragen.«
Das kluge Mädchen mit den starken roten Haaren, die im Alter nur mattgrau geworden waren, nicht weiß, muß nicht nur eine treue Freundin gewesen sein, sondern auch eine Plage für Träger einer fragwürdigen Autorität. Vom Krach in der Schule hat Käthe gern erzählt, als sie mit sechzehn Jahren, mitten im Weltkrieg, das Aufsatzthema bearbeiten sollte: »Auch der Krieg hat sein Gutes«. Die Schülerin Heizmann gab ein Blatt ab, das nur ein großes Fragezeichen als Antwort zu bieten hatte. Die Schule mußte gewechselt werden, doch Käthe fand immer wieder Fürsprecher, die ihr weiterhalfen. Sie hat auch das nicht vergessen. Ihre Dankbarkeit war echt: sie war ein Teil ihrer Kraft. Ein Kind kleiner Leute, und auch wieder nicht. Das war durchaus kein Proletariat. Ein Zug des Verwegenen, Bohemehaften, auch bürgerlich Unordentlichen

gehörte zu dieser Frau. Da war nicht bloß die Boheme der Kölner Progressiven. Käthe wußte auch mit großer Freude (und Sachkenntnis) vom Leben unter den Menschen im Grenzland zwischen Deutschen und Wallonen zu berichten: von Schmugglern, Wilderern und Schwarzbrennern. Da sie zuerst das Lehrerinnenexamen für Volksschulen abgelegt hatte, später erst das Abitur nachmachen konnte, entschloß sie sich als Zwanzigjährige, an einer einklassigen Dorfschule in der Eifel zu unterrichten: und zwar in einem Dorf, das durch den Versailler Vertrag an Belgien gelangt war. Da Käthe in Eupen zur Welt gekommen war, mußte sie angestellt werden. Sie wußte, daß das belgische Schulsystem damals vernünftiger und moderner war als das einstmals königlich-preußische.

Vielleicht konnte sie den Zweiten Weltkrieg überleben, mitsamt ihrem Kind, weil sie in der Eifel gelernt hatte, wie es in Kälte und Not zugeht, und wie man einander helfen kann. Das erfuhr sie im Sommer 1941, als Krieg war auf dem Gebiet der Sowjetunion und die evakuierte Emigrantin mit dem sechsjährigen Kind in das Dorf Laž gelangte, nicht weit von der Stadt Kirow. Die Stadt Kirow lag noch in Europa: vor dem Ural. Käthe stieg aus dem Zug, als sie das erfuhr. Sie wollte in Europa bleiben. Das erklärte sie auch dem kleinen Sohn. In Kirow, wo sie eigenmächtig ausgestiegen war, traf sie mit einem aus Moskau evakuierten Lehrer zusammen, der in Laž als Direktor einer Oberschule amtieren sollte. Er nahm sie mit. Sie kam ins Dorf, sprach gut russisch und bat, man möge sie aufnehmen. Sie könne sich nützlich machen, und eine Lehrerin sei sie auch. Es muß ähnlich zugegangen sein im Eifeldorf und in dem Dorf an der europäischen Grenze vor dem Ural. Sie durfte bleiben. Als eine polizeiliche Aufforderung an sie erging, das Dorf zu verlassen, weigerte sie sich. Das Dorf stand zu ihr. Das hat sie mir immer wieder erzählt. Man ließ sie in Ruhe. Außerdem hatte man andere Sorgen in einem mörderischen Krieg gegen die deutschen Angreifer.

Was war aus den Menschen geworden, die einen Lumpenball gefeiert hatten in Köln, zur Karnevalszeit des Jahres 1929? Seiwert und Hoerle sind tot. Wer ein paar andere auf dem heiteren Bild des Photographen August Sander wiedererkennt, weiß von Erniedrigungen und Entbehrungen, von Ausbürgerung, als einem Deutschen auf Widerruf, von Armut und Angst. Erich Sander, der Sohn des Photographen, ist umgekommen im Zuchthaus von Siegburg. Die Vokabel vom »Ausradieren« der feindlichen Städte und vom »Coventrysieren« wurde eingedeutscht. Was ist aus der Glockengasse in Köln geworden, wo Jacques Offenbach zur Welt kam, als Sohn des Kantors an der Synagoge in eben dieser Glockengasse? Wo das Schauspielhaus lag, und der »Dekke Tommes« an der Ecke der Glockengasse und der Hämergasse.
Die fröhliche junge Frau in der Bildmitte, zwischen Seiwert und Harig, lebte noch in Europa; irgendwo am Ural, in einem Dorf, wo das Kind russisch spricht mit den Dorfkindern, mit der Mutter ein bißchen deutsch, aber viel später, nach der Rückkehr, die Sprache seiner Eltern erst richtig lernen muß. Seiner Eltern? Hat der Junge noch einen Vater, den er kennenlernen wird? Das Kind war drei Jahre alt, als ein unmenschlicher (und wohl sinnloser) Parteiauftrag an den Vater erging. Es ging zu wie in der *Maßnahme* von Brecht, wo der Tod des Jungen Genossen als Erfüllung eines Parteiauftrags interpretiert wird.
Käthe Harig im Dorf Laž weiß nichts vom Schicksal ihres Mannes: Vielleicht weiß man auch in Moskau nicht, wer noch lebt in Buchenwald und wer nicht mehr. Ernst Thälmann hat man zuletzt dorthin transportiert und, in aller Heimlichkeit, erschossen und verbrannt. Hat die Genossin Harig während des Krieges und auch kurz nach dem Kriegsende jemals eine Nachricht durch ihre Partei erhalten, daß ihr Mann verhaftet sei, und in Lebensgefahr? Ich habe nie danach gefragt. Sie sprach nicht darüber.
Bei Kriegsende sind Käthe und der zehnjährige Georg Harig, genannt Schorsch, noch in Laž. Dort wird im Sommer die

Oberschule aufgelöst und etwas weiter westlich nach Kičma verlegt. Hier verleben beide die erste Nachkriegszeit. Zwei Jahre noch, denn das erste Lebenszeichen von Gerhard Harig traf im Sommer 1947 in Kičma ein. Warum das nicht früher möglich war? Immerhin spielte der Genosse Harig jetzt eine wichtige Rolle in der Sowjetischen Besatzungszone des besiegten Deutschen Reiches. Plötzlich galt alles als erwünscht und überaus nützlich, was während des Exils das Leben hätte kosten können: akademische Bildung, das Doktordiplom, die wertvolle naturwissenschaftliche Bildung, das sowjetische Exil mitsamt den russischen Sprachkenntnissen. Trotzdem hat es zwei Jahre gedauert, bis eine Familie erfahren konnte, daß sie noch eine war.

Fast ein Jahr mußte dann noch vergehen, bis Mutter und Sohn nach Deutschland heimkehren durften. Im April 1948 langten sie in Leipzig an. Dort arbeitete Gerhard an der Universität und im Parteiapparat der damals begründeten Sozialistischen Einheitspartei. In Leipzig war er geboren, hier lebten auch seine Mutter und Schwester. Allein, dort lebte auch eine andere Frau mit ihm. Ich habe nie gefragt, wann Gerhard Harig erfuhr, daß seine Familie überlebt hatte.

Käthe hat mir einmal, ganz beiläufig, nach ihrer Art, erzählt, wie sie den Mann wiedertraf, und wie die andere Frau zugegen war. Sie habe ruhig und nüchtern erklärt: nun müsse sich der Mann entscheiden. Das geschah: offenbar ohne große Schwierigkeit. Gerhard Harig war kein Mann der starken Gefühle. Leidenschaft kannte er, wenn es um seine Bücher ging, und um genaue Analysen.

Sie hatten noch achtzehn Ehejahre. Käthe arbeitete zunächst im parteiamtlichen Dietz Verlag in Berlin. Dann zog man nach Leipzig. Im Jahre 1951 richtete die Regierung der DDR ein Staatssekretariat für das Hochschulwesen ein. Sie trennte mithin, durchaus zu Recht, das Hochschulwesen vom Schulwesen. Erster Staatssekretär wurde der Professor Gerhard Harig aus Leipzig. Nun war Käthe im »inneren Kreis«. Es war ihr, wie ich weiß, nur insofern wichtig, als der Alltag da-

durch leichter wurde. Macht hat ihr nichts bedeutet. Bei dem Staatssekretär war es wohl anders. Er pflegte mit glücklicher Ironie bisweilen zu erklären: »Jetzt gehe ich und muß regieren!« Er hatte sieben Jahre Buchenwald hinter sich.
Staatssekretär Harig hat sich große Mühe gegeben, und er hat manches verhindert. Davon weiß ich einiges. Hinzu kam, daß man seit dem 17. Juni auf jenes Tauwetter hoffte, das keines war. Aber mit Johannes R. Becher als Kulturminister und mit Gerhard Harig als Hochschulminister ließ sich damals in erträglicher Weise arbeiten: sofern nicht Partei- und Regierungsbeschlüsse dawiderstanden. Das versteht sich, und Harigs wußten es auch.
Käthe absolvierte, das habe ich ein paarmal erlebt, die Festreden und Staatsempfänge: ohne viel Respekt vor dem Protokoll, doch höflich und taktvoll, nach ihrer Art. Ein enger Freund war Werner Krauss, der es in Leipzig nicht mehr aushielt und nach Berlin gezogen war, an die Akademie der Wissenschaften. Er hat Käthe gern gehabt und bewundert.
Als der Staatssekretär ausgewechselt wurde, vermutlich weil er zu großzügig gewesen war im Umgang mit den Professoren und Studenten, zogen Harigs wieder nach Leipzig, wo Gerhard eine Professur für Geschichte der Naturwissenschaften übernahm. Nun erst war er glücklich. Dergleichen hatte er gewollt.
Katharina Harig wurde erste Direktorin des im August 1956, also noch vor dem ungarischen Aufstand, gegründeten »Instituts für Ausländerstudium an der Karl-Marx-Universität«. Der Name Herder-Institut wurde 1961 verliehen. Katharina Harig erhielt eine Professur für Erziehungswissenschaft. Was sie vorhatte, ist von ihr so formuliert worden: »Wir wollen keinem unserer ausländischen Gäste unsere Meinung aufoktroyieren, aber wir wollen ihm helfen, die wirtschaftliche und geistige Situation in der DDR kennenzulernen und zu verstehen. Wir betrachten es als unseren Auftrag, unseren Studierenden zu helfen, geistig allseits entwickelte Persönlichkeiten zu werden, die ihrer Heimat treu bleiben und dorthin nicht als

›Nur-Fachleute‹ zurückkehren [...]« Das ist ein idealistisches Programm, wie man sieht, doch sie hat daran geglaubt, und sie hat sich daran gehalten.

Ich habe sie oft bei der Arbeit erlebt. Ihre moralische Autorität war ungewöhnlich. Alle spürten, daß es dieser Frau ernst war mit allem, was sie trieb. Man wollte diese bedeutende Frau nicht enttäuschen. In Leipzig zirkulierten viele Anekdoten über Käthe und ihre in jeder Weise »farbigen« Schüler. Da wird ein Schwarzer, der randalierte und Unfug trieb, von der Polizei abgefangen und spielt vor der Polizei den wilden Mann. Die Staatsmacht lacht er aus. Eine Ausweisung läßt ihn kalt. Die Botschaft seines Landes? Ein Gelächter. »Wir haben Frau Professor Harig benachrichtigt. Sie wird gleich hier sein.« Der Delinquent wird aschgrau.

Käthe zog es immer wieder nach Afrika: sie wollte sehen, woher ihre Schüler kamen, und wohin man sie zurücksenden würde nach Abschluß des Leipziger Studiums. Man empfing sie überall besonders herzlich. In Deutschland war sie wohl nicht mehr besonders gern. Zu viele Erinnerungen. Zwei große Reisen haben wir noch gemeinsam unternommen, die Harigs und ich. Bei der letzten, zu Ostern 1961, einer Schiffsreise mit einem sowjetischen Schiff deutschen Ursprungs, das nach dem Krieg requiriert wurde, war auch Werner Krauss mitgefahren: Im Hafen von Piräus hatte er einen Anfall von Surrealismus: er weigerte sich aus ästhetischen Gründen, die Akropolis zu besichtigen. Käthe redete ihm gut zu, er gab nach, verschwand aber sogleich, als man die Propyläen wieder im Rücken hatte.

Wir freuten uns, daß wir beisammen waren und daß wir überlebt hatten. Werner Krauss war zum Tode verurteilt worden und hatte lange in der Hinrichtungszelle gesessen. Freunde besorgten Gutachten, die seinen Geisteszustand in Frage stellten. So wurde er zu lebenslänglicher Haft begnadigt. Die Russen befreiten ihn aus dem Zuchthaus. Auch Werner Krauss war nicht mehr gern in Deutschland. Er liebte Spanien und fuhr gelegentlich dorthin, wenn es die Forschungen verlangten. Aber in Spanien herrschte immer noch Franco.

Am Schluß jener Reise waren wir abermals in Odessa angelangt, wo die Kreuzfahrt begonnen hatte. Käthe und ich standen lange vor der berühmten Treppe, die keiner vergißt, der einmal den Film Sergej Eisensteins gesehen hat, den *Panzerkreuzer Potemkin*. Was war daraus geworden? Käthe sprach in Odessa mit vielen Leuten: vor einem Schaufenster, im Hotel, beim Spaziergang in den schönen Parks. Die Leute waren zutraulich. Sie hielten Käthe oft für eine Russin. Ich sah sie an: da war etwas in ihrem Gesicht, im Tonfall, im Alltagsverhalten übriggeblieben vom Leben am Rande Europas.

Gerhard Harig starb im Jahre 1966. Da lebte ich bereits im »Westen«. Ein Schlaganfall. Er lag eines Morgens tot im Bett. Käthe war emeritierte Professorin. Ab und zu besuchte sie Verwandte im Rheinland und in der Pfalz. Einmal sprach sie auf Einladung der Tübinger Pädagogen in der Universität über sozialistische Pädagogik. Man hörte aufmerksam zu. Die hier sprach, wußte Bescheid, und sie machte niemandem etwas vor, auch sich selbst nicht. Schönredner waren ihr verhaßt. Was die anrichten können, hatte sie erfahren: ein Leben lang.

Dann wurde sie vom Auto angefahren. Ein schwerer Unfall. Dann kam die letzte schwere Krankheit. In seiner Totenrede sagte Walter Markov: »Das Geheimnis ihrer Erfolge ist nicht leicht zu entschlüsseln. Sie war kein schreibender, sondern ein unmittelbar auf Menschen gerichteter Charakter. Sie nahm vorgetragene Anliegen ganz ernst, war freimütig, mitunter schonungslos offenherzig, nannte die Dinge ungeschminkt beim Namen. Sowenig wie sich, machte sie anderen etwas vor.«

Markov spricht auch von ihrer »nahezu unerschöpflichen Neugier – auf sich anbahnende Entwicklungen und den ›neuen Menschen‹«. Und setzt hinzu: »Immer erschienst Du mir als Menschenfischer: um der größeren Sache willen.«

Stephan Hermlin: Erinnerung und Deutung

Augenblicke mit Stephan Hermlin

Wo und wie sie begonnen haben, meine Begegnungen mit diesem Mit-Emigranten, das weiß ich noch genau. Auch er hat es in der Erinnerung behalten und erwähnte es bei einer unserer öffentlichen Begegnungen: am 8. November 1989 bei einem Dialog über deutsche Politik und Kulturpolitik nach zwei Weltkriegen.

Im Jahre 1944 gehörte ich in Zürich zum Vorstand einer Kulturgemeinschaft der Emigranten. Wir hatten ein Preisausschreiben bekanntgegeben und forderten die – deutschsprachigen – Insassen der Arbeitslager für Internierte und Emigranten darin auf, literarische Texte nach ihrer Wahl und je nach der von ihnen gewählten Gattung zu uns nach Zürich zu schicken. Es wurden Preise ausgesetzt für die literarisch besten Einsendungen.

Die Zahl der Einsendungen übertraf alle Erwartungen. Viele gute Texte waren darunter: Erfahrungen bei der Flucht, im Arbeitslager, beim Umgang mit den Schweizern oder anderen »Gastvölkern«. Lyrik, auch Dramatisierungen. Vor allem Reportagen und kurze Erzählungen.

Darunter aber lagen plötzlich ein paar Gedichte, und die verdienten wirklich diese Bezeichnung. Wir Mitglieder der Jury waren fasziniert und wollten den Einsender Stephan Hermlin unbedingt kennenlernen. Er lebte in einem Arbeitslager irgendwo im Tessin: zwischen Chiasso und Bellinzona. Den ließen wir dann zu uns nach Zürich kommen. Hermlin war damals 29 Jahre alt. Er schien überhaupt nicht beglückt oder überrascht über unsere Freude an seinen Texten. Das verstand sich für ihn wohl von selbst. Er hielt es auch für selbstverständlich, daß man bald darauf erreichte, daß er den Tessin verlassen und in Zürich bleiben durfte, wo wir dann gemein-

sam die inzwischen auch »literarhistorisch« gewordene Flüchtlingszeitschrift *Über die Grenzen* redigierten.
Zweifel an seinem Dichtertum hat Stephan Hermlin wohl niemals verspürt. Das wußte er innerlich besser. Zweifel an einer Weiterführung des literarischen Werks aber hat er durchaus, vermutlich nicht ohne Schmerzen, erfahren müssen.
Da sind die Augenblicke unserer Redaktionssitzungen. Hermlins Urteile über einen der von uns zu prüfenden Texte waren stets bündig. Übrigens entschied er sich in den meisten Fällen für die Annahme der Texte. Zu seinen Eigentümlichkeiten, die ich im Verlauf von mehr als vier Jahrzehnten kennenlernte, gehört es, daß der Neid ihm ganz fremd ist. Er hat immer wieder Freude an neuer und guter Literatur. Damit hat er sich nicht immer nur Freunde gemacht: im literarischen wie im politischen Bereich.
Dann verschwand er noch vor dem Kriegsende aus Zürich. Er sei nach Deutschland zurückgekehrt. Mehr war nicht zu erfahren. Irgendwann im Oktober 1945 aber stand er plötzlich an meinem Bett im Schlafzimmer irgendeines Arbeiterehepaars im Frankfurter Norden. Das war mein erstes Erwachen in Deutschland. Zwei Tage zuvor war ich unter abenteuerlichen Umständen aus der Schweiz gekommen und hier in Frankfurt gelandet. Was auf diesen Augenblick an jenem Morgen folgte, habe ich in meinen Erinnerungen beschrieben, weil es wahrhaft »buchenswert« gewesen ist. Hermlin holte mich nämlich ab zu irgendeiner Dichterlesung in irgendeiner Wohnung im Frankfurter Westen. Der uns allen unbekannte Rudolf Hagelstange las die Sonette seines *Venezianischen Credo*. Hermlin gehörte damals zur Redaktion der frisch lizenzierten *Frankfurter Rundschau*. Als Golo Mann mich im Frühjahr 1946 veranlaßte, die Chefredaktion von Radio Frankfurt zu übernehmen, holten wir uns Hermlin als Literaturredakteur. So entstanden unsere Sendungen über eine in Deutschland völlig unbekannte Literatur, die offenbar sehr viel gehört worden sind. Man forderte uns auf, die Texte als Buch herauszugeben. Ich sehe

noch den Augenblick in der Kantine von Radio Frankfurt, eines Senders der amerikanischen Militärregierung, als wir einen Titel für das Büchlein suchten, das im Limes Verlag zu Wiesbaden erscheinen sollte. Dort war auch, schon im Juni 1946, mein Buch *Georg Büchner und seine Zeit* ediert worden. Wie also sollte der Titel lauten? So schlicht und sachlich wie möglich. Wir einigten uns auf *Ansichten über einige neue Schriftsteller und Bücher.* Das Buch ist heute eine Rarität und wird in den Katalogen der Antiquare, wie ich stolz feststellen konnte, recht hoch taxiert. Vermutlich mit Recht, denn dies Büchlein, und vor allem die erweiterte Ausgabe in Ost-Berlin durch den Verlag Volk und Welt, hat offenbar als Nachhilfeunterricht für viele damals junge Literaturfreunde und künftige Schriftsteller gewirkt.

Dann verließ Stephan Hermlin die Stadt Frankfurt und den dortigen Rundfunk, um nach Berlin zu ziehen: sowjetischer Sektor. Dort trafen wir uns wieder im Frühjahr 1947. Meine erste Begegnung mit der geliebten Stadt meiner besten Universitätsjahre.

Erster Deutscher Schriftstellerkongreß im Herbst 1947 in allen Sektoren der geteilten Stadt. Auf der Bühne der Kammerspiele Max Reinhardts in der Schumannstraße spricht Hermlin über die Literatur der sogenannten »inneren Emigration«. Er macht sich respektvoll lustig über die damalige Verdinglichung und Sklavensprache der Lyriker. »Eine Lyrik der Lurche und Molche«. Wir alle sind zuversichtlich, obwohl der Schriftstellerkongreß selbst schließlich auseinanderfällt. Der Kalte Krieg hatte schon begonnen.

Im Herbst 1948 traf ich in Leipzig ein: als neuberufener Professor für neuere und vergleichende Literaturgeschichte. Von da an waren wir einander immer sehr nahe: in dem, was wir schrieben, dachten, erhofften. Zumeist auch in dem, was uns kränkte oder empörte.

An Feinden hat es nicht gefehlt. Ganz zu schweigen von den politischen Glossen oder feuilletonistischen Verrissen in der westdeutschen Presse. Das war nicht wichtig. Es ist uns auch

heute nicht wichtig. Es zeigte sich abermals, nach fünfundvierzig Jahren, an jenem 8. November 1989 in Hamburg.
Dabei wäre es leicht, uns als extreme Antipoden zu charakterisieren. Ich hätte es niemals in irgendeiner Partei oder auch nur unter irgendeiner strengen geistigen Disziplin ausgehalten. Stephan Hermlin ist, wohl mit 16 oder 17 Jahren, in die Kommunistische Partei Deutschlands eingetreten: kurz bevor sie verboten wurde. Dabei blieb er nun. Manchmal muß er diese Mitgliedschaft wie ein Credo, quia absurdum empfunden haben. Immer wieder aber half ihm sein hochentwikkelter Eigensinn. Er wollte vor sich selbst recht behalten. Ist es ihm gelungen? Wer kann das entscheiden. Noch eins. Das Parteimitglied St. H. wäre verpflichtet gewesen, als ich aus Leipzig wegging, ohne Recht und Gesetz, mich als einen Verbrecher zu negieren. Daran hat er offenbar nicht einen Augenblick gedacht. Wir trafen uns immer wieder, das war unvermeidbar. Ich stellte den Antrag, den Dichter Hermlin in die Akademie der Künste in West-Berlin zu wählen. Er wurde gewählt. Nun saßen wir wieder an einem Tisch, um über Literatur zu diskutieren. So wie vormals bei einer Sitzung des PEN-Clubs in Weimar. Als Hermlin hinausgerufen wurde ans Telefon, dann zurückkehrte und mit einem verlegenglücklichen Lächeln mir zuflüsterte: »Ich bin soeben Großvater geworden!«
Ein Dichter ist er immer geblieben. Allerdings einer, der sich verhältnismäßig früh schon dem Gedicht versagte. Oder dem sich das Gedicht versagte? Darüber haben sich manche Feuilletons mokiert. Sehr zu unrecht. Es gibt zahlreiche Fälle eines solchen Versiegens der lyrischen Schöpferkraft. Ludwig Uhland war ein genialer Lyriker nur bis etwa zu seinem 22. Lebensjahr. Dann hat er noch viel geschrieben, wie man weiß, auch sehr Gutes. Der genialische junge Hofmannsthal, der Loris also, hat früh schon auf das Gedicht verzichtet, dann später auf die Erzählung, dann auf die Tragödie. Er blieb in alledem ein wahrhaftiger Dichter. Stephan Hermlin war der Lyriker eines großen geschichtlichen Augenblicks: des antifa-

schistischen Kampfes und der Befreiung von der Barbarei. Hermlins *Ballade von den weitschauenden Augen*, ein Stalin-Gedicht bekanntlich, meinte den Mythos dessen, der als Sieger hervorging aus einem Verteidigungskrieg. So mag ihn nicht allein Hermlin gesehen haben, den Mann im Kreml. Hier war ich anderer Ansicht. Stalin habe ich immer gehaßt und gefürchtet. Ich mußte den Ausdruck meines Gesichts streng kontrollieren bei der Trauerfeier in der Leipziger Universität. Viele Studenten haben damals geweint um ihn, der es nicht verdient hatte.

Seinen Dichtern ist Hermlin immer treu geblieben: den Schlesiern deutscher Barockdichtung. Den beiden Poeten, die für den zweisprachig aufgewachsenen Deutsch-Engländer als Brüder verstanden wurden: Hölderlin und Schelling. Aber dann kamen die großen Dichter des 20. Jahrhunderts, die den jungen deutschen Kollegen geliebt und bewundert haben. Paul Eluard bestellte mir auf dem Breslauer Kongreß vom August 1948 höchst dringliche Grüße an Stephan Hermlin. Pablo Neruda nahm ihn auf in den engen Kreis jener Freunde, denen er einen eigenen kleinen Gedichtband widmete. Vielen jungen Dichtern der Deutschen Demokratischen Republik hat er nach Kräften geholfen, und in finsteren Zeiten. Einige haben es ihm nicht gedankt. Nun ist er alt geworden, und trotzdem erlebe ich ihn in jedem Augenblick immer noch so wie damals in Zürich, zur Zeit der *Zwölf Balladen von den großen Städten*.

Abendbericht über das Aufhören einer Dichtung

Zu Stephan Hermlins *Gesammelten Gedichten* und seinem Prosabuch *Abendlicht*

In dem Gedicht *Die Zeit der Wunder*, das Stephan Hermlin durch die Jahreszahl 1947 historisch zuordnet, bilden zwei Schlußzeilen gleichsam die Zusammenfassung in der Form ei-

ner »Moralité«. Dieser poetische Aufbau war in der romanischen Lyrik oft gewählt worden. Auch Stephan Hermlin, seit seiner Jugend vertraut mit den großen europäischen Sprachen und den Höhepunkten ihrer Lyrik, hatte im gleichen Jahr 1947 seiner *Ballade von der Dame Hoffnung*, die sehr Aktuelles vom zweiten Jahr unseres Nachkriegs zu berichten hatte, in Renaissancemanier eine solche Moralität in Form einer »Zueignung« am Schluß zugefügt. Die Moralité hat nichts mit der landläufigen Moral zu tun. Auch Heinrich Mann beschloß seinen wohl bedeutendsten Roman, das Exilwerk vom *König Henri IV*, nach jedem wichtigen Kapitel mit einer solchen Moralité, die zu verstehen war als Schlußfolgerung oder als Nutzanwendung.
Hermlins geistige Zusammenfassung aber des Gedichtes *Die Zeit der Wunder* lautete so:

> Der Worte Wunden bluten heute nur nach innen.
> Die Zeit der Wunder schwand. Die Jahre sind vertan.

An den Schluß eines Gedichts gestellt, konnten die beiden Verse nichts anderes meinen, als das Aufhören einer lyrischen Produktion. Wenn nämlich »der Worte Wunden« nur nach innen bluten, aber nicht mehr als Verletzung sichtbar werden, sind sie bloß als innerer Schmerz für den Dichter spürbar, dem sie, die Worte, sich einst angeboten hatten. Dann wird das mögliche, doch nicht mehr geformte Gedicht zur schmerzhaften Erfahrung seines Dichters, allein davon weiß sonst niemand. Nichts dringt mehr nach außen.
Diese Moralité könnte auch auf der letzten Seite von Hermlins Erzählwerk *Abendlicht* stehen, das jetzt gleichzeitig mit dem Lyrikband *Gesammelte Gedichte* erschienen ist. Der Prosaband im Verlag Klaus Wagenbach, der Lyrikband bei Carl Hanser. In zwei westdeutschen Verlagen also. Stephan Hermlin aber lebt, wie bekannt, in Ostberlin.
Beide Bücher sind ausdrücklich als Komplementärwerke zu verstehen: der autobiographische Bericht *Abendlicht*, den

man als ein Werk der lyrischen Prosa, auch als dichterisches Monument für unauslöschliche Erinnerungen verstehen darf, *und* der Band mit den *Gesammelten Gedichten*. Noch genauer: in dem Buch *Abendlicht* wird erzählt, warum die lyrische Dichtung aufgehört hat. So daß eine Sammlung der Verse, gleichsam in der Form eines Nachlasses zu Lebzeiten, möglich wurde. Gesammelte Gedichte von Stephan Hermlin in einer Ausgabe letzter Hand, gesammelt durch einen Menschen vom Jahrgang 1915, der noch mancherlei schreiben und tun wird, jedoch aufhörte, seinen nunmehr gesammelten Balladen und Sonetten, Terzinen und liedhaften Gebilden eine Fortsetzung zu geben. Genau fünfzig Gedichte. Vielleicht gab es noch andere, die der Lyriker nicht drucken ließ. Man soll auch nichts verschwören: aber die vorliegende Sammlung der 50 Texte will verstanden sein als eine Moralité. Die Zeit der Verse ist vorbei.

Die meisten Gedichte hat Hermlin ausdrücklich datiert. Sie sind mit Ereignissen verbunden: sei es den Konstellationen eines einzelnen Lebens, sei es mit Vorgängen unserer Zeit und Zeithistorie. Diese Festlegung aber des Zeitlichen läßt bereits beim ersten Überblick erkennen, daß die überwiegende Zahl der Texte zwischen 1940 und 1952 entstand. Die paar Gedichte mit den Jahreszahlen 1956 und 1957 wirken wie Nachzügler. Das späteste Datum ist 1958. Noch einmal ein großes Gedicht mit dem zweideutigen Titel *Der Tod des Dichters*. Scheinbar handelt es sich hier um einen Nachruf auf den Tod des Dichters und Freundes Johannes R. Becher, der am 11. Oktober dieses Jahres 1958 in Ostberlin nach schwerem Leiden und mit 67 Jahren gestorben war.

Allein, da ist noch mehr. Dieser Text mit der Widmung »In memoriam Johannes R. Becher« ist reimlose Lyrik, antiker Form sich nähernd, was unvermeidlich den Tonfall Hölderlins evozieren muß und auch soll. Becher stand, vor allem in seiner späten Zeit, stets in Versuchung, die eigene klassizistisch gehaltene Dichtung, die er als »poetisches Prinzip« interpretierte, als Weiterführung der *Vaterländischen Gesänge*

Friedrich Hölderlins zu deuten. Hermlin ist skeptischer, auch wohl in der ästhetischen Auseinandersetzung durch Kenntnis der außerdeutschen Literaturen erfahrener, als Becher. Die Wahl des Odenstils ist also in diesem poetischen Nachruf ironisch gebrochen. Der lyrische Text ruft die Visionen des sterbenden Dichters hervor, setzt die Trennungszeichen zwischen dem, was gewollt war: sowohl in der Politik wie in der Kunst, und der heillosen Unzuversicht im Augenblick des Verschwindens. Hat der sterbende Dichter überhaupt etwas bewirken können?

> Denn gegeben ist ihm nimmer, nicht dort, nicht hier,
> Stillung bitteren Zwists. Lang schon, zu lang im Zwist
> Lieget, im unerhörten,
> Mit dem künftigen jeder Tag.

Das Gedicht, also das letzte Stephan Hermlins, endet scheinbar im Zeichen der Hoffnung. Ist es Hoffnung des sterbenden Becher, oder auch die eigene dessen, der hier spricht?

> Neues wächst aber fort, so wie die Zeit es will.
> Die ist des Darbens müd. Ihn aber ruft es weit.
> Was auch ohne ihn blühet,
> Preist er künftigen Glücks gewiß.

Elf Jahre vorher, im Jahre 1947, hatte Hermlin das Prinzip Hoffnung weniger apotheotisch verstanden als hier, wo der sterbende Dichter die Gewißheit künftigen Glücks der Menschen wie eine Heilsgewißheit erträumt: was übrigens der stets nachwirkenden Katholizität Johannes R. Bechers, wie Hermlin wußte, durchaus gemäß sein mochte. Der Nichtchrist Hermlin mit der unreinen Abkunft, der in dem Buch *Abendlicht* berichtet, was seinem Vater angetan wurde von den Machthabern eines Dritten Reiches, sah das Prinzip Hoffnung nicht als Gewißheit an. Daher heißt es in der *Ballade von der Dame Hoffnung*:

Hohes Gemisch aus Ahnung und Erfahrung,
Wahrheit gepfählt, gespießt, gewürgt, gehängt
[…]
Verwehter Hahnenschrei im Dämmerland,
Stets wiederauferstanden, stets verloren:
Von den Bedrängten Hoffnung bist genannt.

Dies war in der Tat, im Jahre 1947, reale Dialektik des Prinzips Hoffnung, auch wenn Ernst Bloch selbst erst mehr als ein Jahr später, im Frühjahr 1949, aus Amerika nach Leipzig und Ostberlin kommen sollte: die ersten Fassungen seines berühmten Buches im Reisekoffer.

Was war geschehen in diesen elf Jahren bis zu Bechers Tod, daß die reale Kontur einer ausbeutungsfreien, vom Faschismus erlösten Gesellschaft in Hermlins Dichtung abgelöst wurde durch die poetische Apotheose für den toten Minister für Kultur der DDR? Worauf der Lyriker Hermlin, man wird es nicht anders benennen dürfen, den Entschluß faßt und durchhält, dem Gedicht von nun an sich zu verweigern.

Der Vorgang konnte nicht verheimlicht werden. Stephan Hermlin war bereits mit seinem ersten Gedichtband, der noch ein Werk des Exils war und 1945 in Zürich erschien, als neuer Lyriker anerkannt worden. Er hatte als literarischer Redakteur, vor der Übersiedlung nach Ostberlin, am Frankfurter Rundfunk gewirkt. Der PEN-Klub wählte ihn später in das Internationale Präsidium. Er wurde viel übersetzt und geehrt. Was also mochte das Schweigen zu bedeuten haben?

Die üblichen Deutungen waren zur Hand. Man kannte das von anderen Lyrikern. Rimbauds Absage an die Literatur. Das zeitweilige Verstummen des Lyrikers Paul Valéry; Rilkes Schaffenskrise beim Schreiben der *Duineser Elegien*: es fehlte nicht an Beispielen. Die vielen Schriftsteller, die Hermlin nicht mochten, den Menschen nämlich: entweder weil er Kommunist war und blieb, oder weil der Sohn aus reichem Hause und mit einer englischen Mutter, umhegt und umworben, nicht bereit war, das Spiel einer plebejischen Rüpelei im menschlichen Umgang mitzuspielen, wußten es genau. Dem Hermlin war nichts mehr eingefallen. Es stockte die Produktion. Wäre er zu den Traktoristen gegangen, so raunte man in der DDR, oder zu den Volkspolizisten, er hätte schon neue Inspirationen finden können.

Hermlin war zu den Traktoristen gegangen und zu den Volkspolizisten, allerdings auch zu Aragon und Pablo Neruda, zu Picasso und zu Grieshaber, doch schrieb er keine weiteren Gedichte. Es war etwas daran, wenn behauptet wurde, die Quelle poetisch-lyrischer Inspiration habe sich getrübt. Nur zog dieser Dichter daraus eine grausame Folgerung. Er versagte sich dem Gedicht, um nicht zusehen zu müssen, wie etwaige neue Poeme unwahr würden, schließlich unredlich.

Wie das zuging, das wird leise, andeutend, in dem Buch *Abendlicht* mitgeteilt. Der poetische Bericht in Prosa schildert das Aufhören des Gedichts: allein in der Form einer neuen und erneuerten Dichtung. Hermlin berichtet, wie die poetische Schöpferkraft zuerst auftrat, wie es zuging beim Machen seiner Verse, und wie es damit ein Ende nahm.

Das muß zitiert, möglichst halblaut mitgesprochen werden, um die Musikalität dieser Prosa, gleichzeitig die tiefe Traurigkeit des Vorgangs erkennen zu machen. Hermlin berichtet, durchaus nicht belustigt, sondern ernsthaft, wie es anfing: »Ich hatte vom elften, zwölften Lebensjahr an Gedichte geschrieben. Meist orientierten sie sich an anderen Gedichten, die mir gefielen, an einem Gedanken, den ich in ihnen gefunden hatte. Mich interessierten poetische Formen, ich versuchte mich an achtzeiligen Stanzen und Sonetten. Doch mitten im Versuch begriff ich, daß, was ich da schrieb, nichts tauge.« Dann aber kommt der in aller klassischen Ästhetik, erst recht bei allen Romantikern gefeierte »fruchtbare Augenblick«. Ein Abend bei Ferch an der Havel. Der junge, zu Hause belobigte Poet zieht wieder einmal aus, »um Gedichte zu schreiben«. Plötzlich aber ist alles anders geworden. »Der Abend wurde tiefer, die Vogelrufe waren verstummt. Regungslos sah ich auf die Verse nieder, die ich gerade geschrieben hatte. Ich wußte nicht, ob, was da stand, wirklich gut war, aber ich fühlte, daß es mein erstes Gedicht war. Ich war damals fünfzehn Jahre alt.«

Das war im Jahre 1930. Im Sommer 1931 macht dann der Erzähler eine durchaus andere Erfahrung. Im Grunde behandelt das Buch *Abendlicht*, das keinen Ehrgeiz hat, eine vollständige Lebensgeschichte zu bieten mit Privatem und Öffentlichem, mit Beweggründen und Postulaten, nur zwei Themen: die Entscheidung für das Gedicht und die Entscheidung für den Kommunismus. Beides sollte zusammengehen, so war es gedacht, und erwies sich für Hermlin, ein Leben lang, das sowohl kommunistische Existenz gewesen ist wie auch stets ein Poetenleben, als tief antagonistisches Spannungsverhältnis. Die Rechtswissenschaft kennt den Begriff der Normen-Kollision. Es gibt nicht den abstrakten Kommunismus, sondern konkrete Staatswesen und Parteiapparate mit einem Machtzentrum in Moskau, das auch die Kunst und die Künstler zum Machtbereich erklärt hat. Man besitzt eine normative Ästhetik. Die des Dichters und kommunistischen Parteimitglieds Hermlin ist anders. Auch davon berichtet das Buch *Abendlicht*. Das klingt so: »Es gab Momente, zumal in Zeiten, in denen ich verantwortungsvolle, auch gefährliche Aufgaben zu bewältigen hatte, da ich mich als einen Verlorenen, einen Unwürdigen sah [...]«

Heute nicht mehr. Immerhin: »Doch konnte ich, wenn ich das Vergangene überschlug, nicht davon absehen, daß das vergebliche Ringen um eine gar nicht wünschenswerte Übereinstimmung in einer falsch gestellten Frage mich in dreißig Jahren viel Kraft gekostet, vielleicht auch daran gehindert hatte, mehr und Besseres zu geben. Ich sah diese Möglichkeit ohne einen Anflug von Selbstmitleid.«

Man kann es nicht leiser und nicht härter sagen. Da ist ein Dichter, der nichts zu sein vermag als eben dies, und da ist eine (politisch determinierte) ästhetische Normativität mit Glaubensanspruch, die folglich von theologischen Exegeten unermüdlich praktiziert wird. Sie gipfelt nicht allein in der

Verurteilung aller bürgerlich-dekadenten Kunst und Literatur seit Tolstoi und Tschaikowski, meinetwegen seit Goethe und Beethoven, sondern fordert von den sozialistischen Künstlern, nach einer besonders idiotischen Formel, man solle »Werke schaffen mit tiefem Ideengehalt und hoher künstlerischer Meisterschaft«.

Stephan Hermlin jedoch ist nicht mehr bereit, irgendeine, von ihm heute nicht mehr als »wünschenswert« betrachtete Übereinstimmung mit dieser »falsch gestellten Frage« zu simulieren. Er wurde herausgefordert, auch in der DDR und im dortigen Schriftstellerverband, und er fand eine Gegenformel, deren Begründung auf den Seiten von *Abendlicht* nachgelesen werden sollte. Auf einer Schriftstellerkonferenz in Ostberlin definierte Hermlin, zum Entsetzen aller Wohlgesinnten, wie folgt: »Ich bin ein spätbürgerlicher Schriftsteller. Was denn anders sollte ich sein?« Wobei freilich ergänzt werden muß: ein spätbürgerlicher Schriftsteller, doch nach wie vor das Mitglied einer kommunistischen Partei.

Begonnen hatte alles ganz beiläufig in Berlin, an einem Morgen im Sommer 1931: auf dem Schulweg eines Sechzehnjährigen. Es ist am Vorabend, und noch kann alles verhindert werden. Darüber ereifern sich die Arbeitslosen, die der wohlbehütete Bürgersohn auf seinem Schulweg täglich antrifft. Sozialdemokraten streiten gegen Kommunisten, oder auch, mit denen gemeinsam, im Wortgefecht gegen die Leute vom Hakenkreuz. Den täglichen Zuhörer muß man bemerkt haben, denn einer von den jungen Kommunisten fragt plötzlich: »Na, wie ist es [...] Willst du bei uns Mitglied werden?« Da ist ein zerknitterter Zettel, der wird unterschrieben.

Ich bin sicher, daß es so gewesen ist. Man spürt die bittere Ironie eines Menschen, der damit über sein weiteres Leben entschieden hatte, wenn der Nationalpreisträger erster Klasse der DDR das Damals mit dem späteren Ritual vergleicht: »Damals konnte man auf der Straße seinen Eintritt vollziehen, es gab keine Bürgen und keine Kandidatur, und einem neuen Genossen wurden keine Blumen überreicht.« Abermals: man kann es nicht leiser und nicht härter sagen. Es gehört durchaus zur intellektuellen Redlichkeit dieses abendlichen Berichts, daß sich der Erzähler auch nicht der Frage verweigert, die er unendlich oft leise an sich gestellt haben mochte: War alles falsch, was ich damals unterschrieb? War es töricht, nach so vielen Erfahrungen, nach so vielen »vergeblichen Sommern«, wie es im Titel einer Ballade schon zwei Jahre nach Kriegsende anklingt, den Weg weiterzugehen, der als Schulweg begonnen hatte?

Die Frage wird heute so gestellt: »Oft habe ich mich später fragen müssen, aus welchem Grunde ich an dieser Unterschrift auf einem unansehnlichen Zettel festhielt, als ich um mich so viele sah, die ihre Unterschrift widerrufen oder einfach vergessen hatten.« Wer das Buch *Abendlicht* liest, wird vermuten, daß Hermlin seine Unterschrift honorierte, gerade weil so viele andere es anders hielten. Und auch, was wichtiger ist, aus Treue zum poetischen Prinzip im eigenen Dasein. »Gleichzeitig empfand ich, daß ich das Beste in mir aufgeben mußte, wenn ich je eine Unterschrift, die ich um die Mittagszeit eines beliebigen Tages in einer beliebigen Berliner Straße geleistet hatte, als nicht mehr gültig betrachten würde.«

So wurden beide Entscheidungen, die politische und die poetische, aufrechterhalten: mit allen Konflikten und Unvereinbarkeiten. Hermlins Dichtung war Lyrik der Hoffnung. Inspiration bedeuteten die Vorgänge des Exils und des Spanienkrieges, Résistance, Stalingrad, die Verteidigung der Stadt Leningrad, dann (nach Kriegsende) jene Weltfriedensbewegung, der so viele Menschen in aller Welt innig vertrauten, und die der Mann im Kreml mit den »weitschauenden Augen« zynisch als Bande der nützlichen Idioten zu gängeln verstand. Als sich Hermlin auch dies eingestehen mußte, war die Quelle seiner lyrischen Dichtung, die stets dithyrambisch gewesen war, verschmutzt. Er mag begriffen haben, warum Platon in seinem doktrinär geleiteten Staatsentwurf alle Dichter zu verbannen befahl: mit Ausnahme der Dithyrambiker. Die waren zu brauchen.

»Mittlerweile verschwanden allmählich aus meinem Leben die Verse [...] Was da einmal gesprochen hatte, verstummte, als so viele widerstreitende Stimmen in mir zu reden anhuben. Manchmal begann grundlos das Fluten und Ebben, das ich seit dem Abend auf dem Bootssteg bei Ferch kannte, das ich in mich versunken beobachtete. Ich regte mich nicht und fühlte nur, wie es kam und verging.«
Es kam und verging, weil es nicht ins Dasein treten sollte. Das ist, erzählt gleichsam im Rezitativ, ganz ohne ariosen Glanz, ein fast beispielloser Bericht. Vielleicht hat Wladimir Majakowski die ähnliche Erfahrung gekannt, aber der griff zur Pistole. Hermlin hat auch dieser Erfahrung standgehalten. Er hat sie aufgezeichnet, mitsamt anderen Vorgängen, die erinnert werden mußten auf der Suche nach einer verlorenen Zeit. Aufgeschrieben in einer Prosa, der kaum etwas zu vergleichen ist von dem, was heute in deutscher Sprache geschrieben wird. Das Buch *Abendlicht* durfte es wagen, ein Motto von Robert Walser voranzustellen. Den Satz: »Man sah den Wegen am Abendlicht an, daß es Heimwege waren.« Natürlich weiß Hermlin, daß das »Prinzip Hoffnung« mit dem Wort Heimat endet.

Abschied

Tübingen, 17. April 1997

Liebe Irina, lieber Andrei,
nun habe ich auch ihn überleben müssen, meinen ältesten noch lebenden Freund, der acht Jahre jünger war als ich. Da meine Augen mir nicht mehr erlauben, eine Zeitung zu lesen, traf mich die Todesnachricht kurz und heftig am Telefon. Irgendeine Medienanstalt meldete mir den Todesfall, um eine Stellungnahme abzufordern. Ich sagte nur, daß ich jetzt erst erfahren hätte, was geschehen sei. Dazu könne ich nichts sagen.

Eigentlich wäre dieser knappen Schilderung nichts hinzuzufügen. Sie spricht für sich selbst. Er wird nun auch noch davongetragen, und ich bleibe auch hier noch eine Weile zurück: als ein Überlebender. Es ist sehr kalt geworden. Man lebt mit nunmehr neunzig Jahren nicht bloß in einem gesellschaftlichen Anachronismus, sondern auch in einem inneren Totenreich. Nahezu jede Erinnerung hat zu tun mit dem Nichtmehr.

»An ihm ist viel gesündigt worden.«

Diesen Satz spricht einer am Schluß eines Nachrufs in dem Roman *Witiko* von Adalbert Stifter. Stephan hat Stifter sehr bewundert. Auch in seinem Falle war es dieser Satz, der mir vor allem einfiel beim Gedenken an den toten Freund. All die Lügen und Gemeinheiten haben das Bild eines großartigen Lebens nicht beschädigen können. Ich denke an Stephan Hermlin zurück: an einen wirklichen Dichter und einen redlichen Menschen.

Unsere Lebensbeziehung begann 1944 in Zürich, als ich in tiefer Bewegung das Manuskript der *Zwölf Balladen von den Großen Städten* vor mir sah. Diese Beziehung ist niemals getrübt worden, auch nicht, als ich ein Republikflüchtling geworden war. Im Jahre 1991 habe ich »dem Freund Stephan Hermlin« mein Buch *Der Turm von Babel* gewidmet, dessen Untertitel so lautet: »Erinnerung an eine Deutsche Demokratische Republik«. Auch von Stephan Hermlin bekam ich einmal, vor genau fünfzehn Jahren, ein kostbares Geschenk. Er war befreundet gewesen mit dem großen Pablo Neruda. Der hatte für etwa zwanzig vertraute Freunde ein eigenes Buch geschrieben und drucken lassen. In jedem der numerierten Exemplare war der Name des befreundeten Empfängers mitgedruckt. Hier war es der Name Stephan Hermlin. Es war eine kostbare Gabe, und er hatte sich eben dieses Geschenk an mich ausgedacht. Mehr kann ich heute nicht sagen. Alles andere versteht sich von selbst.

Eines aber wollen wir doch festhalten: Das letzte Wort über dieses Leben und Wirken ist noch lange nicht gesprochen. Der Weltgeist, so will es das Prinzip Hoffnung, wird auch hier die Wahrheit überliefern.

Mit herzlichen Wünschen

Euer

Hans Mayer

Erinnerung an Gustav René Hocke

Plötzlich war sein Bild wieder da: klar und gegenwärtig. Er rief sich nachdrücklich in Erinnerung. Das war gleichzeitig unerwartet und doch folgerichtig. Man hatte sich damit beschäftigt, die Erinnerung an einen Besuch beim kranken Alfred Döblin im badischen Schwarzwald zu rekonstruieren. Was war damals geschehen und gesprochen worden, als Peter Huchel und ich den kranken Döblin in seiner Klinik aufgesucht hatten? Plötzlich wurde alle Erinnerungsarbeit durch eine jähe Information unterbrochen. Sie war seit unendlich langer Zeit im Gehirn gespeichert. Sie lautete so: »Aber es war doch Hocke gewesen, der damals, in unseren Kölner Jugendjahren, an den Dr. med. Alfred Döblin in Berlin geschrieben hatte und ein umfangreiches Buch als Antwort auf seine brieflichen Fragen zurückerhielt.« Aber war es wirklich unser Gustav René Hocke gewesen? Das mußte geklärt werden, was rasch geschah.
Ich hatte mir den Band von damals wiederbeschafft. Da lag er vor mir.

Alfred Döblin
Wissen
und
Verändern!
Offene Briefe
an einen jungen Menschen

S. Fischer Verlag, Berlin

170 Seiten in deutscher Schrift. Dem eigentlichen Antworttext war der Brief des »jungen Menschen« vorangestellt. Etwas über drei Seiten lang. Gezeichnet »Mit ergebener Hochachtung Gustav Hocke«.
Es stimmte also mit der Erinnerung. Nun konnte auch die

Fragestellung neu gelesen und interpretiert werden. Gustav René Hocke schreibt im Jahre 1930 an Alfred Döblin, gerade (oder ausgerechnet) an Alfred Döblin:

> Sehr geehrter Herr Döblin!
> Zweifel und innere Schwankungen sind es, die mich bestimmen, mich mit der Bitte an Sie zu wenden, mir durch einige kluge Worte eine Einsicht in die Notwendigkeiten unserer Zeit und die Aufgaben unserer – ich glaube nicht isoliert dazustehen – geistigen Existenz zu geben.
> Weil gerade für uns, die wir nach einem Prinzip der Gestaltung suchen, nichts bindender sein kann als das Wort des Führers, der mithalf, das geistige Antlitz unserer Zeit zu formen, wenden wir uns aus innerer Nötigung an Sie, weil wir fürchten, in dem Wirrwarr der sich bietenden Widersprüche zu ersticken oder uns für eine Position zu entscheiden, die uns auf totes Geleise führt.
> Wenn man als Student, zurückgehalten in Vergangenheit, in Anspruch genommen durch Wiederkäuen des Gewesenen, sich bemüht, die Gegenwart und die Mitmenschen zu verstehen, um ihnen etwas sagen zu können, was für sie von Bedeutung ist, so stößt man auf Schwierigkeiten, die bedingt sind durch den fehlenden Kontakt mit dem Leben. Was tut man da, um gültige Wahrheit zu finden? Man liest die unzähligen Bücher moderner Autoren, die zahllosen Aufsätze aus den verschiedensten Zeitschriften und sucht mit Mühe das Allgemeine festzuhalten, um morgen festzustellen, daß auch dieses »Allgemeine« wieder fragwürdig erscheint.
> Einmal heißt es da Rationalismus, dann Irrationalismus, einmal weiterbauen auf dem soliden Fundament der Tradition, dann neu schaffen und das morsche Gerüst der Tradition ignorieren und es lebensfremden Gelehrten überlassen, denen kein Mensch mehr glaubt. Einmal wird vor uns das sozialistische Banner geschwungen, auf dem prophetisch das neue Menschen- und Lebensideal verkündet

wird, dann wird die ganze Prophetie wieder zurückgenommen, Sozialismus ist anrüchig, nötig ist Restauration, Solidarität der bürgerlichen »Intelligenzschicht«. Weiter ad infinitum.

Sie werden verstehen, daß man sich in diesem Labyrinth um so mehr verloren und hilflos vorkommen muß, als man mit sich selbst noch nicht fertig ist. Ununterbrochen saust das große Rad des Geschehens vor unseren Augen, wir wollen uns in den Kreislauf einordnen, wissen aber nicht, wo wir hineinschlüpfen sollen, verantwortlich vor unserem Wesen, Denken und unserer Erziehung und vor der Zukunft unserer Mitmenschen, denen wir später irgendwie »geistig helfen« sollen.

Man wird traurig, wenn man dies wiederliest nach mehr als sechzig Jahren. Hocke war Jahrgang 1908. Ein junger, hochbegabter Mensch. Geboren in Brüssel. Sohn einer belgischen Mutter. Er unterschrieb als »Gustav Hocke«. Vermutlich sollte der zweite Vorname René aus irgendwelchen Gründen vermieden werden. Dabei war er für uns alle der René Hocke. Schon als Gymnasiast in Köln hatte man ihn in die Studienstiftung des Deutschen Volkes aufgenommen. Er war stets, schon in ganz jungen Jahren, gleichzeitig Elite und elitär. Das merkt man auch an der Diktion seines Briefes an Alfred Döblin.

Wenn Hocke in seinem Briefadressaten einen »Führer« zu erblicken glaubt, so ist diese Bezeichnung bewußt als Gegenformulierung gewählt. Dieser Brief dürfte im Herbst 1930 geschrieben sein. Am 14. September hatten die Reichstagswahlen mehr als hundert Braunhemden zu Abgeordneten des deutschen Volkes gemacht. Die Regierung war machtlos und hilflos, das wußte jeder. Allein, auch das Denken vieler Bücher, die damals erschienen, war macht- und hilflos. Hocke kannte natürlich die damals viel erörterten Reflexionen von Karl Jaspers über die *Geistige Situation der Zeit.* Sie konnten ihm nicht genügen. Sie haben damals, als ich den Mitstudenten Hocke in Köln kennenlernte, auch mir nichts bedeutet.

Andererseits weiß ich noch ganz genau, daß wir beide, als Döblin sein Antwortbuch auf den Brief jenes »jungen Menschen« veröffentlicht hatte, sehr unzufrieden waren über das, was da als Antwort angeboten wurde unter der Formel »Wissen und Verändern«.
Auch weiß ich noch, daß Hocke unzufrieden war mit der rüden Art Döblins, seinen Briefschreiber zu behandeln oder eigentlich bloß als Vorwand des eigenen Schreibens zu benutzen. Es hat keinen persönlichen Antwortbrief von Döblin an den Studenten Hocke gegeben. Döblins Buch geht im Grunde auf keine der Fragen des Briefschreibers ein. Die Anrede ist »Sehr geehrter Herr«. Nicht einmal der Name des Briefschreibers wird genannt. Er ist einfach »ein junger Mensch«. Sonst nichts?
Sehr merkwürdig in Hockes Brief ist übrigens die Darstellung der damaligen geistigen und politischen Konstellation im Bilde eines »Labyrinths«. Der Ausdruck war an sich ein Klischee, wie man weiß. Für Gustav René Hocke jedoch war er bereits damals der Ausgangspunkt seines eigenen Suchens und Forschens, also seiner späteren Arbeit als Kulturhistoriker. Gustav René Hockes berühmt gewordene Studien über den sogenannten »Manierismus« stehen unter dem Titel *Die Welt als Labyrinth.*

An unsere erste Begegnung vermag ich mich nicht mehr zu erinnern. Es muß an einer der beiden Nachbaruniversitäten Köln oder Bonn gewesen sein. Ich möchte sogar annehmen, daß es weniger akademische Probleme gewesen sind, die uns zusammenführten, als musikalische Freuden und Erfahrungen. Da sind noch Bilder vom gemeinsamen Musizieren bei uns zu Hause in Köln. Hocke war damals ein passabler Geiger. Wir spielten Mozart und auch die gar nicht besonders leichten Sonatinen für Violine und Klavier von Franz Schubert. Es wird hier erwähnt, da auch dieser Teil einer geistig-musischen Existenz zur Identität Hockes gehörte. Er hat später kaum mehr musiziert, wie er gestand. Allein, seine Vorstellung und Darstellung, wenn es um den Manierismus ging, gehörte zum Konzept eines Gesamtkunstwerks. Die Welt gleichzeitig als Labyrinth und als Bauwerk mit unzähligen Baumeistern.

In jenen zwanziger Jahren ging es noch recht förmlich zu an den Universitäten. Der Philosoph Nikolai Hartmann kam im Sommer im hellen Anzug in die Universität am Kölner Rheinufer, begab sich in sein Professorenzimmer, zog sich um und trat im schwarzen Anzug aufs Katheder.

Auch zwischen den Studenten war das vertrauliche Du eine Seltenheit. In den Verbindungen lernte man, daß ein unbekannter Mitstudent als »Herr Kommilitone« anzureden sei. Man liebte solche Rituale. Wenn sich Freunde zum Du entschlossen, die sich vor kurzem erst kennengelernt hatten, so hatte das Ritual einer Verbrüderung stattzufinden.

Hocke und ich blieben stets bei dem höflichen Sie; allein, wir nannten einander beim Vornamen.

Hocke war vollkommen zweisprachig aufgewachsen. Französisch und Deutsch. Das war damals sehr ungewöhnlich, denn in jenen zwanziger Jahren stand es in Deutschland schlecht um die Kenntnis moderner Sprachen. Außerdem waren Englisch und Französisch die Sprachen der Erbfeinde.

Wer damals als Student an einer der beiden Rhein-Universitäten immatrikuliert war, durfte gleichzeitig, mit amtlicher Erlaubnis, an den Lehrveranstaltungen der anderen Hochschule teilnehmen. Für mich war das natürlich Bonn. Bei Hocke verhielt es sich umgekehrt. Er studierte vor allem Romanistik in Bonn bei Ernst Robert Curtius. Dieser große akademische Lehrer hat vermutlich in Hockes Leben und Werk die entscheidende Rolle gespielt. Die Relation zwischen Lehrer und Schüler verwandelte sich in Freundschaft. Hocke hat mir später erzählt, wie er in Rom bei dem Sterbenden saß.

Denkt man zurück an jene zwanziger Jahre und den Fachbereich der Latinität, so staunt man nachträglich über ein solches Nebeneinander der großen Namen. Leo Spitzer, den

man im Jahre 1933 natürlich verjagte, in Köln; Ernst Robert Curtius in Bonn. Ihm versuchten die damaligen Machthaber sogleich eine Beschäftigung mit den großen Literaten des französischen Erbfeindes auszutreiben. Curtius war berühmt geworden durch seine auch heute noch ungemein hellsichtige Bewertung vor allem der nach wie vor berühmten Autoren jener *Nouvelle Revue Française*. Dergleichen war im Erwachten Deutschland nicht mehr möglich. Ein Kunsthistoriker verlor seinen Berliner Lehrstuhl und wurde an eine Provinzuniversität abgeschoben, weil er sich zuviel mit der französischen Malerei der neueren Zeit beschäftigt hatte.
Ernst Robert Curtius ging allem trotzig dadurch aus dem Wege, daß er sein späteres Buch über *Europäische Literatur und lateinisches Mittelalter* schrieb, das erst 1948 erscheinen sollte und sogleich berühmt wurde. Übrigens war Curtius als Professor strikt dagegen, daß sich seine Studenten mit der romanistischen Gegenwart einließen. Er trieb sie in die vergangenen Jahrhunderte zurück. René Hocke hätte sich liebend gern, das weiß ich heute noch, als Doktorand mit dem großen Lyriker Guillaume Apollinaire beschäftigt. Curtius erzwang eine Doktorarbeit über den großen Theologen und Rhetoriker Jacques Bénigne Bossuet aus dem 17. Jahrhundert.
Seine Prinzipien als akademischer Erzieher hatte Curtius auch nach dem Zweiten Weltkrieg nicht verändert. Er galt nach wie vor als ungewöhnlich faszinierend und unerbittlich streng. Darüber kursierten, wie auch ich noch weiß, wahre Horrorgeschichten. Da sollte einer der selbstbewußten Assistenten des Meisters verächtlich gemeint haben: »Wer nicht imstande ist, einen altfranzösischen Text aus dem Stegreif ins Mittelenglische zu übersetzen, mit dem kann man doch überhaupt nicht diskutieren.«
René Hocke war ein Lieblingsschüler, das merkte man schon damals in Bonn. Curtius aber ist wirklich so etwas, um den saloppen Ausdruck heutigen Redens zu gebrauchen, wie ein »Über-Ich« gewesen. Ein Über-Ich kann sich in eine Wunde verwandeln, ein Trauma also. Hier war es nicht der Fall. Es

wurde Freundschaft. Gustav René Hocke war sehr aufrichtig und liebenswert. Er war das Gegenteil eines Karrieristen.
Als Hocke, weit über die engere Fachwelt hinaus, berühmt geworden war durch sein Buch über den Manierismus, also jene historische und künstlerische Wende zwischen dem 16. und 17. Jahrhundert, mußte er neben viel Zustimmung auch manches Fachgezänk erleben. Er reagierte weder durch Rechthaberei noch als Opportunist. Als ein redlicher Gelehrter fragte er sich immer noch einmal, ob seine Thesen auch wirklich stimmten.
Wir hatten uns wiedergetroffen in Rom im Jahre 1955. Damals gründeten wir die Internationale Vereinigung der Germanisten (IVG) oben auf dem römischen Hügel des Janiculums, in der Villa Sciarra. Es gab keinen Augenblick der Entfremdung zwischen uns. In meiner Erinnerung an Gustav René Hocke stimmen Vorher und Nachher harmonisch zusammen.
Bei einem meiner späteren Besuche in Rom gingen wir über die Piazza Navona. Plötzlich zeigte Hocke auf einen Turm, der aufgetaucht war. Der kühne und merkwürdige Turm der Sapienza, der alten römischen Universität. Hocke zeigte hinüber zu dem Turm: »Aber, Hans, dies ist doch nun wirklich ein Manierismus.« Er schien immer noch die Bestätigung zu brauchen.
Dieser erfolgreiche Kulturhistoriker hätte damals sowohl in Italien wie in der Deutschen Bundesrepublik jeden Lehrstuhl in einer Philosophischen Fakultät haben können, falls er ihn wirklich anstrebte. Ich habe es ihm immer wieder nahegelegt. Er wollte nicht. Sehr erfolgreich und auch finanziell gesichert war er als Journalist. Viele namhafte Zeitungen waren stolz auf diesen Kulturkorrespondenten. Hocke war in Rom sehr anerkannt; außerdem war er fleißig, nahm seine Aufgabe ernst. Die meisten Briefe, die er mir nach Deutschland schrieb, kamen aus seinem Büro in der Via Druso.

Erfolgreich waren auch seine späten Arbeiten zum Problem der sogenannten Autobiographien. Viel interessantes Material eines Geisteswissenschaftlers, der sich mühelos zwischen den nationalen Literaturen bewegen kann. Doch hier empfand ich stärker als Leser die Schwächen der geistesgeschichtlichen Methodik. Auch bei Curtius spielte sich alles gleichsam im Reiche der Überbauten ab. Dante und die Latinität. Calderón und die Malerei. Darüber schrieb Ernst Robert Curtius glanzvolle Essays. Allein, die wirkliche Welt Dantes oder Calderóns kam dabei nicht vor. Autobiographien aber können nicht, wie mir scheint, ohne Kenntnis dessen interpretiert werden, was hier jeweils erlebt und verarbeitet wurde.

Meine letzte Begegnung mit Gustav René Hocke wird nun, da er sich, wie gesagt, so nachdrücklich in Erinnerung brachte, abermals gegenwärtig und virulent. Wiederum eine Begegnung mit dem Romanisten in Rom. Genauer gesagt, im einstigen Etruskerland. Dort hatten Hockes sich ein Haus gebaut auf uraltem Gelände. Er zeigte uns eine erst spät entdeckte Grotte auf dem Grundstück. Sie reichte zurück – vermutlich – in die Verstecke der frühen Christenheit. Eine Enttäuschung hatte ihm der Gast aus Deutschland bereitet. Hocke freute sich darauf, mit mir im Auto ans Meer zu fahren, wo man, wie er angeordnet hatte, mit frischen Meeresfrüchten auf uns wartete. Die aber habe ich niemals essen können. Schon im heimischen Köln war ich bei den dortigen Muschelessern unangenehm aufgefallen. Aber es gab in Ostia außerdem einen wunderbaren Fisch.
Am Nachmittag dann im Etruskerland. Marie Luise Kaschnitz war da, mit ihrer Tochter. Auch sie habe ich damals zum letztenmal gesehen. Wir sprachen von unserem Beisammensein in Frankfurt im November 1947: bei der Trauerfeier für Ricarda Huch.
René Hocke muß dann rasch gealtert sein. Einmal war er auch bei uns in Hannover gewesen. Die Herausgeber der *Hannoverschen Allgemeinen Zeitung*, seine Freunde, hatten ihn eingeladen. Er hielt einen Vortrag, der seine Hinwendung zur strikten Geistesgeschichte abermals unterstrich. In unserer

Jugend war die Katholizität zwar selbstverständlich für ihn, doch sie schien ihn geistig nicht zu beschäftigen. Die römischen Jahre hatten das verändert. Sie müssen ihn auch beschwert haben. Der Zauber der Jugend aber war immer noch um ihn.

Hans Henny Jahnn und die Nachwelt

Man kann es sich leicht machen mit einer Konfrontation der Ansichten über Hans Henny Jahnn: damals und jetzt, gestern und heute. *Heute* heißt diesmal: ein bemerkenswertes Aufgebot von Interpreten und Repräsentanten der Kunst und der Wissenschaft. Theateraufführungen und ein wissenschaftliches Kolloquium mit Teilnehmern aus aller Welt, vorbereitet durch einen amerikanischen Germanisten und Professor aus dem Staate New York. Analysen der vielfältigen Tätigkeit dieses merkwürdigen Mannes aus Hamburg, seiner Leistungen als Orgelbauer und Hormonforscher, im Entwerfen einer imaginären Architektur und immer auch, um einen heutigen Ausdruck zu gebrauchen, den es damals noch nicht gab, als »Friedensforscher«.

Dagegen wäre ein *Damals* in aller rüden Philisterei zu stellen: mit Verfolgungen und Kränkungen, mit Denunziationen und allzuviel Mißverständnissen. Eine Blütenlese der Äußerungen bietet sich an. Am besten beginnt man mit Reaktionen vom Januar 1921. Damals war Jahnn ein Mann von 25 Jahren. Die Presse hatte mitzuteilen, daß der zum Vertrauensmann der Kleist-Stiftung als alleiniger Gutachter bestellte Schriftsteller und Lyriker Oskar Loerke den Kleist-Preis für das vergangene Jahr 1920 an den Orgelbauer Hans Henny Jahnn in Harburg a. d. Elbe verliehen habe: für sein Drama *Pastor Ephraim Magnus*.

So wurde es mitgeteilt in der damals maßgebenden Berliner Zeitschrift *Das literarische Echo* im Januar 1921. Am 15. Mai 1921 stand an derselben Stelle, signiert Edgar Groß, über den Preisträger Jahnn folgendes zu lesen: »Sünde wider den heiligen Geist der Poesie hat dieses Buch eingegeben; schmachvolles Verbrechen an Dichtung und Kritik ist es, diesem masochistisch-sadistischen Produkt eines sich genial gerierenden, in Wahrheit von schwächlicher Perversität gebannten, unschöpferischen Geistes einen der ersten Preise zuzusprechen, den Deutschland an seine junge Dichtergeneration zu verteilen hat.«

Auch der Dr. Paul Fechter durfte nicht fehlen, der stets bereit war in jener Weimarer Republik, alle Autoren herunterzumachen, die heute in der Welt als Innovatoren und Selbstdenker anerkannt wurden. In jener unerträglichen Schulmeisterei, die Fechter stets praktizierte, wobei er sich vom guten Schulmeister dadurch zu unterscheiden pflegte, daß der die Werke, über die er sich ausließ, auch wirklich gelesen und verstanden hatte, bediente er sich auch im Falle von Jahnn nicht bloß einer totalitären Kritik, sondern der unverhohlenen Denunziation: »Wenn der Verlag dieses Zeug schon druckt, was für Gründe veranlassen Herrn Oskar Loerke, den wir als geschmackvollen Schriftsteller und Lyriker schätzen, dieses hilflose Gestammel einer peinlich kranken Seele, nachdem es einmal gedruckt war, durch die Verleihung eines seiner Verantwortung unterstellten Preises aus der relativen Verborgenheit des Fischerschen Verlagskataloges in das Licht der öffentlichen Beachtung zu zerren?«

Der junge Autor selbst, Hans Henny Jahnn, hätte damals zugrunde gehen können bei solchem Alternieren von Lobpreisung und Zerfleischung. Wie oft aber in vergleichbaren Lagen dieses sonderbaren Lebens hat der weiche Eigensinn den Autor des *Pastor Ephraim Magnus* davor bewahrt, der Zerfleischung durch Selbstzerfleischung sich anzuschließen. Es will heute scheinen, als habe den Preis*richter* Oskar Loerke die allgemeine Hetze mehr angegriffen als den Kleist-Preisträger Hans Henny Jahnn. Eine Tagebuchaufzeichnung Loerkes vom 24. März 1921 notiert: »Angriffe wegen Hans Henny Jahnn. Sehr häßlich. Ärger bis in die Nacht, weil nicht zu fassen.«

Nicht zu fassen war offensichtlich der unlösbare Antagonismus von Deutungen und Bewertungen dieses Schauspiels vom Pastor Ephraim Magnus. Einer der Preisbewerber, den Loerke zugunsten von Jahnn übergangen hatte, ein Herr Viktor Klages aus Bremen, um auch diesen Namen zu nennen, hatte sich aufgeregt über diese »schlimmste Entwertung« des Kleist-Preises. Im übrigen die monotonen Klischees: schwächliche Perversität, hilfloses Gestammel einer peinlich kranken Seele, Denunziation und übrigens auch Stinkbomben. Dies alles um *Ephraim Magnus*. Oskar Loerkes Begründung der Preisverleihung aber hatte das Schauspiel folgendermaßen gedeutet:

> Jahnn verdiente eine Auszeichnung im Sinne der Stiftung um so mehr, als sein unerbittlich schroffes, ungewöhnlich ernstes und ekstatisch kühnes Drama der Mißdeutung und was schlimmer wäre, der Duldsamkeit der Herzensträgen gefährlicher ausgesetzt scheint, als vielleicht irgendeine andere Dichtung der Gegenwart. Der Dichter hat faustisch verzweifelt und entschlossen der ungeheuren Tragik auf den Grund zu sehen gewagt, die für uns darin liegt, daß Gehirn und Gedärm, selige Gefühle und Ewigkeitsahnungen mit Kot und Fäulnis in denselben Leib gesperrt sind. Er bewies die Kraft, unsere späte, komplizierte verantwortungsmüde Zeit mit panischem, unmenschlichem Erschrecken nach einem Sinn zu durchforschen. Seine Gestalten, vor den Rätseln Seele, Tod, Gott von einem Entsetzen angefallen, für das alle Dinge gleich wichtig, alle Gefühle gleich nahe sind, beginnen eine Raserei um ewigen Besitz, folgen ihrem Wahrheitsdrang durch alle Süchte und Sehnsüchte, durch alle Lüste und Wollüste, durch alle Einsamkeiten, Foltern und Höllen des lebendigen und verwesenden Fleisches, rücksichtslos ungestüm, grausam, frevelhaft.

Hans Henny Jahnn, gestern und heute. Man hat in Kassel später den Versuch gemacht, eben dies Schauspiel von 1920 neu zu inszenieren und dadurch mit neuen Zuschauern und auch neuen Erwartungshaltungen zu konfrontieren. Die erste Berliner Aufführung übrigens, das gehört auch zur historischen Konstellation dieser Anfänge von Hans Henny Jahnn, wurde durch Arnolt Bronnen inszeniert. Die dramaturgische Bear-

beitung des Stückes stammte von Brecht. In seinen Lebenserinnerungen hat Bronnen dazu folgendes bemerkt: »Ich wählte Hans Henny Jahnns *Pastor Ephraim Magnus* als erstes Drama und ging mit Brecht daran, dieses eigenartige, von Gedankenexaltationen strotzende Werk für die Bühne zurechtzustutzen. Es war eine Arbeit, die mir besser bekam als Jahnn.«
Ich hatte nach einem Zweiten Weltkrieg die Möglichkeit, mit allen dreien über den Vorfall zu sprechen: mit Brecht, mit Bronnen und mit Hans Henny Jahnn. Der damalige Regisseur und sein Dramaturg waren nach wie vor fasziniert von Jahnn und seiner frühen Dramatik: auch dort, wo sie damals schon eine Einfühlung in die Gedankenwelt dieses protestantischen Blasphemikers verweigerten. Jahnn selbst war in der Erinnerung keineswegs mehr entrüstet über die Willkür der Theaterleute. Er hatte, bei allen Einwänden, die Aufführung und den leidenschaftlichen Streit dafür und dawider als Bestätigung empfunden.

Es ist hier vom blasphemischen Protestantismus des *Pastor Ephraim Magnus* gesprochen worden. Im Kontrast zu Sigmund Freuds berühmter Formel vom »Jenseits des Lustprinzips« befindet man sich beim jungen Hans Henny Jahnn durchaus noch in einem höllenhaften Diesseits. Die puritanische Kunstfeindlichkeit wird nicht, wie lange vor Jahnn bereits bei Wedekind oder Musil, zu schweigen von André Gide oder D. H. Lawrence, durch das Bekenntnis zu einem angstfreien Sensualismus überwunden. Der blasphemische Höllenzauber dieses expressionistischen Theaterstückes strotzt nach wie vor von Negativer Theologie. Es war gut, dies neu überprüft und demonstriert zu haben.

Entscheidend jedoch für die Entwicklung des Schriftstellers Hans Henny Jahnn, die uns veranlaßt, sein Werk neu zu deuten, indem wir uns ihm stellen, ist die Tatsache, daß er bei diesem dramatischen Frühwerk nicht stehenblieb. Zwar hat er die Leitmotive des *Magnus* und der künstlerisch bedeutenderen historischen Tragödie *Die Krönung Richards III.* niemals preisgegeben: nämlich die unlösbare Verstrickung zwischen

Eros und Gewalt, Macht und Machtmißbrauch, Wollust des Tötens und des Getötetwerdens. Legt man die etwas grobschlächtigen Begriffe landläufiger Sexualpsychologie zugrunde, so wird man im Leben wie im Werk von Jahnn allenthalben einer sadistisch-masochistischen Komponente begegnen. Das reicht vom Schicksal des Pastors Ephraim Magnus bis zur Ermordung des Komponisten und Schriftstellers Gustav Anias Horn in Jahnns wichtigstem Prosawerk, der Trilogie *Fluß ohne Ufer*. Wer je mit Hans Henny Jahnn zusammentraf, entdeckte immer wieder, auch in kleinen Vorgängen des Alltagslebens, diese Wollust des Leidendürfens. Sie gehörte zu den Grundimpulsen eines Daseins, das ein schwacher und leidensgewohnter Mensch, mit ungeheurem Starrsinn, in eine totale Kreativität zu verwandeln suchte.

Man muß an dieser Stelle und in diesem Augenblick vom Menschen sprechen hinter dieser so staunenswerten Kreativität, denn Jahnn, dieser scheinbar so universale Dilettant oder dilettantische Universalist, hat in der Tat in vielen Bereichen anregend und schöpferisch gewirkt: durchaus nicht allein in der Literatur. Sein literarisches Urteil, das oft einfach Vorurteil bedeutete, hat früh schon in erstaunlicher Weise unterscheiden können zwischen Werken einer langsam sich erschöpfenden Tradition und den wirklichen Innovationen. Die Skepsis Hans Henny Jahnns gegenüber einer Gestalt wie Thomas Mann war total. Darin ging es Jahnn nicht anders als Brecht oder Benn, Musil oder Döblin. Allein Hans Henny Jahnn hat sehr früh schon, als die landläufige Kritik nur Achselzucken kannte und Gelächter, die Bedeutung Bertolt Brechts und Alfred Döblins erkannt. Während noch Kurt Tucholsky über den *Ulysses* von Joyce, bei allem Respekt vor dem irischen Erzähler, behaupten wollte, mit dem *Ulysses* gehe es einem wie mit Knorrs Fleischextrakt: »Man kann das nicht essen, aber man kann viele Suppen damit bereiten«, hatte Jahnn sehr früh schon die säkulare Bedeutung von Joyce hervorgehoben. Er konnte aber gleichzeitig, nicht ohne Stolz, in seiner bedeutenden Hamburger Goethe-Rede von 1932 über *Die Aufgabe des Dichters in dieser Zeit* konstatieren: »Nicht Joyce, nicht Bernanos, auch nicht ich haben irgendwo einen Einbruch in die Schöpfung gemacht, sie zerreißend oder erniedrigend. Wir haben nicht das Gift und die Unmoral, das Unfruchtbare von den Ketten losgemacht, um das Erhabene zu schänden, das Gesicherte zu vertreiben und das Unglück zu verbreitern. Wir haben nur den Kreis des Schauens zu weiten versucht.«

Das gilt bei Jahnn für seine Literatur wie für seine Ästhetik. Er hat die Orgel wiederentdeckt als Instrument großer Musik, nicht bloß als Requisit zur Herstellung von Erbaulichkeit. Ich habe ihn in Leipzig an der unermüdlichen Arbeit gesehen, als er mit dortigen Musikverlagen daran ging, die vergessenen Meister Buxtehude, Vincent Lübeck und den Fürsten Carlo Gesualdo neu zu edieren und dadurch wiederzuentdecken. Wenn er nach Leipzig kam, wurde er vom Thomaskantor Günther Ramin, der Freude daran hatte, auf der von Jahnn erneuerten Arp-Schnitger-Orgel von St. Jacobi in Hamburg zu spielen, mit allem Respekt als großer Fachkollege empfangen.

Es ging sonderbar zu bei dieser totalen Kreativität, denn auch die Biologen haben die Hormonforschungen Jahnns auf seinem Bauernhof in Bornholm ebenso ernstgenommen wie die Musiker den Forscher und Orgelbauer, die Schriftsteller den großen Kollegen und Kleist-Preisträger. Es gab Zeiten und Gespräche in der letzten Lebenszeit, davon kann auch ich berichten, wo Hans Henny Jahnn das Schreiben gleichsam zur Last geworden war. Man hatte den Eindruck, daß er nach Abschluß der *Niederschrift des Gustav Anias Horn* nicht weiterwußte und auch nicht weiterschreiben mochte. Den Fragen nach dem Abschluß der epischen Trilogie im dritten Bande mit der Überschrift *Epilog* wich er höflich und etwas verlegen aus. Unverdrossen war er bei der Arbeit an seinem letzten Orgelbau: dem großen Instrument des Ostberliner Funkhauses, das zweimal gebaut werden mußte, weil eine Brandstiftung das erste Werk zerstört hatte.

Er schien zu leiden unter solcher Fülle seiner schöpferischen Möglichkeiten, allein, auch hier genoß er seine Schmerzen und Verzweiflungen.
Auf mich wirkte immer wieder verblüffend der Widerspruch zwischen dem ruhigen, bürgerlichen, durchaus ungenialischen Umgangsformen und der schöpferischen Unerbittlichkeit der Werke und Gedanken.
Ich habe Thomas Mann und Hans Henny Jahnn stets als exemplarische Gegensätze empfunden. Freilich ist da der Unterschied einer Generation zwischen den Jahrgängen 1875 und 1895. Er hat auch gegensätzliche Traditionen zur Voraussetzung. Thomas Mann wächst auf mit dem Jugenderlebnis des fin de siècle; der andere Hanseat, Jahnn, wie der Lübecker Thomas Mann aufgewachsen in einer Welt praktischer Bürgersleute ohne viel geistig-künstlerische Ambition, gehörte gleichsam generationsmäßig zum Expressionismus. Es gab auch Gemeinsamkeiten gleichsam »von Hause aus«, nicht bloß in Form einer erotischen Grundströmung, sondern auch in der frühen Einsicht, daß diese besondere Libido den Konflikt bedeuten müsse zur bürgerlichen Respektabilität der hanseatischen Umwelt. Die Art freilich, wie Jahnn und Thomas Mann diesen Konflikt im Leben und in ihrem Werk bewältigten, war grundverschieden in gleichsam beispielhafter Weise. Hans Henny Jahnn war bekenntnisfreudig und unbekümmert um den bürgerlichen Skandal, der nicht auf sich warten ließ. Er hat niemals Kompromisse gemacht in den großen Lebensentscheidungen: nicht in der Absage an einen kaiserlich-deutschen Nationalismus im Ersten Weltkrieg oder in seinen Freundschaften und Liebschaften, erst recht nicht im Werk. Andererseits gab es bei diesem exemplarischen Außenseiter eine tiefe Sehnsucht nach bürgerlicher Respektabilität. Sie schien Hans Henny Jahnn oft wichtiger zu sein als die literarische Anerkennung. Als ihm die Vaterstadt Hamburg endlich, nach wieviel Widerständen!, im Jahre 1956, drei Jahre vor dem Tode, den Lessing-Preis zuerkannte, freute sich der Preisträger natürlich über die Geldsumme, die er gut brau-

chen konnte, aber sogleich auch wieder ausgab, nicht etwa um dringende Verpflichtungen einzulösen, sondern um neue Instrumente auszuprobieren. Wichtiger aber war ihm, daß er im Wagen der Freien und Hansestadt abgeholt und zum Rathaus gefahren wurde. Darüber hat er voll Beglückung berichtet; man spürt die tiefe Genugtuung auch bei Betrachtung der Photographie, die den Preisträger mit seinem Diplom zeigt.

Thomas Mann hat später wohl, überhäuft mit solchen Ehrungen, gipfelnd im Nobel-Preis, eher Skepsis empfunden als Freude. Im Hause zu Kilchberg am Zürichsee hatte man solche Diplome übereinandergestapelt. Thomas Mann selbst, der untadelige Bürger und Familienvater, war stets auf der Hut gewesen vor dem Skandal. Seine Tagebücher berichten von Angst und Entsetzen beim Gedanken, daß die in München zurückgebliebenen intimen Aufzeichnungen über das wirkliche Leben, nicht bloß die offizielle bürgerliche Repräsentation, in die Hände von Feinden fallen könnten.

Andererseits aber gab es auch bei Thomas Mann eine geheime Sehnsucht nach dem Skandal, die sich nicht allein zufriedengab mit den heiklen und skandalträchtigen Themen und Stoffen der erzählerischen Werke, sondern spüren ließ, daß dieser literarische Repräsentant niemals innerlich fertiggeworden war mit dem Element des Bajazzo und des Clown in sich selbst. Es genügte ihm in manchen Lebensaugenblicken doch nicht, daß er den Hochstapler Felix Krull für sich arbeiten und straffällig werden ließ. Auch Thomas Mann war, wie sein Hans Castorp, ein »Bürger mit einer feuchten Stelle«. Hans Henny Jahnn war ein Außenseiter, bisweilen auch ein naiver Clown: doch mit der unstillbaren Sehnsucht nach der bürgerlichen Ehrbarkeit.

Darum ging es in allem, was Jahnn unternahm, in seinem Hausstand und seinen Freundschaften, auf dem Bauernhof und bei der Präsidentschaft einer Akademie in Mainz oder Hamburg, stets bürgerlich und unbürgerlich zu in einem. Das Mißverständnis, dem dieser merkwürdige Mann und Künstler immer wieder ausgesetzt war, wurde dadurch provoziert, daß man sich über einen Außenseiter entrüstete oder auch dankbar freute, den man für einen Gegner aller Ordnung, für einen Stifter von Unordnung hielt.

Das Gegenteil war richtig. Hans Henny Jahnn war seinem Wesen und Willen nach in entschiedener Weise ein Mann der Ordnung und der Ordnungen. Er war durchdrungen vom Gedanken einer Weltharmonie, die sich mathematisch darstellen ließ. Weder Architektur noch Musik ist denkbar ohne strenge, gleichsam organische Ordnungen. Hans Henny Jahnn hat einmal berichtet, daß er fast zufällig als Architekt zum Orgelbau gekommen war.

Diese Ordnung fand Jahnn allenthalben in der Natur verwirklicht, er sah sie aber in entsetzensvoller Weise überall geschändet und verletzt durch den Menschen. So formuliert er im Jahre 1933 in einer Gewalttätigkeit, die man durchaus ernst nehmen muß: »Ich wollte einen Sprengstoff erfinden, von dem wenige Kilo genügten, um die Menschheit mit Stumpf und Stiel in die Luft zu sprengen. Ich verbiß mich in diese Idee und schwankte nur, ob ich mich oder die anderen umbringen sollte.« Dann folgt die Begründung: »Ich war zu einer Auffassung der Welt gekommen, die anders war als die aller übrigen Menschen und deren Ergebnis dahin lautete, daß der Mensch das verabscheuungswürdigste aller Geschöpfe sei, daß nur die vom Menschen unberührte Natur groß und alles vom Menschen Geschaffene schlecht sei.«

Wahrscheinlich hat Jahnn beim Niederschreiben gar nicht daran gedacht, daß er damit nahezu wörtlich die berühmten Eingangssätze des pädagogischen Romans *Emile* von Jean-Jacques Rousseau paraphrasierte. Alles ist gut, was aus den Händen des Schöpfers aller Dinge stammt, alles entartet unter den Händen der Menschen.

Der Terrorismus, der bei Jahnn stets latent vorhanden ist und auch bisweilen den sanften Menschen beim Anblick von Gewaltsamkeit auf der Straße, vor allem bei Mißhandlung von Tieren, in einen Rasenden verwandeln konnte, wird in der Literatur gleichsam abreagiert und sublimiert. Es klingt Bedauern mit, wenn Jahnn seinen Ausbruch, der zitiert wurde, mit den Worten abschließt: »Die Vernichtung der Menschheit vollzog ich in einer Dichtung, die damals entstand. Sie hieß *Revolution* und war ein Werk in drei Teilen: *Unterwelt*, *Erde*, *Himmel*.« Abermals auch der Himmel als ein Zuordnungspunkt: gar nicht so unähnlich dem protestantischen Terrorismus des Pastors Ephraim Magnus.

Entscheidend aber war doch bei Jahnn, den man gleichsam als Phänotyp einer fast grenzenlosen schöpferischen Existenz verstehen durfte, daß er bei der terroristischen Zerstörung nicht stehenblieb, sondern der tiefen Unordnung und Unnatur einer modernen Menschheit das Gegenbild einer gleichsam natürlichen Ordnung und Weltharmonie entgegenzustellen gedachte. Hier wird das einstige säkulare Außenseitertum eines absonderlichen Menschen und Künstlers in der heutigen Welt gleichsam zur Botschaft, die viele erreichte, nicht bloß die einstigen vertrauten Freunde aus der von Jahnn begründeten Gemeinschaft mit Namen Ugrino.

Es ist leicht, sich über die Spekulationen von Jahnn und seinen Freunden lustig zu machen. Das ist damals ausgiebig geschehen. Ein Sektenwesen und Männerbund, in vielem vergleichbar der bürgerlichen Jugendbewegung vor 1914, dem Wandervogel, der Bündischen Jugend, es gab auch eine gefährlich terroristische Fortsetzung in den Männergemeinschaften der Freicorps nach 1918. Die passionierte Auseinandersetzung um die frühen Theaterstücke von Jahnn entzündete sich nicht bloß an neuen literarischen Formen, die gar nicht so besonders neu waren, oder an den blutig-erotischen Exzessen, sondern am Gegenbild zur Bürgerwelt, das überall bei Jahnn verkündet wurde.

Es ist schwer, dieses Konzept zu analysieren, ohne sogleich ins Zitieren und damit in eine Paraphrase der Gedanken von Jahnn selbst zu verfallen. Vielleicht gelingt es jedoch, diesen Kern aufzudecken, wenn man nach der Bedeutung fragt, die Jahnn der Jugend und den jungen Menschen in seinem Denken einräumt. Theodor W. Adorno hat einmal, von dem Musiker Alban Berg berichtend, der sein Kompositionslehrer war, die schöne Formel gefunden: »Ihm gelang es, kein Erwachsener zu werden, ohne daß er infantil geblieben wäre.« Ich habe mir diesen Satz stets vorgesagt, wenn ich zurückdachte an meine Begegnungen mit Hans Henny Jahnn. Er hielt alle erwachsenen Menschen im Grunde für mißlungen, gescheitert, aus ihrer natürlichen Ordnung gerissen. Womit er freilich sowohl die bürgerliche Gesellschaft meinte, wie insbesondere auch die spezifische Erscheinungsform der weißen Rasse. Die Gegenwelt bei Jahnn ist in dreifacher Form vorhanden, wird in dieser Weise auch immer wieder bei ihm abgehandelt: als Gegenwelt der jungen und schönen Menschen, die noch nicht bürgerlich pervertiert wurden; als Gegenwelt der schwarzen Menschen; schließlich als Gegenwelt der schönen Tiere, der Pferde vor allem.

In seinem vielleicht bedeutendsten Theaterstück aus den zwanziger Jahren, der großartigen *Medea*, die ich noch im Jahre 1926 im Berliner Staatstheater gesehen habe, in einer Inszenierung Jürgen Fehlings und mit Agnes Straub in der Titelrolle, ist die mythische Medea aus Kolchis als Negerin konzipiert. Der Zusammenstoß zweier Zivilisationen, einer archaischen, aber noch naturgemäßen, und einer Welt der raffinierten Zerstörtheit, ist schon bei Jahnn im Jahre 1926 nicht wesentlich anders konzipiert, als in unserer Zeit in dem merkwürdigen Medea-Film von Pier Paolo Pasolini. Die Schönheit und Natürlichkeit der schwarzen Menschen gehört zum rituellen Inventar Hans Henny Jahnns, im *Perrudja* ebenso wie im Theaterstück vom Schicksal des Negers an der *Straßenecke*.

Die Schönheit der Tiere, der schwarzen Menschen, der Knaben: in ihnen sieht Jahnn die Verkörperung, weit eher: Verleiblichung einer möglichen Gegenharmonie zur wirklichen Unharmonie. Alle Harmonie aber pflegt sich, seit den Ägyptern und Babyloniern, über die harmonia mundi des Johannes Kepler bis zu Jahnn und vielen modernen Gedankenkreisen über ein harmonikales Weltbild, auf ein göttliches Prinzip der geschaffenen Urharmonie zu berufen. Auch Rousseau, der Aufklärer, suchte nach einer »religion naturelle«. Ein Titel bei Hans Henny Jahnn, wie die *Spur des dunklen Engels* von 1951, ist nicht, wie manchmal bei Rilke, zu verstehen als ein preziöses Spiel mit der religiösen Metaphorik. Die dunklen Engel, die lichten weit weniger, gehören zum Weltbild von Jahnn.

Darum war es ein nahezu verzweifelter Versuch der letzten Lebenszeit, in diesen fünfziger Jahren, da die atomare Zerstörung als Möglichkeit in unser aller Bewußtsein trat und das Wort von der »Endzeit« aufhörte, eine theologische Metapher zu sein, die Kräfte seiner Gegenwelt, vor allem verstanden als Kräfte der Jugend, aus der früher vorwiegend passiven und leidenden Haltung zu lösen und zu Trägern einer aktivistischen Gegenbewegung zu machen. Der Freundschafts- und Bruderbund der kleinen Prinzen in Jahnns Drama von der *Krönung Richards III.* und der Freundschaftsbund des Knaben David und seines Freundes Jonathan in der *Spur des dunklen Engels* war dargestellt worden als wollüstiges Selbstopfer der Leidenden und Harmonischen. In seinem letzten Theaterstück aber vom staubigen Regenbogen, der atomaren Vernichtung, dem Jahnn den Titel gab *Die Trümmer des Gewissens*, stößt der Terrorismus einer pervertierten weißen Bürgerwelt mit dem verzweifelten Gegenterrorismus eines Bundes der jungen Menschen zusammen, um siegreich zu bleiben gegenüber dem Bund der Jugend.

Drei Jahre nach der Uraufführung seiner *Medea* schrieb Jahnn im Jahre 1929 einen Aufsatz zur Interpretation dieses Theaterstückes. Da heißt es: »Ich habe durchaus kein Verständnis für die römisch-christliche Definition des Verbrechens. Ich bin in meinem ganzen Leben noch keinem Normalmenschen begegnet. Die Natur hat als Ziel größtmögliche Variation; der dumme Mensch bedroht die Träger des Schöpfungsgedankens mit Strafen, weil er das Postulat einer Sittlichkeit aufrechterhält, die es unter den Sternen nicht geben kann. So scheint der schönste Schmuck des organischen Lebens, auch dem Menschen verliehen, die Liebe, eine Quelle tragischen Geschehens.«

Hier wird natürlich, immer noch in der Nachfolge von Nietzsche, die hellenische zusammen mit der christlichen Überlieferung schroff abgelehnt. Bereits Nietzsche hatte im rationalistischen Fragen des Sokrates und in der sogenannten »Sklavenmoral« des Jesus von Nazareth die wichtigsten Destruktionselemente menschlicher Entwicklung denunzieren wollen. Jahnn hat nichts zu schaffen mit Nietzsches Zarathustra und der Ideologie vom Herrenmenschen. Sein Menschenbild gründet sich auf Liebe und Toleranz, auch wenn dem Begründer des Bundes Ugrino bisweilen autoritäre Charakterzüge anhaften mochten.

Allein die Absage an das Christentum und die hellenische oder eher: hellenistische Tradition war total im Denken von Hans Henny Jahnn, wobei es nicht ohne Widersprüche abging. Hatte sich die bürgerliche Ästhetik in Deutschland im 19. Jahrhundert ein Schönheitsideal aus Griechentum und Goethe-Zeit zurechtgemacht, mitsamt der Venus von Milo und dem Apollo von Belvedere, so wandte sich Jahnn gebieterisch gegen alle Klassik und Pseudoklassik: zugunsten des Archaischen. Das war bereits ein Grundgedanke aller Ästhetik des Expressionismus. Jahnn entscheidet sich für Ägypten und gegen Athen, für die Pyramiden als Totenburgen, aber auch wiederum, in sonderbarer Gedankenverbindung, für die gotischen Kathedralen und die großen Musikmeister *vor* Johann Sebastian Bach: auch sie verstanden als archaische Frühform, die dann später, bei Bach und seinen Nachfolgern, geglättet worden sei. Auch im Gespräch machte er kein Hehl daraus, daß er mit Bach und Mozart im Grunde nicht viel anfangen könne: bei großer Bewunderung. Buxtehude stand ihm näher, erst recht Gesualdo. Wie es gemeint ist, kann man in den Meditationen seines Romanhelden, des deutschen Tonsetzers Gustav Anias Horn, nachlesen.

Negation des Hellenismus also, wie des Christentums. Es sei daran erinnert, daß Jahnns Wiederentdeckung der Orgel und ihrer Kunst als Versuch zu deuten war, die Orgelkunst aus ihrer Verbindung mit dem christlichen Ritual zu lösen.

In meinem *Versuch über Hans Henny Jahnn*, der im Jahre 1974 der siebenbändigen Ausgabe der Werke und Tagebücher vorangestellt wurde, schrieb ich von den »drei Negationen«, die vorausgesetzt wurden bei Errichtung dieses harmonikalen Weltbildes. Neben einer Negation des Christentums und des Hellenismus hatte ich dabei auch von einer »Negation der bürgerlichen Aufklärung« gesprochen. Diese These ist von einigen Freunden und »Verteidigern« von Jahnn mißdeutet und angegriffen worden. Freilich hatte man nicht beachtet, daß ausdrücklich von einer »bürgerlichen« Aufklärung gesprochen worden war. Natürlich war Hans Henny Jahnn, wenn irgendeiner, besessen vom Prinzip der Aufklärung. Nicht zufällig wurde an manche fast unbewußte Parallelen zu Jean-Jacques Rousseau erinnert. Die totale Kreativität eines Künstlers und Denkers, Baumeisters und Lebensreformers sollte helfen, weitere Destruktion der Natur und der Menschen zu verhindern. Nahezu das gesamte Programm heutiger Ökologen und Umweltforscher ist bei Hans Henny Jahnn vor mehr als fünfzig Jahren entwickelt und begründet worden. In diesem Sinne war natürlich der Verfasser des *Perrudja* ein radikaler Aufklärer.

Wenn sich jedoch die bürgerliche Aufklärung des 18. und 19. Jahrhunderts zum Grundsatz des Diskurses und Dialoges bekannte, zum Streitgespräch und damit auch zum Lebenskompromiß, so empfand sich Jahnn als Gegner. Er mißtraute den erwachsenen Menschen und ihrem Dialog; die Kompromisse der weißen Menschheit stellten sich ihm als Ausbeutung dar, nicht als Aufklärung; die Postulate der bürgerlichen Revolution hatten sich offensichtlich in der kapitalistischen Entwicklung in Herrschaftsprinzipien verwandelt, wodurch unter dem Vorwand einer formalen Gleichheit vor dem Gesetz ein ganzes System der Diskriminierungen errichtet wurde. Der Aufklärer und Reformer Hans Henny Jahnn verstand sich als einer, der diese Grenzen der bloß bürgerlichen und abendländischen Aufklärung überschreiten wollte. Das babylonische Gedicht von *Gilgamesch* war ihm wichtiger als Homer, Ägypten stand ihm näher als Athen und Rom. Das Alte Testament war eindrucksvoller als das Neue. Merkwürdig ist auf der anderen Seite, vergleicht man die beiden Festreden, die Jahnn in der letzten Lebenszeit in seiner Vaterstadt zu Ehren von Lessing und Klopstock hielt, daß größere Sympathie spürbar ist in der Analyse Friedrich Gottlieb Klopstocks, der ein Epos vom *Messias* schrieb, als bei der Interpretation des großen bürgerlichen Aufklärers Gotthold Ephraim Lessing.

Am Bahnhof Friedrichstraße in Berlin sah ich ihn zum letztenmal. Ein Wochenende im November 1959. Jahnn kaufte sich eine Fahrkarte nach Hamburg, seine letzte. War schon erkältet, klagte, wollte nach Hause. Sprach von dem bevorstehenden 65. Geburtstag am 17. Dezember, auf den er sich freute. Er hat ihn aber nicht mehr erlebt. Am 29. November starb er einen ärmlichen Krankenhaustod der Unbemittelten. Vorwegnehmend hatte das *Bornholmer Tagebuch* vom Tode des Schreibenden gesprochen, »der klein und elend genug sein wird«.

Seltsam war auch diese letzte Reise nach Weimar und Ostberlin. Hans Henny Jahnn kam als Ehrengast der Regierung nach Weimar, um an den Feiern zum 200. Geburtstag Friedrich Schillers teilzunehmen. Auch dort hatte ich ihn getroffen und gesprochen: im Nationaltheater, wo eine Rede über das nationale Kulturerbe gehalten wurde; viel ausgesuchte Vertreter der großen Organisationen, die den Vorgang als Kulturpolitik zelebrierten; eine erstarrte Sprache voll der vorhersehbaren Kadenzen; in der Theaterloge der Vorsitzende des Staatsrats der DDR, den der Redner bei allen heiklen und weltanschaulich relevanten Stellen erwartungsvoll anschaute. Der Hamburger Schriftsteller und Akademiepräsident Jahnn, sorglich umhegt und »betreut«, zusammen mit einigen ausgewählten anderen Gästen aus der Bundesrepublik Deutschland: da hatte der Zufall irgendwelcher politischen Stellungnahme,

Unterschrift oder Mitgliedschaft die Selektion bestimmt. Jahnn war ja durchaus anerkannt als Orgelbaumeister des Ostberliner Funkhauses. Das erste Gebilde war durch Brandstiftung zerstört worden, Jahnn hatte viel Arbeit und Sorge mit diesem gewaltigen Auftrag in der letzten Lebenszeit. Viel Arbeit auch mit den Leipziger Editionen der großen alten Orgelmeister.
Sein Besuch in Weimar ließ sich durchaus sachlich begründen. Übrigens auch als politische Einsicht: dieser scheinbar so weltfremde und außenseiterische Künstler hatte niemals darauf verzichtet, das Land der Silbermann-Orgeln, die Heimat Klopstocks und Lessings, nach wie vor als Heimat zu verstehen. Abermals eine der erstaunlichen Emanzipationen: während es damals noch, in den fünfziger Jahren, üblich war, diesen anderen deutschen Staat zu ignorieren oder gönnerhaft zu belächeln, ging Jahnn nüchtern, auch seinerseits belächelt, dort an die Arbeit, versuchte er, sich nützlich zu machen.
Was aber wollte er hier, im Weimarer Nationaltheater, bei einer Feier zu Schillers Ehren, was darauf beim Staatsempfang? Der Vorsitzende des Staatsrates hatte einige Worte über Schiller und den deutschen Klassizismus gesprochen, bevor die Gäste zulangen durften. Viel Bewacher und Beschützer in der Menge. Als das Oberhaupt des Staates zu Bett ging, konnten auch sie zulangen. Es wurde viel getrunken. Wußte Jahnn, verloren in alledem, was vor sich ging? Auch er aß und trank, wachte am nächsten Morgen, dem 11. November 1959, mit jenen Kopfschmerzen auf, die in den Tagebüchern aus allen Lebensphasen wie Leitmotive auftreten. Erbat sich ein Auto, um hinaufzufahren zum Schloß Belvedere der Herzöge von Sachsen-Weimar und -Eisenach.
Da traf ich ihn wieder. Um 11 Uhr am Vormittag. Studentenmusik intonierte den Beginn des heidnischen Karnevals. Am elften im elften um elf. Müdigkeit und Kopfschmerzen. Freunde hielten die Gruppe fest: Jahnn, den Filmregisseur Georg Klaren, der nach dem Krieg einen Woyzeck-Film gedreht hatte, mich. Jahnn in der blauen Baskenmütze, erklä-

rend mit der Geste des demonstrierend hinweisenden Daumens. Er kehrte nach Weimar zurück, wollte in Berlin noch das Funkhaus und die Orgel besuchen. So kam es ein paar Tage später zu jener zufälligen (und letzten) Begegnung am Bahnhof Friedrichstraße. Am 29. starb er dann; im selben Novembermonat wie sein literarisches Ebenbild, der Musiker Gustav Anias Horn. In Sorge und Schwäche.
Die Zuversicht Friedrich Schillers konnte er nicht teilen. »Wenn der Leib in Staub verfallen, lebt der große Name noch.« Jahnn mißtraute den Verheißungen des Christentums ebenso wie einer säkularisierten bürgerlichen Kunstreligiosität. Der Gedanke an den Staub machte ihn schaudern. Auf Erhaltung des Gebildes Leib auch nach dem Sterben war er aus: die Balsame der Ägypter, erfunden zur Erhaltung der Materie Einzelmensch, hat er immer wieder beschrieben und gepriesen. War das nicht zu erlangen, so kam alles darauf an, die verwesende Materie vor Neugier zu schützen. Jahnns Bauwerke sind gewaltige Nekropolen, die sich dem Tod entgegenstemmen. So wird Alfred Tutein im *Fluß ohne Ufer* durch den Freund noch im Tode geschützt. Den schweren Metallsarg hat sich Jahnn – wie Bertolt Brecht den seinen – selbst entworfen: nach dem Modell jener Stätte für den einstigen Leichtmatrosen Tutein im Roman. Hans Erich Nossack erwähnt das Wort eines Freundes beim Anblick des schwer dahingeschleppten Metallgebildes: »Ein Zinksarg, das bedeutet Protest gegen den Tod.«

Was hat sich geändert seit dem Tod von Jahnn? Die Zeit des Gelächters und aller Denunziation ist vorbei: dafür hat nicht bloß der Tod gesorgt, sondern auch neue Erkenntnis. Man würde es dem Kritiker Günter Blöcker nicht mehr durchgehen lassen, wie damals, im Jahre 1958, zu behaupten über Jahnn, es sei »auf die Dauer ein degoutantes Schauspiel, diesem verbalen Muskelspiel zuzusehen«. Weiter noch: »Sprache, die geistig nicht gebunden ist, ergeht sich in Catcherposen, in einem literarischen Athletentum für die Schaubude.«

Dies ist formuliert ausgerechnet vor einer geistig so streng gebundenen Prosa, daß sie bisweilen die Sinnlichkeit opfert zugunsten der gedanklichen Klarheit. Dergleichen wird sich kaum mehr wiederholen. Vorbei ist die Zeit der Paul Fechter und Günter Blöcker. Auch dies ist ein Fortschritt, wenn man so will.

Fortschritt auch sonst. In früheren Zeiten und Kulturkreisen wäre Hans Henny Jahnn ganz sicher als Hexenmeister gefoltert und verbrannt worden. Allein, würde er heute in der Landschaft seiner Gilgamesch und Engidu davor bewahrt bleiben, als Verächter Allahs und seines Propheten ausgepeitscht oder an die Wand gestellt zu werden? In Moskau wurde der westdeutsche Schriftsteller Hans Henny Jahnn mit hohen Ehren empfangen, wie jedoch ginge es einem russischen Außenseiter, der genauso lebte, dächte und schriebe wie dieser Hamburger? Da wäre vermutlich die Rede von einem asozialen und kriminellen Element, einem unnützlichen Mitglied der fortschrittlichen Gesellschaft, den man versuchen müsse, mit Elektroschocks zu kurieren.

In seinem Nachruf auf Hans Henny Jahnn hat Hans Erich Nossack, ein Hamburger wie der Freund, die Summe dieser Existenz gezogen: »Das schöne, kindliche Leben, das Hans Henny Jahnn uns vorgelebt hat, lehrte uns wieder an die naturbedingte Notwendigkeit der dichterischen Existenz zu glauben.« Auch hier die Verbindung eines schweren Lebens mit dem kindlichen Leben dessen, der nicht erwachsen wurde und doch niemals infantil gewirkt hat. Es war ein schweres Leben: gegen die Zeit und gegen eine ganze Zivilisation. Das Ende kam in einem Krankenhauszimmer der dritten Klasse. Unordnung bis zum Schluß in einer Existenz, die sich nichts sehnlicher erwünschte als Ordnung und Harmonie.

Daß Hans Henny Jahnn jemals ein populärer Autor werden könnte, ist ausgeschlossen. Mit diesem Mann und seinem Werk muß man sich ganz einlassen, oder man muß und wird davon Abstand nehmen. Allein, darin ergeht es dem Autor von Kunstfiguren wie dem Perrudja, dem Pastor Ephraim

Magnus, dem Gustav Anias Horn und dem knabenhaften Genie Thomas Chatterton auch nicht anders als etwa einem Robert Musil oder James Joyce. In dem vielleicht bedeutendsten Text einer kritischen Prosa, den Jahnn geschrieben hat, seinem Mainzer Akademievortrag *Über den Anlaß* von 1952, steht der bündige Satz: »Man kann James Joyce bekämpfen: aber man kann ihn nicht widerlegen.«
Hans Henny Jahnn – gestern und heute. Man kann ihn bekämpfen: aber man kann ihn nicht widerlegen.

Mutmaßungen über den Schriftsteller Uwe Johnson

Mutmaßungen also, nicht Erinnerungen. Da ist eine Hemmschwelle, die nicht übertreten werden soll. Außerdem zeigt es sich immer mehr, je größer der Abstand wird zwischen dem Toten und den noch Lebenden, wie wenig schlüssig sie alle insgesamt wirken, die vielen Erinnerungen, die wir miteinander hatten. Den Biographen Uwe Johnsons, die an der Arbeit sind oder sein werden, dürfte es nicht anders gehen: vorausgesetzt, daß sie ihre Aufgabe ernst nehmen. Je mehr Einzelkenntnisse gehäuft werden können, um so undeutlicher werden die Konturen.

Nur die erste und die letzte Begegnung mögen kurz erinnert werden. Ein Seminarraum in der Universität Leipzig, deren zwar beschädigtes, aber durchaus erneuerungsfähiges Gebäude später in die Luft gesprengt wurde. Ein Seminar über vergleichende Literaturgeschichte. Wichtige Werke des 19. und 18. Jahrhunderts waren in früheren Semestern mit den Seminarteilnehmern erörtert worden: Werke einer außerdeutschen Literatur insgesamt. Diesmal beschäftigte man sich mit wichtigen Texten vor allem der englischen und französischen Literatur im 17. Jahrhundert. Dazu gehörte ein berühmtes Drama des Engländers Thomas Otway, *Venice preserved*. Zu Beginn unseres Jahrhunderts hatte Hugo von Hofmannsthal das Werk bearbeitet und nachgedichtet unter dem Titel *Das gerettete Venedig*. Eine reizvolle Aufgabe also für einen jungen Literaturwissenschaftler, den Otway und den Hofmannsthal miteinander zu konfrontieren. Den Studenten, der sich dieses Thema ausgesucht hatte und der nun mit seinem Referat an der Reihe war, sah ich jetzt zum erstenmal in aller Bewußtheit. Ein langer blonder Schlaks, mit einer ungewohnt tiefen und schönen Stimme. Was er dann vortrug, war staunenswert. Ein offenbar voll ausgebildeter glänzender Anglist und Germanist. Otways englische Verse wurden in glänzen-

der Diktion vorgetragen. Was der Referent über Hofmannsthal zu sagen wußte, mit hohem Respekt und einem winzigen Quantum Herablassung, zeugte von ungewöhnlicher Sachkenntnis. Der Referent, er hieß Uwe Johnson, wurde belobigt und in die Sprechstunde gebeten. Dort kam es, wie es kommen mußte. Er schreibe auch selbst, gab der stud. phil. zu verstehen. Er solle das Manuskript einmal mitbringen. Dann schaute ich auf ein Romanmanuskript mit dem Titel *Ingrid Babendererde*. Es war die zweite Fassung des Romans, wie man heute weiß. Alles weitere ist bekannt.
Die letzte Begegnung fand statt im November 1983. Einstige Mitglieder der Gruppe 47 hatten sich abermals im schwäbischen Saulgau zusammengefunden, um den 75. Geburtstag ihres Chefs Hans Werner Richter zu feiern. Auch Uwe Johnson war nach Saulgau gekommen. Dort, in dem berühmten Gasthof mit der berühmten guten Küche, hatten wir im Jahre 1963 eine der interessantesten Tagungen der Gruppe erlebt. Konrad Bayer aus Österreich hatte dort vorgelesen. Auch der junge Hubert Fichte. Hier machte uns Peter Weiss zum erstenmal mit seinem Stück über die Herren Jean-Paul Marat und den Marquis de Sade bekannt. Auch Ernst Bloch hatte an den Gesprächen teilgenommen, auch Rudolf Augstein. An dies alles erinnerten wir uns bei der Geburtstagsfeier von Hans Werner Richter im Herbst 1983. Zwischen Uwe Johnson und mir hatte es eine ziemlich lange Entfremdung gegeben. Als ich meine Geburtstagsrede auf Richter beendet hatte, kam Johnson auf mich zu und schlug vor, man solle sich wieder zueinander verhalten wie in den früheren Jahren. Am anderen Morgen, einem Sonntag, sah ich ihn beim Frühstück zum letzten Mal.

Mutmaßungen also über den Schriftsteller Uwe Johnson. Sie werden, das ist zu befürchten, genauso ausfallen wie jene *Mutmassungen über Jakob* in jenem Buch, das den ganz unbekannten Schriftsteller Uwe Johnson sofort bekannt machte. Ein literarischer Neuling erhielt sogleich den Westberliner

Fontane-Preis. Allein, er war auch gezwungen worden, wegen seines Buches und seiner Thematik nach Westberlin zu übersiedeln, was er, während der Arbeit an diesem zweiten Roman, immer hatte vermeiden wollen.

Die Mutmaßungen über Jakob beginnen auf der ersten Seite und sind auf der letzten auch im mindesten nicht beantwortet worden. Jakob Abs, ein hervorragender Eisenbahner, wurde überfahren. Wie konnte es dazu kommen? Fahrlässigkeit? Bewußter Selbstmord? Ein dummer Zufall? Ein geplanter Mord der Geheimpolizei an einem unbequemen und undurchsichtigen Menschen? Für alles gab es Argumente. Schlüssig war keines.

Heute glauben wir ganz gut Bescheid zu wissen über diesen außerordentlichen Schriftsteller Uwe Johnson, der bereits in den sechziger Jahren so hohes Ansehen genoß, daß man ihm zu Anfang der sechziger Jahre durch ein erlauchtes Gremium internationaler Schriftsteller aus aller Welt den hochdotierten »Prix international de littérature« zugesprochen hatte. Im Vorjahre bei der ersten Preisverleihung war der Preis zum ersten Male vergeben und zweigeteilt worden: an Samuel Bekkett und an Jorge Luis Borges. Aber was wissen wir trotzdem über ihn? Jean-Paul Sartre hatte gut reden, wenn er einmal behauptet hatte: über die toten Autoren könne man gut Bescheid wissen. Denn man kenne bekanntlich ihre Werke und man kenne auch die Art, wie ihr Leben beendet wurde.

Beides trifft im Falle des Schriftstellers Uwe Johnson durchaus nicht zu. Wir wissen nicht, wie er gestorben ist, und seine Werke sind ebenso aufregend und kühn wie rätselhaft geblieben. Man kann jedoch einige Erkenntnisse gewinnen, die helfen mögen, das Phänomen dieses ungewöhnlichen deutschen Schriftstellers zu verstehen.

Da ist zuerst die Tatsache, daß Uwe Johnson in der zeitgenössischen Literatur deutscher Sprache ganz unvorhersehbar gewesen ist. Natürlich hatte er, der alles genau wissen wollte, seine literarische Lehre durchaus ernstgenommen. Er kannte die großen deutschen Erzähler des 19. Jahrhunderts, er hatte nicht zufällig einen vertrauten Umgang mit Theodor Fontane. Allein, als sein akademischer Lehrer hatte ich bald heraus, daß der junge Schriftsteller Johnson nicht minder vertrauten Umgang pflegte mit William Faulkner und den kleinen Leuten in den Südstaaten der USA, die in Faulkners Romanen auftraten. Übrigens war Johnson, wenn es geboten war, auch ein ausgezeichneter Übersetzer aus dem Amerikanischen. Nachdem der Bezirksleiter der SED in Leipzig, jener Paul Frölich, mit sicherem Instinkt verboten hatte, den Studenten Johnson nach abgelegtem Staatsexamen irgendwo zu beschäftigen, hatte ein Leipziger Verlag dem Ausgestoßenen angeboten, einen bisher in Deutschland unbekannten Roman des großen Herman Melville zu übersetzen. Johnson lieferte eine glänzende Arbeit.

Trotzdem: die besondere Art des Erzählens, der Dialogführung, der Verknüpfung und Verwendung desperater Handlungen in allen Erzählwerken dieses Autors war ganz unerwartet. Sie ist auch folgenlos geblieben. Man kann nicht so schreiben, wie Uwe Johnson geschrieben hat. Man sollte es auch nicht versuchen.

Angesichts einer »neuesten Stimmung im Westen«, wie Martin Walser es einmal bezeichnet hat, kamen einige Interpreten auf den Einfall, ausgerechnet in diesen dialektischen Verknüpfungen der *Mutmassungen* und der *Jahrestage* sei etwas wie »Heimatliteratur« zu entdecken. Welch ein Irrtum!, hätte Ernst Jandl auch hier formuliert, indem er die Buchstaben L und R miteinander vertauschte. Uwe Johnson hat die norddeutsche Welt der Pommern und der Mecklenburger geliebt, das spürt man immer noch mit Erschütterung beim Lesen des vierten Bandes der *Jahrestage*. Allein gerade dieser vierbändige, doch im Grunde einbändige große Roman ist seiner Konzeption nach das Gegenteil einer »urdeutschen Geschichte«, wie immer man dies verstehen mag. Es ist eine Geschichte, die ziemlich genau ein Jahrhundert umfassen soll. Das hat man meist übersehen. Aber Heinrich Cresspahls Familie wird zurückverfolgt genau bis ins Jahr 1867: ein Jahrhundert also von dort bis zu den Aktionen brüderlicher Hilfe der DDR-Soldaten bei der Zerstörung aller Blütenträume des »Prager Frühlings«. Die *Jahrestage* spielen in Europa *und* in den Vereinigten Staaten. Zweimal Katastrophenwelt. Der Vietnamkrieg und der Stalinismus. Das sieht gerade nicht aus nach Heimatliteratur mit Geschichten von Glück oder Unglück im Winkel.

Mehr noch. Die drei wichtigsten Erzählungen Uwe Johnsons, die eine innere Einheit gebildet haben, wurden beim Erzähler provoziert durch drei tiefe und krisenhafte Erschütterungen seiner Welt. Der Welt also, in welcher Uwe Johnson aufwuchs, der einstige junge Schüler einer nationalsozialistischen Erziehungsanstalt (napola) im Dritten Reich. Später als Bürger der Deutschen Demokratischen Republik, dann eines Republikflüchtlings im Westen, dann eines erfolgreichen Schriftstellers und Verlagslektors in New York, Westseite von Manhattan. Den Hintergrund des Romans *Ingrid Babendererde* bilden die Ereignisse des 17. Juni 1953. Jakob Abs verunglückte im Herbst 1956, während er als Eisenbahner die Aufgabe hatte, die Militärzüge zu koordinieren, die mithalfen, die ungarische Revolte niederzuschlagen. Die *Jahrestage* schließlich haben mit Prag zu tun im Jahre 1967 und 1968 und mit der amerikanischen Niederlage in Vietnam, dem einstigen Indochina.

Es wurde von der inneren Einheit gesprochen, die vor allem zwischen den *Mutmassungen* und den *Jahrestagen* besteht. Jeder Leser muß wissen, daß man die Geschichte des Jakob Abs unmittelbar als Bestandteil der *Jahrestage* zu verstehen hat. Der tote Jakob Abs ist eine wichtige Gestalt des großen Erzählwerkes, das Uwe Johnson schließlich doch noch vollenden konnte.

Wie hat der Erzähler Uwe Johnson gearbeitet? Was heißen soll: Wie entstanden die Entwürfe seiner offenbar in vielen Einzelheiten genau geplanten Erzählwerke? Man darf annehmen, daß sich Johnson ein Leben lang, seit er zu schreiben begonnen

hatte, in der Gesellschaft seiner Romangestalten befand. Ihnen forschte er – räumlich wie zeitlich – mit aller Sorgfalt nach. An einer unscheinbaren, keineswegs auffälligen Stelle des Romans wird von den Vorfahren der Familie Cresspahl gesprochen, den Vorfahren also (väterlicherseits wie mütterlicherseits) der Gesine Cresspahl. Da wird, wie beiläufig, die Jahreszahl 1867 genannt. Nun hat man es richtig verstanden: die *Jahrestage* wurden genau situiert im Jahrhundert zwischen 1867 und 1967, gelebte deutsche Geschichte mithin, gelebt von den kleinen Leuten, die zumeist Opfer sind und bringen. Gleichzeitig jedoch wird auch gezeigt, daß diese deutsche Welt nicht isoliert gesehen werden kann. Der Vater Heinrich Cresspahl verläßt Deutschland, um in England zu arbeiten, in Richmond. Uwe Johnson sorgte dafür, daß Heinrich Crespahl alle Straßen in Richmond kannte, die er zu gehen hatte.
In den *Mutmassungen über Jakob* spielte die englische Geheimdienststelle in Düsseldorf schon eine wichtige leitmotivische Rolle. Der Fluchtbericht über *Zwei Ansichten* spielt mit der Dreiheit des skandinavischen Exilfluchtlandes und den beiden deutschen Staaten. Die *Jahrestage* vollends arbeiten mit dem Grundentwurf einer Konfrontation von Europa und Amerika, von Alter und Neuer Welt.
Es zeigt sich also, daß der Erzähler Uwe Johnson zunächst die Geschichte zu kennen scheint, die er erzählen möchte. Dabei geht er nicht anders vor, als die großen Erzähler des bürgerlichen Romans im 19. Jahrhundert: Stendhal oder Melville oder Gottfried Keller. Während sich aber – beispielsweise – Stendhal und Gottfried Keller von der zu erzählenden Geschichte her ihre Figuren zu erfinden suchten, also auch einen Julien Sorel oder einen Martin Salander, liegt die Besonderheit des Erzählers wie Uwe Johnson gleichzeitig darin, daß er sowohl die zu erzählende Geschichte kennt, wie er auch mit den Gestalten vertraut ist, die sie bevölkern sollen. Insoweit hat Johnson offenbar ähnlich gearbeitet wie Balzac, der sich genau auskannte im Gewimmel all seiner Romanfiguren.
Man kann noch weitergehen. Der Erzähler Johnson wäre un-

denkbar ohne die Gewißheit, mit seinen Figuren ein Schriftstellerleben bestehen zu können. Natürlich waren die Modelle auch hier in seinem eigenen Leben zu finden. Trotzdem sind alle Bücher Uwe Johnsons zwar Ausdruck, eines verschlüsselten Erlebens, allein, sie sind das Gegenteil von Schlüsselromanen. Jakob Abs beispielsweise ist durchaus kein Romanporträt des Autors Uwe Johnson. Während Thomas Mann sich immer wieder zu verwandeln hatte in seine wichtigsten Romanfiguren, zum Beispiel gleichzeitig in Thomas und Hanno Buddenbrook, gibt es nicht eine Figur im Roman, die man mit dem Verfasser »identifizieren« könnte. Dafür haben viele Gestalten einiges aus dem Leben ihres Autors mit auf den Weg bekommen.
Hier steht Uwe Johnson in einer großen Romantradition der Erzähler. Marcel bei Marcel Proust ist alles andere als ein Selbstporträt des Erzählers. Joseph K. in dem Roman *Das Schloß* heißt nicht Kafka mit Nachnamen.
Der Autor Uwe Johnson befindet sich nicht unter seinen Figuren. Umgekehrt eher: die Figuren haben bereits in dem ersten Roman *Ingrid Babendererde* das Schreiben des Erzählers motiviert, häufig bestimmt, manchmal verändert.
Auch dies gehört zur großen Tradition des bürgerlichen Romans. Im Jahre 1940 durfte ich mich im Genfer Exil mit Robert Musil über die Gestalten seines Romans *Der Mann ohne Eigenschaften* unterhalten. Ich fragte ihn nach dem besonderen seelischen Miteinander der Geschwister Ulrich und Agathe. »Haben Sie jemals daran gedacht, diese Beziehung bis zum Inzest zu treiben?« Musil antwortete kurz und sachlich: »Natürlich habe ich daran gedacht. Aber die Gestalten wollen es nicht.« So hätte Uwe Johnson vermutlich auch geantwortet. Die Schreibkrise zwischen dem dritten und vierten Teil der *Jahrestage* war darin begründet, daß dem Erzähler seine Gestalten zeitweise entglitten waren. Sie wollten offenbar nicht mehr. Damals sagte mir Uwe Johnson, und das werde ich nie vergessen: »Wissen Sie, wie das ist, wenn man morgens heulend vor dem weißen Papier sitzt?«

Sonderbar ist immer wieder jener Vorgang, daß der Autor den Schluß der Geschichte zu Papier bringen konnte, aber kurz vor dem Schluß klafft noch eine große Lücke. Georg Büchner hatte den Schluß seiner Erzählung *Lenz* mit dem Satz beenden können: »So lebte er hin.« Aber vorher hatte er den Bericht mit Hilfe der Aufzeichnungen von Oberlin nicht weiterschreiben wollen. Die Hinrichtungsszene am Schluß von *Der Prozeß* hatte Kafka vorweggenommen. Über den Richterspruch vorher hatte er nicht mehr berichten wollen.
Auch die Schlußseiten der *Jahrestage* waren längst von Uwe Johnson niedergeschrieben worden. Er hat sie ziemlich oft sogar öffentlich vorgelesen. Dennoch glaubte er lange Zeit nicht mehr daran, den gesamten Jahresbericht 1967/68 zu Ende führen zu können. Es gehört zur Größe seiner dichterischen Verantwortung, daß er das Buch vollenden konnte. Vielleicht war das Leben dieses ungewöhnlichen Menschen und Künstlers immer nur bestimmt vom Ausdruckszwang, der Notwendigkeit also, alles Erlebte zu überdenken und nachzugestalten. Dadurch aber ist Uwe Johnson, allem modischen Gerede zum Trotz, ein schwieriger Autor geblieben. Er besaß eine eigene Sprache auch im Alltag. Man mußte sie erlernen, wenn man auf gleicher Ebene mit ihm sprechen wollte. Der Leser ist genötigt, russisch, englisch-amerikanisch, Missingsch und viele Abarten der deutschen Umgangssprache zu kennen und zu verstehen. Dann freilich schwimmt man im Strom eines großen Erzählers.
Mutmaßungen also auch dies alles. Doch vielleicht können sie, im Sinne der antiken Rhetorik, als eine Art der exortatio abgeschlossen werden. Eine Ermahnung also. In der letzten Zeit, da viel über Johnson geschrieben, gesprochen, behauptet wird, fällt immer wieder das Wort von der »Kultfigur«, und die *Jahrestage* sollen ein »Kultbuch« sein. Es wäre schlimm, wenn es sich so verhielte. Kultbücher sind immer Zeugnisse eines raschen und usurpatorischen Lesens, wobei man eine »Aneignung« erstreben möchte. Allein, man kann sich Uwe Johnson nicht aneignen. Er hat auch nie daran gedacht, wie

einstmals Stefan George oder Arno Schmidt in neuerer Zeit, die große Einsamkeit zu demonstrieren, neben welcher sonst nichts zu bestehen vermag. In solchen Fällen ist es nützlich, einen Ausspruch von Bertolt Brecht über Stefan George zu zitieren, den großen Dichter und ersten Goethepreisträger der Stadt Frankfurt. Auch Brecht hat ihn natürlich bewundert. Trotzdem schrieb er: »Die Säule, welche sich dieser Heilige ausgesucht hat, steht in einer allzu belebten Gegend.«
Der Begriff des Kultbuches gehört zum Denken des Fundamentalismus. Er wird zur säkularisierten Glaubenssache. Nur dieses Buch und dieser Autor, und sonst gar nichts. In einer Wegwerfgesellschaft jedoch werden auch die Kultbücher weggeschwemmt und durch neue Idole ersetzt. Das darf und soll nicht geschehen mit Uwe Johnson. Um es zu wiederholen: Je mehr man an Tatsachen über ihn kennenlernt oder herausbringt, um so rätselhafter wird alles. Hier ist ein großes Œuvre entstanden. Man solle genau lesen und nicht zulassen, daß sich auch hier die Sekundärliteratur an die Stelle der Primärliteratur setzen darf. Uwe Johnson war ein ernster Mensch, der gern lachte und Possen trieb. Sein wirkliches Leben aber war das Leben des Schriftstellers Uwe Johnson. Eines großen Schriftstellers deutscher Sprache.

Zu einem Brief Thomas Manns an Gerhart Hauptmann

Daß gerade Thomas Mann bereit sein würde und daß ihn gerade die Witwe Gerhart Hauptmanns bitten könnte, zum neunzigsten Geburtstag des *Weber*-Dichters die Gedenkansprache zu halten, war durchaus nicht verwunderlich. Thomas Mann und Gerhart Hauptmann – diese Verbindung zweier Dichternamen deutet auf Gegensätzlichkeit, und nur allzuoft sind sie gegeneinander gestellt, sogar gegeneinander ausgespielt worden. Dennoch wurden sie immer wieder zusammen genannt, und sie gehören auch in einem höheren Betracht zusammen. So hatten es die beiden seit langer Zeit selbst empfunden. Eine der wichtigsten und sorgsam weitergezogenen Furchen in Thomas Manns Lebenswerk ist ganz ausdrücklich daraufhin angelegt.

Persönlichkeit und Werk Gerhart Hauptmanns bilden ein Thema des Künstlers und Kulturhistorikers Thomas Mann. Freilich läßt sich – wenigstens wenn man Hauptmanns bisher veröffentlichtes Werk betrachtet – kaum Ähnliches von einer motivischen oder auch nur episodischen Bedeutung Thomas Manns für die dichterische Welt Hauptmanns feststellen. Vielleicht werden die Tagebuchaufzeichnungen später einmal ein etwas verändertes Bild geben. Dennoch hat Thomas Mann für den Dichter Hauptmann kein »Thema« abgegeben. Aber Gerhart Hauptmann ist ein Thema des Essayisten und bekanntlich auch des Erzählers Thomas Mann. Das war sogar einmal so etwas wie ein »Fall«. Es hatte damals, nämlich bei Erscheinen des *Zauberbergs* (1924), sogar viel Lärm auf der Gasse gemacht. Auch hierin zeigt sich gleichermaßen Zusammengehöriges und Gegensätzliches. Gerade eine solche zwiespältige, »ambivalente« Lebens- und Werkbeziehung aber mußte Thomas Mann notwendigerweise beschäftigen, auch wenn es sich nicht geradezu um ihn selbst gehandelt hätte.

Allerdings zählt das Hauptmann-Motiv nicht zu den ganz

früh schon in Thomas Manns Werkstatt bereitliegenden Arbeitsmaterialien. Der Verfasser der *Buddenbrooks* und des *Tonio Kröger* arbeitet mit Bildungserlebnissen, die durch Wagner und Nietzsche, durch Tolstoi und Turgenjew, durch die skandinavische Literatur der Jahrhundertwende, durch romantische Musik und Ironie wesentlich beeinflußt worden waren. Gerhart Hauptmann, 1862 geboren, wurde dem um dreizehn Jahre Jüngeren nicht sogleich zum Erlebnis oder auch nur zu einem Gegenstand geistiger Auseinandersetzung und Selbstfindung. Das Hauptmann-Thema tritt erst beträchtlich später auf. Es geht Thomas Mann damit ähnlich wie mit dem Goethe-Problem, das auch nicht sogleich in seiner geistigen Welt sichtbarlich hervortritt und doch im Laufe der Jahre und Jahrzehnte immer stärker und prägender zum Ausdruck kommt. Übrigens gehören diese beiden Entwicklungen – das Goethe-Thema und das Hauptmann-Thema – in einem tieferen Sinne für Thomas Mann zusammen. Bekanntlich beginnt seine Auseinandersetzung mit Person und Werk Goethes in der Frühzeit, zuerst in der Schiller-Novelle *Schwere Stunde* von 1905, mit einer antigoetheschen Selbstdarstellung des Verfassers von *Tonio Kröger.* In der Schiller-Novelle »ist« Thomas Mann noch Schiller; wir sind noch entfernt von jenen künftigen Selbstaussagen im Zeichen Goethes, die in dem Roman *Lotte in Weimar* gipfeln sollten. Aber auch wenn Thomas Mann etwa bis zum Jahre 1914 keinerlei tiefere Nötigung empfand, sich mit dem Hauptmann-Werk auseinanderzusetzen, das damals vor allem als ein gewaltiges Dramenwerk ins allgemeine Bewußtsein getreten war; wenn er noch in jener Frankfurter Hauptmann-Rede vom 9. November 1952 rückblickend sagen konnte: »Ich war ein Knabe damals, als *Vor Sonnenaufgang* das bürgerliche Publikum von 1889 in Aufruhr versetzte; mein Weg führte nach München, nicht nach Berlin, wo jene Schlachten geschlagen wurden« – so gab es trotzdem damals bereits ein konstituierendes Lebensmotiv im Weltbild Thomas Manns, das ihn früher oder später doch mit dem »Fall Hauptmann« zusammenführen mußte. Es geht abermals um Schiller und Goethe, um diese gleichzeitig trennende und verbindende Zusammenstellung zweier Dichternamen, die wir schon früh, noch vor der Schiller-Novelle – vor allem im *Tonio Kröger* – in Wirksamkeit sehen, und zwar um Schillers berühmten Essay *Über naive und sentimentalische Dichtung*. Er ist eines der wichtigsten Bildungserlebnisse aus der Jugend Thomas Manns. Der große Epiker hat ihn später immer wieder als den Gipfelpunkt deutscher Essayistik, vielleicht sogar der Essayistik schlechthin bezeichnet. Auch Thomas Manns Auseinandersetzung mit Hauptmann sollte sich im Zeichen der Antithese vom naiven und sentimentalischen Dichter vollziehen.

Um die Zeit der Jahrhundertwende, während ein junger Schriftsteller in München mit dem Plan einer großangelegten Familiengeschichte beschäftigt ist und vom Schreibtisch gelegentlich aufschaut, um das Bild, das Vorbild zu betrachten, das dort aufgestellt ist: das Bild Leo Tolstois, erscheint Gerhart Hauptmann, weit bekannt und fast schon weltberühmt, im allgemeinen literarischen Urteil als Hauptvertreter der »naturalistischen« Literaturbewegung. Das Schlagwort aber verkennt bereits damals den historischen wie den ästhetischen Tatbestand. Historisch ist die naturalistische Mode bereits am Ende; auch Hauptmann scheint schon seit einiger Zeit der neuen Literaturrichtung, der »Neuromantik«, gewonnen: *Die versunkene Glocke* (1896) und *Der arme Heinrich*, woran Hauptmann während der Entstehungszeit der *Buddenbrooks* arbeitet, haben nichts mehr mit den literarischen Grundprinzipien der ersten, angeblich naturalistischen Hauptmann-Stücke gemein. Im Ästhetischen aber sind auch sie eigentliche Werke des Realismus, nicht des Naturalismus. Thomas Mann glaubt freilich, durch sein Erlebnisinventar an russischer Epik, deutscher romantischer Musik und Lyrik, spätbürgerlicher Kulturphilosophie von der naturalistischen Literaturrichtung – und damit von Gerhart Hauptmann – getrennt zu sein. Er sieht noch nicht, daß auch Hauptmann nur ganz äußerlich beeinflußt ist durch die Theorien des französischen Naturalismus, durch Zola und die Goncourts; daß auch Hauptmanns eigentliches, zum Realismus führendes Kunsterlebnis – wie es der Dichter selbst später in dem großen autobiographischen Roman *Das Abenteuer meiner Jugend* genau beschreiben sollte – durch den russischen Realismus, gleichfalls vor allem durch Tolstoi, und dann durch die niederländische Malerei bestimmt worden war. Hauptmann stand daher dem jungen Thomas Mann von Anfang an wesentlich näher, als es diesem zunächst vorkommen mochte.

Nach dem gewaltigen Erfolg der *Buddenbrooks* wächst Thomas Manns Ansehen. Zum erstenmal bemühen sich die Kritiker, eine Beziehung herzustellen oder einen Gegensatz festzustellen zwischen diesen beiden markanten Gestalten der deutschen Literatur zwischen 1900 und 1914. Schon beginnt ein beliebtes literaturkritisches Treiben: den einen gegen den anderen auszuspielen. Hier Dichter, dort Schriftsteller; hier Musik und Ironie, dort Augensinnlichkeit und naives Welterlebnis; hier zeitgebundene Kulturkritik, dort »zeitlose Menschlichkeit«. Nichts deutet darauf hin, daß einer der beiden großen Dichter damals gewillt gewesen wäre, selber das Thema aufzugreifen und als Selbstdarstellung zu behandeln.

Dann kommt der Weltkrieg. In verschiedener Weise, aber in gleicher Schmerzlichkeit wird er von Hauptmann und Thomas Mann erlebt. Beide zeigen sich entschlossen, ihr Verhältnis zu Zeit und Welt zu überprüfen. Der »Unpolitische« wird zum politischen Schriftsteller. Gerhart Hauptmann war schon seit seinen frühesten Werken als zeit- und gesellschaftskritischer Dichter erkannt, bejubelt, von der Reaktion im Hohenzollernreich bekämpft worden. Daß der Dichter der *Weber* und des *Florian Geyer*, der unvergleichliche Gestalter einfacher, leidender Menschen, zur Entwicklung seines Volkes, zu den revolutionären Entwicklungen in Europa, zur Entstehung der Weimarer Republik, zur Entwicklung der jungen Sowjetunion, zum Friedensvertrag von Versailles nicht schweigen würde, war selbstverständlich. Aber auch Thomas

Mann bewies nun, daß hinter der scheinbaren Artistik, der scheinbaren Künstlerproblematik seines bisherigen Werkes von Anfang an eine sehr tiefgehende gesellschaftskritische Neigung gestanden hatte. Gerhart Hauptmann tritt seit 1918 immer entschiedener und leidenschaftlicher in den Nöten seines Volkes als Sprecher hervor: in einem offenen Brief vom 2. Februar 1919 an den Friedenskongreß in Paris; als Mahner zur Überwindung der deutschen Zwietracht in einer Ansprache vom 19. Januar 1921; in dem wundervollen Vortrag *Deutsche Wiedergeburt* vom 11. November desselben Jahres. Dann veranstaltet die Stadt Frankfurt Ende Februar 1922 eine Goethe-Woche. Der Bestand des Goethe-Hauses ist gefährdet. Mittel zu seiner Rettung sollen aufgebracht werden. Reichspräsident Friedrich Ebert übernimmt das Patronat der Goethe-Woche. Gerhart Hauptmann eröffnet sie am 27. Februar mit einem Vortrag über *Goethe und die Volksseele*. Ihm antwortet in der gleichen Goethe-Woche Thomas Mann, indem er zum erstenmal als Redner das Thema Goethes und der Humanität anschlägt, das er von nun an – gipfelnd in den Goethe-Reden der Festjahre 1932 und 1949 – immer wieder deuten sollte. Der Goethe-Rede Thomas Manns lauscht der Präsident der Weimarer Republik, lauscht der Dichter Gerhart Hauptmann. Der Redner empfindet diese Konstellation nicht bloß als zufälliges festliches Beisammensein, sondern – eben als Konstellation, als den neuen geistig-politischen Standort. Darum kommt er auf jenen Frankfurter Augenblick von neuem zurück, ruft er ihn beschwörend auf, als es sich für ihn darum handelt, in Sachen der deutschen Staatsform und der deutschen Zukunft, im Kampf zwischen Fortschritt und Reaktion die eigene Stellung festzulegen. Thomas Manns Rede *Von deutscher Republik* erscheint 1923; sie ist aber im Vorjahre gehalten, sie ist dem Datum des 15. November 1922 verbunden, dem sechzigsten Geburtstag Gerhart Hauptmanns. Die Rede ist Hauptmann als Geburtstagsgeschenk gewidmet; sie ist an ihn gerichtet. Und sie beginnt in direkter Anrede und erinnernder Beziehung mit den folgenden Worten: »Sie waren unter meinen Zuhörern, Gerhart Hauptmann, darf ich Sie erinnern? als ich an einem Tage der Goethe-Woche zu Frankfurt in der Universität über Bekenntnis und Erziehung, über Humanität also, sprechen durfte; in der ersten Reihe saßen Sie vor mir, und hinter Ihnen war das Festauditorium bis zur Empore hinauf voll akademischer Jugend.«

Vor dem Reichspräsidenten und dem großen Dichter hatte Thomas Mann damals in Frankfurt seine Rede gehalten. Ganz leise Ironie schwingt jetzt mit, aber man spürt doch echte Ehrfurcht, wenn er nun, in Erinnerung an jene Stunde, den *Lohengrin* zitiert: »vor König und vor Reich« habe er zum Thema der Humanität gesprochen. Vor dem Vertreter des Reiches – und vor einem König. So aber nennt er Gerhart Hauptmann. »Denn ein König sind Sie heute, wer wollte es leugnen, ein Volkskönig wahrhaft, wie Sie da vor mir sitzen.«

In Hauptmann erkenne das deutsche Volk sich wieder: im Dichter der *Weber* und des *Hannele*. »Die sozialen sowohl wie die demokratischen Tendenzen der Zeit kommen Ihrer Größe zustatten.« Besonders aber erkenne sich das deutsche Volk in der echten Deutschheit von Gerhart Hauptmanns Dichtertum. »Wodurch Sie aber namentlich siegten, Gerhart Hauptmann, war Ihr Deutschtum, d.h. Ihre echte Popularität.« Vor dieser Persönlichkeit nun, diesem königlichen Dichter des deutschen Volkes, gedenkt der Redner »von deutscher Republik« auch seinerseits ein Bekenntnis abzulegen. Das Bekenntnis zur Republik, zum demokratischen und sozialen Gedanken, das Bekenntnis des scheinbar und ehemals »Unpolitischen« zur politischen Mitgestaltung der Gegenwart.

Es ist bekannt, daß Thomas Manns Ansprache damals viel beredet und auch bekämpft wurde. Die Anhänger der Monarchie und des deutschen Nationalismus nahmen ihm übel, daß er nicht bereit war, sich als Gegenspieler gegen Hauptmanns demokratischen Humanismus zur Verfügung zu stellen. Anderen mißfiel in seinem Bekenntnis zur Republik der scheinbar geistesaristokratische Vorbehalt, der Versuch des Dichters und Redners, das romantische Weltbild eines Novalis als Mitgift in den neuen Republikanismus hineinzunehmen. Auch der vielberufene Scheingegensatz des »Dichters« Hauptmann und des »Schriftstellers« Thomas Mann wurde von neuem aufgestellt. War Hauptmann eine volkstümliche »Persönlichkeit«, so konnte dagegen von einer echten Popularität Thomas Manns in Deutschland in jenen Nachkriegsjahren keine Rede sein. Es kam übrigens hinzu, daß die Entwicklung des Erzählers Thomas Mann für den Augenblick schwer zu überschauen war. Man kannte *Buddenbrooks* und *Tonio Kröger*, *Königliche Hoheit* und den *Tod in Venedig*. Dann war der Riesenessay der *Betrachtungen* erschienen, später der gleichfalls voluminöse Essay über *Goethe und Tolstoi*. Woran aber arbeitete der Erzähler?

Er arbeitete am *Zauberberg*. Ein kleines ironisches Gegenstück zum *Tod in Venedig* war ursprünglich beabsichtigt. Dann kamen Krieg und Nachkrieg. Jetzt entstand ein episches Riesenwerk als dichterische Gesamtdarstellung einer zu Ende gehenden bürgerlichen Gesellschaft. Aber wer konnte das 1923, als die Rede von der deutschen Republik erschien, ahnen oder gar überschauen?

Die Nöte des Schaffensprozesses bei einem sentimentalischen Dichter, bei einem Gestalter also, dessen Verhältnis zur Welt gebrochen ist, der kritisch zu ihr steht und sie zunächst geistig in allen Fasern durchdringen möchte, bevor er sie in dichterische Wirklichkeit zu verwandeln vermag: die Nöte dieses Schaffensprozesses hatte Thomas Mann einst in der Schiller-Novelle als Selbstdarstellung beschrieben. Es war die *Schwere Stunde* des am *Wallenstein* arbeitenden sentimentalischen Dichters, der von Jena hinüberschaut nach Weimar zu jenem Anderen, dem ganz Anderen. Nun erlebte Thomas Mann abermals die schweren Stunden der Arbeit an dem gewaltigen Romanwerk. Es war schon möglich, daß der Schöpfer des *Zauberbergs* sich damals in einer Stimmung befand ähnlich jener, die er in einem kleinen Aufsatz aus dem Jahre 1906 während der Arbeit an *Königliche Hoheit* dahin umschrieben

hatte: »Mir selbst erscheint das Ganze zuweilen so neu und schön, daß ich in mich hineinlache – und zuweilen so läppisch, daß ich mich auf die Chaiselongue setze und zu sterben glaube.« Wohl möglich auch, daß damals erneut der Blick hinüberging »nach Weimar«: zum königlichen Dichter des Volkes, zu dem scheinbar naiven Poeten, zu dem glücklichen Dichter und Menschen …
Dann kam der Herbst 1923. Thomas Mann fuhr nach Südtirol, nach Bozen-Gries. Hier traf er mit Hauptmann zusammen: im achtundvierzigsten Lebensjahr trat er dem Einundsechzigjährigen gegenüber. Hauptmann arbeitete damals an dem Roman *Die Insel der großen Mutter* und am *Großen Traum*, dem bedeutendsten und merkwürdigsten Gedicht seiner Spätzeit; Thomas Mann arbeitete am *Zauberberg*. Was sich dann ereignete, hat Thomas Mann in unvergleichlicher Schlichtheit und Heiterkeit in seiner *Würdigung* zu Hauptmanns neunzigstem Geburtstag erzählt:

> Nichtssagende, flüchtige Begegnungen da und dort waren vorangegangen; jetzt, nahe dem Scheitelpunkt meines Lebens, auf der Überhöhe des seinen, führte der Zufall uns unter dem Dach derselben Hotelpension zusammen, eines Hauses, das den Blick auf die Berge des ›Rosengartens‹ hatte, und in all meiner Bedrücktheit durch erzählerische Sorgen, ein momentan ratloses Festsitzen, das mir gerade zustieß, teilte ich von Herzen seine Freude über diese Fügung. Gemeinsame Abende; die Frauen verstanden einander; und er zog mich an sich, wollte mich zum Genossen seiner geliebten Trinksitzungen in Bozener Weinhäusern und lachte mich herzlich aus, wenn mir nach all dem kalten Wein, den ich nur seinetwegen trank, der heiße Kaffee gar so wohl tat.

Auch die schöne Geschichte von jenem Herbstspaziergang mit Hauptmann hat Thomas Mann dabei erzählt: wo Autogrammjäger den Dichter der *Rose Bernd* und der *Versunke-*

nen Glocke erkennen und umlagern, den nebenherschreitenden Verfasser der *Buddenbrooks* aber übersehen. Das ist Hauptmann nicht recht. In gebärdenreichen Sprechanstrengungen weist er die Literaturfreunde darauf hin, hier sei noch ein zweiter Anlaß gegeben, eine denkwürdige Unterschrift zu erhalten! Auch diese Episode gehört zum Thema der Popularität und der »Persönlichkeit«. Sie wirkt wie ein lustiges Gegenstück zu jenem Karlsbader Ferienspaziergang Goethes mit Beethoven, den Thomas Mann in seinen Goethe-Reden mehrfach und genußvoll nacherzählt hat: den beiden Künstlern begegnen Kaiserin und kaiserliches Gefolge. Goethe grüßt, Beethoven schreitet durch die Gesellschaft, die ihm Platz macht, ohne eines Grußes gewürdigt zu werden. Der Spaziergang in Bozen zeigt eine bürgerlichere Welt und eine neue Rolle des Künstlers. Der eine wird begrüßt, der andere aber nicht...

Thomas Mann stand damals mit seinem Romanvorhaben an kritischer Stelle. Er selbst hat das in seiner Frankfurter Rede vom 9. November 1952 wie folgt umschrieben: »Ich war in erzählerischer Not, ich trachtete nach einer Figur, die kompositionell längst vorgesehen war, und die ich jetzt gerade einzuführen hatte, die ich aber nicht sah, nicht hörte, nicht besaß. Unruhig und besorgt war ich nach Bozen gekommen, und was mir dort zuteil wurde, war eine Vision. Kein anderes Wort paßt.« Die Züge Gerhart Hauptmanns, seine Sprechweise und sein Gebärdenspiel, das Eigentümliche seiner Erscheinung und ihrer Wirkung auf die Umwelt kamen jener Romangestalt zugute, die nun langsam hervortrat, um den Fortgang der Erzählung zu sichern und die innere Architektur des *Zauberbergs* zu bereichern. Während der Begegnungen mit Hauptmann sagte sich Thomas Mann – nach eigenem Bericht – plötzlich: »Das ist er.« Die Gestalt des Mynheer Pieter Peeperkorn war geboren. 1924 erschien der *Zauberberg*; nun begann sein Weg (und damit Mynheer Peeperkorns Weg) in die Weltliteratur. Am 11. April 1925 aber richtete Thomas Mann aus München einen Brief an Gerhart Hauptmann, der hier zum erstenmal und mit Erlaubnis des Briefschreibers wiedergegeben wird:

Dr. Thomas Mann München, den 11. 4. 25
Poschingerstr. 1

Lieber, großer, verehrter Gerhart Hauptmann,
Lassen Sie mich Ihnen endlich schreiben! Ich habe längst gewünscht es zu tun, habe es aber nicht gewagt. Ich habe ja ein schlechtes Gewissen, weiß, daß ich gesündigt habe. Ich sage »gesündigt«, weil das Wort eine doppelte Dynamik hat: es ist stark und schwer, wie es sich gebührt, und doch auch wieder, in gewissem Gebrauchsfall, ein halb gutmütiges, vertrauliches und versuchsweise humoristisches Wort, das freilich für eigentlich niederträchtige Taten nicht gelten dürfte. Ich darf sagen: ich habe gesündigt, wie Kinder sündigen. Denn, glauben Sie mir (ich glaube, Sie glauben es): ich habe vom Künstlerkinde viel mehr in mir, als diejenigen ahnen, die von meinem »Intellektualismus« schwatzen; und da Sie auch ein Künstlerkind sind, ein erhabenes, verständnisvolles und nachsichtiges Kind der Kunst, so hoffe ich, mir mit diesen Zeilen, mögen sie auch noch zu unzulänglich ausfallen, Ihre Verzeihung *ganz* zu erringen, die ich – lassen Sie mich das glauben – halb schon immer besaß.

Ich habe mich an Ihnen versündigt. Ich war in Not, wurde in Versuchung geführt und gab ihr nach. Die Not war künstlerisch: Ich trachtete nach einer Figur, die notwendig und kompositionell längst vorgesehen war, die ich aber nicht sah, nicht hörte, nicht besaß. Unruhig, besorgt und ratlos auf der Suche kam ich nach Bozen – und dort, beim Wein, bot sich mir an, unwissentlich, was ich, menschlich-persönlich gesehen, nie und nimmer hätte annehmen dürfen, was ich aber, in einem Zustand herabgesetzter menschlicher Zurechnungsfähigkeit, annahm, annehmen zu dürfen glaubte, blind von der begeisterten Überzeugung, der Voraussicht, der Sicherheit, daß in meiner Übertragung (denn natürlich handelt es sich nicht um Leben, sondern um eine der Wirklichkeit innerlich überhaupt fremde und äußerlich kaum noch verwandte Übertragung und Einstilisierung) die auf immer merkwürdigste Figur eines, wie ich nicht länger zweifle, merkwürdigen Buches daraus werden könnte.

Das war kein Wahn, ich hatte recht. Ich tat Unrecht, aber ich hatte recht. Ich sage nicht, daß der Erfolg die Mittel heiligt. Aber waren diese Mittel, war der *Geist*, in dem ich mich jener menschlichen Äußerlichkeiten bediente, infam, boshaft, lieblos, ehrfurchtslos? Lieber, verehrter Gerhart Hauptmann, das war er nicht. Wenn ich Verrat geübt habe, so übte ich ihn gar nicht an meinen Empfindungen für Sie, die sich klar und deutlich noch in der Behandlung äußern, die ich der innerlich wirklichkeitsfernen Riesenpuppe zuteil werden lasse, vor der alle Schwätzer verzwergen; noch in dem Ehrfurchtsverhältnis, in dem ich mein Söhnchen, den kleinen Hans Castorp, vom ersten Augenblick an zu dem Gewaltigen setze, der die Geliebte des Jungen besitzt und sie bei ihm aussticht. Kein Fühlender läßt sich darüber durch die – sagen wir: ironischen und grotesken Kunstmittel täuschen, die zu handhaben ich gewohnt bin. Ich lasse außer acht, was Sie wissen: daß keiner, der Sie nicht genau und nahe kennt, überhaupt »etwas merkt«, daß mit einem Wort die Sache nicht öffentlich ist. Das dient nicht zu meiner Entlastung. Ich habe immer gewußt und gesagt, daß es eine Sache ist zwischen Ihnen und mir. Aber Ihre nächsten Freunde, Jünger und Verehrer, die Reisiger, Chapiro, Loerke, Heimann, Eulenberg, die allenfalls etwas »merken« konnten und gemerkt haben – sind sie beleidigt durch die Figur? Haben sie Ärgernis daran genommen und sich empört? Es ist eine Tatsache: sie haben es nicht getan, sie haben teilweise das gerade Gegenteil getan, und diese merkwürdige Erscheinung sollte doch, meine ich, auch Ihrem Zorn zu denken geben.

Lieber, verehrter Mann! Soll eines schlechten Streiches, einer Künstlersünde wegen alles vergessen sein, was ich über Sie gesagt habe, als es sich wirklich um Sie und nicht um eine großartige Maske handelte: jener Aufsatz zum Beispiel, der mir Ihre Freundschaft gewann, und in dem ich Sie den König des Volkes nannte? In der Not darf ich Sie daran erinnern. Und auch Ihre strengere Gattin möge daran erinnert sein – schon wage ich es Sie zu bitten, bei ihr ein gutes Wort für mich einzulegen: so sehr glaube ich bereits an Ihre eigene Verzeihung!

Seien Sie versichert, daß ich keine übertriebenen Ansprüche an Ihre Güte stellen werde, wenn das Leben uns wieder einmal zusammenführt – worauf ja Aussicht besteht. Ich bin mir klar darüber, daß mein Streich – auf Zeiten wenigstens – manches unmöglich gemacht hat, was sonst hätte sein können. Aber wenn der Augenblick kommt, so, bitte ich, versagen Sie mir nicht die Hand, die ich Ihnen im Geist mit all der wahren Empfindung zu drücken wage, die niemals, zu keiner Stunde des Lebens und der Arbeit, in Ihrer Gesellschaft oder fern von Ihnen, aufgehört hat für Sie in mir lebendig zu sein.

Ihr ergebener
Thomas Mann

Es ist bekannt, daß Gerhart Hauptmann nicht »gegrollt« hat. Sein Roman-»Porträt« nahm er weit gelassener und verstehender entgegen als seinerzeit Frank Wedekind die Benutzung Wedekindscher Familienverhältnisse durch Gerhart Hauptmann in dessen Schauspiel *Das Friedensfest*. Wedekind hat damals bekanntlich dem »nach der Natur« und dem Notizbuch arbeitenden jungen Gerhart Hauptmann in dem Dichterling Franz Ludwig Meier der Komödie *Die junge Welt* (1889) ein gereiztes Aug um Auge, Zahn um Zahn demonstriert. Nicht so Gerhart Hauptmann. Er las den vollendeten *Zauberberg* mit großer Bewunderung. Er war – ebenso wie Thomas Mann – weit davon entfernt, sich gegen »den Anderen« ausspielen zu lassen. Seine humanistische Größe war auch eine solche des Geltenlassens. Zu Thomas Mann, der auch diese Episode später in der *Entstehung des Doktor Faustus* aufgezeichnet hat, sprach er darüber mit dem Bibelwort: »In unseres Vaters Hause sind viele Wohnungen!« Hauptmann vor allem und seinem Einfluß war es zu danken, wenn der literarische Nobelpreis des Jahres 1929 an Thomas Mann verliehen wurde. Der Schöpfer des Mynheer Peeperkorn wiederum hatte 1927 den fünfundsechzigjährigen Gerhart Hauptmann in München anläßlich der Erstaufführung des Schauspiels *Dorothea Angermann* feierlich begrüßt. Auch damals sprach der Festredner vom *Zauberberg* und dessen Grundmotiv: dem Willen zum Leben und der geistigen Beziehung des Humanisten zum Tode. Diesmal steht die Ansprache im Zeichen einer tiefen geistigen Gemeinsamkeit. Viel von seiner eigenen romantischen »Sympathie mit dem Tode« glaubt Thomas Mann auch im Werk Gerhart Hauptmanns wiederzufinden: bei Hannele und beim armen Heinrich, bei Emanuel Quint und vor allem in dem großen Schlußmonolog Michael Kramers an der Bahre seines Sohnes Arnold, in jenen Worten vom Tode als der »mildesten Form des Lebens«, die auch in der Frankfurter Rede vom 9. November 1952 abermals aus dem Gedächtnis zitiert werden, weil sie offenbar zu Thomas Manns geistigem Besitz gehören. Aber Gerhart Hauptmann, so will es Thomas Mann in seiner Münchener Hauptmann-Rede von 1927 scheinen, ist nicht nur Michael Kramer – und von der Sympathie mit dem Tode hatte sich Thomas Mann schon in der Hauptmann gewidmeten Rede *Von deutscher Republik* und erst recht im *Zauberberg* abgewandt. Dieser romantischen Untergangssüchtigkeit hatte Hans Castorp die humanistische Einsicht des Therapeuten entgegenstellen können: »Denn alles Interesse für Tod und Krankheit ist nichts als eine Art von Ausdruck für das am Leben.« Und auch in Gerhart Hauptmanns Männlichkeit und Werk sieht der Redner von München neben der Leidensfähigkeit und Todessympathie doch vor allem die todüberwin-

dende, lebenbejahende Kraft: »Nun strahlt die Idee der Humanität auf, nun ergänzt und vollendet das Deutsche sich in der Liebe zum Süden, zur Antike, zum griechischen Frühling. Nun rundet sich und wird standbildhaft eine nationale Figur, hoch und breitstämmig, bieder und geistig, stark und mild, gesund und wissend, ein Mann, ein Mensch.« Hier ist zweimal Humanität. Hier lebt in zwei Künstlern die Goethe-Botschaft, daß man sich ans »fortschreitende Leben zu halten« habe. Hier südliche Lebenskraft, Verherrlichung von Fruchtbarkeit und schöpferischem Werden, Kult der »Großen Mutter« – dort der geduldige, kritische, fleißige Dienst an der »Forderung des Tages«, am menschlich-gesellschaftlichen Jetzt und Hier, an neuen Lebens- und Kunstmöglichkeiten. In beidem ist Goethe. Hier beginnt jener merkwürdige und für die deutsche Geistesgeschichte der neueren Zeit so bedeutungsvolle Weg zweier Dichter zur »Anverwandlung« an den »Stern der schönsten Höhe« unserer deutschen Literatur.
Das Jahr 1933 bedeutete eine neue Entfremdung. Thomas Mann nahm den Kampf auf gegen Faschismus und faschistische Barbarei. Gerhart Hauptmann, damals siebzigjährig, blieb in Deutschland. Noch in den Aufzeichnungen des Jahres 1946, in den Tagebuchnotizen, die Thomas Mann nach der Nachricht von Hauptmanns Tode niederschreibt, spürt man die Distanz. Gerhart Hauptmann war am 6. Juni 1946 gestorben, an Thomas Manns einundsiebzigstem Geburtstag! Diese Tagebuchaufzeichnungen stehen heute in der *Entstehung des Doktor Faustus*. Abermals wird der Gegensatz zwischen den beiden Dichternaturen vom Tagebuchschreiber herausgearbeitet. Diesmal aber ist es kein Blick mehr nach Weimar. Auch nicht mehr gemeinsame Teilhaberschaft am Goethe-Erbe. Thomas Mann hat Goethes Humanismus als neue soziale Botschaft empfunden und ist bemüht, sie in der Dichtung und im kulturkritischen Wort schöpferisch weiterzuentwickeln. Hauptmanns Verhältnis zu Goethe aber erscheint ihm nun fast wie eine äußerliche Imitatio, als Wiederholung einer Gebärde und nicht als Neuschöpfung aus Goethes Geist. Es fällt

sogar das Wort: »Zweifellos hatte sie etwas Attrappenhaftes, bedeutsam Nichtiges, diese ›Persönlichkeit‹, hatte in ihrer geistigen Gebundenheit etwas von steckengebliebener, nicht recht fertiggewordener und ausartikulierter maskenhafter Größe.« Alle Erinnerungen an Hauptmanns Güte, königliche Großzügigkeit, an Herzlichkeit und an eine Freundschaftlichkeit, der nur wenig, aber immerhin doch einiges zur Freundschaft fehlte, werden heraufbeschworen. Doch auch die weltanschauliche Distanz wird eingehalten, und der Ironie in Thomas Manns eigenem Verhältnis zu Hauptmann wird ausdrücklich Erwähnung getan.

Abermals drei Jahre später (die *Entstehung des Doktor Faustus* war 1949 erschienen), dreißig Jahre nach jener Rede *Von deutscher Republik*, steht Thomas Mann in Goethes Geburtsstadt als Festredner. Unter den Zuhörern befinden sich Gerhart Hauptmanns Witwe und sein Sohn. Eine ergreifende, tief erschütternde und tiefheitere Rede eines siebenundsiebzigjährigen Mannes feiert den großen deutschen dahingegangenen Dichter, den gütigen Freund. Gegensätzlichkeit und Gemeinsamkeit stehen nun in harmonischer Beziehung zueinander. Wieder geht es – wie stets bei Thomas Mann – auch um Selbstdarstellung.

In seinem Buch *Thomas Mann in der Epoche seiner Vollendung* (München 1952) hat Jonas Lesser dankenswerterweise und mit Sorgfalt die »Geheimen Selbstbildnisse« zusammengestellt, die sich in Thomas Manns essayistischem Werk finden: von Schiller zu Goethe, von Lessing zu Fontane. Nur scheinbar wirkt es daher verwunderlich, wenn Thomas Mann, der sich als epischer Gestalter stets anzuverwandeln vermag, der allen Gestalten immer auch eine Selbstaussage mitgibt, der Jaakob ist *und* Joseph, Leverkühn *und* Zeitblom, von Gerhart Hauptmann sprechend nun auch insgeheim von sich selbst spricht. Nicht als Dichter bloß des »Mitleids« will er Hauptmann anerkannt wissen, sondern als Dichter, dessen Werk dem Leiden gilt. Aber dem Leiden woran? »An den Greueln der Menschheit, ihrem dämonisch-rätselhaften Los und zumal unter dem, was sie selbst sich an Folter und Jammer bereitet.« Aber gilt dieser Satz nicht genauso für den *Doktor Faustus* und seinen Dichter? Und wenn es weiter über Hauptmann heißt, seine Sehnsucht nach der Genesung am Leiblichen sei leidenschaftlich gewesen, nämlich aus Leiden geboren, und ergänzend bemerkt wird, »seine Erotik lebt aus der Zweifältigkeit von Leiden und Schönheitsinbrunst« – so liegt auch hier bei aller Betonung der Unterschiede doch auch eine geheime Selbstaussage des Festredners. Heidnische Sinnenfreude und christliches Schmerzempfinden bekämpfen einander, so scheint es Thomas Mann, in der dichterischen Welt Gerhart Hauptmanns. Nazarenertum und Hellenentum, wie es Heine genannt hat. Es fehlt aber jene geistige Helligkeit, die sich in pädagogischer Ironie zu äußern vermag und dem tätigen Dienst an der Verbesserung menschlicher Verhältnisse gewidmet ist. Goethe besaß sie in hohem Maße. Sie gehört auch zu den bedeutsamsten Zügen in Leben und Werk Thomas Manns. Von dieser Warte aus kann Thomas Mann abermals auf die Begegnung im Herbst 1923 zurückblicken – und auf den Anlaß seines Briefes an Gerhart Hauptmann vom 11. April 1925. Und so will es dem Dichter des *Zauberbergs* scheinen, daß diese Gestaltung des Mynheer Peeperkorn weder Sünde war noch Verrat, »sondern eine Huldigung, und als Niederschlag der rührend größten Erfahrung im Menschlich-Persönlichen, die mir je zuteil wurde, mag es der Nachwelt von dem Erlebnis seines Daseins, von seines Wesens weher Festlichkeit mehr überliefern, als noch so viele kritische Monographien je vermöchten«.

»Von seines Wesens weher Festlichkeit.« Ein wundervolles Wort. Das Wort eines großen Dichters über einen anderen großen deutschen Dichter. Denn abermals kommt Thomas Mann am Schluß seiner Gedenkrede auf Gerhart Hauptmanns Deutschtum und Deutschheit zu sprechen: auf die Volkstümlichkeit eines dichterischen Werks, das in seinen besten und schönsten Schöpfungen den Menschen des Volkes galt und das der Liebe zu ihnen entstammte. Verstehende Liebe aber prägte auch die Gedenkworte Thomas Manns neunzig Jahre nach Gerhart Hauptmanns Geburt. Auch sie waren, wie es in der Rede über *Deutschland und die Deutschen* heißt, ein »Stück deutscher Selbstkritik«. Ein Stück dichterischer Selbstkritik zudem. Thomas Mann schloß mit den Worten: »Und seinem Deutschland, an dem er hing wie der Sohn an der Mutter, das er liebte bis in seine düstersten Verirrungen hinein, wird das Werk, das er ihm schenkte, eine hohe Festivitas bleiben – allzeit!«

Rede über Heiner Müller

Im September 1994 kamen deutsche Gäste in die Universität der alten chinesischen Kaiserstadt Sian, um ein Gespräch über deutsche Gegenwartsliteratur zu führen. Eigentlich war man als Besucher nach Sian gekommen, um die weltberühmten Tonsoldaten des Kaisers Qin Shi Huang Di zu sehen. Dann aber wurde rasch, auf Wunsch des chinesischen Professors, der in München ausgebildet worden war, ein Seminar vorbereitet mit den Dozenten und Studenten der Deutschkunde. Der übliche Raum eines akademischen Seminars, etwa dreißig Teilnehmer. Nach der Begrüßung durch den Institutsleiter und einer kurzen Selbstdarstellung der beiden Gäste aus Deutschland konnten Fragen gestellt werden. Eine der ersten, gestellt durch einen nicht mehr ganz jungen chinesischen Dozenten, der ausgezeichnet Deutsch sprach, lautete so: »Meinen Sie, daß sich der heutige Heiner Müller nach wie vor von den Grundsätzen der Theaterarbeit Bertolt Brechts leiten läßt?« Die Frage konnte nicht mit einem Ja oder Nein beantwortet werden.

Zweierlei war bemerkenswert an dieser Konstellation. Heiner Müller war auch hier in China ein berühmter und ernst genommener Autor. Man wollte wissen, wie es um sein damaliges Schaffen stand. Einer von jenen zeitgenössischen Schriftstellern mithin, deren Weg man an vielen Stellen der Welt mit Aufmerksamkeit verfolgt. Bemerkenswert war ferner der auch hier in Sian offensichtlich für wichtig gehaltene Zusammenhang zwischen diesen beiden Stückeschreibern und Theatermachern: Bertolt Brecht und Heiner Müller.

Im September 1994 war es in einem Kulturbetrieb des raschen Verzehrs in der deutschen Bundesrepublik üblich geworden, von Brecht mit leicht verächtlicher Nachsicht zu sprechen. Sie war das Gegenteil jener Nachsicht, die sich Brecht in dem Gedicht *An die Nachgeborenen* von ebendiesen Nachgeborenen erhofft hatte.

Da war sie wieder, jene neudeutsche Provinzialität, die man in deutschen Redaktionen und Dramaturgenzimmern für weltmännisch hielt. Brecht aber war nach wie vor, gerade gegen das Ende des 20. Jahrhunderts, zum Weltereignis geworden. Auch Heiner Müller, der als Direktor des von Brecht und den Seinen begründeten Berliner Ensembles am Schiffbauerdamm gestorben war am Jahresende 1995, war zum Weltereignis geworden. Die Paul Getty Foundation hatte ihn als literarischen Gast nach Kalifornien geholt. Heiner Müller hatte mitgewirkt bei den Salzburger Festspielen sowohl bei den Aufführungen der Schaubühne wie des Musiktheaters von Igor Strawinsky. Er hatte in Bayreuth eine Inszenierung von *Tristan und Isolde* gezeigt, die zunächst fast alle Wagnerianer stutzen machte, ein Jahr später hingegen bereits bei der ersten Wiederholung als künstlerisches Ereignis gefeiert wurde. Die Nachricht vom Tode Heiner Müllers wurde von vielen Menschen in aller Welt als Schmerz gefühlt. Dies hier war ein großer Verlust.

Dialektik des Nichtmehr und Nochnicht

Man kennt den Zustand eines Lebens im Anachronismus. Eine Gesellschaftsordnung ist im Begriff, sich aufzulösen, denn keiner der Vorgänge, die jetzt entstehen, wird nach wie vor für gültig und beachtenswert gehalten. Eines der berühmtesten Beispiele einer Literatur, die aus solcher Existenz in der Verwesung entstehen kann, wurde geschrieben wenige Jahre vor dem Ausbruch der Französischen Revolution von 1789. Der berühmte Romantext hat einen Aristokraten zum Verfasser, der sich den bürgerlichen Rebellen anschloß, um schließlich ein hoher Offizier Napoleon Bonapartes zu werden: Pierre Ambroise François Choderlos de Laclos. Sein Roman *Les liaisons dangereuses* ist ein Meisterwerk der zynischen Vernunft. Heinrich Mann hat es übersetzt unter dem Titel *Die schlimmen Liebschaften*. Heiner Müller dramatisierte den Roman von Laclos unter dem Titel *Quartett*. Vier

Personen also, die miteinander in allen gesteigerten Formen von Haß und Liebe verbunden sind. Vor allem aber, wie Heiner Müller hier genau zeigt, als kritisch reflektierender Leser der *Schlimmen Liebschaften*, in den eigentümlichen Mischformen aus Abneigung und Zuneigung. Diese Amalgame des Gefühls sind im Gesamtwerk dieses Autors stets zu deuten als Mischformen aus Alter und Neuer Gesellschaft, aus Verwesung und früher Kindheit. Was Choderlos de Laclos am Vorabend einer bürgerlichen Revolution gesehen und geschrieben hatte, sollte bereits um das Jahr 1830, also im neuen und diesmal bürgerlichen Jahrhundert, zu einer neuen Form des Anachronismus führen. Die große Literatur und Kunst, die zwischen 1830 und 1848 entstand, vor allem natürlich in Frankreich, aber auch zwischen Frankreich und Deutschland, wurde mit dem nichtssagenden Ausdruck »Weltschmerz« abgetan. In einer verlogenen Germanistendiskussion in den dreißiger Jahren, also im Dritten Reich, wählte man eine sogar noch harmlosere Vokabel. Man nannte das, in Anlehnung an einen Möbelstil des mittleren deutschen Bürgertums, einfach »Literatur des Biedermeier«. Man kann es nicht falscher sagen. Immerhin handelt es sich um Heinrich Heine und Ludwig Börne, um Georg Büchner und Karl Immermann, um die späten Schüler des Philosophen Hegel mit Namen Karl Marx und Friedrich Engels. Zu schweigen von Victor Hugo und Balzac, von Chopin und Liszt, George Sand und Giacomo Leopardi.

Einer dieser Franzosen eines Weltschmerzes, der aus tiefem Ekel entstand, weniger aus der Sehnsucht nach dem Untergang des Ancien Régime und der bourbonischen Restauration, als beim Anblick der bourgeoisen Käuflichkeit, dessen also, was Ludwig Börne damals in Paris als »giftige Geldwirtschaft« bezeichnet hatte, war der Aristokrat und große Dichter Alfred de Musset. Er fand auch die Formel für diese stets wiederkehrenden Konstellationen eines Lebens inmitten des gesellschaftlichen Anachronismus. In seinem autobiographischen Bericht *Confessions d'un enfant du siècle* wurde eine

Diagnose formuliert: »Alles, was einst war, ist nicht mehr. Alles, was einst sein wird, ist noch nicht. Sehet hierin die Qual aller unserer Leiden.« Das war die richtige Diagnose. Der sogenannte Weltschmerz entsprang dem Leiden an einer verachteten Wirklichkeit. Dies war tiefer gesellschaftlicher Ekel. Es war zynisch, dergleichen als romantische oder gar provinziell-biedermeierliche Mode umzudeuten.

Zweihundert Jahre nach der Erstürmung der Bastille am 14. Juli 1789 hatte sich im sogenannt abendländischen Europa eine neue Form des Lebens im Anachronismus ausgebreitet. Verwesung der einstigen bürgerlichen Gesellschaft und damit der bürgerlichen Aufklärung, doch ohne irgendeine Vision eines ersehnten und erdachten Nochnicht. Dies war das Lebensthema und Arbeitsthema von Heiner Müller. Es führt ein unmittelbarer Weg der geistigen Beziehung von Laclos und Alfred de Musset, von Kleist und Büchner und Heinrich Heine zu diesen beiden dialektischen Autoren unseres 20. Jahrhunderts: zu Brecht und zu Heiner Müller. Müller gab diesem Zusammenhang den Titel *Germania Tod in Berlin*.

Bericht vom Anfang

Das Erzähl- und Mahngedicht *Bericht vom Anfang* gehört zu Heiner Müllers frühesten literarischen Arbeiten. Er selbst hat später immer wieder darauf hingewiesen, daß zum Beispiel die Kriegs- und Faschismusszenen, die integriert wurden in *Die Schlacht*, zu den literarischen Anfängen der späten vierziger Jahre gehören. Bei der Zusammenstellung des Bandes *Geschichten aus der Produktion* 1 im Jahre 1974 stellte Müller die beiden Texte *Bericht vom Großvater* (drei Seiten Prosa) und das Gedicht *Bericht vom Anfang* an die Spitze. Dann folgte, gleichsam als wichtigstes Erzeugnis der frühen literarischen Arbeit, die Geschichte des widerspenstigen Anachronisten Balke, also *Der Lohndrücker*.

Liest man den *Bericht vom Anfang* unter Beachtung vor allem der literarischen Sprechweise und Sprachmelodie, so ist die Familienähnlichkeit zu Brecht ganz unverkennbar. Der Text schließt so:

> Immer vor ihnen aber war die Stimme
> die sprach zu ihnen: Es genügt nicht! Bleibt
> nicht stehn! Wer stehn bleibt fällt! Geht weiter! So
> im Immerweitergehn folgend der Stimme
> wurde das Schwierige einfach
> wurde das Unerreichbare erreicht.
> Und überm Immerweitergehn erkannten
> sie: die da sprach war ihre eigne Stimme.

Blickt man dann aber zurück auf den Anfang, stärker befaßt diesmal mit der Genauigkeit der Information, so unterscheidet sich dieser Text des damals etwa 22jährigen Heiner Müller doch wesentlich von der Sehweise des großen Augsburgers. Das macht: Brecht kam aus einem soliden Bürgerhaus. Den jämmerlichen Alltag der ganz kleinen Leute hat er nicht gekannt. Er war redlich genug, hier keine Sachkenntnis simulieren zu wollen. Seine Proletarierszenen in der *Heiligen Johanna der Schlachthöfe* demonstrieren eher die Jämmerlichkeit der Sklaven, als die – mit Anna Seghers zu sprechen – »Kraft der Schwachen«. Der *Bericht vom Anfang* stellt nämlich ab auf den armseligen Pfennig der ganz Armen.

> Vom Pfennig lebend haben sie gekämpft
> wie um ihr Leben um den Pfennig. So
> hat sies gelehrt die Welt, in der für sie nur
> Platz war ganz unten.
> Als die Spitze abbrach
> viel noch erschlagend ringsum, Trümmer streuend auf die
> nicht Mitgefallnen, kam was unten war
> nach oben stolpernd übern Trümmerberg langsam.

> Zwar war der Pfennig nun gemeinsam, aber
> was für ein karger Pfennig! Zwar das Brot
> gehörte allen, aber sättigte keinen.

Wer so berichtet, hat alles selbst mitgemacht. Er war dabei, als es um das Leben ging beim Kampf um die Pfennige.

Heiner Müller war Jahrgang 1929. Ein Sachse aus irgendeinem Eppendorf. Immerhin konnte er bei den Braunen die Oberschule besuchen, kam zum Arbeitsdienst, wurde dann mit anderen Pimpfen zur Verheizung in den Krieg geschickt, wo er kurz in Gefangenschaft geriet. Allein 1945 konnte er dann das Abitur machen.

Geschrieben hat er, wie man heute weiß, ganz früh. Dabei scheint er, in ganz anderer Weise natürlich, dennoch nicht unähnlich gearbeitet zu haben als der gutbürgerliche junge Architekt Max Frisch im unzerstörten Zürich. Der Schweizer erarbeitete sich mit Hilfe seiner Tagebücher ein gewisses literarisches Kapital an Geschichten, Berichten, Reflexionen. Daraus konnten dann viel später solche Texte entstehen wie *Stiller* oder *Andorra*. Bei Heiner Müller stellt man mit Überraschung fest, daß der Name und das Thema des *Philoktet* bereits ebenso zum Grundkapital gehört wie die Strukturelemente für die spätere *Schlacht*.

Die Erfahrungen mit der ganz wörtlich zu nehmenden Aufbauarbeit, nämlich Bauarbeit, werden immer wieder und vielfältig verwertet: für den *Bau*, für die *Spur der Steine*, vor allem für die Geschichte vom Lohndrücker Balke.

Der sächsische Gymnasiast Heiner Müller kannte also bereits die Geschichte des Philoktet im Trojanischen Krieg und die Tragödie des Sophokles. Hier wird das Nichtmehr unmittelbar verbunden mit irgendeinem Nochnicht. Der klassische deutsch-griechische Humanismus mit den verzweiflungsvollen Miseren auf irgendeiner Baustelle. Was ist hier Alt, und was Neu?

Heiner Müller hatte offenbar niemals daran gedacht, nach dem Abitur zur Universität zu gehen. Wichtig war ihm das eigene Schreiben. Als Journalist, als Herausgeber einer Zeitschrift, *Junge Kunst*, beim Studium vor allem der großen sowjetischen Filme aus den zwanziger Jahren.
Wie auch sein Vorbild Brecht hat auch Heiner Müller der abgeschlossenen Harmonie, jener Formgebung des Klassizismus, mißtraut. Genauso wie Brecht war er ein emsiger Umarbeiter. Brecht gab bekanntlich seine Stücke erst dann in Druck, wenn sie sich auf dem Theater für ihn bewährt hatten. Dieses Arbeitsprinzip wurde von Heiner Müller übernommen. Brecht hat sich noch um 1950 damit abgemüht, einen seiner Erstlinge, nämlich *Trommeln in der Nacht*, notdürftig zu reparieren.
Dokumentarische Vorgänge, die im *Lohndrücker* gezeigt werden, gehören zu den frühen Erfahrungen des etwa zwanzigjährigen Autors. Geschrieben wurde *Der Lohndrücker* im Jahre 1956. Gedruckt wurde das Stück im Jahre 1957 in der Zeitschrift *Neue Deutsche Literatur*. Der Text beginnt mit einem kritischen Kommentar des Stückeschreibers.

> Das Stück versucht nicht, den Kampf zwischen Altem und Neuem, den ein Stückeschreiber nicht entscheiden kann, als mit dem Sieg des Neuen vor dem letzten Vorhang abgeschlossen darzustellen; es versucht, ihn in das neue Publikum zu tragen, das ihn entscheidet. Das Stück spielt 1948/49 in der DDR. Die Geschichte des Ringofens ist bekannt. Die Personen und ihre Geschichten sind erfunden.

Hier bereits, um die Frage des chinesischen Germanisten nach den dialektischen Beziehungen zwischen Brecht und Müller zu beantworten, werden Dialoge geführt, die Brecht nicht hätte schreiben können oder wollen. Durch den gesellschaftlichen Versuch in der Sowjetischen Besatzungszone, also der

späteren DDR, die Grundlagen einer nichtkapitalistischen Planwirtschaft einzuführen, mußten alle Bewußtseinstraditionen von Herrschaft und Knechtschaft fragwürdig werden. Die Arbeitnehmer verstanden ihre Gewerkschaften als Schutz gegen kapitalistische Ausbeutung. Der Unternehmer, erst recht der Großunternehmer, war Klassenfeind.
Nun aber und hier, im östlichen Deutschland, wurden volkseigene Betriebe geplant und errichtet. Der Unternehmer, also der neue Fabrikdirektor, war einer von ihnen, den Proleten, und doch wieder nicht.
Andererseits hatte der Direktor die Interessen einer Staatswirtschaft zu vertreten, welche ohne westliches Kapital auskommen mußte, gleichzeitig aber alle Reparationen an die im Krieg verwüstete Sowjetunion zu leisten hatte, weil sich das westliche Deutschland einer solchen Leistung entzog. So mußten Überstunden und sogenannte Übererfüllungen der Wirtschaftspläne propagiert und durchgesetzt werden.
Aber war das nicht auch wieder »Ausbeutung« im herkömmlichen Sinne? Natürlich war sie es, doch nicht im herkömmlichen Sinne. Das mußte gelernt und verstanden werden. Ohne diese Dialektik des Nichtmehr und Nochnicht sind die Ereignisse des 17. Juni 1953 nicht zu deuten. Die demonstrierenden Bauarbeiter in der Stalinallee hatten recht in ihrer Funktion als Bauarbeiter. Politisch aber handelten sie dabei wohl gegen ihre eigenen Interessen.

Im *Lohndrücker* gibt es eine Szene, die Heiner Müller mit damals beispiellosem Scharfsinn aufgebaut hat. Diese Szene hätte Brecht in der Tat nicht schreiben können.
Da geraten sie aneinander, der Direktor des Volkseigenen Betriebes, der ein Antifaschist ist und Kommunist, und der Maurer Balke, der sich über die Ausbeutungsmethoden der Firmenleiter beschwert. Das sei ganz wie bei den Nazis. Worauf der entrüstete Direktor ihm eine Ohrfeige gibt. Darauf entgegnet Balke kühl, dies werde den Direktor seinen Posten kosten. Man lebe schließlich nicht mehr unter den Nazis...

In diesen beiden Repliken Balkes über die Nazis ist der ganze Konflikt einer gesellschaftlichen Übergangszeit zur Sprache gebracht. Die alte Sprache wird noch verwendet für neue Zustände. Diese neuen Zustände jedoch müssen mit herkömmlichen Begriffen gedeutet werden.
Der Lohndrücker Balke war keiner. Er war ein Arbeiter des neuen Typs, ohne es verstanden zu haben. Das Schlußgespräch faßt alles, scheinbar wie beiläufig, im Dialog zusammen.

BALKE Ihr habt euch das Maul zerrissen über den Lohndrücker, ihr wolltet nicht begreifen, worum es geht. Ihr habt mir Steine nachgeschmissen. Ich hab sie vermauert. Ihr habt mich zusammengeschlagen, du und Zemke, als ich aus dem Ofen kam. Und wenn ich mit den Zähnen mauern muß, mit dir nicht.

KARRAS Vielleicht ist er doch für sich selber in den Ofen gegangen.

SCHORN Du wirst nicht mit den Zähnen mauern, Balke.

BALKE Mit Karras kann ich nicht arbeiten.

SCHORN Wer hat mich gefragt, ob ich mit dir arbeiten kann?

BALKE Ich brauch dich, Karras. Ich frag dich nicht aus Freundschaft. Du mußt mir helfen.

KARRAS Ich dachte, du willst den Sozialismus allein machen. Wann fangen wir an?

BALKE Am besten gleich. Wir haben nicht viel Zeit.

Mit dem *Lohndrücker* hatte Heiner Müller einhelligen Erfolg beim Publikum wie bei den amtlichen Besserwissern der DDR. Er wurde Dramaturg beim Maxim-Gorki-Theater Unter den Linden, wo der aus sowjetischem Exil zurückgekehrte Maxim Vallentin regierte: ein treuer Stalinist, doch ein freundlicher Mensch und ein guter Lehrer als Begründer der Staatlichen Theaterhochschule. Müller erhält im Jahre 1959 den Heinrich-Mann-Preis.

Inzwischen arbeitet er gleichsam an einem »agrarischen« Gegenstück zum *Lohndrücker*. Er möchte die neuen und ganz andersartigen Konflikte in der Umwandlung der Landwirtschaft vom adeligen Großgrundbesitz zum volkseigenen Betrieb auf die Bühne bringen. Damit erregt er zum ersten Mal heftiges Mißfallen der Staatsmacht. Unter dem Titel *Die Umsiedlerin oder das Leben auf dem Lande* wird eine Probeaufführung für junge Schauspieler vorbereitet. Wolfgang Langhoff als Direktor des Deutschen Theaters hatte das Patronat zwar akzeptiert, konnte aber nicht zu dieser Voraufführung kommen. Ich selbst war hingefahren und habe sie gesehen. Es war eine ausgezeichnete Inszenierung, doch alle Besucher dieser Theaterveranstaltung müssen gewußt haben, daß dies nicht gutgehen werde. Es ging nicht gut. Jegliche weitere Aufführung wurde untersagt. Heiner Müller begann, wie üblich, mit seinen Umarbeitungen, ohne sich jedoch Illusionen zu machen. Er muß geahnt haben, was sich da über ihm, dem bisher so hoffnungsvollen Gefährten, zusammenzog.

Philoktet und die Lügen der instrumentalen Vernunft

Der *Philoktet* ist möglicherweise als Vorwegnahme der geistigen und emotionalen Auseinandersetzung zu verstehen, der Müller seit den bereits 1959 beginnenden Polemiken standhalten mußte. Begonnen hatte die Arbeit an diesem antiken Stoff schon 1958. Da hatte man bereits die Niederschlagung des ungarischen Aufstandes und die »brüderliche Hilfe« der stalinistischen Länder und Blocks erleben müssen. Auch für Heiner Müller, den marxistischen Stückeschreiber und überzeugten Sozialisten, hatte das Jahr 1956 einen Wendepunkt bedeutet. Heiner Müller hat nie etwas vergessen oder gar verdrängt. Die ungarischen Ereignisse von 1956 kehren später wieder, in aller Härte heraufbeschworen, in dem Stück *Die Hamletmaschine*.

Die ungarischen Ereignisse von 1956 und eigene deutsche Erfahrungen in den darauffolgenden Jahren mögen die Beschäftigung mit dem *Philoktet* bedingt haben. Die Kenntnis des Stoffes, also der *Ilias* und der Tragödie *Philoktetes* von Sophokles, reicht zurück in Heiner Müllers Jugendzeit am Ausklang der vierziger Jahre.

Der *Philoktet* ist möglicherweise, wie man zeigen kann, das bedeutendste dramatische Werk dieses Stückeschreibers. Ein Griechenthema, und auch wieder nicht. Eine Tragödie, doch geschrieben in unserer Gegenwart, die keine Tragödien zulassen will, weil es dem Entertainment schadet, wenn es dabei wirklich tragisch zugeht. Es gibt bei Müller keine amtlich verlangten positiven oder negativen Helden. Alle drei Personen sind verderbt und verdorben. Auch der junge Neoptolemos. Von Odysseus und Philoktet zu schweigen. Ein Schauspiel mit den streng beobachteten Einheiten der Zeit, des Raumes und der Handlung. Dennoch so unklassisch wie irgend möglich. Geschrieben in kraftvollen Versen, welche sich trotzdem aller Erinnerung an Klassizität entziehen.

Die unbarmherzige Gegenwärtigkeit dieses *Philoktet* beruht darauf, daß all die abscheulichen Vorgänge von Mord, Verrat und Menschenverachtung nicht mehr unmittelbar dem Leser oder Betrachter zugemutet werden, sondern daß alle Untaten von den Gestalten reflektiert, was heißen soll: »umgelogen« werden. Unwichtig ist in allem Geschehen zwischen Griechen und Trojanern, vor allem jedoch unter den in sich verfeindeten Griechen selbst, was geschah. Wichtig ist allein, was man davon erfährt und erfahren soll. Eine Tragödie im Medienzeitalter.

Philoktet haßt seine griechischen Feinde, die den kranken Krüppel auf einer wüsten Insel aussetzten, nun aber seinen sieghaften Bogen zurückhaben möchten, weil sonst Troja nicht erobert werden kann. Darum schicken sie den bewährten Unterhändler Odysseus auf die Insel, begleitet von dem jungen Neoptolemos, dem Sohn des gefallenen Achilleus. Neoptolemos haßt seinen Reisegefährten, der stolz in den Waffen des Achilleus paradiert. Ein Drama der totalen Lüge.

Die gesamte Schlußszene dient dem gemeinsamen Aufbau eines Lügengebildes vor der Leiche des ermordeten Philoktet, dessen Bogen man nun ins Griechenlager vor Troja zurücknehmen kann.

Odysseus entwirft ein erschütterndes Bild von griechischer Hilfe für Philoktet, als ihn die Trojaner aufsuchten, um ihm den Bogen abzukaufen. Der Tapfere wurde ermordet. Die Griechen, Odysseus und Neoptolemos, kämpften noch mit der Brandung, konnten ihn nicht retten.

So soll es der Neoptolemos von nun an im Griechenlager erzählen. Dann wird aus dem Freundesmord eine patriotische Legende.

> Gehts ohne den jetzt, gehts auch ohne dich.
> Mein bestes nahm ich untern Fuß dir nach
> Lügner, Dieb, Mörder auch in deiner Schule.
> Ich sah den Troer und ich sah ihn töten
> Zwei.

Neoptolemos unterwirft sich den Sachzwängen. Odysseus bürdet ihm sogar den toten Philoktet auf. Freundestreuer kann kein Feind sein. Der Sohn des Achilleus unterdrückt den Wunsch, den berühmten Lügner aus Ithaka mit dem Bogen des Philoktet zu erschießen. Zum Dank gibt ihm Odysseus noch eine letzte Propagandalüge mit auf den Weg.

Geh voran.
Vor Troja werd ich dir die Lüge sagen
Mit der du deine Hände waschen konntest
Hättst du mein Blut vergossen jetzt und hier.
Geh schneller, daß nicht deine Wut verraucht.
In Troja ist dein Tisch gedeckt, geh schneller.

In dem Buch *Dialektik der Aufklärung* von Max Horkheimer und Theodor W. Adorno, das im kalifornischen Exil entstand, wird dieser Odysseus als Prototyp einer »instrumentalen« Vernunft interpretiert. Dadurch wird Odysseus ein Lieblingsthema für alle heutigen (und auch gestrigen) Auseinandersetzungen über die Grenzen zwischen Vernunft und Humanität, Technologie und Moral. Odysseus oder Ulysses ist immer dort zu finden, wo innerhalb eines Mordens die »politische Lösung« gefunden werden muß. Das ist abscheulich, jedoch wirksam. Mit seinem Odysseus hat Heiner Müller eine typische Gestalt des gesellschaftlichen Lebens nach zwei Weltkriegen geschaffen. Nach wie vor gibt es für die Heutigen, berechtigt oder nicht, den »Zorn des Achilleus«, womit bei Homer die *Ilias* beginnt. Das erste Wort heißt Maenis, also Zorn. Allein, der wirkliche Zorn darf in zivilisierten Zeiten nicht unmittelbar ausgespielt werden. Er kann auch völlig vertuscht werden. Durch die Lüge, durch Propaganda, durch Medienregie. Dann ist die Untat keine gewesen. Es entschwinden die Grenzen wie die Urteile, wenn es sich um Täter und Opfer handelt. Eben dies war eigentliches Thema des *Philoktet* von Heiner Müller. Er wußte, was er schrieb.

»Das ABC der teutschen Misere«
(Germania Tod in Berlin)

Die von Brecht geleitete Komödie *Der Hofmeister*, eine Bearbeitung also eines Textes von Jakob Michael Reinhold Lenz aus der Zeit des deutschen Sturm und Drang, hat Heiner Müller in einem ausführlichen Rundfunkinterview als für ihn wichtigste und ästhetisch schönste Inszenierung des Berliner Ensembles bezeichnet. Wahrscheinlich hatte er recht. An diesem Text und seiner theatralischen Umsetzung wurde wie besessen gearbeitet, auf der Anfang der fünfziger Jahre entstandenen Probebühne des Berliner Ensembles, das immer noch genötigt war, für seine Aufführungen die Gastfreundschaft des Deutschen Theaters und seines Intendanten Wolfgang Langhoff in Anspruch zu nehmen. Es war wohl Elisabeth Hauptmann, die Allesleserin, die Brecht auf Lenz hinwies und seine nahezu verschollene Komödie *Der Hofmeister oder Vorteile der Privaterziehung*. Diese Titelgebung war als Hohn des armen einstigen Hofmeisters Lenz zu verstehen: dem Sohn aus einem livländischen Pfarrhaus. Sie alle, als Kinder kleiner Leute, hatten die Unterwürfigkeit eines pädagogischen Dienstboten lernen müssen, die ungebändigte oder törichte Adelskinder abzurichten hatten. Wo gab es da Vorteile der Privaterziehung? Die bürgerlichen Zeitgenossen Pestalozzis am Ausgang des achtzehnten Jahrhunderts waren im Gegenteil erfüllt vom Gedanken einer allgemeinen Volksbildung. In der Komödie von Lenz vertritt ein hoher preußischer Beamter von Adel, der Geheime Rat von Berg, mit aufklärerischem Nachdruck die These, man müsse alle diese Hofmeister abschaffen und die Adelskinder zusammen mit allen anderen Kindern aus gleichem Jahrgang in dieselbe Schule schicken. Der Goethe-Freund Lenz aus einstigen Straßburger Zeiten, dessen nachgelassenes Werk zu Beginn des neunzehnten Jahrhunderts durch Ludwig Tieck herausgegeben wurde, wo es der Allesleser Georg Büchner entdeckte, war ein Satiriker, der Überzeichnungen liebte. Sein Hofmeister Läuffer entmannt sich selbst, um der Schande zu entgehen, als Verführer einer Adelstochter entsetzlich bestraft zu werden. Insoweit war die Komödie vom *Hofmeister* von Lenz verstanden als Gegenstück zu der weitaus bekannteren Komödie vom Soldatenliebchen Marie Wesener, die bei Lenz den kühlen Titel *Die Soldaten* bekommen hatte.

In Brechts Bearbeitung wird eine doppelte dialektische Aufklärung praktiziert. Lenz hatte seinen Geheimrat von Berg ernstgenommen und zum Sprecher des Autors ernannt. Bei Brecht ist er, nach mehr als einem Jahrhundert bedenklicher Erfahrungen mit den Prinzipien bürgerlicher Erziehung, ein aufgeklärter Schwätzer. Auch für ihn gilt der Grundsatz, daß nur ein impotenter Lehrer als guter Lehrer zu gebrauchen ist. Der Dorfschullehrer Wenzeslaus beglückwünscht seinen Gast Läuffer zur Selbstentmannung. Nun passe er gut hinein in die Zunft. Entmannung aus mannhafter Haltung.
Auf Wunsch von Brecht hatte ich zweimal vor dem Berliner Ensemble über die Komödie von Lenz und die Bearbeitung von Brecht referiert. Brecht selbst leitete die Debatten. Er hatte auch die wichtigsten Schulmeister aus dem Osten Berlins eingeladen.
Als Ergebnis der Debatten schrieb er dann einen Prolog, der vor Aufgehen des Vorhangs durch den Darsteller des Hofmeisters gesprochen wird.

Geehrtes Publikum, unser heutiges Stück
Wurd verfaßt einhundertfünfzig Jahre zurück.
Drin trete aus der Vergangenheit Tor
Ich, des deutschen Schulmeisters Urahn, hervor.
Ich bin noch in des Adels Dienst
Und lehr seine Sprößling mit kargem Gewinst.
Bring ihnen bei Bibel und etwas Manieren
Naserümpfen, Klugscheißen und Kommandieren.
In allen höheren Künsten gewandt
Bin ich selber vom niederen Stand.
Freilich, die Zeiten wandeln sich grad:
Der Bürger wird jetzt mächtig im Staat
Und ich bedenk schon früh und spät
Daß ich in seine Dienste tret.
Er hätte in mir, wie das so heißt
Allezeit einen dienenden Geist:
Der Adel hat mich gut trainiert

Zurechtgestutzt und exerziert
Daß ich nur lehre, was genehm
Da wird sich ändern nichts in dem.
Wills euch verraten, was ich lehre:
Das Abc der Teutschen Misere!

Brechts Formel vom ABC der teutschen Misere wird nahezu wörtlich übernommen von Heiner Müller in dem Sammelband seiner Texte aus dem Jahre 1977 mit dem Titel *Germania Tod in Berlin*. Müller beginnt mit der Konfrontierung des ABC mit dem Einmaleins. Jedem der beiden Grundbegriffe eines Unterrichts, welcher aus dem Analphabetismus hinausführen soll, wird ein kurzer dichterischer Text zugeordnet.

ABC

LACH NIT ES SEI DANN EIN STADT UNTERGANGEN
(Grobianus)

ICH WILL EIN DEUTSCHER SEIN
(Eintragung im Schulheft eines elfjährigen jüdischen Jungen im Warschauer Ghetto)

DER TERROR VON DEM ICH SCHREIBE KOMMT NICHT AUS DEUTSCHLAND ES IST EIN TERROR DER SEELE
(Edgar Allan Poe)

DER TERROR VON DEM ICH SCHREIBE KOMMT AUS DEUTSCHLAND
UND ZWISCHEN ABC UND EINMALEINS
Wir pißten pfeifend an die Schulhauswand
Die Lehrer hinter vorgehaltner Hand
HABT IHR KEIN SCHAMGEFÜHL Wir hatten keins.

Als Abend wurd wir stiegen auf den Baum
Von dem sie früh den Toten schnitten. Leer
Stand nun sein Baum. Wir sagten: DAS WAR DER!
WO SIND DIE ANDERN? ZWISCHEN AST UND ERD IST RAUM!

Man ist mit diesen beiden Texten eines dichterischen Grundschulunterrichts genau an jenem Kreuzweg angelangt, wo sich, diesmal sehr entschieden, die Wege von Bertolt Brecht und Heiner Müller trennen sollten. Auch Brecht verstand seine schriftstellerische Arbeit stets als Fortsetzung der Antike. Er war *auch* der römische Brecht. Brechts Antigone vom Jahre 1948 mußte als Ausnahme gelten.
Heiner Müller war stets, nicht allein in *Philoktet*, fasziniert von den Griechen. Von Prometheus, von Herakles. *Der Horazier* des Livius war eher eine Ausnahme. Beide mißtrauten sie, Brecht wie Müller, der Einschüchterung durch eine sogenannte Weimarer Klassizität. Beide sahen auch in der puren Antike ein weiterhin gültiges Vorbild. Der junge Brecht hatte die Weimaraner ausgespart und gespottet, man solle die wohlbekannten Dichternamen als Goethinger und Schillinger aussprechen. Dann sähe alles ganz anders aus. Auch hierin nahm er sich den Georg Büchner zum Vorbild, welcher den Lenz bewunderte, über den Schiller jedoch seinen Spott ausgoß.
Heiner Müller geht noch weiter zurück bei der Verbindung einer uralten teutschen Misere mit der eigenen Gegenwart. Da ist der etwas verwachsene deutsche Gelehrte Professor Gundling zu Beginn des aufgeklärten achtzehnten Jahrhunderts. Der rohe Preußenkönig Friedrich Wilhelm I. macht den Gundling gleichzeitig zum Hofnarren im Tabakskollegium und zum Präsidenten der vom königlichen Vater Friedrich I. gegründeten Preußischen Akademie der Wissenschaften. Müller ordnet auch diesen Fall ein, zusammen mit Heinrich von Kleist natürlich, in sein eigenes, erweitertes ABC der teutschen Misere.

Stellasonett

Fünf Akte lang, geehrtes Publikum
Haben Sie zugeschaut, wir hoffen, gern
Wie sich zwei Damen drehn um einen Herrn
Bis endlich eins aus drei wird, grad aus krumm
Durch Liebe. Wen das Resultat geniert
Wird auch bedient: Weil schön ist, was sein muß
Schrieb Herr von Goethe einen andern Schluß
Den, wie gewohnt, das Einmaleins regiert.
Was Liebe kann: drei Herzen glühn in eins
Kann Gift und Blei vermittels Subtraktion
Mit Schrecken triumphiert der gute Ton
Denn Zahl sticht Herz, das Reich des schönen Scheins
Hat keinen Grund in einem Bürgerhaus
Beruhigt auf zwei Tote schneit Applaus.

Natürlich liefert Heiner Müller hier eine Fortsetzung zu Brechts berühmt-berüchtigten Sonetten über deutsche klassisch-romantische Dichtung als Bestandteil der teutschen Misere. Allein, das *Stellasonett* Heiner Müllers ist gleichzeitig auch eine Parodie jener Brecht-Sonette. Goethe war in seiner ästhetischen Auseinandersetzung mit der Germania und ihren Kindern dem realen Tod fast immer ausgewichen. Bei Heiner Müller wird der Tod zum Leitthema.

Er ist auch ein Leitmotiv am Schluß des Stückes *Germania Tod in Berlin*. Hier sind alle geschichtlichen und sozialen Konstellationen seit der Antike gleichzeitig benannt worden. Da wird die Leiche einer Frau aus dem Wasser gezogen. Im Januar. Ein feierlicher Trauerzug zieht durch die Straßen. Tod in Berlin. Es ist der Leichenzug für die am 15. Januar 1919 ermordeten Karl Liebknecht und Rosa Luxemburg. Der alte Hilse in dieser Schlußszene ist eine Gestalt aus den *Webern* von Gerhart Hauptmann. Der ewige Maurer. Hat schon mitgearbeitet bei den Pyramiden, von denen man heute zu wissen scheint, daß sie längst da waren *vor* den Pharaonen. Der junge

Maurer steht für alle gescheiterten Hoffnungen. Für alle Zurücknahmen. Keine roten Fahnen über Rhein und Ruhr.

HILSE Das Wasser hat dich nicht behalten, Rosa.
Und wenn sie aus uns allen Seife machen
Dein Blut wäscht ihnen keine Seife ab.
Wars kalt im Schauhaus. Weißt du auch, Genossin
Daß ich dich aus der Nähe erst gesehn hab
Ich meine so wie jetzt, im Januar
Als deine Augen blind warn, auf der Bahre.
Wir gingen dran vorbei zwölf Stunden lang
Dann hinter euren Särgen durch Berlin
Und kein Wort und der Himmel war aus Blei.
Jetzt siehst du jünger aus. Ich weiß warum.
Erkennst du mich. Ich bin der ewige Maurer.
Die Pyramiden in Ägypten, eine
Festung gegen die Zeit, sind meine Handschrift.
Rom hab ich auch gebaut, auf sieben Bergen
Nach jedem Brand neu und nach jedem Krieg neu.
Das Kapitol zum Beispiel und die Säule
An der sich Cäsar ausgeblutet hat
Die dreiundzwanzig Messer in den Rippen.
Und dann die Wolkenkratzer in New York.
Und immer war es für die Kapitalisten
Zehntausend Jahre lang. Aber in Moskau
War ich zum ersten mal mein eigner Chef:
Die Metro. Hast du sie gesehn. Und jetzt
Hab ich die Kapitalisten eingemauert
Ein Stein ein Kalk. Wenn du noch Augen hättest
Könntst du durch meine Hände scheinen sehn
Die roten Fahnen über Rhein und Ruhr.

JUNGER MAURER Du mußt was sagen. Irgendwas.
Der stirbt jetzt.

Mädchen Ich kann sie ohne Augen sehn –
Genosse.
Die roten Fahnen –
Über Rhein und Ruhr.

Hilse Ists euch zu still draußen in Friedrichsfelde.

Mädchen Nein. Manchmal hören wir die Kinder spielen.
Sie spielen Maurer und Kapitalist.

Hilse Und keiner will der Kapitalist sein.

Mädchen Ja.

Im Zeichen von Anna Seghers

Die Sammelbände seiner fortlaufend erschienenen Texte, gedacht als Mischung von Gedichten, Dramentexten, erzählender und kritischer Prosa, hatte Heiner Müller immer sehr sorgfältig komponiert. Die Hauptstücke, nämlich die großen dramatischen Texte, pflegte er fast wie beiläufig zu verstekken. Deshalb darf *Germania Tod in Berlin* auch nicht den Abschluß des Bandes bilden. Am Schluß liest man einen abermals räumlich wie zeitlich aufgebauten Text einer Gesamtschau mit der Überschrift »Motiv bei A. S.«

Debuisson auf Jamaika
Zwischen schwarzen Brüsten
In Paris Robespierre
Mit zerbrochenem Kinn.
Oder Jeanne d'Arc als der Engel ausblieb
Immer bleiben die Engel aus am Ende
Fleischberg Danton kann der Strasse
Kein Fleisch geben

Seht seht doch das Fleisch auf der
Strasse
Jagd auf das Rotwild in den gelben
Schuhn.
Christus. Der Teufel zeigt ihm die Reiche der Welt
Wirf das Kreuz ab und alles ist dein.
In der Zeit des Verrats
Sind die Landschaften schön.

Ein Gedicht über alle verlorenen Illusionen der menschlichen Emanzipation. Ausgehend von einigen berühmten Texten der Anna Seghers: Aufstände der schwarzen Sklaven in der Karibik. Sie werden niedergeschlagen. Der Prozeß der Jeanne d'Arc, von Anna Seghers als Hörspiel entworfen, von Brecht später am Berliner Ensemble als Theaterstück aufgeführt. Dann gibt es bei Müller Hinweise auf das gleichsam stellvertretende Theaterstück über eine gescheiterte Revolution. *Dantons Tod* von Georg Büchner. Robespierre wird mit zerbrochenem Kinn unter das Fallbeil geschleppt. Auch das Christentum wird gedeutet als gescheiterte Emanzipation. Von der Kreuzabnahme bis zum Folterspiel im Dritten Reich, wie es im *Siebten Kreuz* von Anna Seghers geschildert wurde.
Der Hinweis auf den historischen Aufstand im frühen 19. Jahrhundert in der Karibik ist als Anspielung zu verstehen auf die Erzählung *Das Licht auf dem Galgen* von Anna Seghers. Müller dramatisierte diese Erzählung später unter dem Titel *Der Auftrag*.

Die Hamletmaschine

In dem Sammelband mit dem Titel *Mauser* von 1978 hat Heiner Müller wohl zwei Stadien seiner Arbeit als Stückeschreiber gegeneinander stellen wollen: den *Philoktet* und die *Hamletmaschine*. Der *Philoktet* wurde mit Bitterkeit durchtränkt, die aus den Erfahrungen des Stückeschreibers stammte: mit einer verlogenen Instrumentalisierung einer angeblich geschichtlichen Notwendigkeit, einer Notwendigkeit freilich, die offiziell als Freiheit angeboten wurde. Heiner Müller wußte, warum er diesen seit langem geschriebenen und gedruckten Text des *Philoktet* nun abermals abdrucken ließ in dem Sammelband von 1978. Am 17. Dezember 1977 nämlich war dieser *Philoktet* am Deutschen Theater in Ostberlin aufgeführt worden. Der Wiederabdruck dieses Textes hatte folglich die Funktion, den Lesern zu zeigen, daß es sich hierbei nicht um Erbauungsliteratur gehandelt hatte.

Das wird deutlich an der Konfrontierung des *Philoktet* mit der *Hamletmaschine* im selben schmalen Textband von 1978. Die *Hamletmaschine* nämlich kann wahrlich nicht als Erbauungsliteratur mißverstanden werden. Sie benennt nämlich im Gegenteil ausdrücklich eine geschichtliche Erfahrung dieses Stückeschreibers und aller seiner Zeitgenossen mit einer riesenhaften Umfunktionierung von Freiheitsideen in einen blutigen, doch maschinell betriebenen Unterdrückungsprozeß. Der ungarische Aufstand vom Herbst 1956 hatte alles jäh erleuchtet. Schluß mit den Lügen der instrumentalen Vernunft. Brecht war zur Unzeit gestorben am 13. August 1956. Hier begann in diesem Herbst des Jahres 1956 die Erkenntnis Heiner Müllers, daß auch der so geschichtsfrohe Epilog Brechts zum *Guten Menschen von Sezuan* von nun an als eine der Lügen des Odysseus interpretiert werden konnte.
Die *Hamletmaschine* wollte nichts mehr zu tun haben mit solchen Lügen.

> HAMLETDARSTELLER Ich bin nicht Hamlet. Ich spiele keine Rolle mehr. Meine Worte haben mir nichts mehr zu sagen. Meine Gedanken saugen den Bildern das Blut aus. Mein Drama findet nicht mehr statt. Hinter mir wird die Dekoration aufgebaut. Von Leuten, die mein Drama nicht interessiert, für Leute, die es nichts angeht. Mich interes-

siert es auch nicht mehr. *Bühnenarbeiter stellen, vom Hamletdarsteller unbemerkt, einen Kühlschrank und drei Fernsehgeräte auf. Geräusch der Kühlanlage. Drei Programme ohne Ton.* Die Dekoration ist ein Denkmal. Es stellt in hundertfacher Vergrößerung einen Mann dar, der Geschichte gemacht hat. Die Versteinerung einer Hoffnung. Sein Name ist auswechselbar. Die Hoffnung hat sich nicht erfüllt. Das Denkmal liegt am Boden, geschleift drei Jahre nach dem Staatsbegräbnis des Gehaßten und Verehrten von seinen Nachfolgern in der Macht. Der Stein ist bewohnt. In den geräumigen Nasen- und Ohrlöchern, Haut- und Uniformfalten des zertrümmerten Standbilds haust die ärmere Bevölkerung der Metropole. Auf den Sturz des Denkmals folgt nach einer angemessenen Zeit der Aufstand.

Auch diesmal hatte Heiner Müller diesen ebenso knappen wie gleichsam herausgeschrieenen Text am Schluß seines Sammelbandes verstaut.
Er wurde jedoch entdeckt und richtig verstanden. Der Tonsetzer Wolfgang Rihm entdeckte ihn für sich und setzte ihn in Musik. Die Partitur wurde in Hamburg mit dem Rolf-Liebermann-Preis ausgezeichnet. Robert Wilson inszenierte dieses Stück, das eine Absage bedeuten sollte sowohl an einen *Hamlet* der Schaubühne wie der Opernbühne.

Das gute Gewissen des Konsums

Seit dem Erscheinen der *Hamletmaschine* ist Heiner Müller ein weltbekannter Autor. Die frühen Erfolge des *Philoktet* hatten weitergewirkt. Alle Unterdrückungsstrategien der Ostberliner Bürokraten waren auch hier gescheitert. Die *Hamletmaschine* wird zuerst in Paris und Brüssel aufgeführt, dann erst kommt es zur bundesdeutschen Erstaufführung in Essen.
Im Mai 1979 erhält Heiner Müller den angesehenen Dramatikerpreis der Stadt Mülheim an der Ruhr. Bei dieser Gelegen-

heit hält der Laureat eine Rede, die, ein Jahrzehnt vor den Ereignissen des November 1989, alle Erfahrungen des Stückeschreibers nicht nur mit den verlorenen Illusionen und den Lügen der staatlichen instrumentalen Vernunft zur Sprache bringt.
In seiner Mülheimer Rede denunziert Heiner Müller bereits die zehn Jahre später sichtbar werdende Dramaturgie eines falschen Dissidententums. Angesichts aller Bemühungen um eine nachsichtig lächelnde Verspottung eines jeden Klassenkampfdenkens bleibt Müller bei seinen schmerzhaften Grunderfahrungen sowohl mit dem Kapitalismus wie mit dem sogenannten Antikapitalismus.
In einer berühmt-berüchtigten Rede vom Jahre 1935 in Paris hatte Bertolt Brecht, entgegen allen Richtlinien, die Gegensätze zwischen Ausbeutung und Ausgebeuteten zugunsten einer Volksfront abzuschwächen, mit dem provozierenden Satz geschlossen: »Kameraden, sprechen wir von den Eigentumsverhältnissen.«
In der Mülheimer Rede Heiner Müllers liest sich das so:

> Sozialismus-Klischees von Dissidenz und/oder Dogma greifen an der Wirklichkeit vorbei; sie wohnt nicht in den Extremen. Was für die Eliten Geschichte, ist für die Massen noch immer Arbeit gewesen. Die Klischees bedienen den Appetit auf Signale von Verrat aus dem Lager jenseits des Kapitalismus, garantieren das gute Gewissen des Konsums, den Frieden der Korruption.

Tristan und die Lügen des instrumentalen Gefühls

Als die Bayreuther Festspielleitung im Jahre 1992 bekanntgab, das Programm der Festspiele im Jahre 1993 werde mit einer neuen Inszenierung von *Tristan und Isolde* unter der Spielleitung von Heiner Müller eröffnet werden, gab es als Reaktion, wie üblich, das nicht unbekannte Kopfschütteln.

Ausgerechnet Heiner Müller! Das wird nicht gutgehen: die musikalische Leitung durch Daniel Barenboim und die Spielleitung durch Heiner Müller.
Natürlich gab es das gleichfalls übliche Befremden nach der Premiere. Was hier inszeniert wurde, orientiert an strengen Bild- und Bewegungsformen eines fernöstlichen Theaters, war doch weit entfernt von allem romantischen Liebesrausch. Da erlebte man unentwegt Begegnungen von Menschen, Männern und Frauen, Frauen und Frauen, Männern und Männern, auf welche die berühmte Formel Heinrich von Kleists von einer »Verwirrung der Gefühle« zuzutreffen schien.
Genau dies war beabsichtigt worden. Von diesen beiden Künstlern: Daniel Barenboim und Heiner Müller. Ein Jahr später, bei der Wiederholung im Jahre 1994, gingen begeisterte Berichte in die Welt. Dies sei die bedeutendste Aufführung des Festspielsommers. Nun waren alle Irritationen der ersten Fassung beseitigt. Was hier gezeigt wurde, war in allen Einzelheiten geplant und verwirklicht.
Wer diese *Tristan*-Aufführung gesehen hat und sich auskennt in den Werken und Gedankengängen des Spielleiters, wird plötzlich erfahren, daß Heiner Müller zu dieser Wagner-Inszenierung nicht etwa einer spektakulären Einladung folgte, sondern auch auf dem Bayreuther Festspielhügel gleichsam »bei sich selbst geblieben war«. Ein gerader Weg führt vom *Philoktet* und vom mittelalterlich-christlichen Epos von *Tristan und Isolde* zur Dramatisierung jener *Gefährlichen Liebschaften* im Endstadium des Ancien Régime von 1789: also zu Heiner Müllers Dramatisierung jenes erotisch-antierotischen *Quartetts*.
In einem langen Gespräch in Wien hatte mich Heiner Müller um mein Urteil über jenes »tönende Schweigen« gebeten, das Richard Wagner selbst als Kennzeichnung seines Musikdramas formuliert hatte. Ich versuchte in jenem Gespräch zu zeigen, daß jede menschliche Beziehung in diesem Stück als »ambivalent« gedeutet werden muß. Als Amalgam aus Trieb und Entsagung, Liebe und Haß. Isolde kann es sich nicht ver-

zeihen, den Mörder ihres Verlobten Morold zu lieben, statt ihn zu töten. Tristan kann sich seine Untreue gegenüber dem König Marke nicht verzeihen. Er liebt Isolde und weiß genau, daß er das niemals hätte zulassen dürfen. »Fragt die Sitte.« Brangäne ist eine liebende Freundin; sie haßt den Ritter Tristan. Kurwenal ist ein liebender Freund, er haßt die beiden Frauen, weil er ein Unglück verhindern möchte. König Marke hat die formale Ehe mit Isolde auf sich genommen, um zu verhindern, daß Tristan den Hof verläßt. Melot ist keineswegs eifersüchtig, wie Tristan glaubt, weil auch er die Königin Isolde liebt. Als »treuester der Freunde« haßt er Isolde, weil sie ihm den Freund Tristan entfremdet. Er denunziert den Verrat, um diese Liebe zu zerstören.

Eben diese Konstellationen der Entfremdungen hat Heiner Müller inszeniert. Darin wird das romantische Musikdrama mit dem »süßen Wörtlein« zwischen den Namen von Tristan und Isolde zu einer Totalität der Entfremdungen und Entsagungen. Alles unmittelbare Gefühl scheitert an den durch Sitte und Ritual vermittelten Lebensformen. Mit Recht hat Wolfgang Wagner gegenüber der Kritik an seinem Spielleiter, welche den theatralischen Liebesrausch zu vermissen schien, darauf hingewiesen, in Richard Wagners Partitur gäbe es ihn nicht, den musikalischen Orgasmus.

Damit aber wurde, vielleicht nicht einmal genau reflektiert durch Heiner Müller selbst, der Bayreuther *Tristan* gleichsam zu einer theatralischen Gegenschöpfung. Die Lügen der instrumentalen Vernunft im *Philoktet*. Die Lügen eines instrumentalisierten Gefühls in diesem Bayreuther *Tristan*.

Freundeswort

Mit dieser Rede über Heiner Müller wird eine Rückschau versucht auf mehr als dreißig Jahre einer menschlichen Beziehung. Das begann Anfang der sechziger Jahre als eine Beziehung zwischen Berlin und Leipzig. Unsere letzte Begegnung fand statt am 31. März 1995. Das Freundeswort soll sie noch einmal dankbar und traurig nacherzählen.

Bei einem Erinnerungsgespräch mit Walter Jens nach dem Tode unseres Freundes wurde mir klar, wenngleich ich es immer gewußt habe, daß ich damals in Leipzig gleich bei der ersten Lektüre des *Lohndrückers* gemerkt haben muß, *wer* hier nunmehr die sogenannte literarische Szene vertreten habe. Walter Jens erinnert sich genau, daß ich ihm im Frühjahr 1960, als wir an der Leipziger Universität ein Lyrik-Symposion veranstalteten, im Hörsaal 40, mit Ingeborg Bachmann und Hans Magnus Enzensberger, mit Stephan Hermlin und Peter Huchel, voller Begeisterung berichtete über die ganz neue dialektische Auseinandersetzung zwischen dem Lohndrücker Balke und seinem Parteifreund Direktor.

Mein Interesse wuchs, als ich in Berlin an jener Generalprobe der *Umsiedlerin* teilnahm, die so viel parteifrommen Zorn erregen sollte. Dieser Heiner Müller: das war neue Literatur. Brecht-Nachfolge auch in Form der Negation.

Dann wurde Heiner Müller aus dem Schriftstellerverband ausgeschlossen. Eigentlich kannte ich ihn noch gar nicht, hatte ihn nur kurz begrüßt bei jener Generalprobe. Nun schrieb ich ihm einen Brief: von Leipzig nach Berlin.

Das Weitere soll mit Heiner Müllers eigenen Worten wiedergegeben werden. Wenige, öffentlich gesprochene Worte aus dem Jahre 1990. Heiner Müller hatte meine Einladung angenommen, im Präsidium einer in Wien gegründeten Erich-Fried-Gesellschaft mitzuarbeiten. Die Gesellschaft hatte von der österreichischen Bundesregierung den Auftrag erhalten, den Erich-Fried-Preis für internationale Literatur zu verleihen. Das Präsidium beschloß, im Sinne des Rituals für den in den zwanziger Jahren berühmten Kleist-Preis, jeweils einen Preisrichter zu benennen, der in eigener Verantwortung den Preisträger bestimmt. Der jeweilige Preisrichter selbst sollte als Ehrengabe einen jeweils neu hergestellten Abguß einer Plastik von Alfred Hrdlicka erhalten.

Der erste Erich-Fried-Preis wurde im Mai 1990 im Wiener

Akademietheater verliehen. Ich war als erster Preisrichter benannt worden und vergab den Preis an Christoph Hein. Dann sollte mir jene Ehrenplastik verliehen werden. Die kleine Lobrede hielt Heiner Müller. Ich glaube, ich weiß sie noch im wesentlichen auswendig. Sie lautete etwa so:

> Ich habe Hans Mayer zu danken für einen Brief und ein Stück Brot. Als ich aus dem Schriftstellerverband ausgeschlossen wurde, war ich sehr deprimiert. Dann erhielt ich einen Brief von Professor Hans Mayer, worin er mir zum Ausschluß aus diesem Idiotenverein gratulierte. Das hat mich damals wieder aufgerichtet.
>
> Als ich ausgeschlossen wurde, sagte mir der zuständige Generalsekretär des Schriftstellerverbandes, nun werde, wenigstens zwei Jahre lang, kein Hund ein Stück Brot von mir nehmen. Ich würde auch kein Stück Brot bekommen.
>
> Plötzlich erhielt ich regelmäßige Zuwendungen von der Deutschen Schiller-Stiftung in Weimar. Hans Mayer hatte das veranlaßt.
>
> Der Hund, der mir ein Stück Brot hinwarf, hieß Hans Mayer.

Noch einmal hat Heiner Müller auf eben dieser Bühne des Wiener Akademietheaters ein Freundeswort an mich gerichtet. Das war am 21. März 1992, als man in diesem Kammerspielhaus des Burgtheaters meinen 85. Geburtstag feierte. Christoph Hein hielt die eigentliche Geburtstagsrede. Auch Heiner Müller las als Mitwirkender auf der Bühne. Er hat mir damals ein Gedicht gewidmet.

Am 13. Februar 1995 hielt ich im Berliner Ensemble einen Vortrag über Brecht und Beckett. Wir waren in großer Sorge wegen der schweren Erkrankung Heiner Müllers in Kalifornien. Als Folge einer notwendigen Operation hatte er vorübergehend die Sprache verloren. Wie würde es mit ihm weitergehen? Nach dem Ende der Veranstaltung saßen wir im Direktionszimmer des Berliner Ensembles noch zusammen.

Plötzlich bittet mich ein Mitglied des Ensembles, im Nebenzimmer ans Telefon zu gehen. Heiner Müller wolle mich sprechen. Ungläubig folgte ich ihm. Aber es stimmte. Die vertraute Stimme. Sie war wieder klar. Das war meine erste freudige Replik. Müller hatte gewußt, daß mein Vortrag an diesem Abend stattfinden würde. Er war auch im fernen Kalifornien dabei gewesen. Hatte den Zeitunterschied genau berechnet. Er komme bald wieder zurück nach Berlin. Man werde viel miteinander zu beraten haben.

Tod in Berlin

Nichts davon wird nun möglich sein. Es ist spät und kalt geworden. In meinem eigenen Leben und dem Leben dieses Jahrhunderts, das ich nun vom ersten bis zum letzten Jahrzehnt erleben mußte, konnte, durfte. Da bleibt die Erinnerung an die Gründung des Berliner Ensembles. An die Gespräche mit Brecht und Helene Weigel zu Beginn des Jahres 1949 in dem unzerstört gebliebenen Flügel des Hotel Adlon. Wir redigierten damals gemeinsam meinen Beitrag für das berühmte Sonderheft *Brecht* der Zeitschrift *Sinn und Form*. Dann erlebte man in den fünfziger Jahren, in dieser »Deutschen Demokratischen Republik«, das Entstehen einer neuen Literatur von hohem Rang, undenkbar ohne das Vorbild des großen Stückeschreibers, und doch ganz neu, mit einem anderen Zugang zur Welt.

Dann wurde alles wieder von oben und von außen her zerstört. Auch die Lebenskraft dieser neuen Künstler wurde schwer geschädigt. Uwe Johnson und Heiner Müller sind viel zu früh gestorben.

In jenem Brief übrigens, den Müller in jener Wiener Rede zitierte, sprach ich vom Schriftstellerverband nicht als von einem Idiotenverein. Jenen Brief von mir hat Müller bekanntlich dann in der Zeitschrift *Sinn und Form* abgedruckt, so daß ich ihn wiederlesen konnte. Darin gratuliere ich nicht zum

Ausschluß aus dem Schriftstellerverband. Es heißt vielmehr: »Ich bin nicht zynisch genug, Ihnen zu diesem Ausschluß zu gratulieren …« Was eigentlich noch schlimmer klingt.

So vieles hätte er noch für uns alle leisten können. Ohne seine Klugheit und Umsicht wäre die neue und vereinigte Akademie der Künste Berlin-Brandenburg nicht zustande gekommen. Auf ihn war immer Verlaß, wenn es wirklich ernst wurde.

Zuletzt habe ich ihn am 31. März 1995 gesehen. Da wurde zum ersten Mal der aus der Akademie der Künste der DDR gerettete Heinrich-Mann-Preis durch die neue Akademie verliehen. Einige von uns trafen sich am Nachmittag zu jener Verleihung auf dem Dorotheenstädtischen Friedhof, an den Gräbern von Heinrich Mann und Bert Brecht. Heiner Müller kam wie immer im letzten Augenblick mit flatterndem Mantel. Dann standen wir nebeneinander vor diesen Gräbern.

Heiner Müller wußte, daß er auf seinem eigenen Friedhof stand. Ich wußte, daß er es wußte. Er wußte, daß ich es wußte.

Hans Werner Richter: Geburtstagsrede auf den Zeitgenossen

Nein, von der Gruppe 47 soll diesmal nicht die Rede sein. Die wollen wir, das ist mein Vorschlag, von nun an unserer Erinnerung überlassen, und den Doktoranden.
Wir feiern einen Fünfundsiebzigjährigen. So erlauben Sie dem Literarhistoriker, der es immer noch nicht lassen kann, geschwind eine literaturhistorische Reminiszenz. Sie haben es erraten: Thomas Mann. Der hielt, noch vor dem eigenen 75. Geburtstag, gleichsam vorfristig, bereits im Mai 1950, statt erst am 6. Juni, an der Universität von Chicago einen Vortrag mit dem Titel *Meine Zeit* und begann so: »Von meiner Zeit will ich zu Ihnen sprechen, nicht von meinem Leben.« Am Schluß sprach er von der Möglichkeit, daß die Zeit für uns arbeiten könne: »wenn wir sie gewähren lassen bei ihrem Werk des Ausgleichs und der Aufhebung von Gegensätzen zu höherer Einheit«. Das klang arg hochherzig: Thomas Mann wußte selbst, im damaligen nordamerikanischen Krieg des kalten Fiebers, wie wenig er damit der eigenen Lebenserkenntnis gerecht wurde. Freilich klang es schön, und es war auch redlich gedacht, wenn der fünfunfsiebzigjährige Thomas Mann die »Zeit« so definierte: »Sie ist der Friede selbst, und der Krieg ist nichts als das wilde Verschmähen der Zeit, der Ausbruch aus ihr in sinnlose Ungeduld.«
Nun »stelle ich mir vor«, Hans Werner Richter hätte für uns eine Rede vorbereitet mit dem Titel »Meine Zeit«. Da wäre es *nicht* möglich, in solcher Rede, die er natürlich nicht halten wird, den Zeitvergang eines bürgerlichen Menschen zu schildern, der wohlgeboren war von Hause aus, Sohn eines hanseatischen Senators, auch Geld war so lange vorhanden, daß die Lehrzeit als Schriftsteller absolviert werden konnte. Den Ersten Weltkrieg hatte man nicht verstanden, sagte das durchaus Falsche, obwohl man beim älteren Bruder Heinrich das Richtige hätte lernen können, tobte ein bißchen gegen die Leute

von der Münchner Räterepublik: vor allem weil sie Expressionisten waren und mehr von Heinrich Mann hielten als vom jüngeren Bruder Thomas. Im geheimen Tagebuch tobte man sich aus und hielt Standgerichte für angemessen.
Allein, das Regime einer machtgeschützten Innerlichkeit verging rasch. Auch Thomas Mann bekommt es zu spüren, zunächst als literarische Polemik, die bereits bedrohlich klingt, dann aber, nach jenem Tag der großen Zäsur, also nach dem 30. Januar 1933, von dem wir noch ausführlicher sprechen wollen, wandelt sich, mit Hilfe der Zeit, das Leben zur Ernsthaftigkeit. Es ist nicht gerade ein »Märtyrertum«, wie Thomas Mann später im Exil ein bißchen verlegen formulierte. Doch an Demütigungen sollte es von nun an nicht fehlen. Ein Leben ohne gültige Papiere, Angst, Verlust der Heimat, und, in der späteren Zeit des amerikanischen Aufenthalts, auch Verlust der Sprache im Alltagsleben. Das weitere ist bekannt.
Faßt man nun den Lebenslauf *unseres* Fünfundsiebzigjährigen in ähnlich resümierender Weise zusammen, so wird er zum Kontrastprogramm. Keine Buddenbrooks, sondern die Welt armer Fischer und Gelegenheitsarbeiter in Bansin. Richter ist niemals von ihnen losgekommen, und das ist gut so. Seine *Geschichten aus Bansin* berichten nicht von besonnter Vergangenheit, sondern von kleinen Leuten. Übrigens ist das keine traurige Welt. Für die Melancholie Thomas Buddenbrooks hat man keine Zeit. Die Mutter kommt aus der Bauernkate. Der Lebenslauf von Richter, Hans Werner scheint vorgezeichnet. Volksschule in Heringsdorf und im Deutschen Kaiserreich. Ich kam 1913 in die Vorschule zum späteren Gymnasium, brauchte nur drei Jahre bis zum Eintritt in die Höhere Schule, es gab auch keine Aufnahmeprüfung. Einfach eine Geldfrage. Wir waren beide kleine Preußen. Während wir heranwuchsen, gab es, für die Wahlen zum preußischen Landtag, immer noch ein Dreiklassenwahlrecht. Auch das war eine Geldfrage. Mein Vater, das weiß ich noch genau, wählte in Klasse zwei. Wo war der Fischer und Gelegenheits-

arbeiter Richter, Richard eingestuft? Und wählte er überhaupt? Die Mutter Anna besaß ohnehin kein Wahlrecht, auch meine gutbürgerliche Mutter nicht.
Dann aber kommen die beiden Väter, Richard Richter und Rudolf Mayer, zurück aus dem Krieg: mit der Roten Nelke im Knopfloch. Mein Vater hielt es mit den unabhängigen Sozialdemokraten, zum Entsetzen seines deutsch-nationalen Onkels Ludwig. Hans Werners ältester Bruder war Pazifist, vermutlich auch USPD. Der zweitälteste gehörte, als einstiger Munitionsarbeiter, zum Spartakusbund, also wohl seit dem 31. Dezember 1918, zur Kommunistischen Partei Deutschlands.
Richter wurde 1923 aus der Volksschule entlassen. Damals hockte ich noch in der Obersekunda. Es gab den Putsch im Bürgerbräukeller und den Einmarsch der Reichswehr, beauftragt vom sozialdemokratischen Reichspräsidenten Fritz Ebert, ins rote Sachsen und ins rote Thüringen. Wir beide haben sie noch gekannt, Hans Werner und ich, die »Geschlagenen« von damals. Die merkwürdige Konvergenz, klassenmäßig ganz undenkbar, unserer Väter, das gemeinsame Symbol der Roten Nelke, hat auch in unser beider Leben gewaltet, im Leben der Söhne. Das haben Hans Werner und ich erst entdeckt, als wir unser Geschriebenes lasen. Fritz Sternberg und Leo Bauer gehörten zu unser beider Leben. Im *Julitag* von Richter spielt Bauer als Leo Gosch eine wichtige Rolle. Es gibt diesen menschlichen und politischen Zuordnungspunkt Leo Bauer auch in den Lebenserinnerungen von Karola Bloch. Es gibt ihn nicht minder, wie bekannt, im Leben von Herbert Wehner und Willy Brandt.
Eine merkwürdige Konstellation. Im November 1932 wird der Kaufmann Hans Werner Richter von seiner Partei ausgeschlossen, die offenbar nichts Besseres zu tun hat. Wegen Trotzkismus. Das war das Schlimmste. Richter nähert sich der SAP, der Sozialistischen Arbeiterpartei. Dort war auch der junge Herbert Frahm aus Lübeck. Ich verließ die SAP, die ich mitbegründet hatte, ungefähr um dieselbe Zeit, um mich

den oppositionellen Kommunisten anzuschließen. Man mag heute über diese Sekten und ihre Sektierer lachen. Man sollte es nicht. Wieviel Hoffnung hatten wir damals, wie viele Enttäuschungen waren noch zu absolvieren.
Ich will jenen Tag erinnern, den 30. Januar. Für die Menschen meiner Generation war es die große Zäsur. Sie hat unsere Zeitgenossen, für sich selbst und für uns, verändert: zur Kenntlichkeit oder auch zur Unkenntlichkeit, je nachdem. Seitdem sitzt etwas in meinem Bewußtsein, das mich bei jeder neuen Bekanntschaft mit einem Deutschen zwingt, insgeheim zu fragen: Wie hätte er sich damals verhalten? Häufig habe ich für mich auch eine Antwort. Ich bin sicher, daß es Hans Werner kaum anders geht.
Am 9. April 1970 wurde eine Fernsehaufzeichnung gesendet, die kurz vorher beim Sender Freies Berlin entstanden war. Erfreulicherweise hat man sie aufbewahrt, wie ich höre. Hans Werner Richter leitete damals eine Sendereihe, die an wichtige Daten unserer neueren Geschichte erinnern sollte. Zeugnisse derer, die dabeigewesen waren, oder die sich an jenes Datum noch erinnern können. Diesmal ging es um den 30. Januar 1933.
Eine Frau und fünf Männer. Erika von Hornstein war neunzehn gewesen an jenem Schicksalstag. Sie stammte aus Potsdam. Der Älteste am Tisch war Hermann Kesten, Jahrgang 1900. Er hatte zwei Tage vor Berufung jenes neuen Reichskanzlers aus Braunau am Inn den 33. Geburtstag feiern können: auf lange Zeit hin den letzten in seinem Heimatland. Wolfgang Koeppen, geboren 1906. Ich bin Jahrgang 1907, Richter 1908. Heinrich Böll hat im Dezember Geburtstag. Er war fünfzehn an jenem kalten Januartag. Krank und hungrig, wie er uns berichtete.
Nun denn: wie hatten wir jenen Tag erlebt? Ahnungslos insgesamt, auch wenn wir zu ahnen glaubten. Wir wußten, was kommen würde, doch wir glaubten es nicht. Wolfgang Koeppen hat in *Tauben im Gras* geschildert, wie es einem deutschen Juden erging, der sich immer wieder vorsagte: »Das

geht doch nicht!« Kesten erinnerte vor allem, daß an jenem Tage zum erstenmal der vormals pazifistische Autor Eberhard Wolfgang Moeller im Verlag Kiepenheuer aufmarschierte: im Braunhemd. Man hatte verlegen gelacht im Verlag, fand das komisch. Ich fand es gar nicht komisch, als ich im April 1933 am Rundfunk ein Hörspiel des besagten Moeller anhören mußte: »Rothschild siegt bei Waterloo«. Nun war es nicht mehr weit bis zum *Jud Süß*.

Grinsen auch beim Berliner Börsen-Courier, also einem notorischen Judenblatt, mit Herbert Ihering im Feuilleton. Koeppen gehörte zur Redaktion, kam aus München, hörte die Nachricht, man spottete, doch so ganz lustig fand man es nicht. Der Chefredakteur hieß Emil Faktor, ein Jude aus Prag, übrigens der Schwiegervater unseres Freundes Ossip Flechtheim. Man tröstete sich in leichtfertiger Weise: »Das wird nicht lange dauern!«

Das Mädchen Erika von Hornstein gehörte, der Herkunft nach, zu den Deutschnationalen. Sie schrieb später den *Abschied vom Junker.* Auch bei ihr und den Ihren ging es unernst zu. Natürlich jubelte man beim Fackelzug, durfte sogar dabeisein in der Wilhelmstraße. Doch wurde der Tochter eingeschärft, sie dürfe die Groschen nur in die Büchsen des Stahlhelm werfen, nichts den braunen Schnorrern abgeben.

Unernst war auch, was ich in der Kölner Rheinlandhalle erlebte. Für den 30. Januar hatten die Kommunisten, natürlich ohne Kenntnis der Ereignisse, eine Massenkundgebung angekündigt. Die große Halle war mäßig gefüllt, viele Kölner wollten den Fackelzug begaffen. Mancher Kommunist, das zeigte sich bald darauf, stand im Begriff, die Farbe zu wechseln. Braun statt Rot. Wir waren hingegangen, um zu erfahren, was die Kommunisten vorzuschlagen hätten. Sie hatten gar nichts vorzuschlagen. Der Redner kam aus Berlin, ein Reichstagsabgeordneter, ein Jude, den man totgeschlagen hat: Werner Hirsch. Er höhnte: die solle man ruhig abwirtschaften lassen. Das werde bald zu Ende sein. »Und dann kommen wir!« So lautete die offizielle Direktive des Zentralkomitees.

In seinen Erinnerungen hat es Manès Sperber, damals noch KPS-Mitglied, fast genauso geschildert.
Bei Hans Werner Richter liest sich das so: »Wenige Monate später kam Hitler zur Macht. Die Kommunistische Partei hatte mich kurz davor wegen ›Abweichung‹ ausgeschlossen. Aber ich war wieder in Berlin, als das Undenkbare geschah. Niemand war darauf vorbereitet, weder die Partei, zu deren Mitgliedern ich immer noch Kontakt hatte, noch die meisten meiner Freunde. Viele von uns, auch ich, erwarteten einen Generalstreik, einen Aufstand; jetzt mußte sich das Proletariat erheben. Aber wir warteten vergeblich. Es geschah nichts, gar nichts.«
Das steht in Richters Text *Straßensänger 1931/32*, im Oktoberheft 1982 des *Merkur.* Großmäulige Angeberei des Zentralkomitees, das seinen eigenen Parteivorsitzenden Ernst Thälmann so geheim und illegal versorgte, daß ihn die Nazis bloß abholen mußten.
Erschreckend ist, wenn man sich erinnert, oft die schmähliche »Wiederkehr des Gleichen«. Einer der kommunistischen Hauptpolitiker des 30. Januar 1933 hieß Walter Ulbricht. Er war auch Adressat der Revolte vom 17. Juni 1953. Immer noch dieselbe Politik des weltfremden Sektierertums, die es für wichtiger hielt im Winter 1932, den Genossen Richter, Hans Werner auszuschließen, als sich selbst mit anderen Kräften zu verbünden, um die deutsche Katastrophe zu verhindern. Unmittelbar vor dem 17. Juni schrieb Brecht in Ostberlin ein wenig bekanntes Gedicht mit der unverfänglichen Überschrift: *Bei der Lektüre eines spätgriechischen Dichters*. Das lautet so:

> In den Tagen, als ihr Fall gewiß war –
> Auf den Mauern begann schon die Totenklage –
> Richteten die Troer Stückchen grade, Stückchen
> In den dreifachen Holztoren, Stückchen.
> Und begannen Mut zu haben und gute Hoffnung.
> Auch die Troer also.

Wie gesagt: sie wußten es, doch sie glaubten es nicht. Die einfachen Leute haben es sehr oft gewußt und geglaubt, auch wenn sie dann nicht danach handelten. Heinrich Böll erzählte uns bei jener Fernsehaufzeichnung, wie er grippekrank im Hinterzimmer lag, das Radio war abgestellt, man konnte es nicht bezahlen. Die Mutter brachte die Nachricht aus der Nachbarschaft und sagte: »Das bedeutet den Krieg!« Keiner möge glauben, Böll habe nachträglich heroisiert. Die Frau hat das ganz sicher gesagt. Wir alle sagten es. »Wer Hindenburg wählt, wählt Hitler. Wer Hitler wählt, wählt den Krieg.« Man konnte es nicht besser sagen. Allein, man hat sich selbst nicht geglaubt.

Übrigens sprach Richter, der unsere Berichte anforderte und die Sendung leitete, überhaupt nicht von einem 30. Januar mit Politik, Hohn, Angst, Enttäuschung. Er berichtete von der Alltagsmisere sehr armer Leute am Ausgang des Weimarer Regimes. An jenem Tage, da Deutschland erwachte, zu was?, fand die Zwangsversteigerung statt, man mußte dabeisein. Waren es die Eltern oder ältere Verwandte? Das weiß ich nicht mehr. Daß aber jemand just an jenem Tag nicht mehr, vor lauter Not, über den Tag hinaus zu denken vermochte, das hat mich, während unser Fernsehgespräch ablief, am meisten bewegt.

Nun verstehe ich auch, heute nämlich und beim Lesen, warum Richter schreiben konnte im Rückblick auf jene Jahre: »Doch nicht der 30. Januar war für mich der eigentliche Tag der Niederlage. Der kam drei Wochen später mit dem Reichstagsbrand.« Gespenstisch die Schilderung einer geplanten Zusammenkunft am Tag nach dem Fanal. Eine der, wie Richter schreibt, »üblichen Zusammenkünfte von Literaten und Publizisten in einem Café am Bayerischen Platz. Georg Lukács sollte sprechen.« Dazu kommt es natürlich gar nicht. Man hatte von einer bevorstehenden Razzia durch die SA gehört. Die kamen dann auch, allein man war schon vorher verschwunden. Richter schreibt: »Einer saß dort, und an ihn erinnere ich mich besonders, die ›Schiebermütze‹ tief ins Gesicht gezogen bis zur schwarzen Brille, die er trug. Ich weiß nicht, wer es war, vielleicht war es Georg Lukács.« Der Text endet so: »Mit dieser Nacht begann für mich das Dritte Reich.«

Und dann? Darauf hat Richter in seinem letzten Buch, dem Roman *Ein Julitag*, geantwortet, einem schönen und wichtigen Text, den die Kritiker irgendwann einmal entdecken werden. Hier wird von einer Lebensphase erzählt, die in ihren Folgen und Folgerungen erst jenes Erlebnis notwendig macht, das wir aus Richters berühmten ersten Büchern *Die Geschlagenen* und *Sie fielen aus Gottes Hand* kennen. Das Spätere wurde also zuerst aufgeschrieben und bekanntgemacht. Jetzt folgt, überdacht und erzählt von einem Mann über siebzig, die schreckliche Geschichte eines gescheiterten Exils. Wer nicht weiß und sich auch nicht vorzustellen vermag, wie es zuging bei der Emigration der kleinen Leute, übrigens auch der Prominenten, sogar der damaligen Großschriftsteller, der sollte vorsichtig sein beim nachträglichen Verdikt. Wer es jedoch, zu seinem Glück, nicht selbst erleben mußte, der kann es nur erfahren auf Umwegen, mit Hilfe der Vermittlung. Und wer sich auf die Vermittlung nicht einläßt, die der Roman *Ein Julitag* voraussetzt, der kennt ihn nicht, den Hans Werner Richter, und er wird ihn deshalb in irgendeiner Weise falsch beurteilen. Richter selbst hilft seinen Beurteilern nicht, weil er niemals in der Unmittelbarkeit zu sprechen gedenkt. Ein großer Teil nämlich dieses Lebens, und das ist legitim bei einem Mann von der Ostsee, liegt *unter* der Wasserfläche. Sprechen wir also von diesen beiden Schmerzanfällen: vom Anbruch eines Dritten Reichs und von der Misere eines jungen Menschen, Richter war damals fünfundzwanzig, in der fremden Riesenstadt Paris.

Ich habe viele solcher Fälle gekannt, in Paris und in der Schweiz, wo junge Antifaschisten, die angewidert und voller Haß die deutsche Grenze hinter sich ließen, ohne daß ein Verbleiben für sie bereits die Verfolgung und den Tod bedeuten mußte, allmählich zermürbt wurden. Eine fremde Bürokratie mit einer fremden Sprache, die keinen Zuzug wünschte der

Hoffnungslosen und der Mittellosen. Die Pariser Präfektur hatte sich ein abgefeimtes System sogar für günstige Fälle ausgedacht. Man bewilligte keinen Aufenthalt, sondern nahm bloß die an sich fällige Ausweisung wieder für einige Zeit zurück. Auch heute noch spüre ich in mir den Schauder, wenn ich wieder auf der Île de la Cité an der Polizeipräfektur vorbeikomme. Dann ist alles plötzlich von neuem da. Viele mögen damals erlebt haben, was Richter im *Julitag* am Exempel seines Emigranten Christian und der jungen Karoline erzählt: das Zerbrechen der Selbstachtung, die Einsamkeit, die auch die Schicksalsgefährten nach und nach einander entfremdet. Das Aufkeimen einer unwürdigen und als unsinnig empfundenen Hoffnung: »Hier kann ich nicht bleiben, drüben ist nach wie vor meine Heimat, und vorerst kann ich immer noch zurück ...«

Man kennt das auch aus den Lebensläufen anderer Schriftsteller: die Qual des gescheiterten Exils und die nachfolgende Kapitulation. Auch Peter Huchel, auch Wolfgang Koeppen, ganz spät noch, mitten im Krieg, auch Ernst Gläser, wie viele noch ... Als sie abreisten aus Berlin, die beiden, Christian und Karoline, da wurde der Besuch in Frankreich auch vor den befreundeten Kommilitonen getarnt. Nur einer sagte zu Karoline: »Wer weiß, ob ihr wiederkommt, ich glaube es nicht.« Und Christian denkt, zusammen mit seinem Erzähler: »Nein, er will nicht zurückkommen, nicht in dieses Leben der Unterdrückung, der Verfolgungen, der Verbote, des irrealen Wahnsinns, wie er es nennt. Schon im Mai, in der Nacht der Bücherverbrennungen, hatte er beschlossen, wegzugehen, dieses Land, diese Stadt, die nicht mehr die seine ist, zu verlassen.«

Trotzdem die Rückkehr: aus der französischen zurück in die deutsche Misere. Not aller Art. Was Hans Werner Richter hier geschildert hat, halte ich, soweit ich sehe, für beispiellos bisher. Keiner von unseren Jahrgängen und Zeitgenossen hat das schildern mögen: den Verzicht auf die Würde aus nackter Not. Abermals: man kennt ihn nicht, unseren Freund, wenn man es nicht weiß oder auch vergißt.

Aus alledem entstand nicht allein sein Werk, nicht allein sein Wirken. Dieser stillen Trauer und geistigen Redlichkeit ist es zuzuschreiben, daß wir alle hierher gekommen sind, um ihn zu ehren, ihm zu danken, ihm in vielfältiger Weise zu sagen, was er uns bedeutet hat. Er war unser Chef, und ist unser Freund geblieben. Wer anders hätte vollbringen können: mit uns, unter uns, immer wieder auch gegen uns, was er sich in seinen Dickkopf gesetzt hatte. Von keinem anderen hätten wir uns das auch nur einen Tag lang zumuten lassen. Nein, die Gruppe 47, um zum Schluß einen Augenblick doch noch davon zu sprechen, war nach zwanzig Jahren nicht mehr fortzusetzen: es war auch nicht mehr wünschenswert. Hans Werner hat es gewußt, aber er hat es immer wieder noch einmal versucht, es sich selbst auszureden, dies Wissen. Alles in allem blieb es ein Glücksfall. Und es hat das Bild der deutschen Literatur verändert, das darf man wohl sagen. Über alle Versuche, ohne Richter, sein Geheimnis, ohne den günstigen geschichtlichen Augenblick von damals, der längst vergangen ist, dergleichen weiterzumachen, kann ich nur grinsen. Wer das versucht, hat nichts von jenem Damals begriffen.

Lieber Hans, wir feiern Deinen fünfundsiebzigsten Geburtstag; ich selbst bin 1907 geboren. Da klingt das Vivat in unseren Ohren ein bißchen dissonant. Von Wünschen hält man dann auch nicht mehr so besonders viel. Was wollen wir Dir also wünschen, Deine Freunde? Die griffige Formel »Mach's gut!« ist leer geworden, glanzlos, lieblos. Aber Du kennst Dich ja mit den amerikanischen Formeln nur allzugut aus. Auch da hast Du Dein Pensum an Erfahrung leisten müssen. Die Amerikaner haben aber eine Formel, die ich immer noch als zärtlich und rührend empfinde. Daher wähle ich sie, wohl im Namen von uns allen, als Ausdruck unserer Wünsche an Dich für Dich. Wir alle sagen: Take care of you!

Hans Werner ohne die Gruppe

Über die Gruppe 47, ihren Initiator und absolutistischen Chef Hans Werner Richter ist viel geschrieben worden. Eine stattliche Bibliothek. Wer sie liest (oder lesen muß), wer selbst dabeigewesen ist, wenn die Gruppe tagte, möchte am liebsten immer den Kopf schütteln beim Lesen, um damit anzudeuten: es war alles ganz anders! Aus einer schnurrigen Bemerkung, die irgendwann einmal ein Vorleser, der aufgestanden war vom Stuhl des Vorlesers, mit Hans Werner Richter als Nachbar, wurde dann das Klischeewort vom »elektrischen Stuhl« abgeleitet. Allein, die Literaten und Kritiker der Gruppe waren neugierige Hörer, die gern bewunderten, bisweilen sogar zu Unrecht. Sie fühlten sich nicht wie das Publikum beim Spiel der Gladiatoren, wo der nach unten ausgestreckte Daumen den Tod zu bedeuten hatte. Auch die Verrisse waren heiter, nicht bösartig. Außerdem pflegte auf ein negatives Votum immer ein anderer Teilnehmer der Runde mit einem positiven zu antworten.

Hans Werner selbst hielt sich sehr zurück. Er hat niemals ein eigenes Votum abgegeben, weder als Lob noch als Verwerfung. Er faßte bisweilen eine ausgedehnte Debatte über einen gehörten Text gleichsam resümierend zusammen. Das war alles.

Die Gruppe 47 insgesamt war ein heiterer Verein. Es wurde viel gelacht. Man fühlte sich unter Freunden. Als absoluter Chef, an dessen Thron keiner gerüttelt hätte, hatte Hans Werner im allgemeinen sehr sorgfältig seine Einladungen versandt. Vorher hatte er sich über Neulinge gut informiert. Darum hat es wohl niemals irgendeinen sturen Besserwisser im Raum gegeben, von dem man von vornherein wußte, wen er loben oder vernichten würde. Dergleichen hätten wir alle als lästig und langweilig empfunden, wir hätten Richter gebeten, »den da« nicht wieder einzuladen.

Dies alles ist nun längst Vergangenheit. Nicht immer be-

sonnte Vergangenheit. Allein, es war einmalig und unwiederholbar. Nach zwanzig Jahren war es zu Ende: ein Jahr vor dem Wendedatum 1968.
Allein, es war in der Beziehung zwischen Hans Werner und seinen engsten Freunden und Mitliteraten durchaus nicht alles zu Ende. Wir haben dann doch noch ein paarmal die runden Geburtstage unseres Chefs eben dort gefeiert, wo wir vielleicht die schönste, erinnerungsschwerste Tagung abgehalten hatten: im Jahre 1963 im oberschwäbischen Saulgau. Im Gasthof mit den freundlichen Wirten und der guten Küche. Zuletzt waren wir dort zusammen im November 1983. Wir feierten Hans Werners 75. Geburtstag. Auch Uwe Johnson war noch bei uns, der wenige Monate später sterben sollte.
Wie aber war sie zu erklären, diese enge Bindung so vieler schwieriger, empfindsamer und empfindlicher Künstler, wenn es sich um den Chef handelte? Zu dem bösartigen Klischee der Schreiber über die Gruppe, die nicht dabeigewesen waren, weil man sie nicht einlud, gehörte die Behauptung: Richter habe so unumschränkt regieren können, weil man ihn als Schreiber nicht ernst nahm. Welch ein Irrtum.
Hans Werner Richter war seit seinen Anfängen, also seit dem Buch *Sie fielen aus Gottes Hand* ein anerkannter Autor. Im Frühjahr 1948 saßen wir beide, Hans Werner Richter und ich, in der Frankfurter Paulskirche im Präsidium des ersten westdeutschen Schriftstellerkongresses im Jubiläumsjahr 1848-1948. Ein sehr heterogenes Präsidium mit Rudolf Alexander Schröder, mit Kasimir Edschmidt, mit Theodor Plievier.
Wahrscheinlich waren es drei Momente seines Wesens, die hier zusammenwirkten. Hans Werner liebte die Literatur. Er kannte die kleinen Leute, weil er immer wieder zu ihnen gehört hatte. Er war ein Plebejer, der weiß, daß man zusammenstehen muß.
Einmal habe ich das begriffen, als ich ihm zuhören durfte, als er plötzlich und ganz unliterarisch von seiner Jugend sprach und von den Sorgen armer Leute. Das geschah bei einer

Rundfunkveranstaltung in Berlin, während Hans Werner Richter ein ausführliches Gespräch am Runden Tisch leitete, das aufgezeichnet und gesendet wurde. Alles denkbar ungeeignet für Herzensergüsse. Richter leitete eine Gesprächsrunde von Menschen, die erzählen sollten, wie sie den 30. Januar 1933 erlebt hatten: den eigentlichen Wendetag unseres Jahrhunderts. Da saßen wir beisammen, denn wir alle hatten nunmehr, nicht mehr ganz jung und frisch, denn man befand sich in den Siebziger Jahren des Jahrhunderts, zu berichten, wie wir jenen Januartag der sogenannten Machtergreifung in der Erinnerung zurückbehielten.

Der Älteste war Hermann Kesten, Jahrgang 1900, dann Wolfgang Koeppen vom Jahrgang 1906. Ich war Jahrgang 1907, Hans Werner 1908. Dann kamen die Jüngeren, Erika von Hornstein und Heinrich Böll. Übereinstimmend wurde festgestellt, daß wir alle begriffen hatten, hier sei etwas zu Ende gegangen. Daß sich das Weltgeschehen, um es pathetisch auszudrücken, an jenem Tage verändert hatte, ahnten wir nicht. Am wenigsten begriff es wohl damals der junge Hans Werner Richter. Ein Junge von der Ostsee, 24 Jahre alt, Parteikommunist, den man gerade wegen irgendwelcher Abweichungen ausgeschlossen hatte. Am 30. Januar 1933 war er in Berlin und mußte erleben, wie seine Habe versteigert wurde, weil er abermals nicht hatte zahlen können.

Für mich war dieser Augenblick, als das der Moderator Hans Werner ruhig mitteilte, ein Schlüsselerlebnis. Seit diesem Augenblick habe ich den Kollegen Hans Werner Richter, den Chef unserer Gruppe, als meinen Freund empfunden.

Einmal hat Hans Werner Richter in einem späten Buch die Geschichte seiner mißglückten Emigration geschildert. Hier wird die künftige Literaturforschung, wenn sie ernsthaft arbeiten will, das Problem einer sogenannten Inneren Emigration im Dritten Reich an Parallelfällen untersuchen müssen, die dadurch zustande kamen, daß deutsche Künstler oder Schriftsteller bei Anbruch des Dritten Reiches die braune Umwelt verlassen wollten, ins Ausland gingen ohne Geld, ohne Sprachkenntnisse, ohne Beziehungen. Um dann in verzweifelter Scham gleichsam wieder zurückzukriechen ins Reich. Weil man kein Jude war.

Diese Schilderung des in Paris gescheiterten Emigranten Hans Werner Richter hat mich ebenso bewegt wie jener Bericht über den Ablauf des 30. Januar 1933.

Wir waren dann in unseren späten Jahren noch einmal zusammen in Mailand, eingeladen von italienischen Freunden unserer Literatur und unserer Gesellschaftskritik. Hans Werner war abermals der Chef. Er war mehr in diesem Umfeld als eine Gestalt der Zeitgeschichte, wie der Fachausdruck lautet. Er war ein Stück Geschichte. Auch eine Gestalt des Prinzips Hoffnung, aber auch einer gescheiterten Hoffnung. Vergleichbar dem vereisten Schiff mit Namen Hoffnung, das man bei Caspar David Friedrich zu sehen hat. Auch in dieser Hinsicht war Hans Werner Richter gleichsam unser aller Zeitgenosse. Auch ohne die Gruppe.

Peter Weiss und die Praxis der Veränderung

Meistens weiß man noch, wann und wo ein Mensch einem zum erstenmal begegnete, der fortan zum eigenen Leben gehören soll. Im Falle von Peter Weiss kann ich es nicht mehr herausfinden. Auch Weiss erinnerte sich nicht. Meine Vermutung, man habe sich einmal kurz in Lugano getroffen zur Zeit, da der junge Maler und Graphiker beim Gastfreund Hermann Hesse in Montagnola arbeiten durfte, konnte nicht bestätigt werden.

Hingegen weiß ich noch genau, wer mir als erster und mit hoher Achtung vom Schriftsteller Peter Weiss gesprochen hat. Es war Peter Suhrkamp. Bei einem Besuch in den frühen fünfziger Jahren, den ich, von Leipzig kommend, in Frankfurt abstattete, sprach er von einem Text *Der Schatten des Körpers des Kutschers*. Den habe ich sogleich nach Erscheinen gelesen, und damit stand für mich fest: Dies ist ein wichtiger neuer Autor.

In diesem außerordentlichen ersten Buch von Weiss in deutscher Sprache, womit sich der Emigrant und mittlerweile schwedische Autor und Künstler die deutsche Sprache und damit Literatur zurückholte, stellt sich der Ich-Erzähler mit folgenden Feststellungen vor: »Mit dem Bleistift die Geschehnisse vor meinen Augen nachzeichnend, um damit dem Gesehenen eine Kontur zu geben, und das Gesehene zu verdeutlichen, also das Sehen zu einer Beschäftigung machend, sitze ich neben dem Schuppen auf einem Holzstoß.«

Dies war ein künstlerisches Credo, und ist es geblieben. Das Sehen zu einer Beschäftigung machen: das ist Motivation und gleichzeitig die Aussage selbst auch in allem späteren Schaffen dieses Künstlers. Das Gesehene, seine exakte Darstellung und Deutung. Weiss meint damit seine eigene sterbliche Existenz ebenso wie die Taten oder Untaten der Macht. Zugleich auch die Werke, die man sehen muß, um sie deuten zu können: die Werke der großen Bildner.

Ohne das Verstehen dieser Verdoppelung ist Peter Weiss nicht zu erfassen. Der Bildner und der Schriftsteller. Die Veränderung der schlechten Gegenwart mit Hilfe von Revolte *und* die Veränderung menschlicher Sehweisen, Erfahrungen, Lebensformen durch den Umgang mit großer Kunst.
In dem weitgehend wohl mißglückten Stück *Trotzki im Exil* von 1970 gibt es eine genialische Szene. Da werden, im Zürcher Café Voltaire während eines Ersten Weltkriegs, die Emigranten Lenin und Trotzki mit den Emigranten des frühen Dadaismus und späteren Surrealismus konfrontiert.
Im Zürcher Niederdorf erläutert Tristan Tzara den anwesenden Führern einer späteren russischen Oktoberrevolution: es gebe nun einmal die Doppelwege der Geschichte. Auch die Tzara und Max Ernst und Marcel Duchamp würden Geschichte bewirken: ganz wie Lenin und Trotzki. Lenin ist jedoch wütend, als Trotzki, sehr nachdenklich geworden, bei Peter Weiss den ketzerischen Gedanken äußert: »Wir dachten mal, die Welt würde vom Bewußtsein, vom kritischen Denken bewegt. Aber das Bewußtsein ist die ganze Geschichte lang hinter den Tatsachen hergewackelt.«
Damit ist die Kunstfigur Trotzki bei Weiss dem geschichtlichen Vorbild sehr nahe gekommen. In Mexiko entwarf der exilierte Trotzki, wie man heute weiß, zusammen mit André Breton ein *Manifest des Surrealismus*, das dann von Breton und dem großen Maler Diego Rivera unterzeichnet wurde.
Diese doppelte Praxis der Veränderung wird von neuem evoziert in dem Theaterstück *Hölderlin* von 1971 als Zweiheit von Friedrich Hölderlin und Karl Marx, wie in den drei Bänden der *Ästhetik des Widerstands*, die zwischen 1975 und 1981 entstanden. Auch hier die doppelte Optik *und* die doppelte Praxis. Beide als Veränderung verstanden. Der Spanische Bürgerkrieg mit seinen Internationalen Brigaden *und* der Pergamonaltar. Die genau beschriebenen abscheulichen Hinrichtungsrituale in Berlin-Plötzensee, wo man die Mitglieder der »Roten Kapelle« zum Galgen schleppt, *und* das Bild *Das Floß der Medusa* von Théodore Géricault im Louvre oder das

Guernicabild von Picasso, das bei Peter Weiss eine Parallelfunktion erfüllt zum Bericht des – fiktiven – Romanerzählers: der am Spanischen Bürgerkrieg teilnahm, im Gegensatz zum Autor Peter Weiss.

Der – nunmehr – deutsche Schriftsteller Weiss hat sich bei der experimentellen Prosa freilich nicht aufgehalten. Nur einmal kehrte er zu solchen Anfängen zurück im *Gespräch der drei Gehenden*, einem abermals ungewöhnlichen Text, den der Autor freilich nicht zu Ende führte. Vielleicht, weil es kein Ende geben konnte.
Peter Weiss suchte nämlich in seiner Literatur fast gierig nach jenen Entscheidungen, die er sich selbst im Leben, wie er wußte, nur allzuoft versagt hatte. Viele Werke dieses Autors, was durchaus nicht gegen sie spricht, sind häufig zugleich Wunschliteratur. Im Frühjahr 1966 saß ich neben Weiss in einem architektonisch arg mißlungenen, doch »geschenkten« Auditorium der Universität zu Princeton, New Jersey. Deutsche Autoren der Gruppe 47 diskutierten mit amerikanischen Schriftstellern wie Susan Sontag und Leslie Fiedler. Es ging wieder einmal um das »committment«, also das sogenannte Engagement der Schriftsteller: ihr persönliches Eintreten für die eigenen Erkenntnisse und Erfahrungen. Ich versuchte zu zeigen, daß jedes Werk eines Autors eine Entscheidung bedeute: notfalls für die Nichtentscheidung. Ich kam damit aber nicht durch. Peter Weiss neben mir sprach heftig von der Parteinahme und wurde besser verstanden. Ein paar Tage später waren wir in New York und schauten vergnügt zu, wie sich gewaltige Menschenschlangen gieriger Theaterfreunde um den Häuserblock herum auf die Kasse des Theaters zubewegten, wo man das Stück vom Jean Paul Marat und dem Marquis de Sade aufführte. Doch gerade dieses wohl wichtigste Stück des Dramatikers Peter Weiss entzieht sich immer wieder allen Festlegungen und »committments«. Vielleicht ist hier die Dialektik des committments gerade das eigentliche Thema.

Zwischen der Abkehr von der schriftstellerischen Beschäftigung mit dem Sehen, dieser Nichtentscheidung zwischen dem Bildner und dem Literaten, und den Anfängen des deutschen Stückeschreibers Peter Weiss liegen zwei Bücher, die wirklich Entscheidungen bedeutet haben: im doppelten Sinne von Lebensentscheidung und Kunstentscheidung. Die Erzählwerke *Abschied von den Eltern* und *Fluchtpunkt* gehören durchaus in die deutsche Überlieferung der Bildungsromane. Ein Ich-Erzähler, der viel zu wissen scheint von den Lebenserfahrungen des jungen Peter Weiss. Der *Fluchtpunkt* beginnt so: »Am 8. November 1940 kam ich in Stockholm an.« Man kann es nicht genauer sagen. Aber der Untertitel nennt das Buch einen Roman, und das Datum des 8. November verweist auf den Geburtstag des Autors ...

Der Abschied von den Eltern gipfelt als Konflikt in einer Szene, wo der Vater, der österreichische einstige Offizier und Kapital, von jüdischer Herkunft und deshalb heimatlos geworden, mit nichtjüdischer Familie, in seiner verzweifelten Wut über den ungeratenen Sohn das Wort »Judenjunge« hervorstößt. Doch die Abkehr von der Elternwelt wird lange nur innerlich vollzogen. Der Sohn läuft mit den Eltern durch alle Wanderschaften. Zur Gattung der unzähligen und rebellischen amerikanischen runaways hat Peter Weiss niemals gehört. Das wußte er.

Mit einer wichtigen Entscheidung hingegen, wohl der wichtigsten und folgenreichsten seines Lebens, hat der Erzähler Weiss den Roman *Fluchtpunkt* von 1962 beschlossen: »An diesem Abend im Frühjahr 1947, auf dem Seinedamm in Paris, im Alter von dreißig Jahren, sah ich, daß es sich auf der Erde leben und arbeiten ließ und daß ich teilhaben konnte an einem Austausch von Gedanken, der ringsum stattfand, an kein Land gebunden.«

Vermutlich hätte man in Moskau ein solches Bekenntnis gleichgesetzt mit dem stalinistischen Straftatbestand des »Kosmopolitismus«. In dem korrupten System des L. I. Breschnew hat man dem Sympathisanten Weiss, ganz wie einst dem Bertolt Brecht, stets mißtraut. Man hielt sich zurück. Erst als er das Tabu Trotzki brach, gedachte man dem Literaten die »Instrumente« zu zeigen. Ein Lew Ginsburg sprach von einer »Mischung aus Trotzkismus, Maoismus, Antisowjetismus und Marcusianismus«. Lauter Unsinn, in ergötzlicher Mischung. Allein unter Stalin hätte es in der Sowjetunion den Genickschuß bedeutet.

Für Peter Weiss in Stockholm war das belanglos. Sein »Kosmopolitismus« hatte nichts mit dem Imperialismus zu tun, sondern mit dessen Opfern. Der ersehnte »Austausch der Gedanken« betraf die Gemeinschaft der Schwachen.

Seit der Berliner Uraufführung des später als »Marat/Sade« abgekürzten Theaterstücks am 29. April 1964 gilt dieser Theatertext als einer der wichtigsten Beiträge zur Welt des Theaters in der zweiten Hälfte unseres Jahrhunderts. Vergleichbar in der internationalen Geltung wohl nur dem *Besuch der alten Dame* von Dürrenmatt. Vergleichbar auch insofern, als beide Texte zusammen in Form von Parabelspielen die zeitgenössische Erfahrung mit der bürgerlichen Gesellschaft exemplifizieren wollen. Dürrenmatts Komödie von 1956 zeigt eine korrupte und mordbereite Gesellschaft, die provinziell-gemütlich ist und deren schlimmste Demagogie mit dem Moralismus arbeitet. Das Städtchen Güllen ist zeitlos und heutig zugleich.

Der *Marat/Sade* ist historisch/unhistorisch in einem. Historisch die Rolle des Marquis de Sade während der Revolution und zu Charenton unter dem Kaiser Napoleon. Die Revolution als Narrenspiel, inszeniert von einem Sadisten. Aber hier bleibt Weiss nicht stehen. Er hält die Waage zwischen Marat und Sade. Doch er ist für die Narren: weil ihre Revolten vergeblich sein werden. Dann kommen die Aufseher.

Auch in diesem Stück gibt es die doppelte Praxis der Veränderung. Die Irren von Charenton rufen beides bei ihrer Revolte: Revolution und Kopulation. Ganz wie Anna Blume und Tristan Tzara in dem Stück *Trotzki im Exil*.

Der Stückeschreiber des *Marat/Sade* schildert die Französische Revolution des ausgehenden achtzehnten Jahrhunderts bereits im Lichte der Erfahrungen mit der Russischen Revolution von 1917 und ihren Folgen. Berechtigung und Entartung im Widerstreit. Die Revolution Marats wird allseits verraten: durch die Untaten der Täter; durch Sades politischen Ästhetizismus; durch Bonaparte als Kaiser. Ein Spiel von der verratenen Revolte. Seine Abrechnung mit Stalin, der ihm schließlich den Schädel spalten ließ, überschrieb L. D. Trotzki mit *Die verratene Revolution*. Man hatte recht, dem Schriftsteller Peter Weiss in Moskau zu mißtrauen.

Dies um so mehr, als Weiss überall genau hinschaute, sich von den Straftatbeständen irgendeines Ismus nicht abschrecken ließ. Sein Thema war das aller Aufklärung seit Diderot und seit Hegel: Herrschaft und Knechtschaft. Das war nicht mit den Klischees von Rechts und Links oder Fortschritt und Dekadenz abzutun. Es gab die Gestapo und den KGB. Daß Weiss in seinem szenischen Oratorium *Die Ermittlung* von 1965 nicht Auschwitz (wie Hochhuth im *Stellvertreter*) szenisch illustrieren wollte, sondern zu Gericht sitzen ließ über das Vergessen und Verleugnen, bestätigte erneut die ästhetische Genauigkeit. Zu Wort kamen Knechte von zweierlei Art. Die überlebenden Opfer im Zeugenstand; die Henkersknechte als Angeklagte. Die Herren traten nicht auf, doch war von ihnen oft die Rede bei der Ermittlung. Auschwitz als Geschäft.

Der *Gesang vom lusitanischen Popanz*, zuerst in Stockholm aufgeführt am 20. Februar 1967, war ein heiteres Befreiungsspiel über das Ende portugiesischer Herrschaft in Angola. Der Name dieses Landes Angola läßt heute kaum mehr an Heiterkeit und Befreiung denken. Mit Trauer liest man aber, auch nicht ohne Zorn, den endlosen, dokumentarisch scheinbar abgesicherten Text *Viet Nam Diskurs*. Dieses Mal sollten Entscheidungen getroffen, dem Autor keine Ausflüchte mehr vom Autor gegönnt werden. In seinen Thesen zu diesem Stück spricht ein eifervoller Stückeschreiber: »Das dokumentarische Theater ist parteilich. Viele seiner Themen können zu nichts anderem als zu einer Verurteilung geführt werden.« Verurteilung auf der Bühne? Oder Beihilfe, da irgendwo, im Fernen Osten oder anderswo, lebendige Menschen parteilich zu Tode gebracht werden? Das Wunschdenken, die Sehnsucht nach einer ganz anderen Lebensgeschichte als der eigenen, hatte Peter Weiss, der sich die Sache schwer machte, dahin geführt, daß er die alte Herrschaft nicht mehr von neuer Knechtschaft unterscheiden mochte. Dem rituell um 1968 skandierten Ruf nach dem obersten Parteiführer im nördlichen Viet Nam hatte sich auch der Dramatiker angeschlossen.

Hat es dann eine Krise des Dramatikers Weiss gegeben? Muß man das Trotzki-Stück, geschrieben November 1968 bis Juni 1969, wie der Autor mitteilen läßt, als »antisowjetischen« Gegenentwurf zur Moskauer Viet-Nam-Politik verstehen? Peter Weiss schwieg sich aus. Allein, Theaterstücke der »Verurteilung« hat er fortan nicht mehr geschrieben. Der *Hölderlin* von 1971 arbeitet von neuem mit der doppelten Praxis der Veränderung. Allein, die Konfrontation des toten Marat mit dem überlebenden Sade bedeutete einen schöpferischen Einfall. Um Friedrich Hölderlin ist jedoch kein Narrenspiel möglich, weil der alte Mann im Tübinger Turm, wie Pierre Bertaux, dem sich Weiss anschließt, zu zeigen versuchte, selbst in die Narrenrolle zu schlüpfen liebte.

Für die Hypothese einer Schaffenskrise zu Beginn der siebziger Jahre, keiner Krise des Schöpfertums, sondern einer Bewußtseinskrise, scheint zu sprechen, daß Weiss zum zweitenmal (oder zum drittenmal) die literarische Gattung wechselte. Als ich ihn ärgerlich fragte, warum er den Unfug zugelassen habe, beim *Hölderlin* in der Berliner Aufführung die Rollen Schillers und Goethes, Fichtes und Hegels mit Schauspielerinnen zu besetzen, lächelte er müde, ein bißchen traurig, doch das war er immer, unternahm aber keinen Versuch, die-

sen Geniestreich des Regisseurs zu rechtfertigen: »Er wollte es so haben ...«
Es wäre denkbar, daß die sonderbare Parallelaktion von Dürrenmatt und Weiss, die beide fast zur gleichen Zeit dem Schreiben für das Theater entsagen, um wieder die ihnen eigentümliche Prosa zu erneuern, mit dem Zustand unserer Theater zusammenhing, nicht aber mit irgendeiner literarischen Arbeitskrise.

In neunjähriger Arbeit hat Weiss dann eine dreibändige *Ästhetik des Widerstands* geschrieben. Aus seinen zugleich mit dem dritten Band veröffentlichten Arbeitsbüchern geht hervor, daß dieser Titel erst nach einem langen Reflexionsprozeß vom Autor akzeptiert wurde. Das ist eine sonderbare Überschrift, wenn gleichzeitig noch ein Wort des Titels hinzukommt: das Wort »Roman«. Die *Ästhetik des Widerstands. Roman*. Also: Reflexionen über Kunst, jedoch demonstriert an einer Praxis – Widerstand –, die einen Lebensvorgang meint, keinen Prozeß eines Kunstschaffens. Für Peter Weiss besteht hier ein immanenter Zusammenhang. Wie bei Marat und Sade, Marx und Hölderlin, Trotzki und den Dadaisten und Surrealisten.
Auch Schreibweise und Druckbild der drei Erzählbände gehören zur Sache, die beides zu sein hat: ästhetische und politische Praxis. Die »Ästhetik« dieses Romans nimmt die Erfahrungen mit dem experimentellen Frühwerk wieder auf. Das Sehen zu einer Beschäftigung machen. Gesehen werden und genau beschrieben: große Kunstwerke der Menschheitskunst: der Griechen und des Fernen Ostens und der Pferdekopf, den Picasso gemalt hat, als Zeuge unseres Jahrhunderts. Absatzlose Prosa, wie bei Proust oder am Schluß des *Ulysses* von Joyce.
Nun wird evident, daß Weiss weder ein politischer Mitläufer war, ein Fundamentalist, sondern ein bedeutender Künstler unseres Jahrhunderts, der alles eigene Leid genau beschreiben und mitteilen will.

Es besteht auch kein Bruch zwischen Marat/Sade, Hölderlin, Auschwitzprozeß und dem Schicksal Leo Trotzkis. Zwischen den Galgen in Plötzensee und den Politkommissaren in Spanien, die nicht Franco bekämpfen, sondern Trotzki, und den Umtrieben von Geheimagenten im neutralen Stockholm, wobei es abermals die Herren gab und die Knechte.

Ich sah meinen Freund Peter Weiss zuletzt am 22. Oktober 1981. Da stand sein 65. Geburtstag bevor.
An jenem 22. Oktober erhielt Weiss im historischen Rathaus der Stadt Köln den Literaturpreis der Stadt, der heute im Namen von Heinrich Böll verliehen wird. Als Preisträger des Vorjahres 1980 durfte ich die Lobrede halten. So konnte ich dem Freunde endlich gestehen, daß ich erst beim dritten Band seines Romans verstand, was hier entstanden war. Er freute sich, hatte nicht sprechen wollen, sprach aber doch: freudig und herzlich. Beim Abendessen sahen wir uns zum letzten Mal. Im März 1982 lud ich ihn nach Frankfurt zu einer Geburtstagsfeier ein. Er bedankte sich brieflich, konnte aber Stockholm nicht verlassen. Die Theaterproben zum *Neuen Prozeß*. »Anschließend muß ich in die Klinik.« Dort starb er mit 65 Jahren.
Wer ihn gekannt hat, denkt zurück an einen ernsten Menschen, der lachen konnte: an einen Freund der Schwachen und der Opfer, dem alle Sentimentalität fernlag. An einen hochbegabten Menschen, der immer bescheiden blieb. Der Würde besaß in der Armut wie im Wohlstand. Beim Angriff, wenn es um Gegner ging, wie in der Freundschaft.

Seinen Weg als Heimatloser und als Künstler, der sich zwischen den Künsten ebenso entscheiden muß wie zwischen den möglichen sprachlichen Ausdrucksformen, hat Peter Weiss im Hamburger Rathaus im Jahre 1965, als er mit dem Hamburger Lessingpreis ausgezeichnet wurde, so erläutert:
»Einmal wurde er aus allen Bindungen herausgerissen und in eine Freiheit versetzt, in der er sich selbst aus der Sicht verlor.

Aber die Möglichkeit entsteht, daß er mit der Sprache… überall in dieser Freiheit zu Hause sei.«

Parabel vom Hungerkünstler

Den eigenen Text über Wirken und Abschaffung eines Hungerkünstlers hat der todkranke Franz Kafka vor sich selbst gelten lassen. Bis zuletzt hat er Korrektur gelesen für sein letztes Buch, worin die beiden Komplementärgeschichten vom Hungerkünstler und von der singenden Maus Josephine enthalten sind.
Merkwürdig, die Geschichte vom Hungerkünstler kann durchaus auch als Parallelbericht zum Ausgang des *Prozeß*-Romans verstanden werden. Der Roman blieb bekanntlich unvollendet. Kafka hatte ihn anscheinend (oder scheinbar) zur Vernichtung bestimmt. Unvollendet aber ist der *Prozeß* nur obenhin. Der Schluß des Romans war formuliert. Joseph K. wird abgeholt, irgendwo ins Freie geschleppt, um exekutiert zu werden. Abgestochen wie ein Hund. Das ist sein letzter Gedanke. Jener Prozeß, von welchem der Leser niemals erfährt oder auch erfahren soll, auf welche Schuld hin er veranstaltet wurde, ist damit abgeschlossen. Es fehlen vermutlich nur einige zusätzliche Instanzen der Komplikation, die Kafka vielleicht aus Überdruß nicht mehr ersinnen wollte. Wichtig ist allein, daß der Schluß geschrieben wurde. Abgeschafft und irgendwo verscharrt.
Wie im Falle des Hungerkünstlers. Der hat sich selbst zu Tode gehungert. Man hat es ihm von außen her nicht verwehrt, denn dieser Exitus gehörte nun einmal zum Beruf des Hungerkünstlers. Er liegt verendet in seinem Käfig. Aufwand mit ihm ist wohl nicht mehr getrieben worden, weil das Publikum wegblieb. Das Interesse am Hungerkünstler war nicht haltbar. Herausgekehrt und irgendwo verscharrt. Dann kam ein lebendiges Raubtier in den Käfig, dessen Anblick nunmehr bestaunt und bezahlt werden konnte. Auch hier würde die Mode wechseln. Dann würde am Panther ähnlich gehandelt wie am Hungerkünstler.

Die Geschichte ist unergründlich. Genauso, wie jene andere vom Volk der Mäuse und vom Stolz dieses Volkes auf seine prominente Sängerin, die Maus Josephine. Auch hier geht es aus wie bei der Kunst des Hungerkünstlers. Der Stolz auf die Gesangeskunst der Josephine wird allmählich angenagt durch Zweifel an seiner Berechtigung. Singt sie wirklich gar so gut? Dann wird die Tonart schärfer. Kann sie überhaupt singen? Um bei der Frage des Erzählers zu enden, nämlich bei der Frage, ob Mäuse überhaupt singen können. Wenn nicht, so war auch Josephine gar nichts anderes, als eine alltägliche Maus.

Beiden Geschichten in Franz Kafkas letztem Buch ist mit Psychologie nicht beizukommen. »Zum letzten Mal Psychologie« – diese Eintragung im Tagebuch hat Kafka hier planvoll beherzigt.

Das beginnt bei der durchaus berechtigten Frage des Lesers, ob es das überhaupt gibt oder geben kann, eine Hungerkunst. Worin sollte sie bestehen? Kunst schaffen ist immer eine Tätigkeit. Der Hungerkünstler hingegen vermeidet alles Tun, auch die Praxis der Selbsterhaltung. Hungerkunst ist im Wortsinne eine brotlose Kunst.

Ähnlich sonderbar nimmt sich jene andere Grundentscheidung Kafkas aus, wonach Menschen bereit sein sollen, das Nichtstun und langsame Absterben eines Menschen, der es dem Publikum zum Anblick darbieten möchte, durch Anwesenheit, Staunen, Bezahlung zu honorieren. Allein, nahezu alle Texte von Kafka sind in solcher Weise angelegt. Man hat die Prämisse anzunehmen. Daß irgendein Gregor Samsa, ein Versicherungsvertreter, wie auch Kafka einer war, eines Morgens im Bett aufwacht und entdecken muß, daß er sich in einen riesenhaften Käfer verwandelt hat. Geht man auf eine solche Prämisse ein, so wird alles Weitere planmäßig ablaufen. Was macht man mit einem Käfer in einer Kleinbürgerwohnung?

Im Falle des Hungerkünstlers wird mit der doppelten Prämisse gearbeitet, daß es eine Hungerkunst gibt, und daß ein Hungerkünstler ein Artist ist, wie andere auch. Natürlich ist

Kafkas Geschichte immer wieder gedeutet worden. Im Grunde erfolglos. Sie steht für sich selbst. Niemand wird ohne Beklemmung bei gleichzeitiger Befreiung den Schluß mit dem Einzug des Panthers gelesen haben.
Niemand wird auch verkannt haben, daß hier von der Hungerkunst und ihrem Künstler berichtet wird, wie auch sonst von anderen Künsten, deren Existenz und Ritual unbestritten ist. Wenn dem aber so ist, so sind die beiden Fälle des Hungerkünstlers und der singenden Maus Josephine ganz unverkennbar als Berichte vom Dilemma aller Kunst innerhalb der Lebenszeit Franz Kafkas zu verstehen. Mehr noch: als Frage nach der Möglichkeit einer Gesellschaft, die ohne dies alles auskommen will und auszukommen vermag. Nicht allein ohne Hungerkünstler und singende Mäuse.
Bei Franz Kafka ist die Hungerkunst als ästhetisches Phänomen interpretiert. Womit sie der jeweiligen Mode unterliegt.
Im Verlauf unseres 20. Jahrhunderts haben wir immer häufiger den Begriff des Hungerstreiks zur Kenntnis nehmen müssen. Bewußtes und planvolles Hungern als ein moralisches und politisches Phänomen. Auch hier hat der Zeitvergang bewiesen, daß die Ethik und Politik, ebensowenig wie die Ästhetik, menschliches Leben zu retten gewillt ist. Sollen sie sich doch tothungern...

Wer sich mit Kafka zur Gänze einläßt, was unabdingbar ist, wenn sich das Publikum der Kafka-Leser nicht selbst in jenes Publikum des Hungerkünstlers verwandeln will, wird man erkennen müssen, daß es in Kafkas letzten Geschichten um die höchst ernsthafte Frage geht, ob es eine menschliche Gesellschaft geben könnte, welche sich aller Kunst schlechthin und in jeglichem Verstande verweigert. Zum Beispiel indem sie irgendwelche Vorgänge, Tätigkeiten, lebendige Kreaturen als an sich künstlerisch anerkennt. Dann freilich hängt es, wie im Falle des Hungerkünstlers bei Kafka davon ab, ob sich jeweils genügend zahlkräftige Rezipienten finden, die mitmachen dabei.

Im Vorwort dieses Buches über Zeitgenossen des Verfassers im 20. Jahrhundert wurde vom Leben im Anachronismus gesprochen. Die bürgerliche Gesellschaft, nicht allein in Deutschland, ist am Ende. Im Gegensatz zu dem angeblich »sterbenden Kapitalismus«, über dessen lange Agonie sich der späte Ernst Bloch zu verwundern pflegte, stirbt die bürgerliche Gesellschaft wirklich. Vielleicht hat der Philosoph Hegel auch dies vorausgeahnt, wenn er gelegentlich über eine mögliche Gesellschaft ohne Kunst sinnierte.

Die Zeitgenossen hingegen, von denen im vorliegenden Buch gesprochen wird, allesamt eng verbunden mit den Leiden und Glücksmöglichkeiten eines Jahrhunderts der zwei Weltkriege, gehörten und gehören nach wie vor zur bürgerlichen Gesellschaft. Sie haben es gewußt und gewollt, auch wenn sie immer wieder die ihnen zugemutete Gesellschaftlichkeit als unerträglich empfanden. Ihre Wünsche aber, Planungen und Werke setzten stets eine bürgerliche Gesellschaftlichkeit voraus. Was heißen soll: eine lebenswürdige und kunstvolle.

Nachweise

THEODOR W. ADORNO (1903-1969). Philosoph und Soziologe
Nachdenken über Theodor W. Adorno entstammt dem Band *Augenblicke. Ein Lesebuch.* Hrsg. von Wolfgang Hofer und Hans Dieter Zimmermann, Frankfurt a.M. 1987

ARNOLT BRONNEN (1895-1959). Österreichischer Schriftsteller
In Sachen Arnolt Bronnen steht als Nachwort in *Arnolt Bronnen gibt zu Protokoll.* Kronberg/Ts. 1978

PETER BRÜCKNER (1922-1982). Psychologe und Schriftsteller
Das Abseits als sicherer Ort entstammt dem Band *Augenblicke. Ein Lesebuch.* Hrsg. von Wolfgang Hofer und Hans Dieter Zimmermann, Frankfurt a.M. 1987.
Professor Brückner und die Staatstreue wurde zuerst in den *Frankfurter Heften*, Jg. 27, Heft 4 (April 1972), S. 246-256, publiziert. – Die *Nachschrift* wurde zur Erläuterung 1998 hinzugefügt.

CARL JACOB BURCKHARDT (1891-1974). Schweizer Historiker und Diplomat
Erinnerung an Carl Jacob Burckhardt entstammt dem Band *Wendezeiten: Über Deutsche und Deutschland*, Frankfurt a.M. 1993

ELIAS CANETTI (1905-1994). Schriftsteller, Nobelpreis für Literatur 1981
Schwarze Wolke, Gift des Grams wurde zuerst in *Der Spiegel*, Hamburg, am 27. Mai 1974 veröffentlicht.
Canetti und der Tod: die Negation einer Negation liegt eine Sendung des SDR zugrunde.

PAUL CELAN (1920-1970). Lyriker
Erinnerung an Paul Celan entstammt dem Band *Augenblicke. Ein Lesebuch.* Hrsg. von Wolfgang Hofer und Hans Dieter Zimmermann, Frankfurt a.M. 1987. – *Paul Celans Büchnerpreis-Rede 1960. »Der Meridian«* entstammt dem Band *Die umerzogene Literatur. Deutsche Schriftsteller und Bücher 1945-1967*, Frankfurt a.M. 1991

ALFRED DÖBLIN (1878-1957). Arzt und Schriftsteller
Besuch bei Alfred Döblin erscheint hier zum erstenmal.

FRIEDRICH DÜRRENMATT (1921-1990). Schweizer Dramatiker und Erzähler
Die *Gedenkworte auf Friedrich Dürrenmatt* entstammen dem Band *Frisch und Dürrenmatt*, Frankfurt a.M. 1992

Hanns Eisler (1898-1962). Österreichischer Komponist
Der Zeitgenosse Hanns Eisler ist eine Erstveröffentlichung in diesem Band; als Vortrag gehalten am 27. November 1994 in der Berliner Akademie der Künste zur Gründungsfeier der Hanns Eisler-Gesellschaft

Hubert Fichte (1935-1986). Schriftsteller und Ethnologe
Die Rede *Auf der Suche nach dem Vater* erschien in *Neue Rundschau*, Frankfurt a.M., Jg. 98/1987, Heft 1

Erich Fried (1921-1988). Österreichischer Schriftsteller
Augenblicke mit Erich Fried entstammt dem Band *Über Erich Fried.* © 1991, Europäische Verlagsanstalt (EVA), Hamburg

Therese Giehse (1898-1975). Schauspielerin
Der Beitrag zu Therese Giehse entstammt dem Band *Theaterarbeit.* Hg. v. Berliner Ensemble, Dresden 1953

Käthe Harig (1903-1985). Pädagogin, Professorin der Erziehungswissenschaft
Aus dem Leben von Käthe Harig entstammt dem Band *Ein Deutscher auf Widerruf. Erinnerungen I*, Frankfurt a.M. 1982

Stephan Hermlin (1915-1997). Schriftsteller
Die Erinnerungen an Stephan Hermlin erscheinen hier zum erstenmal.

Gustav René Hocke (1908-1973). Romanist und Kulturhistoriker
Die *Erinnerung an Gustav René Hocke* erscheint hier zum erstenmal.

Hans Henny Jahnn (1894-1959). Schriftsteller, Orgelbauer und Architekt
Der Beitrag *Hans Henny Jahnn und die Nachwelt* erscheint hier zum erstenmal.

Uwe Johnson (1934-1984). Schriftsteller
Die *Mutmaßungen über den Schriftsteller Uwe Johnson* erscheinen hier zum erstenmal; als Vortrag gehalten am 2. Oktober 1994 im Schauspielhaus Frankfurt a.M.

Thomas Mann (1875-1955). Schriftsteller, Nobelpreis für Literatur 1929
Zu einem Brief Thomas Manns an Gerhart Hauptmann erschien zum erstenmal in *Sinn und Form*, Berlin/DDR, Heft 6/1952

Heiner Müller (1929-1995). Schriftsteller.
Die *Rede über Heiner Müller* erschien zuerst in *Theater heute*, Sondernummer 1996

Hans Werner Richter (1908-1993). Schriftsteller
Die *Geburtstagsrede auf den Zeitgenossen* wurde aus Anlaß seines 75. Geburtstages in Saulgau am 12. November 1983 gehalten und erscheint hier zum erstenmal
Hans Werner ohne die Gruppe entstammt dem Band *Die Gruppe 47*. In Bildern und Texten (Hg. Toni Richter). © Verlag Kiepenheuer & Witsch, Köln 1997

Peter Weiss (1916-1982). Schriftsteller und bildender Künstler
Peter Weiss und die Praxis der Veränderung entstammt dem Band *Wendezeiten: Über Deutsche und Deutschland*, Frankfurt a.M. 1993

Hans Mayer
im Suhrkamp Verlag und
im Insel Verlag

Abend der Vernunft. Reden und Vorträge 1985-1990. Leinen
Ansichten von Deutschland. Bürgerliches Heldenleben. BS 984
Augenblicke. Ein Lesebuch. Herausgegeben von Wolfgang Hofer und Hans Dieter Zimmermann. Leinen
Außenseiter. Leinen und st 736
Brecht. Leinen
Ein Denkmal für Johannes Brahms. Versuche über Musik und Literatur. BS 812
Ein Deutscher auf Widerruf. Erinnerungen. Band I. Leinen und st 1500
Ein Deutscher auf Widerruf. Erinnerungen. Band II. Leinen und st 1501
Erinnerung an Brecht. Engl. Broschur
Frisch und Dürrenmatt. BS 1098
Gelebte Literatur. Frankfurter Vorlesungen. es 1427
Georg Büchner und seine Zeit. st 58
Das Geschehen und das Schweigen. Aspekte der Literatur. es 342
Reden I. Nach Jahr und Tag. 1945-1977. Leinen
Reden II. Aufklärung heute. 1978-1984. Leinen
Reden I und II in Kassette. Leinen
Reden über Deutschland. BS 1216
Reden über Ernst Bloch. Engl. Broschur
Reisen nach Jerusalem. Erfahrungen 1968 bis 1995. Leinen
Stadtansichten. Berlin, Köln, Leipzig, München, Zürich. Leinen
Thomas Mann. Leinen und st 1047
Der Turm von Babel. Erinnerung an eine Deutsche Demokratische Republik. Leinen und st 2174
Die unerwünschte Literatur. Deutsche Schriftsteller und Bücher 1968-1985. st 1958
Das unglückliche Bewußtsein. Zur deutschen Literaturgeschichte von Lessing bis Heine. Leinen und st 1634
Versuche über die Oper. es 1050
Versuche über Schiller. BS 945
Weltliteratur. Studien und Versuche. Leinen und st 2300
Wendezeiten. Über Deutsche und Deutschland. Leinen und st 2421
Der Widerruf. Über Deutsche und Juden. Leinen und st 2585
Das Wiedersehen mit China. Erfahrungen 1954-1994. Leinen
Der Zeitgenosse Walter Benjamin. Engl. Broschur

34/376/4.97

Hans Mayer
im Suhrkamp Verlag und
im Insel Verlag

Vor- und Nachworte, Editionen

Volker Braun: Der Stoff zum Leben. Gedichte. Mit einem Nachwort von Hans Mayer. BS 1039

– Brecht für Anfänger und Fortgeschrittene. Ein Lesebuch. Ausgewählt von Siegfried Unseld. Mit einem Vorwort von Hans Mayer. es 1826

Bernard von Brentano: August Wilhelm Schlegel. Geschichte eines romantischen Geistes. Mit einem Nachwort von Hans Mayer. Leinen

Max Frisch: Gesammelte Werke in zeitlicher Folge. Sieben Bände. Herausgegeben von Hans Mayer unter Mitwirkung von Walter Schmitz. Leinen

Max Frisch: Gesammelte Werke in zeitlicher Folge. Jubiläumsausgabe in sieben Bänden in den suhrkamp taschenbüchern. 1931-1985. Herausgegeben von Hans Mayer unter Mitwirkung von Walter Schmitz. st 1401-1407

Goethe im zwanzigsten Jahrhundert. Spiegelungen und Deutungen. Herausgegeben von Hans Mayer. Leinen

Heinrich Heine: Insel Taschen-Heine. 4 Bände in Kassette. Herausgegeben von Christoph Siegrist, Wolfgang Preisendanz, Eberhard Galley und Helmut Schanze. Mit einer Einleitung von Hans Mayer. it 1628

Hermann Hesse. Sein Leben in Bildern und Texten. Mit einem Vorwort von Hans Mayer. Herausgegeben von Volker Michels. Leinen und it 1111

Heinrich von Kleist: Prinz Friedrich von Homburg. Ein Schauspiel. Mit Lithographien von Karl Walser und einem Nachwort von Hans Mayer. IB 1029

Zu Hans Mayer

Hans Mayer zu ehren. Vorwort von Karin Kiwus und Hans Dieter Zimmermann. Gebunden

Über Hans Mayer. Herausgegeben von Inge Jens. es 887

34/377/4.97

Deutschsprachige Literatur
in den suhrkamp taschenbüchern:
Essays, Reden, Briefe, Tagebücher

Alain: Die Pflicht, glücklich zu sein. Aus dem Französischen übertragen und mit einem Nachwort versehen von Albrecht Fabri. st 859

Andreas-Friedrich, Ruth: Der Schattenmann. Tagebuchaufzeichnungen 1938-1945. Mit einem Nachwort von Jörg Drews. st 1267

– Schauplatz Berlin. Tagebuchaufzeichnungen 1945-1948. st 1294

Benjamin, Walter: Angelus Novus. Ausgewählte Schriften 2. st 1512

Deutsche Menschen. Eine Folge von Briefen. Auswahl und Einleitung von Walter Benjamin. Mit einem Nachwort von Theodor W. Adorno. st 970

– Illuminationen. Ausgewählte Schriften 1. Herausgegeben von Siegfried Unseld. st 345

– Über Haschisch. Novellistisches. Berichte. Materialien. Herausgegeben von Tillman Rexroth.

Einleitung von Hermann Schweppenhäuser. st 21

Bichsel, Peter: Des Schweizers Schweiz. Aufsätze. st 2769

Blixen, Tania: Moderne Ehe und andere Betrachtungen. Aus dem Dänischen von Walter Boehlich. Mit einem Nachwort von Hanns Grössel. st 1971

Brandys, Kaszimierz: Warschauer Tagebuch. Die Monate davor. 1978-1981. Aus dem Polnischen von Friedrich Griese. Mit einem Nachwort von Konstanty A. Jeleński. st 2592

Broch, Hermann: Geist und Zeitgeist. Essays zur Kultur der Moderne. Herausgegeben und mit einem Nachwort versehen von Paul Michael Lützeler. st 2702

– Das Teesdorfer Tagebuch für Ea von Allesch. st 2809

Celan, Paul / Nelly Sachs: Briefwechsel. Herausgegeben von Barbara Wiedemann. Mit Fotos, Handschriften und Radierungen von Gisèle Celan-Lestrange. st 2489

Cioran, E. M.: Die verfehlte Schöpfung. Übersetzt von François Bondy. Das Kapitel »Die neuen Götter« wurde von Elmar Tophoven übersetzt. st 550

– Vom Nachteil, geboren zu sein. Übersetzt von François Bondy. st 549

Dąbrowska, Maria: Tagebücher 1914-1965. Ausgewählt und herausgegeben von Tadeusz Drewnowski. Aus dem Polnischen von Klaus Staemmler. st 2591

Ellmann, Richard: Vier Dubliner - Wilde, Yeats, Joyce und Beckett. Aus dem Englischen von Wolfgang Held. Mit Abbildungen. st 2684

Endres, Ria: Werde, was du bist. Dreizehn literarische Frauenportraits. st 1942

256/378/7.97

Deutschsprachige Literatur
in den suhrkamp taschenbüchern:
Essays, Reden, Briefe, Tagebücher

Enzensberger, Hans Magnus: Ach Europa! Wahrnehmungen aus sieben Ländern. Mit einem Epilog aus dem Jahre 2006. st 1690
– Aussichten auf den Bürgerkrieg. st 2524
– Der Fliegende Robert. Gedichte, Szenen, Essays. st 1962
– Die Große Wanderung. Dreiunddreißig Markierungen. Mit einer Fußnote ›Über einige Besonderheiten bei der Menschenjagd‹. st 2334
– Mittelmaß und Wahn. Gesammelte Zerstreuungen. st 1800
– Politik und Verbrechen. Neun Beiträge. st 442
– Politische Brosamen. st 1132
Eppler, Erhard: Als die Wahrheit verordnet wurde. Briefe an meine Enkelin. st 2706
Frisch, Max: Forderungen des Tages. Porträts, Skizzen, Reden 1943-1982. Herausgegeben von Walter Schmitz. st 957
– Tagebuch 1946-1949. st 1148
– Tagebuch 1966-1971. st 256
Gordimer, Nadine: Schreiben und Sinn. Essays. st 2825
Goytisolo, Juan: Spanien und die Spanier. Aus dem Spanischen übertragen von Fritz Vogelgsang. st 861
Handke, Peter: Als das Wünschen noch geholfen hat. Fotos von Peter Handke. st 208
– Das Ende des Flanierens. st 679
– Ich bin ein Bewohner des Elfenbeinturms. st 56
Hesse, Hermann: Ausgewählte Briefe. Erweiterte Ausgabe. Zusammengestellt von Hermann Hesse und Ninon Hesse. st 211
– Kindheit und Jugend vor Neunzehnhundert. Hermann Hesse in Briefen und Lebenszeugnissen. 1. Band: 1877-1895. Ausgewählt und herausgegeben von Ninon Hesse. st 1002
– Kindheit und Jugend vor Neunzehnhundert. Hermann Hesse in Briefen und Lebenszeugnissen. 2. Band: 1895-1900. Herausgegeben von Ninon Hesse. Fortgesetzt und erweitert von Gerhard Kirchhoff. st 1150
– Eine Literaturgeschichte in Rezensionen und Aufsätzen. Herausgegeben von Volker Michels. st 252
– Politik des Gewissens. Die politischen Schriften. 1. Band: 1914-1932. 2. Band: 1933-1962. Vorwort von Robert Jungk. Herausgegeben von Volker Michels. st 656
– Die Welt der Bücher. Betrachtungen und Aufsätze zur Literatur. Zusammengestellt von Volker Michels. st 415

256/379/7.97

Deutschsprachige Literatur in den suhrkamp taschenbüchern: Essays, Reden, Briefe, Tagebücher

Hesse, Hermann: Zarathustras Wiederkehr. Ein Wort an die deutsche Jugend und andere Aufrufe gegen den Herdengeist von rechts und links. Herausgegeben von Volker Michels. st 2228

Hildesheimer, Wolfgang: Warum weinte Mozart? Reden aus fünfundzwanzig Jahren. st 2634

Jonas, Hans: Materie, Geist und Schöpfung. Kosmologischer Befund und kosmogonische Vermutung. st 1580

Joyce, James: Briefe. Ausgewählt aus der dreibändigen, von Richard Ellmann edierten Ausgabe von Rudolf Hartung. Deutsch von Kurt Heinrich Hansen. st 253

– Briefe an Nora. st 2810

Joyce, Stanislaus: Das Dubliner Tagebuch des Stanislaus Joyce. Herausgegeben von George Harris Healy. Deutsch von Arno Schmidt. st 1046

Kaminski, André: Schalom allerseits. Tagebuch einer Deutschlandreise. st 1637

Koeppen, Wolfgang: Die elenden Skribenten. Aufsätze. Herausgegeben von Marcel Reich-Ranicki. st 1008

Kohtes, Michael: Literarische Abenteurer. Dreizehn Porträts. st 2512

Kracauer, Siegfried: Kino. Essays, Studien, Glossen zum Film. Herausgegeben von Karsten Witte. st 126

– Das Ornament der Masse. Essays. Mit einem Nachwort von Karsten Witte. st 371

Kraus, Karl: Band 1: Sittlichkeit und Kriminalität. st 1311

– Band 2: Die chinesische Mauer. st 1312

– Band 3: Literatur und Lüge. st 1313

– Band 4: Untergang der Welt durch schwarze Magie. st 1314

– Band 5/6: Weltgericht I / Weltgericht II. st 1315/1316

– Band 7: Die Sprache. st 1317

– Band 12: Dritte Walpurgisnacht. st 1322

– Band 13: Theater der Dichtung. Jacques Offenbach. Herausgegeben von Christian Wagenknecht. st 1323

– Band 17: Die Stunde des Gerichts. Aufsätze 1925-1928. Herausgegeben von Christian Wagenknecht. st 1327

– Band 18: Hüben und Drüben. Aufsätze 1929-1936. Herausgegeben von Christian Wagenknecht. st 1328

– Band 19: Die Katastrophe der Phrasen. Glossen 1910-1918. Herausgegeben von Christian Wagenknecht. st 1329

– Band 20: Kanonade auf Spatzen. Glossen 1920-1936. Shakespeares Sonette. Nachdichtung. Herausgegeben von Christian Wagenknecht. st 1330

256/380/7.97

Deutschsprachige Literatur in den suhrkamp taschenbüchern: Essays, Reden, Briefe, Tagebücher

Lem, Stanisław: Provokationen. Aus dem Polnischen von Friedrich Griese, Jens Reuter und Edda Werfel. PhB 263. st 1773
– Summa technologiae. Mit einem Vorwort des Autors zur deutschen Ausgabe. Aus dem Polnischen übersetzt von Friedrich Griese. st 678
– Die vollkommene Leere. 15 fiktive Rezensionen. Autorisierte Übersetzung aus dem Polnischen von Klaus Staemmler. »Die neue Kosmogonie« übersetzte I. Zimmermann-Göllheim. st 707

Lenk, Hans: Kritik der kleinen Vernunft. Einführung in die jokologische Philosophie. st 1771

Lovecraft, Howard Phillips: Azathoth. Erzählungen und Schriften. Ausgewählt von Kalju Kirde. Aus dem Amerikanischen von Franz Rottensteiner. PhB 349. st 2759

Mayer, Hans: Erinnerung an Brecht. st 2803
– Das unglückliche Bewußtsein. Zur deutschen Literaturgeschichte von Lessing bis Heine. st 1634
– Wendezeiten. Über Deutsche und Deutschland. st 2421

Menasse, Robert: Überbau und Underground. Die sozialpartnerschaftliche Ästhetik. Essays zum österreichischen Geist. Mit Abbildungen. st 2648

Muschg, Adolf: Empörung durch Landschaften. Vernünftige Drohreden. st 1482
– Goethe als Emigrant. Auf der Suche nach dem Grünen bei einem alten Dichter. st 1287

Oz, Amos: Bericht zur Lage des Staates Israel. st 2192

Paz, Octavio: Nackte Erscheinung. Das Werk von Marcel Duchamp. Aus dem Spanischen von Rudolf Wittkopf. st 1833
– Sor Juana Inés de la Cruz oder Die Fallstricke des Glaubens. Aus dem Spanischen von Maria Bamberg. Versübertragungen von Fritz Vogelgsang. Mit zahlreichen Abbildungen. st 2294

Polen zwischen Ost und West. Polnische Essays des 20. Jahrhunderts. Eine Anthologie. Herausgegeben von Marek Klecel. st 2590

Rilke, Rainer Maria / Marina Zwetajewa: Rainer Maria Rilke und Marina Zwetajewa. Ein Gespräch in Briefen. Herausgegeben von Konstantin Asadowskij. Aus dem Russischen übersetzt von Angela Martini-Wonde. st 2308

Schiffauer, Werner: Fremde in der Stadt. Zehn Essays über Kultur und Differenz. st 2699

Schneider, Reinhold: Portugal. Mit einem Nachwort von Peter Berglar. st 1073

256/381/7.97

Biographien
in den suhrkamp taschenbüchern

Amrain, Susanne: So geheim und vertraut. Virginia Woolf und Vita Sackville-West. Erstausgabe. st 2292

Ball, Hugo: Hermann Hesse. Sein Leben und sein Werk. st 385

Bell, Quentin: Virginia Woolf. Eine Biographie. Aus dem Englischen von Arnold Fernberg. st 753

Bertaux, Pierre: Friedrich Hölderlin. st 686

Bjørnstad, Ketil: Ballade in g-Moll. Edvard Grieg und Nina Hagerup. Roman. Aus dem Norwegischen von Lothar Schneider. st 2814

Bjørnvig, Thorkild: Meine Freundschaft mit Tania Blixen. Aus dem Dänischen von Gabriele Gerecke. st 2714 und st 2815

Boveri, Margret: Verzweigungen. Eine Autobiographie. Herausgegeben und mit einem Nachwort versehen von Uwe Johnson. st 2576

Brinnin, John Malcolm: Die dritte Rose. Gertrude Stein und ihre Welt. Mit einem Vorwort von John Ashbery. Aus dem Amerikanischen von Maria Wolff. st 1820

Carossa, Hans: Ungleiche Welten. Ein Lebensbericht. st 521

Chalfen, Israel: Paul Celan. Eine Biographie seiner Jugend. Mit Fotografien. st 913

Cousse, Raymond / Jean-Luc Bitton: Emmanuel Bove. Eine Biographie. Mit einem Vorwort von Peter Handke und verstreuten Texten von Emmanuel Bove. Aus dem Französischen von Thomas Laux. st 2824

Einblicke und Ausbrüche. Lebensskizzen berühmter Frauen. Herausgegeben von Susanne Gretter. st 2347

Elias, Norbert: Mozart. Zur Soziologie eines Genies. Herausgegeben von Michael Schröter. st 2198

Ellmann, Richard: James Joyce. Revidierte und ergänzte Ausgabe. st 2577

– Vier Dubliner - Wilde, Yeats, Joyce und Beckett. Aus dem Englischen von Wolfgang Held. Mit Abbildungen. st 2684

Eribon, Didier: Michel Foucault. Eine Biographie. Aus dem Französischen von Hans-Horst Henschen. st 2226

Feyerabend, Paul: Zeitverschwendung. Übersetzt von Joachim Jung. st 2722

Fischer, Jens Malte: Große Stimmen. Von Enrico Caruso bis Jessye Norman. st 2484

Fölsing, Albrecht: Albert Einstein. Eine Biographie. Mit zahlreichen Abbildungen. st 2490

Freedman, Ralph: Hermann Hesse. Eine Biographie von Ralph Freedman. Aus dem Amerikanischen von Ursula Michels-Wenz. st 1827

260/382/7.97

Biographien
in den suhrkamp taschenbüchern

Gandhi, Mahatma: Mein Leben. Herausgegeben von C. F. Andrews mit einem Nachwort von Curt Ullerich. Aus dem Englischen übertragen von Hans Reisiger. st 953

Gespräche mit Marx und Engels. Herausgegeben von Hans Magnus Enzensberger. st 716

Gibson, Ian: Federico García Lorca. Eine Biographie. Aus dem Englischen von Bernhard Straub. Mit zahlreichen Abbildungen. st 2286

Haslinger, Adolf: Peter Handke. Jugend eines Schriftstellers. Mit zahlreichen Abbildungen. st 2470

Hensel, Georg: Glück gehabt. Szenen aus einem Leben. st 2495

Hesse, Hermann: Kindheit und Jugend vor Neunzehnhundert. Hermann Hesse in Briefen und Lebenszeugnissen. 1. Band: 1877-1895. Ausgewählt und herausgegeben von Ninon Hesse. st 1002

– Kindheit und Jugend vor Neunzehnhundert. Hermann Hesse in Briefen und Lebenszeugnissen. 2. Band: 1895-1900. Herausgegeben von Ninon Hesse. Fortgesetzt und erweitert von Gerhard Kirchhoff. st 1150

Hermann Hesse in Augenzeugenberichten. Herausgegeben von Volker Michels. st 1865

Hildesheimer, Wolfgang: Marbot. Eine Biographie. st 1009 und st 2617

– Mozart. st 598

Hörner, Unda: Die realen Frauen der Surrealisten. Simone Breton, Gala Éluard, Elsa Triolet. st 2816

Kleine, Gisela: Gabriele Münter und Wassily Kandinsky. Biographie eines Paares. Mit farbigen Abbildungen. st 2807

– Zwischen Welt und Zaubergarten. Ninon und Hermann Hesse: Leben im Dialog. st 1384

Lützeler, Paul Michael: Hermann Broch. Eine Biographie. st 1578

Tomalin, Claire: Katherine Mansfield. Eine Lebensgeschichte. Aus dem Englischen von Eike Schönfeld. st 2336

Mayer, Hans: Ein Deutscher auf Widerruf. Erinnerungen. Band I. st 1500

– Ein Deutscher auf Widerruf. Erinnerungen. Band II. st 1501

Muschg, Adolf: Gottfried Keller. st 617

Paz, Octavio: Sor Juana Inés de la Cruz oder Die Fallstricke des Glaubens. Aus dem Spanischen von Maria Bamberg. Versübertragungen von Fritz Vogelgsang. Mit zahlreichen Abbildungen. st 2294

Sauvat, Catherine: Vergessene Weiten. Eine Biographie zu Robert Walser. Aus dem Französischen von Helmut Kossodo. st 2465

Schmidt, Werner: Leben an Grenzen. Autobiographischer Bericht eines Mediziners aus dunkler Zeit. st 2162

260/383/7.97

Biographien
in den suhrkamp taschenbüchern

Souhami, Diana: Gertrude Stein und Alice B. Toklas. Zwei Leben - eine Biographie. st 2813

Stein, Gertrude: Jedermanns Autobiographie. Aus dem Amerikanischen von Marie-Anne Stiebel. st 2598

– Paris Frankreich. Persönliche Erinnerungen. Aus dem Amerikanischen von Marie-Anne Stiebel. st 2594

Theodorakis, Mikis: Die Wege des Erzengels. Autobiographie (1925-1949). Herausgegeben und aus dem Griechischen übersetzt von Asteris Kutulas. Mit Abbildungen. st 2797

Unseld, Siegfried: Begegnungen mit Hermann Hesse. st 218

WahnsinnsFrauen I. Erster Band. Herausgegeben von Sibylle Duda und Luise F. Pusch. Erstausgabe. st 1876

WahnsinnsFrauen II. Zweiter Band. Herausgegeben von Sibylle Duda und Luise F. Pusch. st 2493

WahnsinnsFrauen III. Dritter Band. Herausgegeben von Sibylle Duda und Luise F. Pusch. st 2834

Weimer, Wolfram: Kapitäne des Kapitals. Zwanzig Unternehmerporträts großer deutscher Gründerfiguren. Mit zahlreichen Abbildungen. st 2464

Wilkomirski, Binjamin: Bruchstücke. Aus einer Kindheit 1939 - 1948. st 2801

Zeemann, Dorothea: Einübung in Katastrophen. Leben zwischen 1913 und 1945. st 2637

260/384/7.97